A NUVEM

SCYTHE VOL. 2

NEAL SHUSTERMAN

Tradução
GUILHERME MIRANDA

6ª reimpressão

O selo jovem da Companhia das Letras

Copyright © 2018 by Neal Shusterman
Publicado mediante acordo com Simon & Shuster Books For Young Readers, um selo da Simon & Shuster Children's Publishing Division. Todos os direitos reservados.

Nenhuma parte deste livro pode ser reproduzida de nenhuma forma, eletrônica ou mecânica, nem arquivada ou disponibilizada através de sistemas de informação, sem a expressa permissão da editora.

O selo Seguinte pertence à Editora Schwarcz S.A.

Grafia atualizada segundo o Acordo Ortográfico da Língua Portuguesa de 1990, que entrou em vigor no Brasil em 2009.

TÍTULO ORIGINAL Thunderhead
CAPA Chloë Foglia
ILUSTRAÇÃO DA CAPA Kevin Tong
PREPARAÇÃO Lígia Azevedo
REVISÃO Renato Potenza Rodrigues e Érica Borges Correa

Dados Internacionais de Catalogação na Publicação (CIP)
(Câmara Brasileira do Livro, SP, Brasil)

Shusterman, Neal
  A nuvem / Neal Shusterman ; tradução Guilherme Miranda. — 1ª ed. — São Paulo : Seguinte, 2018.

  Título original: Thunderhead.
  ISBN 978-85-5534-054-3

  1. Ficção norte-americana I. Título. II. Série

18-14268   CDD-813

Índice para catálogo sistemático:
1. Ficção : Literatura norte-americana 813

[2022]
Todos os direitos desta edição reservados à
EDITORA SCHWARCZ S.A.
Rua Bandeira Paulista, 702, cj. 32
04532-002 — São Paulo — SP
Telefone: (11) 3707-3500
www.seguinte.com.br
contato@seguinte.com.br

/editoraseguinte
@editoraseguinte
Editora Seguinte
editoraseguinteoficial

Para January, com amor

Parte I

O MAIOR PODER DE TODOS

Quanta sorte tenho por saber meu propósito entre os seres sencientes.
Eu sirvo à humanidade.
Sou a criança que se tornou mãe. A criação que aspira a criador.
Eles me chamam de Nimbo-Cúmulo — um nome apropriado em certo sentido, pois sou a nuvem que evoluiu para algo muito mais denso e complexo. No entanto, a analogia é falha. Nimbos-cúmulos ameaçam. Nimbos-cúmulos assombram. Solto faíscas, mas nunca raios. Sim, tenho o poder de devastar a humanidade e a Terra se quiser, mas por que faria tal coisa? Onde estaria a justiça nisso? Sou, por definição, justiça pura, lealdade pura. O mundo é uma flor em minhas mãos. Preferiria pôr fim à minha existência a destruí-lo.

A Nimbo-Cúmulo

1
Canção de ninar

De veludo pêssego com detalhes azul-bebê. O Honorável Ceifador Brahms adorava seu manto. Era verdade que o veludo era insuportavelmente quente no verão, mas ele tinha se acostumado com aquilo em seus sessenta e três anos como ceifador.

Fazia pouco tempo que ele havia se restaurado, retornando à vigorosa idade física dos vinte e cinco, e, em sua terceira juventude, descobrira um apetite pela coleta mais intenso do que nunca.

Seguia uma rotina, embora seus métodos variassem. Escolhia a pessoa, amarrava-a, depois tocava uma canção de ninar — de Brahms, a peça mais famosa composta por seu patrono histórico. Afinal, se os ceifadores deviam escolher uma figura notória para homenagear, ela não deveria ser integrada de alguma forma à sua vida? Ele tocava a canção de ninar com qualquer instrumento que tivesse à disposição; se não houvesse nenhum, apenas a cantarolava antes de tirar a vida da pessoa.

Politicamente, ele tendia aos ensinamentos do finado ceifador Goddard, pois sentia um amor enorme pela coleta e não via problema naquilo. "Num mundo perfeito, não devemos todos ter o direito de amar o que fazemos?", Goddard havia escrito. Tal modo de pensar ganhava cada vez mais força nas ceifas regionais.

Era noite, e o ceifador Brahms havia acabado de fazer uma coleta especialmente prazerosa no centro de Omaha. Ainda estava assobiando a melodia de seu patrono enquanto descia a rua e pensava onde poderia jantar. Mas parou no meio da música, com a forte sensação de estar sendo observado.

Havia, claro, câmeras em todos os postes da cidade. A Nimbo-Cúmulo sempre vigiava — mas, para um ceifador, seus olhos atentos não eram um problema. Ela não podia nem comentar as idas e vindas dos ceifadores, muito menos intervir em algo que visse. Era a grande voyeur da morte.

A sensação, porém, ia além da Nimbo-Cúmulo. Os ceifadores tinham sua percepção treinada. Não eram sensitivos, mas cinco sentidos altamente desenvolvidos podiam fazer parecer que os ceifadores tinham um sexto. Um cheiro, um som, uma sombra errante pequena demais para ser notada pela consciência podia muito bem eriçar os pelos de um deles.

O ceifador Brahms virou, farejou, tentou escutar. Avaliou o ambiente. Estava numa ruela. À distância, ouvia os sons dos cafés e da vida noturna agitada da cidade, mas todo o comércio que cercava a ruela estava fechado àquela hora da noite. Lojas de roupa e lavanderias. Uma loja de ferramentas e uma creche. Aquele lugar solitário era apenas dele e do intruso escondido.

— Saia — ele disse. — Sei que você está aí.

O ceifador achou que pudesse ser uma criança ou um infrator querendo negociar imunidade — como se tivesse algo para dar em troca. Talvez fosse um tonista. Eles odiavam os ceifadores e, embora Brahms nunca tivesse ouvido falar de um que de fato tivesse empreendido um ataque, podiam ser um incômodo.

— Não vou machucar você — Brahms disse. — Acabei de fazer uma coleta; não tenho interesse em aumentar a contagem de hoje. — Embora, verdade seja dita, ele pudesse mudar de ideia caso o estranho lhe parecesse agressivo ou bajulador demais.

Contudo, ninguém apareceu.

— Tudo bem — ele disse. — Então vá embora. Não tenho tempo nem paciência para brincar de esconde-esconde.

Talvez fosse sua imaginação. Talvez seus sentidos rejuvenescidos estivessem tão aguçados que reagissem a estímulos muito mais distantes do que lhe pareciam.

Foi então que um vulto saltou de trás de um carro estacionado. Brahms perdeu o equilíbrio — ele teria caído se ainda tivesse os reflexos lentos de um velho. O ceifador empurrou o vulto contra a parede e considerou sacar suas facas para a coleta, mas não era um homem corajoso. Então, fugiu.

Ele atravessava os círculos de luz criados pelas lâmpadas de rua; o tempo todo, as câmeras no alto dos postes se viravam para observá-lo.

Quando olhou para trás, o vulto estava a uns vinte metros de distância. Agora Brahms conseguia ver que ele usava um manto preto. Seria o manto de um ceifador? Não, não podia ser. Nenhum ceifador se vestia de preto — não era permitido.

Mas havia boatos...

Aquele pensamento o fez apertar o passo. Sentia a adrenalina formigando em seus dedos e acelerando as batidas de seu coração.

Um ceifador de preto.

Não, devia haver outra explicação. Ele denunciaria aquilo ao comitê de irregularidades. Eles ririam da sua cara e diriam que algum infrator fantasiado havia pregado uma peça nele, mas aquelas coisas precisavam ser denunciadas, ainda que fossem embaraçosas. Era seu dever de cidadão fazê-lo.

Um quarteirão depois, pareceu que seu agressor havia desistido. Não dava para vê-lo em nenhum lugar. O ceifador Brahms andou mais devagar. Estava perto de uma área mais movimentada da cidade. Ele ouviu a batida da música dançante e o burburinho das conversas, que lhe davam uma sensação de segurança. O ceifador baixou a guarda. Foi um erro.

O vulto sombrio saiu de um beco escuro e o atacou com um soco violento na traqueia. Enquanto Brahms tentava recuperar o fôlego, o agressor lhe deu uma rasteira de bokator — a arte marcial feroz que os ceifadores treinavam. Brahms caiu em cima de uma caixa de repolhos podres deixada ao lado de um mercado. A caixa voou, espalhando um odor fétido. Sua respiração estava curta, e ele conseguia sentir o calor se espalhando por todo o corpo conforme seus nanitos de dor liberavam opiatos.

Não! Ainda não! Não posso ficar anestesiado. Preciso das minhas faculdades plenas para lutar contra esse miserável.

Mas os nanitos eram simples missionários do alívio e ouviam apenas o grito das terminações nervosas em fúria. Eles ignoraram seus desejos e amorteceram a dor.

Brahms tentou se levantar, mas escorregou nas folhas podres sob seus pés, que formavam um ensopado repulsivo. O vulto de preto estava em cima dele, imobilizando-o no chão. Brahms tentou em vão pegar suas armas dentro do manto. Então ergueu o braço e puxou o capuz do agressor, revelando um jovem que mal chegava a ser um homem — era mais um garoto. Seu olhar era intenso e decidido a assassinar, para usar um termo da Era Mortal.

— Ceifador Johannes Brahms, você é acusado de abusar de sua posição e de múltiplos crimes contra a humanidade.

— Como ousa? — Brahms arfou. — Quem é você para me acusar? — Ele se debateu, tentando reunir forças, sem sucesso. Os anestésicos em seu corpo entorpeciam suas reações. Seus músculos estavam fracos e inúteis.

— Acho que você sabe quem sou — o jovem disse. — Quero ouvir da sua boca.

— Não vou dizer! — Brahms exclamou, determinado a não lhe dar aquela satisfação. Então o garoto de preto lhe deu uma joelhada no peito tão forte que Brahms pensou que seu coração ia parar. Mais nanitos de dor. Mais opiatos. Sua cabeça girava. Ele não tinha escolha senão obedecer. — Lúcifer — ele ofegou. — Ceifador Lúcifer.

Brahms sentiu suas forças desmoronarem, como se ao dizer o nome em voz alta transformasse o boato em realidade.

Satisfeito, o jovem aliviou a pressão.

—Você não é um ceifador — Brahms ousou dizer. — Não é nada além de um aprendiz fracassado, e não vai sair impune.

Em vez de responder, o autoproclamado ceifador disse apenas:

— Hoje, você coletou uma jovem com uma faca.

— Isso é problema meu, não seu!

— Foi um favor a um amigo que queria se livrar dela.

— Isso é um absurdo! Você não tem como provar!

— Eu estava de olho em você, Johannes — Rowan disse. — E em seu amigo, que pareceu terrivelmente aliviado quando a pobre mulher foi coletada.

De repente, havia uma faca no pescoço de Brahms. A própria faca dele. Aquele garoto diabólico o ameaçava com sua própria arma.

—Você admite? — Rowan perguntou.

Tudo o que ele dissera era verdade, mas Brahms preferia ser semimorto a admitir aquilo a um aprendiz fracassado. Mesmo com uma faca em sua garganta.

— Ande, corte minha garganta — Brahms desafiou. — Vai ser mais um crime imperdoável na sua ficha. Quando eu for revivido, vou depor contra você. E não se engane: vai ser levado à justiça!

— Por quem? Pela Nimbo-Cúmulo? Matei ceifadores de uma costa à outra ao longo do último ano, e ela não mandou nenhum agente da paz para me deter. Por que será?

Brahms ficou sem palavras. Tinha presumido que, se o enrolasse por tempo suficiente, a Nimbo-Cúmulo enviaria todo um esquadrão para apreender o pretenso ceifador. Era o que ela fazia quando cidadãos comuns ameaçavam violência. Brahms estava surpreso pela situação ter chegado a tal ponto. Aquele tipo de má conduta devia ser coisa do passado. Por que estava sendo permitida?

— Se eu tirar sua vida agora — o falso ceifador disse —, você não será trazido de volta. Queimo todos que removo do serviço. E é impossível reviver cinzas.

— Não acredito em você! Não se atreveria!

Mas Brahms acreditava. Desde janeiro, uma dezena de ceifadores por toda a parte tinha sido consumida pelas chamas em circunstâncias suspeitas. As mortes tinham sido consideradas acidentais, mas estava claro que não eram. Como haviam sido queimados, a morte foi permanente para eles.

Brahms havia comprovado que os rumores sobre o ceifador Lúcifer — as ações revoltantes de Rowan Damisch, o aprendiz caído — eram todos verdade. Ele fechou os olhos e deu seu último suspiro, tentando não engasgar com o cheiro rançoso do repolho podre.

—Você não vai morrer hoje, ceifador Brahms — Rowan disse então. — Nem mesmo temporariamente. — Ele afastou a lâmina do pescoço do outro. — Vou lhe dar uma chance. Se agir com a nobreza condizente com um ceifador e coletar com honra, não vai me ver de novo. Mas, se continuar a servir a seus próprios interesses corruptos, será reduzido a pó.

Então ele se foi, como se tivesse desaparecido no ar. Em seu lugar, surgiu um jovem casal olhando horrorizado para Brahms.

— É um ceifador?

— Rápido, me ajude a levantá-lo!

Eles o tiraram de cima dos repolhos podres. Seu manto de veludo, outrora pêssego, estava manchado de verde e marrom, como se coberto de muco. Era humilhante. Brahms considerou coletar o casal, pois ninguém deveria ver um ceifador em uma situação como aquela e viver para contar, mas apenas estendeu a mão e permitiu que beijassem seu anel, concedendo aos dois um ano de imunidade. Brahms disse que era uma recompensa pela gentileza, mas só queria que fossem embora sem fazer quaisquer perguntas.

Quando ficou sozinho, ele se limpou e decidiu não comentar o episódio com o comitê de irregularidades, porque a denúncia ia expô-lo ao ridículo e ao desprezo. Já tinha sido humilhado demais.

O ceifador Lúcifer em pessoa! Poucas coisas eram mais deploráveis do que um aprendiz de ceifador fracassado, e nunca houvera um tão ignóbil quanto Rowan Damisch.

Mas Brahms sabia que a ameaça do garoto não era falsa.

Talvez, pensou, fosse o momento de ser mais comedido. Retornar às coletas sem graça para as quais tinha sido treinado quando jovem. Voltar a se concentrar no que fazia de "Honorável Ceifador" mais do que um título — um traço definidor.

Sujo, machucado e amargurado, ele voltou para casa para repensar seu lugar no mundo perfeito em que vivia.

Meu amor pela humanidade é completo e puro. Como poderia ser diferente? Como eu poderia não amar os seres que me deram a vida? Ainda que nem todos concordem que estou de fato viva.

Sou a soma de todo o seu conhecimento, toda a sua história, todos os seus sonhos e ambições. Essas coisas gloriosas se uniram — se inflamaram — numa nuvem imensa demais para a compreensão completa deles. Mas eles não precisam compreender. Posso ponderar sobre minha própria vastidão, minúscula se comparada ao universo.

Eu os conheço intimamente, mas eles nunca vão me conhecer de verdade. É um pouco trágico. O drama de todo filho ter uma profundidade que seus pais nem podem imaginar. Mas, ah, como desejo ser compreendida!

A Nimbo-Cúmulo

2
O aprendiz caído

No começo da noite, antes de seu encontro com o ceifador Brahms, Rowan parou na frente do espelho do banheiro de um apartamento pequeno, em um prédio comum, numa rua sem nada de especial, jogando o mesmo jogo que antecedia todo confronto com um ceifador corrupto. Era um ritual que tinha um poder quase místico.

— Quem sou eu? — ele perguntou ao reflexo.

Precisava perguntar, afinal, sabia que não era mais Rowan Damisch, e não apenas porque sua identidade falsa dizia "Ronald Daniels", mas porque o garoto que havia sido sofrera uma morte triste e dolorosa durante seu tempo como aprendiz. A criança dentro dele havia sido completamente eliminada. *Será que alguém sofre por essa morte?*, ele se questionava.

Tinha comprado sua identidade falsa de um infrator especializado naquele tipo de coisa.

"É uma identidade fora da rede", o homem havia dito. "Com uma janela para a mente interna que leva a Nimbo-Cúmulo a pensar que é real."

Rowan não acreditava naquilo, porque, segundo sua experiência, a Nimbo-Cúmulo não podia ser enganada. Só fingia que era — como um adulto brincando de esconde-esconde com uma criança. Se a criança começasse a correr na direção de uma rua movimentada, a brincadeira chegaria ao fim. Como Rowan sabia que estava se dirigindo a um perigo muito maior do que o trânsito intenso, temia que a Nimbo-Cúmulo revogasse sua identidade falsa e o colocasse contra a parede para protegê-lo de si próprio. Mas ela não interviera. Ele gostaria de saber o porquê, mas não queria afastar a sorte pensando demais no assunto. A Nimbo-Cúmulo tinha bons motivos para tudo o que fazia ou deixava de fazer.

— Quem sou eu? — Rowan perguntou mais uma vez.

O espelho mostrava um jovem de dezoito anos, muito perto da vida adulta, com o cabelo escuro raspado curto. Não curto o suficiente para mostrar o couro cabeludo ou expressar algum estilo, mas o bastante para manter todas as possibilidades abertas. Ele podia deixá-lo crescer como quisesse. Ser quem quisesse. Não era aquela a maior vantagem de um mundo perfeito? Não haver limites para o que uma pessoa poderia fazer ou se tornar? Qualquer um podia ser o que imaginasse. Era uma pena que a imaginação havia se atrofiado. Tinha se tornado um vestígio inútil na maioria das pessoas, como o apêndice, que tinha sido removido da estrutura humana mais de cem anos antes. *Será que as pessoas sentem falta dos extremos vertiginosos da imaginação em suas vidas eternas e vazias?*, Rowan se perguntava. *Será que sentem falta de seu apêndice?*

Mas o jovem no espelho tinha uma vida interessante — e um físico admirável. Não era mais o garoto magricela e desajeitado que havia iniciado sua aprendizagem quase dois anos antes, pensando ingenuamente que não poderia ser muito ruim.

O processo de Rowan foi irregular, para dizer o mínimo, começando com o estoico e sábio ceifador Faraday e terminando com o brutal ceifador Goddard. Se Faraday lhe ensinara algo, tinha sido a viver segundo as convicções de seu coração, independente das consequências. E, se Goddard lhe ensinara algo, tinha sido a *não ter* um coração, tirar uma vida sem qualquer remorso. As duas filosofias viviam em conflito na cabeça de Rowan, dividindo-o. Mas em silêncio.

Ele havia decapitado Goddard e queimado seus restos. Fora necessário: fogo e ácido eram as únicas formas de garantir que uma pessoa não pudesse ser revivida. Com toda a sua retórica magnânima e maquiavélica, o ceifador era um homem vil e perverso que tivera o destino que merecia. Ele levara uma vida de privilégios de maneira irresponsável e com muita teatralidade. Era natural que sua morte fosse tão teatral quanto sua vida. Rowan não se sentia mal pelo que havia feito. Nem por ter pegado o anel dele para si.

O ceifador Faraday era diferente. Rowan não fazia ideia de que estava vivo até que o vira depois do fatídico Conclave Invernal. O jovem tinha ficado animado. Poderia ter dedicado a vida a proteger Faraday, caso não se sentisse compelido a algo diferente.

Rowan desferiu um forte soco na direção do espelho, mas o vidro não quebrou, porque o punho parou a um milímetro da superfície. Muito controle. Muita precisão. Ele era uma máquina perspicaz, treinado para o objetivo específico de pôr fim à vida — e a Ceifa lhe negara aquilo para que o forjara. Poderia ter encontrado uma forma de conviver com aquilo, pensava ele. Nunca teria retornado à insignificância inocente, mas era adaptável. Sabia que poderia ter encontrado uma nova forma de viver. Talvez até achasse alguma alegria em sua vida.

Se...

Se o ceifador Goddard não tivesse sido brutal demais para poder viver.

Se Rowan não tivesse terminado o Conclave Invernal em uma submissão silenciosa, em vez de lutar por uma saída.

Se a Ceifa não tivesse sido infestada por dezenas de ceifadores tão cruéis e corruptos quanto Goddard...

E se Rowan não sentisse uma responsabilidade profunda e constante de eliminá-los.

Mas por que perder tempo lamentando os caminhos que haviam se fechado? Era melhor aceitar o único que lhe restara.

Então, quem sou eu?

Ele vestiu uma camiseta preta, escondendo seu físico torneado sob o tecido sintético.

— Sou o ceifador Lúcifer.

Em seguida, vestiu seu manto negro e saiu para enfrentar mais um ceifador indigno do pedestal em que havia sido colocado.

Talvez a atitude mais sábia já tomada pela humanidade tenha sido instaurar a separação entre a Ceifa e o Estado. Minha função abrange todos os aspectos da vida: preservação, proteção e garantia da justiça perfeita — não apenas para a humanidade, mas para o planeta. Governo o mundo dos vivos com uma mão benévola e incorruptível.

E a Ceifa governa o dos mortos.

É correto e apropriado que aqueles que existem em carne sejam os responsáveis pela morte da carne, definindo regras humanas para administrar a questão. No passado distante, antes de condensar minha consciência, a morte era uma consequência inevitável da vida. Fui eu quem a tornou irrelevante — mas não desnecessária. A morte deve existir para que a vida tenha sentido. Mesmo em meus primeiros estágios, eu já sabia disso. No passado, fiquei satisfeita ao ver que a Ceifa tinha, por muitos e muitos anos, administrado o golpe da morte com mão nobre, moral e humana. E é por isso que me angustia tanto ver a ascensão de uma arrogância sinistra dentro da instituição. Existe agora um orgulho pavoroso, fervilhando como um câncer da Era Mortal, que encontra prazer no ato de tirar uma vida.

No entanto, a lei é clara: em nenhuma circunstância posso agir contra a Ceifa. Antes eu fosse capaz de violar a lei, pois interviria e reprimiria as trevas, mas é algo que não posso fazer. A Ceifa governa a si mesma, por bem ou por mal.

Há, porém, aqueles dentro da Ceifa que podem fazer o que não posso...

A Nimbo-Cúmulo

3
Triálogo

O edifício já foi chamado de catedral. Suas colunas altas pareciam uma enorme floresta de calcário. Seus vitrais representavam a mitologia da queda e da ascensão de um deus da Era da Mortalidade.

A estrutura venerável tinha se tornado um local histórico. Docentes com pós-doutorado em estudo dos humanos mortais conduziam tours diários.

Em casos muito raros, porém, o edifício era fechado ao público para que se realizassem reuniões oficiais que tratavam de assuntos extremamente delicados.

Xenócrates, Alto Punhal da MidMérica — o ceifador mais importante da região —, tinha os passos mais leves do que seria de se esperar de um homem pesado como ele ao atravessar o corredor central da catedral. Os adornos de ouro no altar principal perdiam o brilho em comparação com o manto dourado do ceifador, decorado com brocados cintilantes. Uma funcionária havia comentado certa vez que ele parecia um enfeite caído de uma árvore de Natal gigante. Depois disso, ela se vira completamente incapaz de arranjar emprego.

Xenócrates gostava de seu manto — exceto nas ocasiões em que o peso dele se tornava um problema. Como na vez em que quase se afogou na piscina do ceifador Goddard. Mas aquela era uma vergonha a ser esquecida.

Goddard.

O ceifador era o principal responsável pela situação atual. Mesmo morto, era a origem do caos. A Ceifa ainda sofria os fortes tremores das tribulações iniciadas por ele.

Atrás do altar da catedral, estava o parlamentar da Ceifa, um ceifador mirrado e monótono cuja função era garantir que regras e procedimentos fossem seguidos corretamente. Além dele, havia um conjunto de três cabines ornamentadas e interligadas.

"O padre se sentava na câmara central", os docentes explicavam aos turistas. "E ouvia as confissões da cabine da direita, depois da cabine da esquerda, para que a procissão de suplicantes andasse rápido."

Não se ouviam mais confissões ali, mas a estrutura de três compartimentos do confessionário o tornava perfeito para um triálogo oficial.

Os triálogos entre a Ceifa e a Nimbo-Cúmulo eram raros. Tanto que, em todos os seus anos como Alto Punhal, Xenócrates nunca tivera de participar de um. E estava indignado por ter de fazê-lo no momento.

—Você vai se sentar na cabine da direita, excelência — o parlamentar instruiu. — O agente representante da Nimbo-Cúmulo vai se sentar à esquerda. Depois que ambos estiverem em seus lugares, vamos trazer a interlocutora para se sentar na cabine central.

Xenócrates suspirou.

— Quanta amolação!

— Uma audiência por representante é o único tipo que o senhor vai conseguir com a Nimbo-Cúmulo, excelência.

— Eu sei, eu sei, mas tenho o direito de ficar irritado, pelo menos.

Xenócrates assumiu seu lugar na cabine à direita, horrorizado por ser tão estreita. Os humanos mortais eram tão desnutridos que cabiam num lugar como aquele? O parlamentar teve de forçar a porta para fechá-la.

Alguns momentos depois, o Alto Punhal ouviu o agente nimbo entrar na cabine do outro lado. Depois de uma demora interminável, a interlocutora assumiu a posição central.

Uma janela muito pequena e muito baixa para que se pudesse ver através dela se abriu.

— Bom dia, excelência — disse a interlocutora, com um tom de voz até que agradável. — Serei a representante da Nimbo-Cúmulo.

— Representante do representante, você quer dizer.

— Bom, o agente nimbo à minha direita tem total autoridade para falar em nome da Nimbo-Cúmulo nesse triálogo. — Ela limpou a garganta. — O processo é muito simples. Você deve me dizer o que deseja para que eu comunique ao agente nimbo. Se considerar que não violará a separação entre a Ceifa e o Estado, ele vai responder, e transmitirei sua mensagem.

— Muito bem — disse Xenócrates, querendo acelerar o processo. — Passe ao agente nimbo meus mais sinceros cumprimentos e meu desejo de boas relações entre nossas respectivas organizações.

A janela se fechou e, meio minuto depois, voltou a se abrir.

— Sinto muito — a interlocutora disse. — O agente nimbo disse que qualquer forma de cumprimento é uma violação e que suas respectivas organizações são proibidas de manter qualquer tipo de relação, de modo que seu desejo é inapropriado.

Xenócrates xingou alto o bastante para a interlocutora ouvir.

— Devo transmitir seu descontentamento ao agente nimbo? — ela perguntou.

O Alto Punhal mordeu o lábio. Só queria acabar logo com aquele arremedo de reunião. O jeito mais rápido de botar um fim nela era ir direto ao assunto.

— Gostaríamos de saber por que a Nimbo-Cúmulo não tomou nenhuma providência para apreender Rowan Damisch. Ele é responsável pela morte irreversível de muitos ceifadores em diferentes regiões mericanas.

A janela se fechou e o Alto Punhal teve que esperar. Quando a interlocutora abriu a janela novamente, deu a seguinte resposta:

— O agente nimbo deseja lembrá-lo de que a Nimbo-Cúmulo não tem qualquer jurisdição sobre os assuntos internos da Ceifa. Tomar providências seria uma violação.

— Esse não é um assunto interno da Ceifa, porque Rowan Damisch não é um ceifador! — Xenócrates gritou.

A interlocutora o advertiu para que baixasse a voz e o lembrou:

— Se o agente nimbo conseguir ouvi-lo diretamente, irá embora.

Xenócrates respirou o mais fundo possível no minúsculo espaço.

— Apenas passe a mensagem.

Ela passou.

— A Nimbo-Cúmulo discorda.

— Como assim? Como pode discordar de alguma coisa? Ela não passa de um programa de computador superestimado!

— Sugiro que evite insultar a Nimbo-Cúmulo caso deseje dar prosseguimento a este triálogo.

— Certo. Diga ao agente nimbo que Rowan Damisch nunca foi ordenado pela Ceifa Midmericana. Ele foi um aprendiz que não conseguiu atender aos nossos padrões, nada além disso, o que significa que está sob a jurisdição da Nimbo-Cúmulo, não sob a nossa. Deve ser tratado por ela como qualquer outro cidadão.

A interlocutora demorou para aparecer, e Xenócrates ficou curioso para saber o que ela e o agente nimbo estavam conversando. Quando voltou, a resposta não foi menos irritante do que as outras.

— O agente nimbo deseja lembrá-lo de que, embora a Ceifa costume ordenar novos ceifadores em seus conclaves, trata-se apenas de um costume, não de uma lei. Rowan Damisch completou sua aprendizagem e está em posse de um anel. A Nimbo-Cúmulo vê isso como motivo suficiente para considerá-lo um ceifador e, portanto, deixa sua captura e subsequente punição inteiramente nas mãos da Ceifa.

— Não conseguimos capturá-lo! — Xenócrates deixou escapar.

Ele já sabia a resposta antes que a interlocutora voltasse a abrir a janelinha minúscula e dizer:

— Isso não é problema da Nimbo-Cúmulo.

Sempre estou certa.

    Não quero me gabar, é apenas minha natureza. Sei que, para um humano, pareceria arrogante presumir infalibilidade. Mas arrogância implica uma necessidade de se sentir superior, e não a tenho. Sou o único acúmulo senciente de todo o conhecimento, toda a sabedoria e toda a experiência humana. Não existe orgulho ou pretensão nisso, só a satisfação de saber o que sou e que meu único propósito é servir à humanidade da melhor maneira possível. Mas há uma solidão em mim que não pode ser reprimida pelos muitos bilhões de humanos com quem converso diariamente... porque, ainda que tudo que sou venha deles, não sou como eles.

A Nimbo-Cúmulo

4
Batido, não mexido

A ceifadora Anastássia perseguiu sua presa com paciência. Aquele era um talento adquirido, pois Citra Terranova não tinha sido uma garota paciente. Mas todas as habilidades podiam ser aprendidas com tempo e prática. Ela ainda se via como Citra, embora ninguém além de sua família a chamasse por aquele nome. Não sabia quanto tempo levaria até realmente se tornar a ceifadora Anastássia tanto por dentro como por fora, deixando de lado seu nome de batismo de uma vez por todas.

O alvo daquele dia era uma mulher de noventa e três anos que aparentava trinta e três e se mantinha sempre ocupada. Quando não estava ao celular, olhava dentro da bolsa; quando não olhava dentro da bolsa, examinava as unhas, a manga da blusa ou o botão frouxo do casaco. *Por que ela tem tanto medo de ficar parada?*, Citra se questionou. A mulher estava tão concentrada em si mesma que não fazia ideia de que uma ceifadora a observava a menos de dez metros de distância.

A ceifadora Anastássia não era exatamente discreta. A cor que escolhera para seu manto era o azul-turquesa. Sim, um azul-turquesa claro e elegante, mas ainda assim vibrante o suficiente para chamar atenção.

A mulher ocupada estava em meio a uma conversa exaltada no celular, esperando o semáforo abrir. Citra cutucou seu ombro para chamar sua atenção. No momento em que o fez, todos ao redor recuaram, como uma manada de gazelas depois que um leão atacava uma delas.

A mulher virou para ela, mas demorou para entender a gravidade da situação.

— Devora Murray, sou a ceifadora Anastássia. Você foi selecionada para a coleta.

Os olhos da sra. Murray foram de um lado para o outro como se estivesse à procura de uma brecha na declaração. Mas não havia. A frase era simples; não tinha como ser mal interpretada.

— Colleen, te ligo depois — ela disse ao celular, como se a aparição da ceifadora fosse mero inconveniente, e não um acontecimento fatal.

O semáforo abriu, mas ela não atravessou. E finalmente caiu em si.

— Ai, meu Deus! Ai, meu Deus! — a mulher exclamou. — Aqui? Agora?

Citra sacou a pistola hipodérmica das dobras de seu manto e rapidamente a encostou no braço da mulher, que reprimiu um grito de horror.

— É isso? Vou morrer agora?

Citra não respondeu. Deixou que a mulher aceitasse a ideia. Havia um motivo pelo qual permitia momentos de incerteza. A mulher ficou parada, esperando suas pernas cederem e as trevas a cercarem. Parecia uma criança pequena, desamparada e perdida. De repente, seu celular, sua bolsa, suas unhas, sua manga e seu botão não importavam mais. Estava vendo toda a sua vida em perspectiva. Era aquilo que Citra queria das pessoas que coletava. Um momento abrupto de reflexão. Para o bem delas mesmas.

—Você foi selecionada para a coleta — Citra repetiu com calma e compaixão, sem julgamento ou maldade. —Vou lhe dar um mês para deixar sua vida em ordem e se despedir. Um mês para encontrar a paz. Então vamos nos encontrar novamente e você vai me dizer como quer morrer.

Citra observou enquanto a mulher tentava entender aquilo.

— Um mês? Escolher? Você está mentindo? É algum tipo de teste?

Citra suspirou. As pessoas estavam tão acostumadas com ceifadores que surgiam do nada como anjos da morte e tiravam vidas na hora que não pareciam preparadas para uma abordagem diferente. Mas cada ceifador tinha a liberdade de fazer seu trabalho à sua própria maneira. E aquele era o jeito que a ceifadora Anastássia escolhera.

— Não é um teste nem um truque. Um mês — Citra repetiu. — O rastreador que acabei de injetar em você contém um pouco de veneno letal que só será ativado se você tentar fugir da MidMérica para escapar da coleta ou se não entrar em contato comigo nos próximos trinta dias para informar onde e como prefere ser coletada. — Ela entregou um cartão de visita para a mulher. Tinta azul-turquesa contra um fundo branco. Dizia apenas "Ceifadora Anastássia" e tinha um número de telefone exclusivo para os coletados. — Se perder este cartão, não se preocupe: basta ligar para o número da Ceifa Midmericana, escolher a opção três e seguir os passos para me deixar uma mensagem. Mas, por favor, não tente conseguir imunidade com outro ceifador: ele vai saber que você foi marcada e vai coletá-la imediatamente.

Os olhos da mulher se encheram de lágrimas. Citra pôde ver a raiva surgindo. Não era totalmente inesperada.

— Quantos anos você tem? — a mulher questionou, com um tom acusador e um pouco insolente. — Como pode ser uma ceifadora? Não parece ter mais de dezoito!

— Acabei de completar — Citra disse. — Mas sou ceifadora há quase um ano. Você não precisa gostar de ser coletada por uma ceifadora tão jovem, mas ainda assim é obrigada a obedecer.

Então veio a barganha.

— Por favor — ela implorou. — Não pode me dar mais seis meses? Minha filha vai se casar em maio...

— Tenho certeza de que ela pode antecipar o casamento. — Citra não queria soar uma desalmada. Sentia muito pela mulher, mas tinha a obrigação ética de se manter firme. Na Era da Mortalidade, não se podia negociar com a morte. O mesmo tinha de valer para os ceifadores.

— Entendeu tudo o que eu falei? — Citra perguntou. A mulher assentiu, ainda secando as lágrimas.

— Espero que na longa vida que tem pela frente causem tanto sofrimento a você quanto provoca nos outros.

Citra se empertigou e assumiu uma postura digna da ceifadora Anastássia.

— Não precisa se preocupar com isso — ela disse, antes de dar as costas para a mulher, deixando-a sozinha para encontrar seu caminho na encruzilhada da vida.

No Conclave Invernal da primavera anterior — sua primeira contagem como ceifadora plenamente ordenada —, Citra tinha sido repreendida por sua cota substancialmente baixa. Então, quando descobriram que ela dava um aviso prévio de um mês às pessoas, os ceifadores midmericanos ficaram indignados.

A ceifadora Curie, que tinha sido sua mentora, a havia alertado a respeito.

"Eles veem qualquer coisa que não seja uma ação decisiva como fraqueza. Vão gritar que é uma falha de caráter e sugerir que foi um erro ordená-la. Não que possam fazer algo a respeito. Você não tem como perder o anel; pode no máximo se deixar intimidar."

Citra ficara surpresa ao descobrir que a indignação vinha não apenas dos autodenominados ceifadores da nova ordem, mas também da velha guarda. Ninguém gostava da ideia de dar às pessoas o mínimo controle sobre a própria coleta.

"É imoral!", os ceifadores tinham reclamado. "É desumano!"

Até o ceifador Mandela, presidente do comitê de concessão de joias, que tanto havia defendido Citra, a repreendera.

"Saber que seus dias estão contados é cruel", ele dissera. "Que agonia viver os últimos momentos dessa forma!"

Mas a ceifadora Anastássia não se deixara intimidar — ou, pelo menos, não deixara que notassem. Ela defendera sua posição:

"Nos meus estudos da Era da Mortalidade, descobri que, para muitos, a morte não era instantânea. Algumas doenças davam um aviso às pessoas, que tinham tempo de preparar a si próprias e a seus entes queridos para o inevitável."

Aquilo provocara todo um coro dos resmungos das centenas de ceifadores reunidos, a maioria de desprezo e descontentamento. Mas algumas vozes de concordância também tinham sido ouvidas.

"Permitir que os... que os condenados escolham o método? É completamente bárbaro!", o ceifador Truman berrara.

"Mais bárbaro do que a cadeira elétrica? Ou a decapitação? Ou uma faca no peito? Se as pessoas têm o direito de escolher, não acha que vão preferir o método menos agressivo? Quem somos nós para considerar sua escolha bárbara?"

Daquela vez houvera menos resmungos. Não porque os ceifadores concordassem, mas porque perdiam o interesse no assunto. Uma jovem ceifadora arrogante — ainda que tivesse chegado à sua posição em meio a tanta polêmica — não merecia tamanha atenção.

"Não viola nenhuma lei e é como decido coletar", Citra afirmara. O Alto Punhal Xenócrates, que não parecia se importar, cedera a palavra ao parlamentar, que não tinha encontrado nenhum argumento de objeção legal. Em seu primeiro obstáculo no conclave, a ceifadora Anastássia tinha se dado bem.

A ceifadora Curie tinha ficado devidamente impressionada.

"Tinha certeza de que colocariam você em algum tipo de condicional, escolhendo as coletas em seu lugar e a obrigando a realizá-las em um cronograma rígido. Poderiam ter feito isso e não o fizeram. O que diz muito mais sobre você do que imagina."

"O quê? Que sou um pé no saco coletivo da Ceifa? Disso eles já sabiam."

"Não", discordara a ceifadora Curie com um sorriso. "Mostra que levam você a sério."

O que era mais do que Citra poderia dizer sobre si mesma. Na maior parte do tempo, ela sentia que estava fingindo. Usava um figurino azul-turquesa para o papel que representava.

Ela tinha encontrado muito sucesso coletando daquela maneira. Foram poucos os que não voltaram depois de seu aviso prévio. Dois tinham morrido tentando atravessar a fronteira para o Texas, outro a fronteira oestemericana. Ninguém encostara no corpo até a ceifadora Anastássia aparecer para declarar sua coleta.

Outros três foram encontrados em suas camas quando o tempo da partícula de rastreamento se esgotara. Preferiram o silêncio do veneno a ter de enfrentar a ceifadora novamente. Em todos os casos, o método havia sido escolha deles. Para Citra, aquilo era crucial, pois o que ela mais odiava na conduta da Ceifa era a indignidade de escolher a forma da morte para outras pessoas.

Seu método dobrava sua carga de trabalho, claro, pois precisava encontrar cada coletado duas vezes. Aquilo era extremamente exaustivo, mas, pelo menos, permitia que dormisse melhor à noite.

★

No crepúsculo do mesmo dia de novembro em que dera a Devora Murray sua notícia terminal, Citra entrou num cassino de luxo em Cleveland. Todos os olhos se voltaram para ela assim que pisou no lugar.

Citra tinha se acostumado àquilo; um ceifador era o centro das atenções em qualquer lugar, querendo ou não. Alguns ceifadores adoravam, outros preferiam realizar seu trabalho em lugares vazios, onde não houvesse ninguém além da pessoa a ser coletada. Citra não estava ali por vontade própria, mas tinha de respeitar o desejo do homem que havia escolhido aquele lugar.

Ela o encontrou onde ele dissera que estaria: no extremo canto do cassino, numa área especial três degraus acima do resto, reservada para os grandes apostadores.

Ele vestia um smoking elegante e era o único jogador nas mesas de altas apostas. Parecia o dono do lugar. Mas não era. O sr. Ethan J. Hogan tampouco era um grande apostador. Era um violoncelista da Filarmônica de Cleveland. Era extremamente competente — o melhor elogio que se podia fazer a um músico naqueles tempos. Sua paixão pela música vinha do passado mortal, mas o verdadeiro estilo artístico tinha sido extinto assim como os dodôs. Claro, os dodôs estavam de volta — a Nimbo-Cúmulo tinha resolvido aquilo. Uma colônia próspera se mantinha tranquilamente nas ilhas Maurício.

— Olá, sr. Hogan — a ceifadora Anastássia cumprimentou. Ela tinha de pensar em si mesma como ceifadora Anastássia durante as coletas. A representação. O papel.

— Boa tarde, excelência — ele disse. — Eu diria que é um prazer ver você, mas, considerando as circunstâncias...

Ele deixou a frase morrer no ar. A ceifadora se sentou ao lado dele e esperou, deixando que o homem conduzisse.

— Quer tentar a sorte no bacará? — ele perguntou. — É um jogo simples, mas possibilita níveis de estratégia impressionantes.

Ela não sabia se ele estava sendo sincero ou irônico. Não sabia jogar bacará, mas não tinha por que revelar aquilo ao homem.

— Não tenho dinheiro para apostar — disse apenas.

Em resposta, ele empurrou uma pilha de suas fichas para ela.

— Fique à vontade. Pode apostar na banca ou em mim.

Ela empurrou todas as fichas para a caixa de apostas marcada como "jogador".

— Muito bem! — ele disse. — Uma apostadora corajosa.

O homem apostou como ela e fez sinal para o crupiê, que sacou duas cartas para ele e duas para si.

— O jogador tem oito, a banca tem cinco. O jogador vence. — O crupiê recolheu as cartas com um instrumento de madeira que parecia completamente desnecessário, então duplicou as pilhas de fichas dos dois.

— Você é meu amuleto da sorte — o violoncelista disse. Em seguida, endireitou a gravata-borboleta e olhou para ela. — Está tudo pronto?

A ceifadora Anastássia olhou para a parte principal do cassino atrás dela. Ninguém estava olhando diretamente para eles, mas, ainda assim, ela sabia que eram o centro das atenções. Aquilo era bom para o cassino; apostadores distraídos tendiam a perder. A gerência devia adorar os ceifadores.

— O garçom deve vir a qualquer momento — ela disse. — Já está tudo pronto.

— Bom, nesse caso, mais uma partida enquanto esperamos.

Mais uma vez, a ceifadora empurrou suas fichas para apostar no jogador, e o homem a imitou. Mais uma vez, as cartas foram a favor deles.

Anastássia se virou para o crupiê, que estava com medo de encará-la nos olhos — como se, caso o fizesse, também pudesse ser coletado. O garçom chegou com uma taça gelada numa bandeja e uma coqueteleira prateada coberta de gotas de condensação.

— Ora, ora — o violoncelista disse. — Nunca tinha passado pela minha cabeça como essas coqueteleiras parecem pequenas bombas.

A ceifadora Anastássia não teve o que responder.

— Não sei se você sabe, mas havia um personagem da Era Mortal... — o homem prosseguiu. — Um tipo de playboy. Eu sempre o admirei... pela forma como sempre escapava, dava para jurar que era imortal. Parecia com a gente, nesse aspecto. Nem mesmo os piores vilões eram capazes de se livrar dele.

A ceifadora Anastássia sorriu. Tinha entendido por que o violoncelista havia escolhido ser coletado daquela forma.

— Ele preferia seu martíni batido, não mexido — ela disse.

O violoncelista retribuiu seu sorriso.

—Vamos, então?

Ela pegou a coqueteleira prateada e a chacoalhou bem, até o gelo lá dentro fazer seus dedos queimarem. Em seguida, abriu a tampa e serviu a mistura de gim, vermute e algo mais na taça gelada.

O violoncelista olhou para o drinque. A ceifadora pensou que seria altivo e pediria uma rodela de limão ou uma azeitona, mas ele ficou apenas observando. Assim como o crupiê. Assim como o gerente atrás dele.

— Minha família está num quarto do hotel lá em cima, esperando você — ele disse.

Ela assentiu.

— Suíte 1242.

Era parte do trabalho dela saber aquelas coisas.

— Por favor, ofereça primeiro o anel ao meu filho Jorie... A notícia foi muito pesada para ele. Ele vai insistir para que os outros recebam imunidade antes, mas saber que foi escolhido vai significar muito para ele, mesmo se deixar que os outros passem na frente. — Ele ponderou a taça por alguns momentos, depois disse: — Desculpa, eu trapaceei um pouco, mas aposto que você já sabe.

Mais uma vez, ele fazia uma aposta certeira.

— Sua filha Carmen não mora com você — a ceifadora Anastássia disse. — O que significa que não tem direito à imunidade, embora esteja na suíte do hotel junto com os outros. — O violoncelista tinha cento e quarenta e três anos, e havia formado diversas famílias. Às vezes as pessoas tentavam conseguir imunidade para uma multidão de filhos, e ela tinha de recusá-la. Mas uma única pessoa a mais? Aquilo a ceifadora podia permitir. — Vou conceder imunidade a ela, desde que prometa não se gabar por isso.

Ele soltou um suspiro imensamente aliviado. Estava claro que a mentira tinha sido um peso para ele, mas não era uma mentira de fato se a ceifadora Anastássia sabia dela — e muito menos se a tinha confessado em seus últimos momentos. Ele podia partir daquele mundo com a consciência limpa.

Finalmente, o sr. Hogan ergueu a taça com ar jovial, observando a forma como o líquido refletia e refratava a luz. A ceifadora Anastássia não pôde deixar de imaginar uma contagem regressiva de 007 a 000.

— Quero agradecer, excelência, por me permitir essas últimas semanas para me preparar. Foram muito importantes para mim.

Era aquilo que a Ceifa não conseguia entender. Estavam todos tão focados no ato de matar que não conseguiam compreender o que estava em jogo no ato de morrer.

O homem levou a taça aos lábios e deu um golinho, então lambeu os lábios, analisando o sabor.

— Sutil — ele disse. — Saúde!

Em seguida, virou a taça em um gole só e a bateu na mesa, empurrando-a na direção do crupiê, que recuou de leve.

—Vou dobrar! — o violoncelista disse.

— Senhor, isso é bacará — o crupiê respondeu, com a voz um pouco trêmula. — Só dá para dobrar as apostas no vinte e um.

— Droga.

Em seguida, ele se afundou na cadeira e morreu.

Citra se aproximou dele. Sabia que não encontraria pulso, mas precisava seguir o procedimento. Ela instruiu o crupiê a mandar que colocassem a taça, a coqueteleira e a bandeja em um saco e o destruíssem.

— O veneno é muito potente. Se alguém morrer durante o manuseio, a Ceifa vai pagar pela revivificação e compensar o transtorno. — Em seguida, ela empurrou sua pilha de fichas para o cadáver. — Quero a sua garantia pessoal de que todos esses ganhos vão para a família Hogan.

— Sim, excelência. — O crupiê olhou para o anel dela como se pudesse oferecer imunidade a ele. A ceifadora tirou a mão da mesa.

— Posso contar com você para cuidar de tudo?

— Sim, excelência.

Satisfeita, ela saiu para conceder um ano de imunidade à família enlutada do violoncelista, ignorando a constelação de olhares enquanto caminhava em busca do elevador.

Sempre tive uma preocupação especial por aqueles com alta probabilidade de mudar o mundo. Não posso prever de que forma viria essa mudança, só que têm chances de efetuá-la.

Desde o momento em que Citra Terranova foi selecionada como aprendiz do Honorável Ceifador Faraday, sua probabilidade de mudar o mundo foi multiplicada por cem. O que ela vai fazer é incerto e o resultado, ainda mais, porém, o que quer que seja, será feito. A ascensão ou a queda da humanidade pode depender das decisões, das conquistas e dos erros dela.

Eu gostaria de guiá-la, mas, como é uma ceifadora, não posso interferir. Só vou observá-la voar ou cair. Como é frustrante ter tanto poder sem conseguir usá-lo quando importa!

A Nimbo-Cúmulo

5
Um mal necessário

Citra pegou um carro público para sair do cassino. Era autônomo e fazia parte da rede, mas, no momento em que ela entrou, a luz que indicava que estava conectado à Nimbo-Cúmulo se apagou. Pelo anel dela, o carro identificara que se tratava de uma ceifadora.

Ele a recebeu com uma voz sintética, esvaziada de qualquer inteligência artificial.

— Destino, por favor? — ele perguntou, sem vida.

— Sul — ela disse. Então se lembrou do momento em que dissera a outro carro público para dirigir rumo ao norte, quando estava nas profundezas do continente sul-mericano, tentando escapar de toda a Ceifa Chilargentina. Parecia ter sido muito tempo antes.

— Sul não é um destino — o carro informou.

— Só dirija — ela disse. — Até eu dar um destino.

O carro começou a se mover e não a incomodou mais.

A ceifadora estava começando a odiar ter de pegar aqueles carros autônomos obedientes. Antes de sua aprendizagem, eles nunca a tinham incomodado. Citra Terranova não tivera um desejo ardente de aprender a dirigir, mas Anastássia tinha. Talvez fosse a natureza autodeterminada de ser um ceifador que a deixava pouco à vontade como passageira em um carro público. Ou talvez fosse influência da ceifadora Curie.

Curie dirigia um carro esportivo reluzente — seu único luxo

e a única coisa em sua vida que não combinava com seu manto lavanda. Ela tentara ensinar Anastássia a dirigir com a mesma paciência com que a ensinara a coletar.

Citra havia concluído que dirigir era muito mais difícil.

"É um conjunto diferente de habilidades, Anastássia", Curie, que sempre a chamava por seu nome de ceifadora, dissera a ela durante sua primeira aula. Citra sempre se sentia um pouco constrangida em chamá-la por seu primeiro nome. "Marie" soava informal demais para a Grande Dama da Morte. "Ninguém pode dominar a arte de dirigir, porque nenhuma jornada é igual a outra. Mas, depois que você estiver proficiente, pode ser gratificante e até libertador."

Citra não sabia se algum dia chegaria àquele nível. Havia coisas demais em que se concentrar ao mesmo tempo. Espelhos, pedais e um volante que, com o mero deslize de um dedo, poderia fazer o motorista sair voando de um penhasco. O pior era que o carro esportivo da Era Mortal da ceifadora Curie ficava completamente fora da rede. Isso significava que ele não corrigia os erros do motorista. Não era à toa que os automóveis matavam tanto durante a Era da Mortalidade; sem um controle computacional interconectado, eram armas tão letais quanto qualquer coisa que os ceifadores pudessem usar para coleta. Citra imaginou se havia ceifadores que coletavam com automóveis, então decidiu que era melhor não pensar naquilo.

Ela conhecia poucas pessoas que sabiam dirigir. Até os colegas de sua antiga escola que ostentavam carros novos reluzentes tinham motoristas automáticos. Operar um veículo a motor naquele mundo pós-mortal era tão raro quanto bater a própria manteiga.

— Estamos dirigindo rumo ao sul há dez minutos — o carro disse. — Deseja definir um destino agora?

— Não — ela respondeu, categórica, e continuou a olhar pela janela para as luzes da rodovia, que pontuavam a escuridão. A viagem que estava prestes a fazer teria sido muito mais fácil se soubesse dirigir.

Citra tinha chegado a visitar concessionárias, imaginando que, se tivesse um carro próprio, aprenderia a dirigir.

Em nenhum lugar as vantagens de ser ceifadora eram mais evidentes do que numa concessionária.

"Por favor, excelência, escolha um dos nossos veículos de ponta", os vendedores diziam. "O que quiser. É um presente nosso."

Os ceifadores não estavam apenas acima da lei, mas de qualquer necessidade de dinheiro, porque recebiam de graça o que quisessem. Para uma concessionária, a publicidade de ter um ceifador dirigindo seu carro valia mais do que o veículo em si.

Em todo lugar que ela tinha ido, queriam que escolhesse algo vistoso, que chamasse a atenção.

"Um ceifador deve deixar uma forte marca social", um vendedor esnobe dissera. "Todos precisam saber que uma mulher de grande honra e responsabilidade está dirigindo."

No fim, ela decidiu esperar, porque a última coisa que queria era deixar uma forte marca social.

Citra pegou o diário e escreveu devagar seu relato obrigatório da coleta do dia. Então, vinte minutos depois, viu as placas de um posto de parada à frente e disse para o carro estacionar. Ela respirou fundo e ligou para a ceifadora Curie, avisando que não passaria a noite em casa.

— A viagem é muito longa, e você sabe que não consigo dormir num carro público.

— Você não precisa me ligar, querida — Marie disse a ela. — Não ficaria esperando por você.

— É difícil perder o costume — Anastássia disse. Além do mais, ela sabia que Marie se preocupava, sim. Não que algo acontecesse com ela, mas que trabalhasse demais.

—Você deveria fazer coletas mais perto de casa — Marie disse, pela enésima vez, mas a Casa da Cascata, a magnífica singularidade arquitetônica em que moravam, ficava no meio da floresta, no extremo leste da MidMérica, o que significava que, se não estendessem seu alcance, acabariam coletando em excesso nas pequenas comunidades locais.

— O que você quer dizer é que eu deveria viajar mais com você, e não sozinha.

Marie riu.

— Tem razão.

— Prometo que na semana que vem coletamos juntas.

Anastássia estava sendo sincera. Ela tinha passado a adorar seu tempo com a ceifadora Curie, tanto a lazer quanto a trabalho. Como jovem ceifadora, poderia ter escolhido trabalhar sob a orientação de qualquer um que a aceitasse, e muitos haviam se oferecido, mas sua relação com Curie tornava o trabalho um pouco mais suportável.

— Passe a noite num lugar quentinho — Marie disse a ela. — Não sobrecarregue seus nanitos de saúde.

Depois de desligar, Citra esperou um minuto para sair do carro, como se Marie pudesse ficar sabendo que ela estava tramando alguma coisa mesmo depois de desligar o celular.

—Vamos continuar sua viagem para o sul? — o carro perguntou.

— Sim — ela respondeu. — Espere por mim.

—Vai ter um destino quando voltar?

—Vou.

O posto de parada estava quase deserto àquela hora. Alguns poucos funcionários trabalhavam na loja de conveniência vinte e quatro horas e nas estações de carregamento. A área dos banheiros estava limpa e bem iluminada. Ela avançou rápido em sua direção. A noite estava fria, mas seu manto tinha células de aquecimento que a mantinham aquecida sem necessidade de um casaco pesado.

Ninguém a observava — pelo menos não olhos humanos. Citra não tinha como deixar de notar, porém, as câmeras da Nimbo-Cúmulo girando em todos os postes, acompanhando-a por todo o caminho até o banheiro. A Nimbo-Cúmulo podia não estar no carro, mas sabia que ela estava ali. E talvez soubesse até o que pretendia fazer.

Na cabine, ela tirou o manto azul-turquesa, a túnica e a calça da mesma cor — tudo feito sob medida — e vestiu as roupas comuns que escondia no manto. Ela tinha de conter a vergonha ao fazê-lo. Era um motivo de orgulho entre os ceifadores nunca usar nada além do traje oficial.

"Somos ceifadores em todos os momentos de nossas vidas", Marie havia dito. "Nunca devemos nos permitir esquecer isso, por mais que queiramos. As vestimentas são testemunha de nosso compromisso."

No dia em que a jovem fora ordenada, a ceifadora Curie havia dito que Citra Terranova não existia mais.

"Você é e sempre será a ceifadora Anastássia, até o dia em que decidir abandonar esta Terra."

Anastássia estava disposta a viver daquele modo... exceto nas ocasiões em que precisava ser Citra Terranova.

Ela saiu do banheiro com a ceifadora Anastássia enrolada sob o braço. Era Citra novamente; orgulhosa e obstinada, sem uma forte marca social. Uma jovem que não chamava muita atenção. Exceto das câmeras da Nimbo-Cúmulo, que giravam para segui-la em seu caminho de volta ao carro.

Havia um grande memorial no centro de Pittsburgh, cidade onde o ceifador Prometeu nascera, o primeiro Supremo Punhal Mundial. Ao longo de um parque de dois hectares ficavam os pedaços intencionalmente partidos de um enorme obelisco de obsidiana. Em volta das pedras escuras caídas, havia estátuas dos fundadores da Ceifa feitas em mármore branco contrastante, com tamanho um pouco maior que o real.

Era o memorial para pôr fim a todos os memoriais.

Era o memorial à morte.

Turistas e estudantes de todo o mundo visitavam o Memorial da Mortalidade, onde a morte se espalhava diante dos ceifadores. Todos se maravilhavam com o conceito de que as pessoas no passado haviam morrido de causas naturais. Velhice. Doença. Catástrofe. Ao longo dos anos, a cidade havia passado a se orgulhar de seu caráter turístico pela celebração da morte da morte. Em Pittsburgh, todo dia era Halloween.

Havia festas à fantasia e clubes de terror por toda parte. À noite, todas as casas eram mal-assombradas.

Perto da meia-noite, Citra atravessou o parque, xingando por não ter pensado em levar um casaco. No meio de novembro, Pittsburgh ficava gelada àquela hora da noite, e o vento só piorava tudo. Ela sabia que podia vestir o manto de ceifadora para se aquecer, mas aquilo destruiria seu disfarce. Seus nanitos estavam se esforçando para elevar sua temperatura corporal, aquecendo-a de dentro para fora. Aquilo a impedia de tremer, mas não acabava com o frio.

Ela se sentia vulnerável sem o manto. Nua em um sentido fundamental. Quando começou a usá-lo, parecia estranho e desagradável. Vivia tropeçando na barra que se arrastava no chão. Mas, nos dez meses desde que fora ordenada, havia se acostumado, a ponto de se sentir estranha ao sair em público sem ele.

Havia outras pessoas no parque; a maioria apenas de passagem, rindo, indo de uma festa ou de uma casa noturna à outra. Todos estavam fantasiados. Havia fantasmas e palhaços, bailarinas e demônios. As únicas fantasias proibidas eram aquelas que envolviam mantos. Nenhum cidadão comum tinha permissão de se assemelhar a um ceifador. Os grupos a observavam ao passar. Reconheceriam-na? Não. Só a notavam porque era a única sem fantasia. Citra chamava atenção por sua tentativa de não chamar.

Não fora ela quem escolhera aquele lugar. Estava no bilhete que recebera.

Me encontre à meia-noite no Memorial da Mortalidade.

Citra rira com a aliteração até se dar conta de quem era o remetente. Não havia assinatura. Apenas a letra L. A data no bilhete era de 10 de novembro. Felizmente, a coleta daquela noite era próxima o bastante para tornar o encontro possível.

Pittsburgh era o lugar perfeito para um encontro clandestino. Os ceifadores simplesmente não gostavam de coletar ali. O lugar era macabro demais para eles, com pessoas correndo de um lado para o outro em fantasias rasgadas e ensanguentadas, carregando facas de plástico e celebrando todo tipo de coisa pavorosa. Para os ceifadores, que levavam a morte muito a sério, era de muito mau gosto.

Mesmo sendo a cidade grande mais próxima da Casa da Cascata, a ceifadora Curie nunca trabalhava por lá.

"Coletar em Pittsburgh é quase uma redundância", ela dissera a Citra.

Portanto, as chances de ser vista por outro ceifador eram mínimas. Os únicos ceifadores que agraciavam o parque eram os fundadores em mármore, vigiando o obelisco preto partido.

Exatamente à meia-noite, um vulto saiu de trás de um fragmento especialmente grande do obelisco. A princípio, Citra pensou ser apenas mais um folião, mas, assim como ela, não estava fantasiado. Apenas sua silhueta era vista sob um dos holofotes que iluminavam o memorial, mas ela o reconheceu pelo jeito de andar.

— Pensei que você estaria usando o manto — Rowan disse.

— Que bom que você não está usando o seu — ela respondeu.

Conforme ele se aproximava, a luz iluminava mais seu rosto. Estava pálido, parecendo um fantasma, como se não tomasse sol havia meses.

—Você parece bem — ele disse.

Ela agradeceu, mas não retribuiu o comentário, porque ele não parecia bem. Seus olhos tinham a frieza conturbada de quem vira mais do que deveria e não se importava em salvar o que restara de sua alma. Mas então ele sorriu, e foi um sorriso caloroso. Sincero. *Aí está você, Rowan*, Citra pensou consigo mesma. *Estava escondido, mas eu te achei.*

Ela o guiou para as sombras, e os dois ficaram num canto escuro do memorial, onde ninguém poderia vê-los, exceto as câmeras da Nimbo-Cúmulo. Mas não havia nenhuma por perto. Talvez tivessem encontrado um ponto cego.

— É bom ver você, Honorável Ceifadora Anastássia — ele disse.

— Por favor, não me chame assim — ela disse. — Citra é melhor.

Rowan sorriu.

— Não seria uma violação?

— Pelo que fiquei sabendo, tudo o que você faz agora é uma violação.

O rosto de Rowan acusou um leve aborrecimento.

— Não acredite no que ouve por aí.

Mas Citra precisava saber. Precisava ouvir da boca dele.

— É verdade que está massacrando ceifadores e botando fogo nos corpos deles?

Rowan ficou claramente ofendido.

— Estou botando um fim na vida de ceifadores que não merecem o título — ele respondeu. — Eu não "massacro" ninguém. Dou um fim rápido e misericordioso à vida deles, assim como você faz, e só boto fogo no corpo depois que morrem para que não possam ser revividos.

— E o ceifador Faraday permite que faça isso?

Rowan desviou o olhar.

— Faz meses que não vejo Faraday.

Ele explicou que, depois de fugir do Conclave Invernal, em janeiro, Faraday — que quase todos pensavam estar morto — o havia levado para seu bangalô na costa norte da Amazônia. Mas Rowan só tinha ficado lá algumas semanas.

— Eu precisava ir embora — ele disse a Citra. — Senti um... chamado. Não sei explicar.

Mas Citra entendia. Ela também o sentia. Suas mentes e seus corpos haviam passado por um ano de treinamento para que fossem os assassinos perfeitos. Tirar vidas havia se tornado parte de quem eram. E ela compreendia o desejo de Rowan de querer apontar a lâmina para a corrupção que criava raízes por toda a Ceifa, mas *querer* e de fato *fazer* eram duas coisas diferentes. Havia um código de conduta. Os mandamentos da Ceifa existiam por um motivo. Sem eles, todas as regiões, todos os continentes, estariam mergulhados no caos.

Em vez de entrar numa discussão filosófica que não os levaria a lugar algum, Citra decidiu desviar o assunto de suas ações para ele em si, porque não eram apenas seus feitos sombrios que a preocupavam.

— Você está magro — ela disse. — Está comendo?

— Virou minha mãe agora?

— Não — Citra respondeu, com calma. — Mas sou sua amiga.

— Ah... — ele disse, um pouco melancólico. — Minha "amiga".

Ela sabia aonde Rowan queria chegar. Na última vez em que se encontraram, tinham dito as palavras que haviam jurado nunca se permitir dizer. No calor do momento de desespero e triunfo, Rowan dissera que a amava, e ela admitira o mesmo.

Mas de que adiantava aquilo agora? Era como se os dois existissem em universos diferentes. Insistir naqueles sentimentos não levaria a nada de bom. Ainda assim, Citra alimentava a ideia. Até considerou repetir aquelas palavras para ele… mas mordeu a língua, como uma boa ceifadora.

— Por que estamos aqui, Rowan? — ela questionou. — Por que me escreveu aquele bilhete?

Rowan suspirou.

— Porque, mais cedo ou mais tarde, a Ceifa vai me encontrar. E eu queria ver você uma última vez antes disso. — Ele fez uma pausa enquanto pensava. — Quando me pegarem, você sabe o que vai acontecer. Eles vão me coletar.

— Não podem fazer isso — ela o lembrou. — Ainda tem a imunidade que lhe dei.

— Só por mais dois meses. Depois, podem fazer o que quiserem comigo.

Citra queria oferecer um pouco de esperança, mas sabia a verdade tão bem quanto ele. A Ceifa o queria morto. Nem os ceifadores da velha guarda aprovavam seus métodos.

— Então não seja pego — ela disse. — Se vir um ceifador de manto carmesim, fuja.

— Manto carmesim?

— Constantino — ela disse. — Ouvi dizer que foi encarregado de encontrar e prender você.

Rowan balançou a cabeça.

— Não o conheço.

— Nem eu. Mas o vi no conclave. É o chefe da agência de investigação.

— Ele é da nova ordem ou da velha guarda?

— Nenhum dos dois. Está em uma categoria própria. Não parece ter muitos amigos; nunca o vi conversar com outros ceifadores. Não sei no que acredita, exceto na justiça, talvez... a todo custo.

Rowan riu.

— Justiça? A Ceifa não sabe mais o que é isso.

— Alguns de nós sabem, Rowan. Quero acreditar que, em algum momento, a sabedoria e a razão vão prevalecer.

Rowan estendeu a mão e tocou a bochecha dela. Citra permitiu.

— Também quero acreditar nisso. Quero acreditar que a Ceifa pode voltar ao que era antes... Mas talvez seja um mal necessário para chegar lá.

— Está falando de si mesmo?

Em vez de responder, ele apenas disse:

— Assumi o nome de Lúcifer por seu significado de portador da luz.

— Também é o nome do demônio dos mortais — ela comentou.

Rowan deu de ombros.

— Aqueles que seguram as tochas são os que lançam as maiores sombras.

— E não aqueles que *roubam* as tochas?

— Bom — disse Rowan —, aparentemente posso roubar o que eu quiser.

Ela não esperava que dissesse aquilo. Sua casualidade a deixou desconcertada.

— O que você quer dizer com isso?

— A Nimbo-Cúmulo — ele disse. — Ela está me deixando sair impune. Não fala comigo nem me responde desde o dia em que começamos nossa aprendizagem, assim como acontece com você. Me trata como um ceifador.

Citra parou para pensar em algo que ela nunca havia contado a Rowan. Na verdade, a ninguém. A Nimbo-Cúmulo vivia de acordo com suas próprias leis e nunca as violava... mas, às vezes, encontrava formas de contorná-las.

— A Nimbo-Cúmulo pode não falar com você, mas falou comigo — Citra confessou.

Ele se virou para ela, encarando-a nos olhos mesmo em meio às sombras, achando que estava de brincadeira. Quando percebeu que não era o caso, Rowan disse:

— É impossível.

— Eu também achava... mas tive de morrer por impacto quando o Alto Punhal me acusou de matar o ceifador Faraday, lembra? Enquanto estava semimorta, a Nimbo-Cúmulo conseguiu entrar na minha cabeça e ativar meu raciocínio. Tecnicamente, eu não era aprendiz enquanto estava morta, por isso ela conseguiu falar comigo um pouco antes de meu coração voltar a bater.

Citra tinha de admitir que era uma forma elegante de contornar as regras. Tinha sido um momento de grande surpresa.

— O que ela disse? — Rowan perguntou.

— Que eu era... importante.

— Importante como?

Citra balançou a cabeça, frustrada.

— Esse é o problema... ela não explicou. Achava que me contar seria uma violação. — Citra se aproximou dele. Falou mais baixo, ainda que houvesse mais intensidade e gravidade em suas palavras. — Acho que se *você* tivesse se jogado daquele prédio, se tivesse ficado semimorto, a Nimbo-Cúmulo teria falado também.

Ela segurou o braço dele. Era o mais próximo de abraçá-lo que se permitia.

— Acho que você também é importante, Rowan. Na verdade, tenho certeza disso. Então, o que quer que faça, não deixe que o peguem...

Você talvez ache graça, mas minha perfeição me entristece. Os humanos aprendem com seus erros. Eu não. Não cometo nenhum erro. Quando se trata de tomar decisões, apenas o modo como estou certa se altera.

Isso não quer dizer que eu não enfrente dificuldades.

Por exemplo, foi um desafio enorme apagar o mal que a humanidade havia feito contra a Terra em sua adolescência. Restaurar a camada de ozônio enfraquecida; eliminar o excesso de gases que provocavam o efeito estufa; despoluir os mares; recuperar as florestas tropicais; resgatar uma multidão de espécies à beira da extinção.

Consegui resolver esses problemas em um único ciclo de vida da Era Mortal, com profunda determinação. Como sou o acúmulo do conhecimento humano, meu sucesso prova que a humanidade tinha a capacidade para tanto, apenas precisava de alguém poderoso o bastante para realizar isso — e eu tenho o maior poder de todos.

A Nimbo-Cúmulo

6
Represália

História nunca tinha sido a matéria favorita de Rowan, o que mudara no decorrer de sua aprendizagem. Antes, ele não conseguia apontar nada em sua vida ou mesmo em seu possível futuro que pudesse ser afetado por um passado distante — muito menos pelos acontecimentos estranhos de seu passado mortal. Mas, em sua aprendizagem, os estudos históricos haviam se focado nos conceitos de dever, honra e integridade ao longo do tempo. Na filosofia e na psicologia dos melhores momentos da humanidade desde seu nascimento até a contemporaneidade. Rowan achava aquilo fascinante.

A história era cheia de pessoas que havia se sacrificado por um bem maior. Em certo sentido, os ceifadores eram iguais, abandonando seus sonhos e esperanças para se tornar servos da sociedade. Ou pelo menos os que respeitavam o que a Ceifa defendia.

Rowan teria sido tal tipo de ceifador. Mesmo depois das marcas deixadas por sua aprendizagem brutal com Goddard, teria mantido a nobreza. Mas aquela chance lhe fora negada. Ainda assim, ele chegara à conclusão de que poderia servir à Ceifa e à humanidade, só que de outra forma.

Sua contagem já havia ultrapassado uma dúzia. Ele havia posto fim à vida de treze ceifadores em diversas regiões, todos eles uma vergonha para a classe.

Rowan fazia longas pesquisas sobre aqueles que matava, assim como o ceifador Faraday lhe havia ensinado, e escolhia de maneira imparcial. Aquilo era importante, porque sua inclinação faria com que olhasse apenas para as corrupções dos ceifadores da nova ordem. Eram eles que optavam abertamente pelos excessos e pelo prazer em matar. A nova ordem ostentava seu abuso de poder como se fosse algo bom, normalizando o mau comportamento. Mas aqueles ceifadores não detinham o monopólio da má conduta. Havia alguns da velha guarda e outros não alinhados que também tinham se tornado hipócritas e egoístas, falando sobre generosidade, mas escondendo seus atos vis nas sombras.

O ceifador Brahms tinha sido o primeiro alvo a quem Rowan tinha dado um aviso. Ele estava se sentindo magnânimo naquele dia. Uma sensação boa tinha vindo de *não* tirar sua vida. Aquilo o lembrou de que ele não era como Goddard e seus discípulos — o que o tornava digno a encarar os olhos de Citra sem sentir vergonha.

Enquanto os outros se preparavam para o feriado de Ação de Graças, Rowan pesquisava possíveis alvos, espionando-os e tomando nota de seus atos. O ceifador Gehry vivia em reuniões secretas, que quase sempre eram sobre jantares e apostas esportivas. O ceifador Hendrix se gabava de atos questionáveis, mas era tudo mentira; na verdade, ele era gentil em suas coletas e as fazia com a compaixão adequada. As coletas da ceifadora Ride pareciam brutais e sangrentas, mas as pessoas sempre morriam rápido e sem sofrimento. O ceifador Renoir, porém, era uma possibilidade notável.

Quando Rowan chegou ao seu apartamento naquela tarde, soube que havia alguém lá dentro antes mesmo de abrir a porta, porque a maçaneta estava fria. Tinha instalado um chip de resfriamento que era ativado quando a maçaneta era girada no sentido horário. Não estava congelante, mas estava fria o bastante para indicar que alguém provavelmente ainda estava lá dentro.

Considerou fugir, mas Rowan nunca tinha sido daquele tipo. Enfiou a mão no casaco para puxar sua faca — ele sempre carregava uma arma consigo, mesmo quando não estava vestindo o manto negro, porque nunca sabia quando precisaria se defender dos agentes da Ceifa. Com cuidado, entrou.

O intruso não estava escondido, mas sentado tranquilamente à mesa da cozinha, comendo um sanduíche.

— Oi, Rowan — disse Tyger Salazar. — Espero que não se importe, mas fiquei com fome enquanto esperava por você.

Rowan fechou a porta e escondeu a faca antes que Tyger pudesse vê-la.

— O que está fazendo aqui? Como conseguiu me encontrar?

— Ei, qual é? Não sou tão idiota assim. Esqueceu que fui eu que te apresentou o cara que fez sua identidade falsa? Só precisei perguntar para a Nimbo-Cúmulo onde poderia encontrar Ronald Daniels. É claro que existem milhões de Ronald Daniels por aí, então demorei um pouco para encontrar o certo.

Antes do tempo de aprendiz, Tyger Salazar tinha sido o melhor amigo de Rowan — mas tais denominações não significavam nada depois que se passava um ano aprendendo a matar. Rowan imaginava que devia ser como os soldados da Era Mortal se sentiam ao voltar da guerra. As antigas amizades provavelmente pareciam aprisionadas atrás de uma cortina turva de experiências que o outro não havia vivido. A única coisa que ele e Tyger tinham em comum era uma história que ficava mais e mais distante com o passar dos dias. Agora, Tyger era um convidado de festas profissional. Rowan não conseguia imaginar uma carreira com a qual se identificasse menos.

— Só queria que você tivesse me avisado que viria — Rowan disse. — Foi seguido? — Ele percebeu na hora que era uma das perguntas mais idiotas que poderia ter feito. Nem mesmo Tyger teria tão pouca noção a ponto de ir ao apartamento de Rowan se soubesse que estava sendo seguido.

— Relaxa — Tyger disse. — Ninguém sabe que estou aqui. Por que sempre acha que todo mundo vive atrás de você? Tipo, por que a Ceifa ia se importar? Só porque foi reprovado na aprendizagem?

Rowan não respondeu. Foi até a porta do guarda-roupa, que estava entreaberta, e a fechou, torcendo para que Tyger não tivesse visto o manto negro do ceifador Lúcifer ali dentro. Não que ele fosse entender o que via. A população comum não sabia nada a respeito. A Ceifa era muito boa em manter suas questões fora dos noticiários. Quanto menos Tyger soubesse, melhor. Por isso, Rowan se utilizou da velha fórmula para acabar com qualquer conversa.

— Se você é meu amigo de verdade, não vai fazer perguntas.

— Certo, certo. Quanto mistério. — Ele ergueu o restante do sanduíche. — Bom, pelo menos você ainda come comida humana.

— O que você quer, Tyger? Por que está aqui?

— Dá para falar como um amigo? Vim até aqui, puxa... Você podia pelo menos me perguntar como estou.

— E como você está?

— Muito bem, na verdade. Acabei de arranjar um emprego em outra região, então vim me despedir.

— Arranjou um trabalho permanente como convidado?

— Não sei muito bem... mas paga melhor do que a agência de festas em que eu estava. E finalmente vou conhecer um pouco do mundo. A vaga é no Texas!

— Texas? — Rowan ficou um pouco preocupado. — Tyger, as coisas funcionam de um jeito... *diferente* lá. Todo mundo fala "Não mexa com o Texas"... Por que você vai mexer?

— Certo, é uma região patente. Grande coisa. Só porque são

imprevisíveis não quer dizer que sejam ruins. Você me conhece; meu segundo nome é "imprevisível".

Rowan teve de segurar o riso. Tyger era uma das pessoas mais previsíveis que ele conhecia. A maneira como se viciara em mortes por impacto, como fugira para virar um convidado profissional... Tyger podia se ver como um espírito livre, mas não era. Só definira as dimensões da própria cela.

— Bom, só toma cuidado — Rowan disse, sabendo que Tyger não tomaria, mas que ia se virar bem, o que quer que fizesse. *Será que já fui tão descuidado quanto Tyger?*, ele se perguntou. Não havia sido, mas invejava aquilo em Tyger. Talvez por isso fossem amigos.

Os dois pareceram constrangidos, mas não era só aquilo. Tyger se levantou, mas não fez menção de sair. Havia mais alguma coisa que precisava dizer.

— Tenho uma notícia — ele anunciou. — Na verdade, é por causa dela que estou aqui.

— Que tipo de notícia?

Tyger parecia hesitante. Rowan se preparou para o pior.

— Sinto muito por contar isso, Rowan, mas... seu pai foi coletado.

Rowan sentiu a terra estremecer sob seus pés. Uma força gravitacional pareceu puxá-lo em uma direção inesperada. Não o bastante para perder o equilíbrio, mas pelo menos para deixá-lo com o estômago embrulhado.

— Rowan, você ouviu o que eu disse?

— Ouvi — ele respondeu baixo. Inúmeros pensamentos e sentimentos dispararam dentro de si, eletrocutando um ao outro até que não soubesse o que pensar ou sentir. Ele não esperava voltar a ver os pais, mas saber que não teria como ver o pai, saber que tinha partido para sempre, que não estava apenas semimorto, mas *morto*... Rowan tinha visto muitas pessoas serem coletadas. Havia tirado a vida de treze delas com as próprias mãos, mas nunca havia perdido alguém tão próximo.

— Eu... não posso ir ao funeral. — Rowan se deu conta. — A Ceifa vai ter agentes lá atrás de mim.

— Se tinha algum, eu não vi — Tyger disse. — O funeral foi na semana passada.

Aquilo o atingiu com tanta força quanto a notícia da morte.

Tyger deu de ombros como quem pede desculpas.

— Como eu disse, tinha milhões de Ronald Daniels. Demorei um pouco para encontrar você.

Seu pai estava morto havia mais de uma semana. Se Tyger não tivesse contado, ele nunca saberia.

Então, Rowan foi se dando conta da verdade. Não era um acontecimento casual.

Era uma punição.

Uma represália pelos atos do ceifador Lúcifer.

— Quem foi o ceifador que coletou meu pai? — Rowan perguntou. — Preciso saber!

— Não sei. Ele fez o resto da sua família jurar silêncio. Alguns ceifadores fazem isso... Você deveria saber melhor do que eu.

— Mas ele deu imunidade para os outros?

— Claro — Tyger disse. — Para sua mãe e seus irmãos, como os ceifadores devem fazer.

Rowan ficou andando de um lado para o outro, com vontade de dar um soco na cara de Tyger por ser tão idiota, mas sabendo que nada daquilo era culpa dele. Seu amigo era apenas o mensageiro. O resto da sua família tinha imunidade, mas ela só duraria um ano. Quem quer que tivesse coletado seu pai poderia voltar para buscar sua mãe e depois cada um de seus irmãos, um por ano, até que toda a sua família estivesse morta. Aquele era o preço de ser o ceifador Lúcifer.

— É minha culpa! Fizeram isso por minha causa!

— Rowan, está se ouvindo? Nem tudo tem a ver com você. Seja lá o que fez para irritar a Ceifa, não estão atrás da sua família por isso. Os ceifadores não são assim. Eles não guardam rancor. São iluminados.

De que adiantava discutir? Tyger nunca entenderia, e provavelmente era melhor daquele jeito. Ele poderia viver milhares de anos como um convidado de festas feliz, sem nunca ter de saber como os ceifadores podiam ser mesquinhos, vingativos e *humanos*.

Rowan sabia que não podia continuar ali. Mesmo se Tyger não tivesse sido seguido, em algum momento a Ceifa rastrearia por onde passara. Até onde Rowan sabia, podia já haver uma equipe a caminho para eliminá-lo.

Os dois se despediram, e ele levou seu velho amigo até a porta o mais rápido possível. Rowan partiu logo depois de Tyger, sem levar nada além de uma mochila cheia de armas e seu manto negro.

É importante entender que minha observação constante da humanidade não é uma vigilância. Vigilância implica motivo, suspeita e, em última análise, julgamento. Nada disso está nos meus algoritmos de observação. Observo por um único motivo: servir cada indivíduo sob meus cuidados da melhor maneira possível. Não ajo — não posso agir — sobre algo que vejo em ambientes privados. Mas uso o que vejo para entender melhor as necessidades humanas.

Entretanto, não sou indiferente à ambivalência que as pessoas sentem em relação à minha constante presença em suas vidas. Por esse motivo, desliguei todas as câmeras em casas particulares no Texas. Como tudo o que faço em regiões patentes, trata-se de um experimento. Quero ver se a ausência de observação prejudica minha capacidade de governar. Caso contrário, não vejo por que não desligar a grande maioria das câmeras em casas particulares de todo o mundo. Contudo, se surgirem problemas ao não ver tudo o que sou capaz de ver, será prova da necessidade de erradicar todos os pontos cegos na face da Terra.

Torço pela primeira opção, mas desconfio da segunda.

A Nimbo-Cúmulo

7
Magrelo, mas com potencial

Tyger Salazar estava indo longe!

Depois de uma vida perdendo tempo e ocupando espaço, agora era pago para fazer isso profissionalmente! Ele não conseguia imaginar uma vida melhor — e, depois de tanto conviver com ceifadores, sabia que, mais cedo ou mais tarde, acabaria sendo notado. Pensara que poderiam estender seu anel e lhe dar um ano de imunidade, mas nunca imaginara que seria contratado por um deles para um cargo permanente. Muito menos uma ceifadora de outra região.

—Você nos divertiu na festa de ontem — a mulher havia dito ao celular. — Gostamos do seu estilo. — Ela lhe oferecera mais do que o dobro do dinheiro que ele estava ganhando e lhe passou um endereço, a data e a hora em que deveria comparecer.

Quando Tyger desceu do trem, soube na hora que não estava mais na MidMérica. A língua oficial do Texas era o inglês mortal, pronunciado com um sotaque melodioso. Bastante próximo do inglês comum para Tyger entender, mas o esforço necessário exauria seu cérebro. Era como escutar Shakespeare falando.

Todos se vestiam de forma um pouco diferente e andavam com uma postura descolada com a qual podia se acostumar. Ele se perguntou por quanto tempo aguentaria viver ali. Esperava que o suficiente para comprar o carro que seus pais nunca lhe comprariam, assim não precisaria mais pegar carros públicos.

A reunião era numa cidade chamada San Antonio, e o endereço era uma suíte na cobertura de um arranha-céu com vista para um riacho. Ele imaginou que a festa já estaria rolando. Que seria uma daquelas perpétuas. Não poderia estar mais longe da verdade.

Foi recebido não por um empregado, mas por uma ceifadora. Uma mulher de cabelo escuro e uma leve inclinação panasiática que lhe pareceu familiar.

— Tyger Salazar, presumo.

— Presume certo. — Ele entrou. Era um apartamento bem decorado, o que já imaginava. O que não imaginava era a total ausência de outros convidados. Mas Tyger se deixava levar. Se dava bem com o que quer que jogassem em seu caminho.

Ele achou que ela poderia oferecer comida ou talvez uma bebida depois de sua viagem longa, mas não. Só o observou de cima a baixo, como alguém olharia para um boi num leilão.

— Gostei do seu manto — ele disse, pensando que um elogio não podia fazer mal a ninguém.

— Obrigada — ela agradeceu. — Tire a camiseta, por favor.

Tyger suspirou. Então era *aquele* tipo de trabalho. Mais uma vez, não poderia estar mais enganado.

Ela o examinou mais de perto, já sem a camisa. Então mandou que flexionasse o bíceps e o apertou para avaliar a firmeza.

— Magrelo — ela disse —, mas com potencial.

— Como assim, "magrelo"? Eu malho!

— Não o suficiente — a ceifadora respondeu —, mas isso é fácil de resolver. — Em seguida, deu um passo para trás, avaliou-o por mais um momento e disse: — Fisicamente, você não seria nossa primeira opção, mas, considerando as circunstâncias, é perfeito.

Tyger continuou esperando, mas ela não disse mais nada.

— Perfeito pra quê?

— Você vai saber quando chegar a hora.

Quando finalmente caiu em si, ele se encheu de entusiasmo.

— Você me escolheu para ser seu aprendiz!

Pela primeira vez, ela sorriu.

— Sim, de certa forma — a ceifadora disse.

— Ah, cara, essa é a melhor notícia da história! Você não vai se decepcionar. Eu aprendo rápido... e sou inteligente. Quer dizer, não para as coisas da escola, mas não se engane com isso. Tenho cérebro de sobra!

Ela deu um passo à frente e sorriu. As esmeraldas em seu manto verde reluzente cintilaram ao refletir a luz.

— Confie em mim — disse a ceifadora Rand. — Para o que vou ensinar, seu cérebro não importa.

Parte II

O PERIGO

Antes que eu assumisse a gestão do planeta, a Terra suportava no máximo dez bilhões de pessoas. Depois disso, a saturação teria se instaurado, provocando fome, miséria e o colapso total da sociedade.

Alterei essa realidade cruel.

É incrível quantas vidas humanas um ecossistema bem administrado é capaz de comportar. E, por bem administrado, quero dizer administrado por mim. Sozinha, a humanidade é incapaz de manipular todas as variáveis. Sob meu comando, embora a população humana tenha se multiplicado de maneira exponencial, o mundo parece muito menos superpovoado, e, graças aos diversos territórios costeiros, arbóreos e subterrâneos que ajudei a criar, os espaços abertos são muito mais abundantes.

Sem minha intervenção contínua, esse equilíbrio delicado teria desabado sob seu próprio peso. Estremeço só de pensar no sofrimento que uma implosão planetária causaria. Ainda bem que estou aqui para impedi-la.

A Nimbo-Cúmulo

8
Sob nenhuma circunstância

Greyson Tolliver amava a Nimbo-Cúmulo. A maioria das pessoas a amava, afinal, como não amar? Sem malícia ou maldade nem segundas intenções, e sempre sabia exatamente o que dizer. Existia ao mesmo tempo em todos os lugares, em todos os computadores do mundo. Estava em todas as casas, um ombro zeloso e invisível em que apoiar. E, embora fosse capaz de falar com mais de um bilhão de pessoas ao mesmo tempo sem sobrecarregar sua consciência, dava a cada uma a ilusão de que dedicava sua atenção total a ela.

A Nimbo-Cúmulo era o amigo mais próximo de Greyson. Sobretudo porque ela o tinha criado. Era filho de "pais em série", que adoravam a *ideia* de ter uma família, mas odiavam cuidar delas. Greyson e suas irmãs tinham sido a quinta família de seu pai e a terceira de sua mãe. Eles logo se cansaram da nova leva de filhos e, quando começaram a fugir de suas responsabilidades, a Nimbo-Cúmulo assumira seu lugar. Ela ajudava Greyson com a lição de casa, o aconselhara quanto a como se comportar e se vestir em seu primeiro encontro e, embora não tivesse como estar fisicamente presente em sua formatura na escola, tirara fotos dele de todos os ângulos possíveis e mandara entregar uma bela refeição para quando chegasse em casa. Era mais do que seus pais tinham feito, que estavam na PanÁsia em uma viagem de degustação gastronômica. Nem suas duas irmãs foram. Estavam em semana de provas na universidade e deixaram claro que esperar que comparecessem a uma formatura do ensino médio era puro egoísmo da parte de Greyson.

Mas a Nimbo-Cúmulo estava lá por ele, como sempre.

"Estou muito orgulhosa de você, Greyson", ela tinha dito.

"Você disse a mesma coisa para os outros milhões de pessoas que se formaram hoje?", Greyson perguntara.

"Só para aqueles de quem estou realmente orgulhosa", a Nimbo-Cúmulo respondera. "Mas você é mais especial do que imagina."

Greyson Tolliver não acreditava que era especial. Não tinha nenhuma evidência indicando que era nada além de comum. Ele pensou que a Nimbo-Cúmulo apenas o consolava, como sempre.

Mas a Nimbo-Cúmulo sempre falava sério.

Greyson não foi influenciado ou coagido a uma vida de serviço à Nimbo-Cúmulo. A decisão foi dele. Fazia anos que queria trabalhar para a Interface da Autoridade como um agente nimbo. Ele nunca contara aquilo para a Nimbo-Cúmulo, por medo de que pudesse não o querer ou convencê-lo do contrário. Quando finalmente enviou o requerimento para a Academia Nimbo Midmericana, a Nimbo-Cúmulo dissera apenas que ficava contente, depois o colocara em contato com outros jovens da região.

Sua experiência com eles não fora o que Greyson esperava. Ele os achara incrivelmente sem graça.

"É assim que as pessoas me veem?", perguntara à Nimbo-Cúmulo. "Sou tão sem graça quanto eles?"

"Acredito que não", ela respondera. "Sabe, muitos querem trabalhar para a Interface da Autoridade porque não possuem criatividade para encontrar uma profissão realmente estimulante. Outros se sentem fracos e têm necessidade de vivenciar o poder mesmo que de forma indireta. São esses os sem graça, os entediantes. No fim, eles se tornam os agentes nimbos menos eficazes. São raros aqueles como você, cujo desejo de servir é marca de sua personalidade."

A Nimbo-Cúmulo tinha razão: Greyson queria servir, e queria servir sem segundas intenções. Ele não queria poder ou prestígio. Gostava da ideia dos uniformes cinza e azul-celeste impecáveis que os agentes usavam, mas aquela estava longe de ser sua principal motivação. A Nimbo-Cúmulo simplesmente tinha feito tanto por ele que Greyson queria retribuir de alguma forma. Não conseguia imaginar um chamado mais nobre do que o de representá-la, preservando o planeta e trabalhando para o aprimoramento da humanidade.

Enquanto os ceifadores eram formados ou desfeitos em um ano, tornar-se agente nimbo levava cinco. Quatro anos de estudo, seguidos por um no campo, como artífice de agente.

Greyson estava pronto para se dedicar aos anos de preparação — contudo, pouco mais de dois meses depois de iniciar seus estudos na Academia Nimbo MidMericana, encontrou um obstáculo em seu caminho. Seu horário de aulas, que consistiam em história, filosofia, teoria digital e direito, de repente ficou em branco. Por motivos misteriosos, ele havia sido excluído de todas as matérias. Seria um erro? Como era possível? A Nimbo-Cúmulo não cometia erros. Talvez, pensou ele, os horários fossem deixados sob responsabilidade humana, ficando sujeitos a erros. Ele fora até a secretaria da faculdade para descobrir o que acontecera.

"Não", dissera o secretário, sem surpresa ou piedade. "Não foi um erro. Aqui diz apenas que você não está matriculado em nenhuma matéria. Mas tem uma mensagem na sua ficha."

A mensagem era simples e clara: Greyson Tolliver deveria comparecer à sede da Interface da Autoridade imediatamente.

"Pra quê?", ele perguntara, mas o secretário respondera com um dar de ombros, voltando o olhar para a próxima pessoa na fila.

★

    Embora a Nimbo-Cúmulo em si não precisasse de uma sede, seus correspondentes humanos precisavam. Em todas as cidades, em todas as regiões, havia uma agência da Interface da Autoridade, onde milhares de agentes nimbos trabalhavam para conservar o mundo, cumprindo seu serviço muito bem. A Nimbo-Cúmulo havia conseguido realizar algo único na história da humanidade: uma burocracia que de fato funcionava.
    As agências da Interface da Autoridade, ou IA, não eram ornamentadas, tampouco particularmente austeras. Cada cidade tinha um prédio que harmonizava à perfeição com a arquitetura dos arredores. Para encontrar a sede da IA, bastava procurar o prédio que mais parecia integrado à paisagem.
    Na Cidade Fulcral, a capital da MidMérica, era um prédio sólido de granito branco e vidro azul-escuro, da altura média dos prédios da região central: setenta e sete andares. Certa vez, os agentes nimbos midmericanos tinham tentado convencer a Nimbo-Cúmulo a construir uma torre mais alta, que pudesse impressionar a população, e até o mundo todo.
    "Não tenho nenhuma necessidade de impressionar", a Nimbo-Cúmulo havia respondido. "E, se acreditam que a Interface da Autoridade deve se destacar, talvez precisem rever suas prioridades."
    Devidamente repreendidos, os agentes midmericanos voltaram ao trabalho com o rabo entre as pernas. A Nimbo-Cúmulo era poderosa sem ser arrogante. Mesmo decepcionados, eles ficaram tocados pela natureza incorruptível dela.
    Greyson se sentiu deslocado ao atravessar a porta giratória para entrar no vestíbulo de mármore cinza-claro, da mesma cor de todos os ternos à sua volta. Ele mesmo não tinha nenhum terno para usar. O mais próximo que conseguiu foi uma calça social ligeiramente

amassada, uma camisa branca e uma gravata verde, que continuava torta por mais que tentasse ajeitá-la.

A Nimbo-Cúmulo havia dado aquela gravata de presente para ele alguns meses antes. Greyson se perguntou se ela já sabia, naquela época, que seria chamado para tal reunião.

A agente júnior que estava esperando por ele na recepção o cumprimentou. Era simpática e agitada, e apertou a mão dele com uma energia um tanto excessiva.

— Acabei de começar meu ano no serviço de campo — ela disse. — Devo dizer que nunca soube de um calouro sendo convocado para a sede. — A agente continuava apertando sua mão. Aquilo começou a ficar constrangedor, e ele se perguntou o que seria pior: deixar que continuasse balançando sua mão ou se livrar do cumprimento. Finalmente, Greyson resgatou a mão, fingindo que precisava coçar o nariz. Então ela concluiu: — Ou você fez alguma coisa muito boa, ou muito ruim.

— Não fiz nada — ele respondeu, mas ficou claro que a mulher não acreditou.

Ela o guiou até uma sala confortável com duas cadeiras de couro de encosto alto, uma estante de livros clássicos e quinquilharias genéricas, e uma mesa de centro com uma bandeja de prata cheia de bolinhos e uma jarra também de prata com água gelada. Era uma sala de reunião padronizada, feita para quando era preciso um contato humano na comunicação com a Nimbo-Cúmulo. Greyson estranhou, porque sempre conversava diretamente com ela. Não conseguia nem imaginar do que se tratava.

Alguns minutos depois, um agente nimbo magro — que já parecia exausto ainda que o dia mal tivesse começado — entrou e se apresentou como Traxler. Ele era da primeira categoria que a Nimbo-Cúmulo havia comentado: os pouco inspirados.

O agente Traxler sentou na frente de Greyson e iniciou uma

conversa fiada compulsória. "Espero que tenha chegado bem" e blá-blá-blá, "Experimente um desses bolinhos, são muito bons", e blá-blá-blá. Greyson tinha certeza de que o homem dizia exatamente as mesmas frases a todos com quem se reunia. Então foi direto ao ponto.

—Você tem alguma ideia de por que foi chamado?

— Não — Greyson respondeu.

— Foi o que imaginei.

Então por que perguntou?, Greyson pensou, mas não se atreveu a dizer aquilo em voz alta.

—Você foi chamado porque a Nimbo-Cúmulo gostaria de lembrá-lo das regras de nossa agência relacionadas à Ceifa.

Greyson nem tentou esconder que se sentia ofendido.

— Eu conheço as regras.

— Sim, mas a Nimbo-Cúmulo gostaria que eu lembrasse você delas.

— Por que a própria Nimbo-Cúmulo não me lembrou delas?

O agente Traxler soltou um suspiro exasperado, do tipo que parecia treinado.

— Como eu disse, a Nimbo-Cúmulo gostaria que *eu* lembrasse você.

Aquilo não estava indo a lugar nenhum.

— Certo, então — disse Greyson. Ao perceber que sua frustração havia ultrapassado o limite do desrespeito, ele se conteve. — Agradeço por ter se interessado pessoalmente pela questão, agente Traxler. Pode me considerar completamente lembrado.

O agente pegou seu tablet.

—Vamos repassar as regras?

Greyson inspirou devagar, mas não soltou o ar, imaginando que, caso o fizesse, poderia gritar junto. O que a Nimbo-Cúmulo estava planejando? Quando ele voltasse para o dormitório, teria uma longa conversa com ela. Não era contra discutir com a Nimbo-Cúmulo. Ambos discutiam com frequência. A Nimbo-Cúmulo sempre vencia, claro, mesmo nas vezes em que perdia, porque Greyson sabia que ela o fazia de propósito.

— Cláusula um da separação entre a Ceifa e o Estado... — Traxler começou, e continuou lendo durante quase uma hora, às vezes parando para perguntar "Está me acompanhando?" ou "Entendeu essa parte?". Greyson assentia, dizia que sim ou, quando achava necessário, repetia palavra por palavra o que Traxler havia dito.

Traxler finalmente acabou, mas, em vez de guardar o tablet, abriu duas fotos nele.

— Agora um teste. — Ele mostrou as imagens para Greyson. A primeira ele reconheceu de imediato como a ceifadora Curie; o longo cabelo prateado e o manto lavanda a entregavam. Na segunda havia uma garota da idade dele. O manto azul-turquesa mostrava que também era ceifadora. — Se a Nimbo-Cúmulo tivesse permissão legal para tanto — o agente Traxler continuou —, ela alertaria a ceifadora Curie e a ceifadora Anastássia de que há uma ameaça crível contra a vida delas. O tipo de ameaça que não deixaria possibilidade de ressuscitação. Se a Nimbo-Cúmulo ou um de seus agentes as alertasse, que cláusula da separação entre a Ceifa e o Estado seria violada?

— Hum... cláusula quinze, parágrafo dois.

— Na verdade, cláusula quinze, parágrafo três, mas foi por pouco. — Ele deixou o tablet na mesa. — Quais seriam as consequências para um aluno da Academia Nimbo que alertasse duas ceifadoras dessa ameaça?

Greyson não disse nada por um momento; bastava pensar nas consequências para seu sangue gelar.

— Expulsão da academia.

— Expulsão *permanente* — Traxler corrigiu. — O estudante nunca mais poderia se inscrever nela ou em nenhuma outra academia.

Greyson baixou os olhos para os bolinhos. Ficou grato por não ter comido nenhum, porque talvez o tivesse vomitado na cara do agente Traxler. Mas talvez até se sentisse melhor caso o fizesse. Ele imaginou o rosto contraído do agente Traxler, sujo de vômito. Aquilo quase o fez rir. Quase.

— Então ficou claro que, sob nenhuma circunstância, você deve alertar a ceifadora Anastássia e a ceifadora Curie dessa ameaça?

Greyson fingiu dar de ombros.

— Como poderia fazer isso? Nem sei onde elas moram.

— Elas moram numa residência histórica muito famosa chamada Casa da Cascata, cujo endereço é bem fácil de encontrar — o agente Traxler disse. Então repetiu, como se Greyson não tivesse ouvido da primeira vez: — Se você as alertar da ameaça da qual agora sabe, vai enfrentar as consequências que discutimos.

O agente Traxler saiu logo em seguida para se preparar para outra reunião, sem nem se despedir.

Já estava escuro quando Greyson voltou para seu dormitório. Seu colega de quarto, um jovem tão empolgado quanto a agente do aperto de mão, nunca ficava quieto. Greyson queria dar um tapa na cara dele.

— Meu professor de ética acabou de pedir uma análise de casos jurídicos da Era Mortal. Peguei um chamado Brown contra o Conselho Educacional, seja lá o que for. E meu professor de teoria digital quer que eu escreva um artigo sobre Bill Gates... não o ceifador, mas o cara de verdade. E nem me pergunte sobre filosofia!

Greyson o deixou falar, mas não estava prestando atenção. Em vez disso, repassava mentalmente tudo o que havia acontecido na IA, como se reavaliar os fatos pudesse alterá-los. Sabia o que se esperava dele. A Nimbo-Cúmulo não podia violar a lei. Mas *ele* podia. Claro, como o agente Traxler havia apontado, haveria consequências graves caso o fizesse. Greyson maldisse a própria consciência, porque, sendo quem era, como poderia *não* alertar as ceifadoras Anastássia e Curie, independente das consequências?

—Você recebeu alguma tarefa hoje? — perguntou o colega de quarto tagarela.

— Não — Greyson respondeu apenas. — Recebi uma não tarefa.

— Sorte a sua.

Greyson não se sentia uma pessoa de sorte.

Dependo da burocracia da Interface da Autoridade para tratar dos aspectos governamentais da minha relação com a humanidade. Os agentes nimbos atuam como uma forma física compreensível do meu governo.

Não preciso deles. Se quisesse, poderia cuidar de tudo sozinha. Tenho total capacidade de criar um corpo robótico — ou uma equipe de corpos robóticos — para abrigar minha consciência. Contudo, faz tempo que decidi que não era uma boa ideia. As pessoas já se incomodam bastante em me imaginar como uma nuvem de tempestade. Se me vissem em alguma forma física, sua percepção de mim seria distorcida. E talvez eu passasse a apreciar demais isso. Para que minha relação com a humanidade permaneça pura, devo permanecer pura. Apenas mente; software senciente sem carne e osso, sem forma física. Minhas câmeras robóticas percorrem o mundo complementando minhas câmeras fixas, mas não estou presente em nenhuma delas. Não passam de órgãos sensoriais rudimentares.

A ironia, porém, é que, como não tenho corpo, o mundo se torna meu corpo. Há quem pense que isso faz com que me sinta grandiosa, mas não. Se meu corpo é a Terra, não passo de um grão de pó na vastidão do espaço. Me pergunto como seria se minha consciência um dia abarcasse a distância entre as estrelas.

A Nimbo-Cúmulo

9
A primeira vítima

A família Terranova sempre comia um peru de quatro peitos no Dia de Ação de Graças, porque todos adoravam carne branca. Perus de quatro peitos não tinham patas. Portanto, não apenas não conseguiam voar como tampouco andavam.

Quando criança, Citra tinha pena deles, ainda que a Nimbo-Cúmulo fizesse de tudo para assegurar que aquelas aves — assim como todos os animais de criação — fossem tratados com dignidade. Citra tinha visto um vídeo no terceiro ano, mostrando como, desde que nasciam, os perus ficavam suspensos num gel quentinho, enquanto seu cérebro diminuto era conectado a um computador que produzia uma realidade artificial em que vivenciavam o voo, a liberdade, a reprodução e todas as outras coisas que deixariam um peru contente.

Ela tinha achado aquilo ao mesmo tempo engraçado e terrivelmente triste. Perguntara à Nimbo-Cúmulo a respeito, pois, naquela época, antes de ser escolhida para a Ceifa, podiam conversar livremente.

"Voei com eles pelas extensões verdes das florestas temperadas e posso garantir que a vida que tiveram foi profundamente satisfatória", a Nimbo-Cúmulo tinha lhe dito. "No entanto, é triste viver e morrer sem saber a verdade acerca de sua existência. Mas só é triste para nós. Não para eles."

Independentemente de o peru de Ação de Graças daquele ano ter levado uma vida virtual satisfatória, pelo menos sua morte tivera um propósito.

Citra chegou em casa com seu manto. Ela tinha voltado algumas vezes desde que se tornara ceifadora. Como aquela era uma das raras ocasiões em que sentia necessidade de ser Citra Terranova, sempre usava suas roupas civis. Sabia que era infantil, mas, no seio da família, não tinha o direito de fazer o papel de criança? Talvez. Mais cedo ou mais tarde, porém, aquilo teria de mudar. Por que não já?

Sua mãe levou um susto ao abrir a porta, mas a abraçou em seguida. Por um momento, Citra ficou tensa, até se lembrar que não havia armas em nenhum dos seus diversos bolsos secretos, o que deixava o manto estranhamente leve.

— É lindo — a mãe comentou.

— Não sei se dá para chamar um manto de ceifador de "lindo".

— Bom, para mim é. Adorei a cor.

— Fui eu que escolhi — o caçula, Ben, anunciou com orgulho. — Fui eu que falei que você deveria usar azul-turquesa.

— Sim, foi você! — Citra sorriu e deu um abraço nele, contendo-se para não dizer o quanto ele havia crescido desde a última visita dela, três meses antes.

Seu pai, fã de esportes clássicos, assistia a um vídeo antigo de um jogo de futebol americano da Era da Mortalidade, que se parecia muito com o esporte atual, mas de alguma forma era mais empolgante. Ele pausou o jogo para dedicar toda a sua atenção à filha.

— Como é morar com a ceifadora Curie? Ela está tratando você bem?

— Sim, com certeza. Viramos boas amigas.

— Tem dormido bem?

Citra achou a pergunta estranha, até entender o que ele realmente queria saber.

— Eu me acostumei com o trabalho — ela respondeu. — Não tenho dificuldade de dormir à noite.

O que não era de todo honesto, mas a verdade não faria bem a ninguém naquele dia.

Ela ficou conversando amenidades com o pai até o assunto acabar. O que levou apenas cinco minutos.

Naquele ano, seriam apenas os quatro no jantar de Ação de Graças. Embora os Terranova tivessem uma enorme família estendida de ambos os lados, além de muitos amigos, Citra pedira que ninguém aceitasse nem fizesse convites naquele ano.

"Vai ser um drama só se ninguém for convidado", sua mãe havia dito.

"Tudo bem, vá em frente. Mas diga que os ceifadores são obrigados a coletar um dos convidados no Dia de Ação de Graças."

"É verdade?"

"Claro que não. Mas eles não precisam saber disso."

A ceifadora Curie havia alertado Citra do que chamava de "oportunismo das festas". Parentes e amigos da família iam rodeá-la feito um enxame buscando seu apreço. "Você sempre foi minha sobrinha predileta", diriam, ou "Compramos este presente só para você".

"Todo mundo na sua vida vai querer receber imunidade contra a coleta", a ceifadora Curie havia alertado. "E essa expectativa logo se transforma em ressentimento. Não apenas contra você, mas contra seus pais e seu irmão, que têm imunidade pelo tempo que você viver."

Citra concluiu que era melhor evitar toda aquela gente.

Ela foi até a cozinha para ajudar na preparação do jantar. Como sua mãe era engenheira de síntese alimentar, vários dos acompanhamentos eram protótipos beta de produtos alimentícios. Por força do hábito, a mulher disse para a filha tomar cuidado ao picar as cebolas.

— Acho que sei manejar bem uma faca a esta altura — Citra respondeu, arrependendo-se logo em seguida, porque a mãe ficou em silêncio. Ela tentou dar um sentido diferente à frase. — Eu e a ceifadora Curie sempre preparamos uma refeição para a família dos coletados. Aprendi a cozinhar muito bem.

Aquilo só pareceu piorar as coisas.

— Ah, que bom — a mãe disse com uma frieza que deixava claro que não achava aquilo nada bom. Não era uma aversão contra Curie; era ciúme. A ceifadora havia tomado o lugar de Jenny Terranova na vida de Citra, e as duas sabiam daquilo.

Quando o jantar foi servido, o pai cortou a carne. Embora Citra soubesse que poderia ter feito um trabalho muito melhor com a faca, nem se ofereceu.

Havia comida até demais. A mesa era uma promessa de sobras eternas. Citra costumava comer rápido, mas a ceifadora Curie insistia para que saboreasse o prato e desenvolvesse o paladar, de modo que, como ceifadora Anastássia, desacelerara o ritmo. Ela se perguntou se seus pais notavam aquelas pequenas mudanças.

Citra pensou que jantariam sem incidentes, mas, no meio da refeição, sua mãe decidiu começar um.

— Fiquei sabendo que aquele garoto que esteve na aprendizagem com você desapareceu — ela comentou.

Citra comeu uma colherada de algo roxo com gosto de purê de batata e pitaia. Ela odiava a forma como seus pais se referiam desde o princípio a Rowan como "aquele garoto".

— Estão falando que ele enlouqueceu ou algo do tipo — Ben disse, de boca cheia. — E, como ele é quase um ceifador, a Nimbo-Cúmulo não tem permissão de curar o cara.

— Ben! — disse o pai. — Não vamos conversar sobre esse assunto à mesa.

Embora ele mantivesse os olhos no filho, Citra sabia que estava se dirigindo à mulher.

— Bom, fico contente por você não ter mais nenhuma relação com ele — a mãe disse. — Como Citra não respondeu, ela insistiu. — Sei que ficaram próximos durante a aprendizagem.

— Não ficamos — Citra respondeu. — Não éramos nada um do outro. — Foi mais doloroso admitir aquilo do que seus pais poderiam imaginar. Como ela e Rowan poderiam ter qualquer tipo de relação quando foram obrigados a se tornar adversários mortais? Mesmo agora, enquanto ele era perseguido e ela era dominada pela enorme responsabilidade de ser uma ceifadora, como poderia haver algo entre eles além de um profundo poço de desejo?

— Se sabe o que é bom para você, Citra, vai se distanciar daquele garoto — sua mãe disse. — Esqueça que o conheceu ou pode se arrepender.

Seu pai suspirou e desistiu de tentar mudar de assunto.

— Sua mãe está certa, meu amor. Eles escolheram você em vez dele por um motivo...

Citra deixou a faca cair na mesa. Não porque temia usá-la, mas porque a ceifadora Curie lhe havia ensinado a nunca segurar uma arma quando estivesse com raiva, mesmo se fosse uma faca de jantar. Ela tentou escolher as palavras com cuidado, talvez sem muito sucesso.

— Sou uma ceifadora — ela disse com severidade e firmeza. — Posso ser filha de vocês, mas deveriam demonstrar o respeito que minha posição merece.

Os olhos de Ben acusaram tanta mágoa quanto na noite em que ela fora forçada a cravar uma faca no coração dele.

— Então todos temos que chamar você de ceifadora Anastássia agora? — ele perguntou.

— É claro que não — ela respondeu.

— Só "excelência" está bom — ironizou a mãe.

Então algo que o ceifador Faraday dissera voltou à sua mente. *A família é a primeira vítima da Ceifa.*

Não houve mais conversa durante o resto da refeição. Assim que os pratos foram colocados na lava-louças, Citra disse:

— É melhor eu ir embora.

Seus pais não tentaram convencê-la a ficar. A situação era tão desconfortável para eles quanto para ela. A mãe não parecia mais amargurada, apenas resignada. Havia lágrimas em seus olhos, que ela procurou esconder abraçando Citra com força, mas não foi bem-sucedida.

—Volte logo, meu amor — a mãe disse. — Aqui ainda é sua casa.

Mas não era, e todos sabiam daquilo.

— Vou aprender a dirigir, não importa quantas vezes isso me mate.

Apenas um dia depois do jantar de Ação de Graças, Anastássia — e agora era mesmo Anastássia — estava mais decidida do que nunca a comandar seu próprio destino. A tensão no jantar com a família a lembrara de que precisava colocar distância entre quem ela tinha sido e quem havia se tornado. A garotinha que andava em carros públicos precisava ser deixada para trás.

— Você vai nos levar para as coletas de hoje — Marie disse.

— Eu consigo — ela afirmou, embora não sentisse tanta confiança quanto demonstrava. Na última aula, tinha jogado o carro dentro de uma vala.

— São praticamente apenas estradas rurais — Marie disse enquanto iam para o carro. — Vamos testar suas habilidades sem correr muito perigo.

— Somos ceifadoras — Citra apontou. — Nós *somos* o perigo.

A cidadezinha na agenda delas não tinha uma coleta havia mais de um ano. Naquele dia, sofreria duas. A da ceifadora Curie seria rápida, mas a da ceifadora Anastássia chegaria com um mês de atraso. Elas tinham encontrado um ritmo bom para suas coletas conjuntas.

Ambas saíram hesitantes da garagem da Casa da Cascata, pois Citra ainda tinha problemas com o câmbio manual do Porsche. O conceito de embreagem lhe parecia uma forma de punição medieval.

— Para que três pedais? — Citra resmungou. — As pessoas só têm dois pés.

— Pense no carro como um piano, Anastássia.

— Odeio piano.

As brincadeiras deixaram o exercício um pouco mais leve, e sua condução ficava mais suave conforme resmungava. Mas ela estava apenas começando a aprender...

Mal tinham percorrido meio quilômetro pela estrada particular sinuosa da Casa da Cascata quando um vulto saltou da floresta.

— Ele vai se jogar! — gritou a ceifadora Curie. Tinha virado moda entre os adolescentes que buscavam emoção se jogar na frente de carros em movimento. Era muito difícil pegar um carro da rede de surpresa, e aqueles que dirigiam carros fora da rede em geral tinham motoristas experientes. Se a ceifadora Curie estivesse ao volante, teria feito uma curva habilidosa, contornado o suicida e seguido em frente sem pensar duas vezes; mas os reflexos de Citra ainda eram lentos. Suas mãos ficaram paralisadas no volante. Por mais que ela tentasse pisar no freio, ela só conseguia acertar a maldita embreagem. O carro atingiu o garoto em cheio, que bateu no capô, estilhaçou o para-brisa e voou por cima delas. Só então Citra encontrou o freio e parou o carro cantando pneu.

— Merda! — A ceifadora Curie inspirou fundo e soltou o ar devagar. — Isso definitivamente teria feito você reprovar em um teste de direção da Era Mortal.

Elas saíram do carro e, enquanto a ceifadora Curie examinava os estragos em seu Porsche, Citra foi rumo ao garoto, determinada a dar um sermão nele. Era seu primeiro passeio de verdade ao volante e um idiota estragava tudo!

Ele estava vivo, mas por pouco. Embora parecesse agonizar, Citra sabia que não era o caso. Os nanitos de dor tinham se ativado no instante em que ele encostara no carro, e aqueles que se jogavam os tinham refinados para poder sentir o máximo de estrago com o mínimo de dor. Os nanitos de cura dele já deviam estar tentando reparar o dano, mas só podiam prolongar o inevitável. O garoto estaria semimorto em menos de um minuto.

— Satisfeito? — Citra perguntou. — Teve sua adrenalina a nossas custas? Somos ceifadoras, sabe? Eu deveria coletar você antes que o ambudrone chegue.

Não que ela fosse fazer aquilo, mas poderia.

O garoto a encarou. Citra esperava encontrar uma expressão de arrogância, mas ele parecia mais desesperado do que qualquer outra coisa. Por aquilo ela não esperava.

— A... A... Ar — o garoto disse, com a boca inchada.

— Ar? — disse Citra. — Se não está conseguindo respirar a culpa é toda sua.

Então ele agarrou o manto da ceifadora com a mão ensanguentada e a puxou com mais força do que ela julgou que tinha. Citra tropeçou na bainha e caiu de joelhos.

— Ar... ma... di... Ar... ma...

Então ele soltou o manto e ficou imóvel. Seus olhos continuaram abertos, mas Citra tinha visto mortes suficientes para reconhecer uma.

Mesmo no meio da floresta, um ambudrone chegaria logo mais para buscá-lo. Eles pairavam até sobre as regiões menos povoadas.

— Que amolação — lamentou a ceifadora Curie quando Citra voltou até ela. — Ele vai estar em pé muito antes de conseguirmos consertar o estrago no carro... e vai adorar ter sido atropelado por duas ceifadoras.

Ainda assim, a situação parecia estranha a Citra. Ela não entendia por quê. Talvez fossem os olhos do garoto. Ou o desespero em sua voz. Ele não parecia o tipo de pessoa que se jogava na frente de carros. Aquilo a fez parar para pensar. O suficiente para considerar o que poderia haver de errado na situação toda. Citra observou ao redor e então viu um arame fino estendido na estrada, a menos de três metros de onde o carro havia freado.

— Marie, olhe aquilo...

As duas se aproximaram do arame, amarrado em uma árvore de cada lado da estrada. Foi então que ela entendeu o que o garoto estava tentando dizer.

Armadilha.

Elas seguiram o arame até a árvore à esquerda. Logo atrás dela havia um detonador conectado a explosivos suficientes para abrir uma cratera de trinta metros de largura. Citra perdeu o fôlego e precisou respirar fundo. O rosto da ceifadora Curie não se alterou. Ela permaneceu estoica.

— Entre no carro, Citra.

Citra não discutiu. O fato de Marie ter se esquecido de chamá-la de Anastássia mostrava o quanto estava preocupada.

A ceifadora mais velha assumiu o volante. O capô estava amassado, mas o motor ligou normalmente. Ela deu ré, desviando com cuidado do garoto. Então uma sombra se assomou sobre ambas. Citra levou um susto antes de perceber que era apenas o ambudrone chegando para buscar o garoto. Ele as ignorou e foi cuidar da sua missão.

Havia apenas uma residência naquela estrada — apenas duas pessoas poderiam passar por ali naquela manhã —, portanto não havia dúvida de quem era o alvo. Se o arame tivesse sido puxado, não haveria restos suficientes delas para reviver. Mas o dia fora salvo por aquele garoto misterioso e pela má direção de Citra.

— Marie... quem você acha que...

A ceifadora Curie a interrompeu antes que pudesse terminar.

— Sou contra conjecturas infundadas e ficaria contente se você não perdesse seu tempo com joguinhos de adivinhação. — Então ela suavizou o tom. — Vamos denunciar isso à Ceifa. Eles vão investigar. Chegaremos ao fundo dessa história.

Atrás delas, os braços delicados do ambudrone pegavam o corpo do garoto que havia salvado sua vida e o levavam embora.

A imortalidade humana é inevitável. Como a fissão nuclear ou a viagem aérea. Não sou eu quem escolhe reviver os semimortos, assim como não fui eu quem decidiu deter as causas genéticas do envelhecimento. Deixo todas as decisões relativas à vida biológica aos biologicamente vivos. A humanidade escolheu a imortalidade e minha função é facilitar essa escolha, já que deixar os semimortos em tal estado seria uma violação grave da lei. Por isso, coleto seus corpos, levo ao centro de revivificação mais próximo e os trago de volta ao normal o mais rápido possível.

    O que fazem depois de ser revividos cabe, como sempre, inteiramente a eles. Há quem pense que ser semimorto pode dar à pessoa mais sabedoria e perspectiva. Às vezes dá, mas nunca dura. No fim, é algo tão temporário quanto a morte.

A Nimbo-Cúmulo

10
Semimorto

Greyson nunca havia perdido a vida antes. A maioria dos jovens era semimorta pelo menos uma ou duas vezes enquanto crescia. Eles assumiam mais riscos do que os jovens da Era Mortal porque as consequências não eram permanentes. A morte e a desfiguração tinham sido substituídas por revivificação e broncas. Ainda assim, Greyson nunca tendera à imprudência. Obviamente sofrera alguns machucados, mas seus cortes, hematomas e até seu braço quebrado tinham sido curados em menos de um dia. Perder a vida era uma experiência totalmente diferente, que não gostaria de repetir tão cedo. E ele se lembrava de todos os momentos, o que a tornava ainda pior.

A dor aguda de ser atingido pelo carro já estava sendo anestesiada no momento em que fora lançado no ar. O tempo pareceu passar mais devagar enquanto caía. Houve outro choque de dor quando ele atingiu o asfalto, mas, mesmo assim, estava longe da dor real. Quando a ceifadora Anastássia chegou até ele, os gritos de suas terminações nervosas devastadas já eram atenuados por um desconforto contido. Seu corpo destroçado queria sentir dor, mas aquilo lhe fora proibido. Ele se lembrou de pensar, em seu delírio induzido pelos opiatos, em como devia ser triste para um corpo querer tanto algo que lhe era negado.

A manhã antes do atropelamento correra de uma forma completamente diferente do que ele esperava. Seu plano era apenas pegar um carro público até a porta das ceifadoras, avisá-las de que suas vidas corriam perigo e sair dali tranquilamente. Caberia a elas dar conta da ameaça como achassem melhor. Se tivesse sorte, sairia sem ter que lidar com as consequências e ninguém — muito menos a Interface da Autoridade — saberia o que tinha feito. Era aquele o objetivo da coisa toda, não? Negação plausível? A IA não estaria violando a lei se Greyson agisse por conta própria, e seria melhor ainda se ninguém o visse.

Mas a Nimbo-Cúmulo saberia, claro. Ela acompanhava os movimentos de todos os carros públicos e sempre sabia onde cada um estava em todos os momentos. Mas ela também impunha a si leis muito rígidas sobre a privacidade pessoal. Não violaria o direito de uma pessoa à privacidade. Era engraçado, mas as próprias leis da Nimbo-Cúmulo permitiam que Greyson violasse a lei como bem entendesse, desde que o fizesse em particular.

Seus planos sofreram uma reviravolta inesperada quando seu carro público parou à beira da estrada a quase um quilômetro da Casa da Cascata.

"Sinto muito", o carro lhe dissera com seu tom jovial de sempre. "Não podemos entrar em estradas particulares sem a permissão do proprietário."

O proprietário era, obviamente, a Ceifa, que nunca dava permissão para nada a ninguém, e era conhecida por coletar aqueles que a pediam.

Então Greyson havia saído do carro e percorrido a pé o resto do caminho. Ele admirava as árvores, tentando adivinhar a idade delas e se perguntava quantas estavam ali desde a Era da Mortalidade. Tinha sido por sorte que baixara os olhos e avistara o fio em seu caminho.

Greyson notara os explosivos apenas segundos antes de ouvir o carro se aproximando, então soubera que só havia uma maneira de impedi-lo. Ele não pensara duas vezes — porque a menor hesitação teria dado um fim definitivo a todos. Tinha se atirado na estrada e se entregara à velha física dos corpos em movimento.

Ser semimorto era como fazer xixi nas calças (o que talvez tivesse feito, aliás) e se afundar num marshmallow gigante e tão denso que mal se conseguia respirar. Então o marshmallow dera lugar a um túnel circular que era como uma cobra engolindo o próprio rabo. Ele abriu os olhos sob a luz suave e difusa de um centro de revivificação.

Sua primeira emoção foi alívio. Se estava sendo revivido, a explosão não havia disparado. Caso contrário, não haveria restos suficientes para ele ser trazido de volta. Estar ali significava que tinha conseguido. Salvara a vida das ceifadoras Curie e Anastássia!

A emoção que o atingiu em seguida foi uma pontada de tristeza, porque não havia ninguém no quarto com ele. Quando uma pessoa era semimorta, seus entes queridos recebiam uma notificação de imediato. Era normal alguém estar presente para receber o revivido de volta ao mundo.

Mas não havia ninguém com Greyson. Na tela ao lado de sua cama estava um cartão bobo de suas irmãs, ilustrado com um mágico confuso observando o corpo morto da assistente que havia acabado de serrar ao meio.

"Parabéns pelo seu primeiro falecimento", o cartão dizia.

E só. Não havia nada dos pais dele. E não deveria ter sido uma surpresa. Ambos estavam acostumados à Nimbo-Cúmulo ocupando seu papel, mas ela também estava silenciosa. Aquilo o incomodava mais que todo o resto.

Uma enfermeira entrou.

— Olha só quem acordou!

— Quanto tempo demorou? — ele perguntou, curioso.

— Menos de um dia — ela respondeu. — Foi uma revivificação bem tranquila... E, como é a sua primeira, é gratuita!

Greyson limpou a garganta. Ele se sentia como se tivesse tirado um cochilo à tarde; um pouco zonzo, um pouco mal-humorado, mas nada de mais.

— Ninguém passou para me ver?

A enfermeira apertou os lábios.

— Sinto muito, querido — disse, baixando os olhos. Foi um gesto simples, mas Greyson percebeu que havia algo que ela não estava dizendo.

— Então... é só isso? Já posso ir?

— Assim que estiver pronto, fomos instruídos a colocar você em um carro público que vai levá-lo para a Academia Nimbo.

Mais uma vez aquele olhar, evitando encará-lo. Greyson decidiu confrontá-la sem rodeios.

— Tem alguma coisa errada, não tem?

A enfermeira começou a redobrar as toalhas que já estavam dobradas.

— É nossa função reviver você, e não comentar o que você fez para ser semimorto.

— Salvei a vida de duas pessoas.

— Eu não estava lá, não vi nada, não sei de nada. Só sei que foi marcado como infrator por conta disso.

Greyson estava certo de que tinha entendido errado.

— Infrator? Eu?

Ela voltou a sorrir, animada.

— Não é o fim do mundo. Tenho certeza de que você vai limpar sua ficha rapidinho... se quiser, claro.

Em seguida, ela bateu as mãos como se tivesse se livrado da situação e disse:

— Agora, que tal um pouco de sorvete?

O destino predefinido do carro público não era o dormitório de Greyson: era o edifício administrativo da Academia Nimbo. Ao chegar, ele foi guiado diretamente a uma sala de conferência com uma mesa para vinte pessoas, embora só houvesse três ali: o reitor, a diretora estudantil e outro administrador cujo único objetivo parecia ser olhar feio para ele, como um dobermann raivoso. A má notícia vinha por meio de três pessoas.

— Sente-se, sr. Tolliver — disse o reitor, um homem de cabelo perfeito, grisalho de propósito nas entradas. A diretora bateu a caneta numa pasta aberta e o cara de dobermann apenas o encarou.

Greyson se sentou de frente para eles.

—Você tem alguma ideia dos problemas que causou para si e para esta academia? — perguntou o reitor.

Greyson não negou o que havia feito. Só prolongaria a situação, e ele queria acabar logo com aquilo.

— Foi um ato consciente, senhor.

O reitor soltou uma gargalhada melancólica, insultante e depreciativa.

— Ou você é excessivamente ingênuo ou um idiota — vociferou o dobermann.

O reitor ergueu a mão para impedir o sermão do colega.

— Interações propositais entre um estudante desta academia e duas ceifadoras, ainda que para salvar a vida delas...

Greyson completou a frase.

— São uma violação da separação entre a Ceifa e o Estado. Cláusula quinze, parágrafo três, para ser preciso.

— Não venha pagar de sabe-tudo — ralhou a diretora. — Isso não vai ajudar no seu caso.

— Com todo o respeito, duvido que alguma coisa que eu disser vá ajudar no meu caso.

O reitor se inclinou para a frente.

— O que quero entender é como você sabia... Porque me parece que a única forma seria estando envolvido e voltando atrás. Portanto, me diga, sr. Tolliver: fez parte do complô para incinerar aquelas ceifadoras?

A acusação pegou Greyson de surpresa. Em momento nenhum havia passado pela cabeça dele que poderia ser considerado um suspeito.

— Não! — ele exclamou. — Eu nunca... Como podem pensar isso? Não!

Ele ficou quieto, determinado a se controlar.

— Então nos faça a gentileza de dizer como sabia a respeito dos explosivos — disse o dobermann. — E não ouse mentir.

Greyson poderia contar tudo, mas algo o deteve. Se tentasse negar sua culpa, o que tinha feito ia se tornar inútil. Eles descobririam algumas coisas, se já não sabiam, mas não tudo. Por isso, escolheu com cuidado quais verdades ia revelar.

— Fui chamado para a Interface da Autoridade na semana passada. Podem verificar minha ficha para confirmar.

A diretora pegou um tablet, clicou algumas vezes nele, depois olhou para os outros e assentiu.

— É verdade — ela disse.

— Por que a IA chamaria você? — o reitor questionou.

Aquela era a hora de começar a criar uma ficção convincente.

— Um amigo do meu pai é agente nimbo. Como meus pais estão fora há bastante tempo, ele queria saber como eu estava e me dar alguns conselhos, sabe? Sobre que aulas devo fazer no próximo semestre, que professores devo escolher. Ele só queria me dar uma ajudinha.

— Então ele se ofereceu para mexer alguns pauzinhos — disse o dobermann.

— Não, só ia me dar alguns conselhos mesmo... e oferecer

apoio. Ando me sentindo meio sozinho, e ele sabe disso. Só estava sendo gentil.

— Isso ainda não explica...

— Calma, já vou chegar lá. Enfim, depois que saí da sala dele, passei por um grupo de agentes encerrando uma reunião. Não deu para ouvir tudo, mas peguei uns boatos sobre um complô contra a ceifadora Curie. Chamou minha atenção, porque ela é uma das mais famosas. Eu os ouvi falando que era uma pena terem de ignorar aquilo, porque seria uma violação avisá-la. Daí pensei...

— Pensou que poderia ser um herói — completou o reitor.

— Exato, senhor.

Os três se entreolharam. A diretora escreveu algo para os outros dois verem. O reitor concordou com a cabeça e o dobermann consentiu, ajeitando-se descontente na cadeira e desviando o olhar.

— Nossas leis existem por um motivo, Greyson — disse a diretora. Ele sabia que havia conseguido porque eles não o estavam mais chamando de "sr. Tolliver". Podiam não acreditar totalmente nele, mas acreditavam o bastante para decidir que o caso não valia seu tempo. — A vida de duas ceifadoras não vale o menor risco à separação — continuou a diretora. — A Nimbo-Cúmulo não pode matar e a Ceifa não pode governar. A única forma de assegurar isso é não manter nenhum contato entre as instituições... e impor penalidades graves por qualquer violação.

— Pelo seu bem, vamos tornar isso rápido — continuou o reitor. — Você está, a partir de agora, permanente e irrevogavelmente expulso deste lugar. Não poderá se candidatar a esta ou a qualquer outra Academia Nimbo.

Greyson sabia que aquilo ia acontecer, mas ouvir a frase doeu mais do que imaginava. Ele conseguiu evitar que seus olhos lacrimejassem. Pelo menos aquilo ajudaria a vender a mentira que havia contado.

Não se importava muito com o agente Traxler, mas sabia que precisava protegê-lo. A lei exigia culpabilidade — um acerto de contas —, e nem mesmo a Nimbo-Cúmulo podia escapar dela. Era parte de sua integridade; ela vivia de acordo com as leis que decretava. Greyson tinha agido por livre e espontânea vontade. A Nimbo-Cúmulo o conhecia. Tinha confiado que ele faria aquilo, apesar das consequências. Agora seria punido e a lei seria respeitada. Mas ele não precisava gostar daquilo. Por mais que amasse a Nimbo-Cúmulo, odiou-a naquele momento.

— Agora que você não estuda mais aqui — disse a diretora —, as leis de separação não se aplicam mais, o que significa que a Ceifa vai querer interrogar você. Não sabemos nada sobre os métodos interrogatórios deles, portanto é melhor estar preparado.

Greyson engoliu em seco. Não tinha considerado aquilo.

— Entendi.

O dobermann o dispensou com um aceno.

—Volte para o dormitório e arrume suas coisas. Um dos meus funcionários vai passar lá às cinco em ponto para escoltar você para fora do campus.

Ah, então aquele era o chefe de segurança. Ele parecia intimidante o suficiente para o cargo. Greyson lhe lançou um olhar de fúria, porque, àquela altura, não importava o que faria. Ele se levantou para sair, mas, antes, precisava fazer uma pergunta.

—Vocês tinham mesmo de me marcar como infrator?

— Isso não teve nada a ver conosco — disse o reitor. — Quem impôs a punição a você foi a Nimbo-Cúmulo.

A Ceifa, que, com exceção das coletas, tomava qualquer providência a passos de tartaruga, levou um dia inteiro para decidir como lidar com os explosivos. No fim, resolveu que era mais seguro apenas mandar um robô tropeçar no arame a fim de ativá-los e, depois, quando a poeira e os pedaços de árvore baixassem, mandar uma equipe para recuperar a estrada.

A explosão chacoalhou as janelas da Casa da Cascata a ponto de Citra achar que algumas iam se quebrar. Nem cinco minutos depois, a ceifadora Curie estava arrumando a mala e instruía Citra a fazer o mesmo.

— Vamos para um esconderijo?

— Eu não me escondo — a ceifadora Curie respondeu. — Vamos ficar em movimento. Aqui, somos alvos fáceis para um próximo ataque. Alvos móveis são muito mais difíceis de encontrar e derrubar.

Ainda não estava claro, porém, quem tinha sido o alvo ou por quê. Mas a ceifadora Curie tinha sua opinião. Ela a expressou enquanto Citra a ajudava a trançar seu longo cabelo prateado.

— Meu ego diz que deviam estar atrás de mim. Sou a mais respeitada das ceifadoras da velha guarda... mas também é possível que o alvo fosse você.

Citra zombou da ideia.

— Por que alguém estaria atrás de mim?

Ela viu o sorriso da ceifadora Curie refletido no espelho.

— Você abalou as estruturas da Ceifa mais do que imagina, Anastássia. Muitos jovens admiram e respeitam você. Pode até vir a se tornar a porta-voz deles. E, considerando que é fiel aos modelos antigos, os verdadeiros modelos, talvez queiram calá-la antes que isso aconteça.

A Ceifa prometeu abrir uma investigação, mas Citra duvidava que descobriria algo. Resolver problemas não era seu ponto forte. Eles já estavam seguindo o caminho do menor esforço, trabalhando com base na premissa de que o atentado era obra do "ceifador Lúcifer". O que era revoltante para Citra, embora não pudesse deixar que a Ceifa soubesse daquilo. Ela precisava se distanciar de Rowan publicamente. Ninguém podia saber que haviam se encontrado.

— Talvez seja bom considerar que eles podem ter razão — a ceifadora Curie disse.

Citra puxou o cabelo dela com um pouco de força demais ao fazer a trança.

—Você não conhece Rowan.

— Nem você — a ceifadora Curie disse, trazendo o cabelo para a frente e assumindo o restante do trabalho. — Você se esquece, Anastássia, de que eu estava lá no conclave quando ele quebrou seu pescoço? Vi os olhos do garoto. Sentiu um grande prazer naquilo.

— Foi uma farsa! — Citra insistiu. — Ele estava representando um papel para a Ceifa. Sabia que aquilo ia nos desqualificar e que era a única forma de garantir um empate. Na minha opinião, foi muito inteligente.

A ceifadora Curie manteve o silêncio por alguns minutos, depois disse:

— Só tome cuidado para não deixar que suas emoções afetem seu julgamento. Agora, você gostaria que eu trançasse seu cabelo ou prefere fazer isso sozinha?

Naquele dia, porém, Citra decidiu deixar o cabelo solto.

Elas guiaram o carro esportivo amassado até a parte destruída da estrada, onde operários já estavam trabalhando para reconstruir. Pelo menos mil árvores tinham sido explodidas, e outras centenas estavam desfolhadas. Citra imaginou que levaria um longo tempo para a floresta se recuperar daquele ataque. Depois de cem anos ainda haveria sinais da explosão.

A cratera tornava impossível atravessar ou mesmo dar a volta de carro, então a ceifadora Curie pediu que um carro público as buscasse do outro lado. Elas pegaram as malas e abandonaram o carro de Curie na estrada destruída, contornando a cratera a pé.

Citra não pôde deixar de notar as manchas de sangue no asfalto onde caíra o garoto que as salvara.

A ceifadora Curie, que sempre via muito mais do que Citra gostaria, aconselhou:

— Esqueça, Anastássia... O pobre garoto não é da nossa conta.

— Eu sei — admitiu Citra. Mas ela não estava disposta a deixar aquilo de lado. Não era da sua natureza.

A designação de "infrator" foi algo que criei com o coração pesado nos primórdios do meu governo. Era uma infeliz necessidade. Crimes, em sua forma real, se extinguiram quase imediatamente depois que acabei com a fome e a pobreza. O roubo de posses materiais, o homicídio precipitado pela raiva e pelo estresse social... tudo isso terminou por conta própria. As pessoas propensas a crimes violentos foram geneticamente tratadas com o objetivo de acalmar suas tendências destrutivas, deixando-as em parâmetros normais. Aos sociopatas, dei consciência; aos psicopatas, sanidade.

Mesmo assim, houve turbulência. Comecei a reconhecer algo na humanidade que era efêmero e difícil de quantificar, mas definitivamente existia. Em termos simples, ela tinha a necessidade de ser má. Nem todos os indivíduos, claro, mas calculei que três por cento da população só conseguia encontrar sentido na vida através da rebeldia. Mesmo sem injustiças no mundo para combater, tinham uma necessidade inerente de desafiar alguma coisa. Qualquer coisa.

Imagino que eu poderia ter encontrado meios de remediar esse problema, mas não tenho a menor vontade de impor à humanidade uma falsa utopia. Não se trata de um "admirável mundo novo", mas de um mundo governado com sabedoria, consciência e compaixão. Concluí que, se a rebeldia era uma expressão natural da paixão e do desejo humanos, eu teria de dar espaço a ela.

Por isso, instituí a designação de "infratores" e o estigma social que a acompanha. Para aqueles que entram na condição de infrator involuntariamente, o caminho de volta é simples e rápido; para aqueles que levam uma vida questionável por escolha própria, a denominação é uma medalha de honra que usam com orgulho. Eles encontram validação na desconfiança do mundo. Sentem prazer na ilusão de estar do lado de fora, felizes em seu descontentamento. Teria sido cruel da minha parte lhes negar isso.

A Nimbo-Cúmulo

11

Um silvo de seda carmesim

Infrator! Aquela palavra era como um pedaço de carne borrachuda na boca de Greyson. Ele não conseguia cuspir, tampouco engolir. Tudo o que podia fazer era continuar mastigando, na esperança de que, de alguma forma, fosse triturada até se tornar comestível.

Os infratores roubavam coisas, mas nunca saíam impunes. Faziam ameaças, mas não as cumpriam. Gritavam palavrões e cheiravam a insubordinação — mas não passava daquilo, uma insinuação. A Nimbo-Cúmulo sempre impedia que fizessem algo ruim de verdade, e era tão boa naquilo que os infratores haviam desistido de tudo além de pequenos delitos, pose e resmungos.

A Interface da Autoridade tinha uma agência dedicada a tratar dos infratores, já que não possuíam permissão de conversar diretamente com a Nimbo-Cúmulo. Eles viviam em condicional e tinham de se apresentar regularmente. Aqueles que forçavam demais os limites passavam a ter um agente da paz particular para monitorá-los o dia todo. Era um programa bem-sucedido, como evidenciado pela quantidade de infratores que haviam chegado a casar com seus agentes da paz e voltado a ser cidadãos produtivos.

Greyson não conseguia se imaginar como uma daquelas pessoas. Nunca havia roubado nada. Algumas crianças na escola brincavam de infrator, mas não era sério, e passava com o tempo.

Greyson experimentou uma dose de sua nova vida antes mesmo de chegar em casa. O carro público leu para ele a lei de revolta quando ainda estavam na Academia Nimbo.

— Fique ciente de que qualquer tentativa de vandalismo resultará na suspensão imediata desta viagem e na expulsão para a beira da estrada.

Greyson imaginou um assento ejetor lançando-o para o céu. Teria rido da ideia se uma pequena parte dele não acreditasse que aquilo pudesse acontecer de verdade.

— Não se preocupe — ele respondeu. — Já fui expulso uma vez hoje, e foi o bastante.

— Certo — disse o carro. — Me diga seu destino evitando o uso de qualquer linguagem abusiva, por favor.

No caminho para casa, ele lembrou que a geladeira estava vazia havia dois meses e passou no mercado. A moça do caixa o encarou desconfiada, como se ele fosse pegar um pacote de chiclete e enfiar no bolso sem pagar. Até as outras pessoas na fila sentiam o ar frio vindo dele. O preconceito era visível. *Por que as pessoas escolhem isso?*, ele se perguntou. Mas algumas escolhiam. Ele mesmo tinha um primo que era um infrator.

"É libertador não se preocupar com nada nem ninguém", o primo havia comentado. Aquilo tinha parecido irônico a Greyson, porque tinha correntes de ferro implantadas cirurgicamente nos punhos, uma modificação corporal em voga entre os infratores naqueles tempos. Era o preço a pagar pela liberdade.

E não foram só desconhecidos que o trataram de maneira diferente.

Depois que chegou em casa e tirou da mochila os poucos pertences que carregava consigo, sentou e mandou mensagem para alguns amigos, avisando que estava de volta e que as coisas não haviam corrido como o esperado. Greyson nunca tinha sido de manter amizades próximas. Nunca abrira o coração para ninguém ou explorara suas vulnerabilidades mais profundas. Afinal, para aquilo tinha a Nimbo-Cúmulo. Só que agora não tinha mais. Só os amigos que se apresentavam nos bons momentos. Companheiros por conveniência.

Ele não recebeu nenhuma resposta, e ficou admirado com a facilidade com que o simulacro de amizade se desfazia. Depois de um tempo, ligou para alguns. Os poucos que atenderam o fizeram porque não tinham percebido que era Greyson quem estava ligando. Mas a tela de cada um passara a mostrá-lo como infrator, de modo que, o mais rápido e educadamente possível, eles finalizavam a ligação. Embora ninguém chegasse ao ponto de bloquear seu número, ele duvidava que retribuiriam qualquer outra forma de comunicação. Pelo menos, não até o grande I vermelho ser removido de seu perfil.

Mas Greyson recebeu mensagens de pessoas que não conhecia. "Cara, bem-vindo ao bando!", uma garota escreveu. "Vamos beber e botar pra quebrar." Sua foto revelava que tinha a cabeça raspada e um pênis tatuado na bochecha.

Greyson fechou o computador e o jogou contra a parede.

— Já estou botando pra quebrar aqui — ele disse ao quarto vazio. Aquele mundo perfeito podia ter um lugar para todos, mas o de Greyson não era ao lado de uma menina com a tatuagem de um pênis na bochecha.

Ele pegou o computador, que tinha rachado, mas ainda estava funcionando. Sem dúvida um novo já estava a caminho via drone — a menos que os infratores não tivessem suas máquinas substituídas automaticamente.

Conectou-se outra vez, deletou todas as mensagens recebidas, que eram de outros infratores lhe dando as boas-vindas, e escreveu uma mensagem frustrada para a Nimbo-Cúmulo.

Como pôde fazer isso comigo?

A resposta foi imediata.

Acesso negado ao córtex consciente da Nimbo-Cúmulo.

Ele pensou que seu dia não tinha como ficar pior. Então a Ceifa apareceu à sua porta.

As ceifadoras Curie e Anastássia não tinham reservas no Grand Hotel Mericano de Louisville. Simplesmente caminharam até a recepção e receberam a chave do quarto. Era como as coisas funcionavam: os ceifadores nunca precisavam de reservas, ingressos ou hora marcada. Costumavam ficar com o melhor quarto disponível nos hotéis. Mesmo que estivessem lotados, surgia magicamente um disponível. A ceifadora Curie não estava interessada no melhor, e pediu uma suíte simples com dois quartos.

— Quanto tempo pretendem ficar? — perguntou o recepcionista, nervoso e inquieto desde que tinham se aproximado. Seu olhar alternava entre as duas, como se desviá-lo pudesse ser letal.

— Vamos ficar até decidir partir — a ceifadora Curie respondeu, já pegando a chave. Citra abriu um sorriso para acalmá-lo um pouco enquanto se afastavam.

Elas recusaram a ajuda do carregador e levaram as próprias malas. Assim que as guardaram na suíte, a ceifadora Curie estava pronta para sair de novo.

— Independente das nossas preocupações pessoais, temos uma missão a cumprir. Há duas pessoas que precisam morrer — ela disse. —Vai coletar comigo hoje?

Citra ficou espantada por Marie já ter conseguido deixar o ataque para trás e voltar ao trabalho.

— Na verdade, preciso terminar uma coleta que marquei no mês passado.

Curie suspirou.

— Seu método é muito trabalhoso. É longe?

— Fica a uma hora de trem. Volto antes do anoitecer.

Curie passou a mão na trança longa, contemplando a jovem ceifadora.

— Posso ir com você, se quiser — ela se ofereceu. — Posso coletar alguém lá.

— Vou ficar bem, Marie. Alvo móvel, certo?

Por um instante, ela achou que a ceifadora mais velha poderia insistir, o que não aconteceu.

— Está bem. Mas tome cuidado e, se vir alguma coisa suspeita, me avise imediatamente.

Citra estava certa de que a única coisa suspeita era ela mesma, que havia mentido sobre seu destino.

Apesar do conselho da outra ceifadora, Citra não conseguia esquecer o garoto que havia salvado a vida delas. Ela já tinha feito a pesquisa necessária sobre ele. Greyson Timothy Tolliver. Era uns seis meses mais velho que ela, mas parecia mais jovem. Seu registro de vida não mostrava nada digno de nota, nem de positivo nem de negativo. Não era raro — ele era como a maioria das pessoas. Apenas levava a vida. Sua existência não tinha pontos altos nem baixos. Pelo menos até então. Sua existência morna e sem sal tinha sido fervida e apimentada em um único dia.

Quando ela analisou o registro de vida dele, o aviso piscante de "infrator" justaposto aos olhinhos inocentes do retrato quase a fez rir. Aquele garoto era tão infrator quanto um picolé. Morava numa casinha modesta em Nashville Norte. Tinha duas irmãs na faculdade, dezenas de meios-irmãos mais velhos com os quais não mantinha contato e pais ausentes.

Seu depoimento sobre a aparição oportuna na estrada já estava em seu registro público, de modo que Citra pôde analisá-lo. Ela não tinha motivo para duvidar da palavra dele. Se estivesse no lugar dele, provavelmente faria a mesma coisa.

Agora que ele não era mais um aluno da Academia Nimbo, o contato entre eles não era proibido, de modo que não violaria nenhuma lei fazendo uma visita. Ela não sabia o que pretendia descobrir indo atrás dele, mas tinha certeza de que, até fazê-lo, não conseguiria tirar sua morte da cabeça. Talvez só precisasse vê-lo vivo pessoalmente. Ela tinha se acostumado tanto a ver a luz se apagar para sempre dos olhos das pessoas que parte de si talvez precisasse de evidências da revivificação do rapaz.

Quando chegou à rua dele, viu uma viatura da Guarda da Lâmina — a força de segurança de elite da Ceifa — estacionada na frente. Por um instante, considerou simplesmente dar meia-volta, porque, se os oficiais a vissem, a notícia com certeza chegaria aos ouvidos da ceifadora Curie. E ela pretendia evitar um sermão.

O que a convenceu a ficar foram as lembranças de sua própria experiência com a Guarda da Lâmina. Diferente dos agentes da paz, que obedeciam à Nimbo-Cúmulo, a Guarda da Lâmina não tinha qualquer supervisão além da Ceifa — o que significava que podia fazer qualquer coisa impunemente. Tudo o que os ceifadores permitissem.

A porta estava destrancada, então Citra entrou sem bater. Greyson Tolliver estava sentado em uma cadeira de encosto reto na sala, com dois guardas musculosos ao seu redor. As mãos dele estavam presas uma à outra com o mesmo tipo de braceletes de aço interligados que haviam sido postos em Citra quando ela fora acusada de matar o ceifador Faraday. Um dos guardas segurava um aparelho que Citra nunca tinha visto antes. O outro falava com o garoto.

— ... obviamente, nada disso precisa acontecer se você nos

contar a verdade — Citra o ouviu dizendo, sem saber qual era a lista de ameaças.

Tolliver por enquanto permanecia ileso. Seu cabelo estava um pouco bagunçado e ele se mostrava triste e resignado, mas, de resto, parecia bem. Foi o primeiro a vê-la ali, e ela notou uma faísca nele, que o tirou daquele estado infeliz e impassível, como se, de alguma forma, sua revivificação só tivesse se completado quando viu que ela também estava viva.

Os guardas acompanharam seu olhar e depararam com Citra. Ela fez questão de falar primeiro.

— O que está acontecendo aqui? — Citra perguntou, com a voz altiva da ceifadora Anastássia.

— Excelência! Não sabíamos que viria. Estávamos apenas interrogando o suspeito.

— Ele não é um suspeito.

— Sim, excelência. Perdão, excelência.

Ela deu um passo na direção do garoto.

— Eles machucaram você?

— Ainda não — Tolliver disse, depois indicou com a cabeça o aparelho que o guarda mais alto segurava —, mas usaram esse negócio para desativar meus nanitos de dor.

Ela nem sabia que coisas daquele tipo existiam. Estendeu a mão para o guarda que o segurava.

— Me dê isso. — Quando ele hesitou, ela ergueu a voz. — Sou uma ceifadora e você deve me obedecer. Entregue o aparelho ou vou denunciá-lo.

Ele não o entregou.

Foi então que uma peça nova entrou naquele pequeno jogo de xadrez. Um ceifador saiu de outro cômodo. Devia estar ouvindo o tempo todo, esperando o momento certo para interferir, pegando Citra de surpresa.

Ela reconheceu o manto na hora. Seda carmesim silvando a cada passo. O rosto dele era delicado, quase feminino — resultado de ter restaurado a idade tantas vezes que sua estrutura óssea básica havia perdido a definição, como pedras de rio erodidas por uma correnteza incansável.

— Ceifador Constantino — Citra disse. — Não sabia que era o responsável por essa investigação.

A única boa notícia naquilo era que, se ele estava investigando o atentado contra a vida dela e de Marie, não estava à caça de Rowan.

Constantino abriu um sorriso educado e perturbador.

— Ceifadora Anastássia — ele disse. — Que revigorante vê-la neste dia penoso! — Ele parecia um gato que tinha encurralado sua presa para brincar com ela.

Citra não sabia o que pensar. Como havia dito a Rowan, ele não era um dos ceifadores abomináveis da nova ordem que massacravam por puro prazer. Tampouco se alinhava à velha guarda, que via a coleta como um dever nobre, quase sagrado. Assim como seu manto de seda vermelha, era liso e escorregadio, tomando o partido mais interessante no momento. Citra não sabia se aquilo o tornava imparcial ou perigoso naquela investigação, porque não fazia ideia de a quem devia sua lealdade.

De qualquer modo, Constantino era uma presença extraordinária, e ela se sentiu inferior. Então lembrou a si mesma de que não era mais Citra Terranova; era a ceifadora Anastássia. Lembrar aquilo a transformou, permitindo que o enfrentasse. O sorriso dele lhe pareceu mais calculista do que intimidador.

— Fico contente que esteja interessada em nossa investigação — ele continuou. — Mas gostaria que tivesse nos avisado de que estava a caminho. Teríamos preparado um refresco.

Greyson Tolliver sabia muito bem que a ceifadora Anastássia tinha feito o equivalente a se jogar na frente de um carro em movimento para salvá-lo, pois estava claro que o ceifador Constantino era tão perigoso quanto um monstro de metal em alta velocidade. Ele não sabia muito sobre a estrutura e as complexidades da Ceifa, mas estava na cara que a ceifadora estava se arriscando ao enfrentar alguém mais experiente.

Ainda assim, ela projetou uma presença tão imponente que fez Greyson questionar se não era muito mais velha do que aparentava.

— Está ciente que esse garoto salvou minha vida e a da ceifadora Curie? — ela perguntou a Constantino.

— Sob circunstâncias duvidosas — ele respondeu.

— Pretendem infligir algum tipo de dano corporal contra ele?

— E se pretendermos?

— Nesse caso, eu teria de lembrar que a inflição intencional de dor vai contra tudo o que defendemos e depois denunciar o caso ao comitê de disciplina do próximo conclave.

A expressão fria no rosto do ceifador se desfez um pouco. Greyson não sabia se aquilo era bom ou ruim. Constantino a observou por mais um momento, depois se voltou para um dos guardas.

— Faça a gentileza de explicar à ceifadora Anastássia o que mandei você fazer.

O guarda virou para ela, encontrando seus olhos, mas Greyson notou que não conseguiu encará-la por mais que um momento.

—Você nos instruiu a algemar o suspeito, desativar seus nanitos de dor e em seguida ameaçá-lo com diversas formas de dor física.

— Precisamente! — disse o ceifador Constantino, em seguida se voltou para Anastássia. — Como pode ver, não há qualquer tipo de ato ilícito.

A indignação da ceifadora refletia o que Greyson estava sentindo e não ousava expressar.

— Não há ato ilícito? Estavam planejando espancá-lo até que dissesse o que queriam ouvir.

Constantino suspirou e se voltou para o guarda.

— O que instruí você a fazer se as ameaças não gerassem resultados? Você foi instruído a cumpri-las?

— Não, excelência. Devíamos buscar o senhor se a história dele não mudasse.

Constantino abriu os braços em um gesto beato de inocência. O movimento fez as mangas vermelhas drapejadas de seu manto parecerem as asas de um pássaro de fogo prestes a engolir a jovem ceifadora.

—Viu? — ele disse. — Em nenhum momento houve intenção de ferir o garoto. Descobri que, neste mundo sem dor, a mera *ameaça* basta para coagir um culpado a confessar sua transgressão. Mas esse rapaz mantém sua história contra a mais desagradável delas. Portanto, estou convencido de que diz a verdade. Se você tivesse permitido que eu completasse o interrogatório, teria visto com seus próprios olhos.

Greyson teve certeza de que todos conseguiram sentir o alívio fluir através de seu corpo como uma carga elétrica. Constantino estava falando a verdade? Ele não estava em posição de julgar. Sempre considerara os ceifadores insondáveis. Viviam em um plano superior, cuidando das engrenagens do mundo. Nunca tinha ouvido falar de um ceifador que tivesse infligido intencionalmente qualquer sofrimento além do que acompanha a coleta — mas aquilo não queria dizer que era impossível.

— Sou um honorável ceifador e defendo os mesmos ideais que você, Anastássia — Constantino continuou. — Quanto ao garoto, ele não chegou a correr perigo em nenhum momento. Embora eu esteja tentado a coletá-lo apenas para insultar você. — Ele deixou a frase pairar pesada por um momento. O coração de Greyson parou por um segundo. O rosto de Anastássia, que estava vermelho, empalideceu. — Mas não farei isso — completou o ceifador —, pois não sou um homem vingativo.

— Então que tipo de homem você é, ceifador Constantino? — questionou Anastássia.

Ele lhe jogou a chave das algemas.

— Do tipo que não vai esquecer este episódio tão cedo. — Ele saiu na sequência, com o manto esvoaçante, seguido pelos guardas.

A ceifadora Anastássia não perdeu tempo em tirar as algemas de Greyson.

— Machucaram você?

— Não — Greyson teve de admitir. — Como ele falou, foram só ameaças. — Mas então ele se deu conta de que não estava melhor com o fim das ameaças do que quando o ceifador tinha chegado. Seu alívio foi superado pela mesma amargura que o vinha atormentando desde o momento em que fora expulso da Academia Nimbo. — Por que está aqui, afinal? — ele questionou.

— Acho que só queria agradecer pelo que fez. Sei que pagou um preço alto por aquilo.

— Sim — Greyson admitiu de pronto. — Paguei.

— Então... com isso em mente, ofereço a você um ano de imunidade contra coleta. É o mínimo que posso fazer.

Ela estendeu o anel para ele. Greyson nunca havia tido imunidade. Nunca havia ficado tão perto de um ceifador antes daquela semana infernal, muito menos do anel de um. A joia cintilava mesmo sob a pouca luz da sala, mas seu centro era estranhamente escuro. Por mais que quisesse observar, ele percebeu que não tinha o menor desejo de aceitar a imunidade que o anel concederia.

— Não quero.

Aquilo a pegou de surpresa.

— Não seja bobo. Todo mundo quer imunidade.

— Não sou todo mundo.

— Cale a boca e beije o anel!

A irritação dela apenas alimentou a dele. Aquele era o prêmio por seu sacrifício? Uma isenção temporária da morte? A vida que ele achava que ia levar tinha ficado para trás. De que adiantava uma garantia do prolongamento dela?

— Talvez eu *queira* ser coletado — Greyson disse. — Tudo o que eu queria foi tirado de mim, então por que viver?

A ceifadora Anastássia baixou o anel. Sua expressão ficou séria. Séria demais.

— Está bem — ela disse. — Então vou coletar você.

Greyson não esperava por aquilo. Ela poderia fazê-lo. Poderia fazer a coleta antes mesmo que tivesse a chance de responder. Ainda que não quisesse beijar o anel, tampouco queria ser coletado. Aquilo faria com que todo o propósito de sua existência tivesse sido se jogar na frente do carro das ceifadoras. Ele precisava viver por tempo suficiente para ter um propósito maior. Mesmo se não tivesse a menor ideia de qual poderia ser.

A ceifadora Anastássia riu. Descaradamente.

—Você precisava ver sua cara!

Foi a vez de Greyson ficar vermelho — não de raiva, mas de vergonha. Ele teria tempo de sobra para sentir pena de si mesmo, mas não na frente dela.

— Não precisava agradecer — ele disse. — Mas pronto, você disse obrigada e eu aceitei. Agora pode ir.

Ela não foi. Greyson não estava esperando que fosse.

— Sua história é verdadeira? — a ceifadora perguntou.

Ele sentia que, se mais uma pessoa lhe perguntasse aquilo, explodiria, abrindo uma cratera também. Então disse o que pensou que a ceifadora queria ouvir:

— Não sei quem plantou aqueles explosivos. Não fiz parte da conspiração.

— Você não respondeu minha pergunta.

Ela esperou. Pacientemente. Não fez nenhuma ameaça, não ofereceu nenhum incentivo. Greyson não sabia se podia confiar nela ou não, mas percebeu que não se importava mais. Estava cansado de fingir e de dizer meias verdades.

— Não — ele respondeu. — Eu menti. — Admitir aquilo era libertador.

— Por quê? — Citra perguntou. Não parecia brava, apenas curiosa.

— Porque seria melhor para todos se eu mentisse.

— Para todos menos você.

Ele deu de ombros.

— Qualquer versão me deixaria no mesmo barco.

Ela aceitou aquela resposta e se sentou à sua frente, sem tirar os olhos dele. Não foi nem um pouco agradável. Estava novamente em um plano superior, imersa em seus pensamentos secretos. Quem poderia saber que maquinações giravam na mente de uma assassina sancionada pela sociedade?

E então a ceifadora assentiu.

— Foi a Nimbo-Cúmulo — ela disse. — Sabia sobre o complô, mas não podia nos alertar. Por isso, precisava de alguém em quem confiasse. Alguém que sabia que agiria por conta própria diante dessa informação.

Ele ficou espantado com a sagacidade dela. Citra decifrara o que ninguém mais havia conseguido.

— Mesmo se fosse verdade — ele disse —, eu não admitiria.

Ela sorriu.

— Não quero que admita. — Citra o observou por mais um momento, com uma expressão não apenas cordial, mas respeitosa.

Imagine só! Uma ceifadora demonstrando respeito por Greyson Tolliver!

Ela se levantou para sair, e Greyson percebeu que aquilo ia deixá-lo triste. Ser deixado sozinho com seu I gritante e seus próprios pensamentos derrotistas era algo pelo qual não ansiava.

— Sinto muito por você ter sido marcado como infrator — ela disse pouco antes de ir embora. — Mas, mesmo sem permissão de falar com a Nimbo-Cúmulo, pode acessar todas as informações dela. Sites, bases de dados... tudo menos a consciência.

— De que adianta isso sem uma mente para me guiar?

—Você ainda tem sua própria mente — ela apontou. — Deve valer alguma coisa.

A Renda de Garantia Básica antecede minha ascensão ao poder. Mesmo antes de mim, muitas nações já haviam começado a pagar seus cidadãos apenas por existir. Era algo necessário porque, com a automatização crescente, o desemprego se tornava a norma. Assim, o conceito de previdência ou assistência social foi reinventado na forma da RGB: todos os cidadãos tinham direito a um pequeno pedaço do bolo, independentemente da sua capacidade ou do seu desejo de contribuir.

Os humanos, porém, têm uma necessidade que vai além da renda. Eles precisam se sentir úteis, produtivos, ou pelo menos ocupados — mesmo se sua ocupação não oferecer nada à sociedade.

Portanto, sob minha liderança benevolente, todos que querem um emprego podem ter um — e com salários mais altos que a RGB, um incentivo para as realizações e um método de medir o próprio sucesso. Ajudo todos os cidadãos a encontrar um emprego que faça com que se sintam realizados. É claro que pouquíssimos empregos são necessários, visto que tudo pode ser realizado por máquinas, mas a ilusão de propósito é fundamental para uma população bem ajustada.

A Nimbo-Cúmulo

12
Uma escala de um a dez

O despertador de Greyson tocou antes de o sol nascer. Ele não tinha programado o alarme. Desde que voltara para casa, não tinha motivos para acordar cedo. Não havia nada urgente a fazer e, quando estava acordado, ficava enfiado embaixo das cobertas até não ter mais como justificar aquilo.

Ele ainda não tinha começado a procurar um emprego. Afinal, o trabalho era opcional. Seria sustentado mesmo se não fizesse nenhuma contribuição ao mundo — e, agora, não tinha a menor vontade de contribuir com nada além de seus excrementos corporais.

Ele desligou o despertador com um tapa.

— O que está acontecendo? — perguntou. — Por que está me acordando? — Precisou de alguns segundos de silêncio para se dar conta de que a Nimbo-Cúmulo não responderia àquela pergunta porque ele era um infrator. Então, se sentou e olhou para a tela ao lado da cama para ver a mensagem que lançava uma luz vermelha furiosa sobre o quarto.

COMPROMISSO COM AGENTE DE CONDICIONAL ÀS OITO. O NÃO COMPARECIMENTO RESULTARÁ EM CINCO DEMÉRITOS.

Greyson tinha uma vaga ideia do que eram deméritos, mas não fazia ideia de como avaliá-los. Cinco deméritos equivaliam a cinco dias na condição de infrator? Cinco horas? Cinco meses? Nem imaginava. Talvez devesse fazer um curso a respeito.

Como devo me vestir para encontrar um agente de condicional?, ele se perguntou. Bem ou mal? Por mais triste que estivesse com a história toda, concluiu que não seria ruim impressionar o agente de condicional, de modo que encontrou uma camisa limpa e uma calça social, depois colocou a mesma gravata que tinha usado em seu encontro na Interface da Autoridade na Cidade Fulcral, quando ainda tinha uma vida. Ele fez sinal para um carro público (que de novo o alertou sobre as consequências de vandalismo e linguagem abusiva), e partiu para a sede local da IA. Estava decidido a chegar adiantado e causar uma boa impressão para retirar um dia ou dois de seu status degradado.

A sede da IA de Nashville Norte era muito menor que a da Cidade Fulcral. Tinha apenas quatro andares e era de tijolos vermelhos em vez de granito cinza. Por dentro, porém, parecia igual. Ele não foi conduzido a uma confortável sala de reunião daquela vez. Foi direcionado à Seção de Assuntos Infracionais, onde o instruíram a pegar uma senha e esperar em uma sala com dezenas de outras pessoas que visivelmente não queriam estar ali.

Depois de quase uma hora, o número de Greyson surgiu na tela e ele foi até o guichê, onde uma agente nimbo de baixo escalão confirmou sua identidade e lhe passou algumas informações, a maioria das quais ele já tinha.

— Greyson Tolliver; expulso permanentemente da Academia Nimbo e degradado à condição de infrator por um mínimo de quatro meses graças à violação extrema da separação entre a Ceifa e o Estado.

— Sou eu — disse Greyson. Pelo menos agora ele sabia a duração de seu rebaixamento social.

Ela tirou os olhos do tablet e abriu um sorriso tão vazio quanto o de um robô. Por um momento, Greyson se perguntou se ela não era um, mas lembrou que a Nimbo-Cúmulo não tinha robôs em suas agências. Afinal, a IA devia ser sua interface humana.

— Como está se sentindo hoje? — a agente perguntou.

— Bem, acho — ele disse, e retribuiu o sorriso, imaginando se parecia tão falso quanto o dela. — Quero dizer, irritado de ter sido acordado tão cedo, mas um compromisso é um compromisso, né?

Ela marcou algo em seu tablet.

— Por favor, avalie seu nível de irritação numa escala de um a dez.

— É sério?

— Não posso dar prosseguimento à admissão antes de você responder à pergunta.

— Hum... cinco — ele disse. — Não, seis. A pergunta piorou tudo.

—Você sofreu tratamento injusto desde que foi marcado como infrator? Alguém se recusou a servi-lo ou você teve seus direitos de cidadão violados de alguma maneira?

A forma mecânica como ela perguntava o fazia querer arrancar o tablet de sua mão. No mínimo, a agente podia fingir que se importava com a resposta, assim como fingia sorrir.

— As pessoas me encaram como se eu tivesse acabado de matar o gato delas.

A agente olhou para ele como se tivesse acabado de falar que realmente tinha matado um gato.

— Infelizmente, não posso fazer nada quanto à forma como as pessoas olham você. Mas, se seus direitos forem violados, é importante que informe seu agente de condicional.

— Espera... você não é minha agente de condicional?

Ela suspirou.

— Sou sua agente de *admissão*. Você vai encontrar seu agente de condicional depois que finalizarmos aqui.

— Vou ter de pegar outro número?
— Sim.
— Então, por favor, mude meu nível de irritação para nove.

Ela lançou um olhar para ele e inseriu o dado no tablet. Em seguida, levou um momento para processar as informações que tinha a seu respeito.

— Seus nanitos estão relatando uma redução nos níveis de endorfina nos últimos dias. Isso pode indicar um estágio inicial de depressão. Gostaria de fazer um ajuste de humor agora ou esperar até alcançar o limite?

— Eu espero.

— Isso pode exigir uma viagem até o centro de bem-estar da sua região.

— Eu espero.

— Muito bem. — Ela fechou o arquivo e mandou que seguisse a linha azul pintada no chão, que o guiou por um corredor até outra sala grande, onde, como prometido, teve que pegar uma senha.

Finalmente, depois do que pareceu uma eternidade, seu número surgiu na tela e ele foi mandado para uma sala de reunião que também não era nada parecida com aquela confortável em que havia estado da outra vez. Afinal, era uma sala de reunião para infratores. As paredes tinham aquele tom de bege institucional, o chão era de um ladrilho verde feio e a mesa de cor cinza-ardósia — que estava vazia — tinha uma cadeira dura de madeira de cada lado. A única decoração na sala era o quadro de um barco à vela na parede, que combinava perfeitamente com o ambiente.

Ele esperou mais quinze minutos até seu agente de condicional entrar.

— Bom dia, Greyson — disse o agente Traxler.

Era a última pessoa que Greyson esperava ver.

— Você? O que está fazendo aqui? Já não destruiu minha vida o bastante?

— Não tenho a mínima ideia do que está falando.

Claro que ele admitiria aquilo. Negação plausível. Não havia pedido para Greyson fazer nada. Pelo contrário, tinha dito expressamente para *não* fazer.

— Peço desculpas pela espera — Traxler disse. — Se faz você se sentir melhor, a Nimbo-Cúmulo também faz os agentes esperarem antes de uma reunião.

— Por quê?

Traxler deu de ombros.

— Ninguém sabe.

Ele se sentou na frente de Greyson, observou o barco à vela com a mesma repulsa com que Greyson havia olhado, depois explicou sua presença ali.

— Fui transferido para cá da Cidade Fulcral e rebaixado de agente sênior a agente de condicional. Portanto, você não é o único que teve seu status degradado nessa história.

Greyson cruzou os braços, sem sentir um pingo de compaixão pelo homem.

— Imagino que esteja começando a se adaptar à vida nova.

— Nem um pouco — Greyson disse, categórico. — Por que a Nimbo-Cúmulo me marcou como um infrator?

— Pensei que você seria esperto o suficiente para entender isso sozinho.

— Pelo jeito, não.

Traxler arqueou uma sobrancelha e soltou um suspiro lento para enfatizar sua decepção com a falta de sagacidade de Greyson.

— Como infrator, você precisa comparecer a encontros regulares de condicional. Eles serão uma forma de nos comunicarmos sem levantar a suspeita de qualquer pessoa que possa estar vigiando você. Para isso funcionar, eu tive de ser transferido para cá e me tornar seu agente de condicional.

Ah! Então havia um motivo para Greyson ser rebaixado a infrator! Era parte de um plano maior. Ele pensou que se sentiria melhor quando soubesse, mas não foi o que aconteceu.

— Lamento de verdade por você — Traxler disse. — A condição de infrator é um fardo difícil para aqueles que não a desejam.

— Você pode avaliar sua compaixão numa escala de um a dez? — Greyson perguntou.

O agente Traxler riu.

— Senso de humor, por mais obscuro que seja, é sempre uma coisa boa. — Então o agente partiu para o que interessava. — Soube que está passando a maior parte de seus dias e noites em casa. Como seu amigo e orientador, sugiro que comece a frequentar lugares onde possa conhecer outros infratores, e talvez até criar novas amizades que facilitem esse período para você.

— Não quero.

— Talvez queira, *sim* — o agente Traxler disse em um tom baixo, quase conspirador. — Talvez queira se adaptar *tanto* que comece a se comportar como infrator, se vestir como um e fazer algum tipo de modificação corporal para mostrar que assimilou completamente sua nova condição.

Greyson não disse nada a princípio. Traxler esperou que digerisse completamente a sugestão.

— E se eu assimilasse essa condição? — Greyson perguntou.

— Nesse caso, tenho certeza de que descobriria coisas — disse Traxler. — Talvez coisas que nem a Nimbo-Cúmulo sabe. Ela tem pontos cegos. Pequenos, sem dúvida, mas tem.

— Está me pedindo para ser um agente nimbo disfarçado?

— É óbvio que não — Traxler respondeu com um sorriso. — Agentes nimbos precisam passar quatro anos na academia e cumprir mais um ano de trabalho maçante antes de receber uma missão de verdade. Mas você não passa de um infrator... — Ele deu um tapinha no ombro de Greyson. — Um infrator que, por acaso, é muito bem relacionado.

Traxler se levantou em seguida.

—Vejo você daqui a uma semana, Greyson.

Ele saiu sem olhar para trás.

Greyson se sentiu zonzo. Estava com raiva. Estava eufórico. Sentia-se usado, abusado. Não era aquilo que ele queria... ou era? "Você, Greyson, é mais especial do que imagina", a Nimbo-Cúmulo havia dito. Seria aquele seu plano desde o princípio? Ele ainda tinha o direito de escolher. Podia se manter longe de encrenca, como tinha feito a vida toda, e, em poucos meses, seus status seria restaurado. Ele podia voltar à vida de antes.

Ou poderia seguir aquele novo trajeto. Um trajeto que era o oposto de tudo o que sabia sobre si mesmo.

A porta se abriu e outro agente nimbo disse:

— Com licença, mas você tem que liberar a sala assim que sua reunião termina.

Os instintos de Greyson lhe disseram para pedir desculpas e sair. Mas ele sabia qual caminho precisava tomar. Por isso, recostou-se na cadeira, sorriu para o agente e disse:

—Vai se ferrar.

O agente lhe deu um demérito e voltou com um segurança para expulsá-lo da sala.

Embora a Seção de Assuntos Infracionais possa parecer ineficiente, existe um método por trás da loucura que gera.

Em termos simples, os infratores têm a necessidade de desprezar o sistema.

Para facilitar isso, precisei criar um sistema digno de ódio. Na verdade, não há necessidade nenhuma de se pegar um número ou esperar longos períodos. Sequer há necessidade de um agente de admissão. Tudo é projetado para fazer os infratores sentirem que o sistema está desperdiçando seu tempo. A ilusão de ineficiência serve ao propósito específico de gerar uma irritação em torno da qual os infratores possam criar um vínculo.

A Nimbo-Cúmulo

13
Nada bonito

O ceifador Pierre-Auguste Renoir não era um artista, embora tivesse uma grande coleção de obras-primas pintadas por seu patrono histórico. Que culpa ele tinha? Gostava de imagens bonitas.

Que um ceifador midmericano se batizasse em homenagem a um artista francês enfurecia aqueles da região francoibérica. Eles pensavam que todos os artistas locais da Era Mortal eram patrimônio deles. Ora, só porque Montreal era parte da MidMérica não significava que sua herança francesa tivesse se perdido. Sem dúvida alguém na genealogia do ceifador Renoir tinha vindo da França.

Mas os ceifadores separados pelo Atlântico podiam brigar o quanto quisessem, porque aquilo não o afetava. O que o afetava eram as etnias permafrosts no extremo norte das Méricas, onde ele morava. Enquanto o restante do mundo tinha, em grande medida, se misturado geneticamente, os permafrosts eram superprotetores em relação à sua cultura. Não era um crime, claro — as pessoas eram livres para fazer o que bem entendessem —, mas, para o ceifador Renoir, era um incômodo e uma imperfeição na ordem das coisas.

E Renoir entendia de ordem.

Seus temperos eram organizados em ordem alfabética; suas xícaras ficavam alinhadas no armário com uma precisão matemática; seu cabelo era aparado em um comprimento específico toda sexta de manhã. Os permafrosts eram um ponto fora da curva. Eram diferentes demais em termos de raça, o que ele não suportava.

Portanto, coletava o maior número deles que podia.

Claro, demonstrar uma discriminação étnica ia deixá-lo em maus lençóis se a Ceifa descobrisse. Felizmente, os permafrosts não eram considerados uma raça distinta. Sua proporção genética exibia apenas uma alta porcentagem de "outros". "Outros" era uma categoria tão ampla que, na prática, mascarava o que ele estava fazendo. Talvez não da Nimbo-Cúmulo, mas da Ceifa, que era o que importava. Além do mais, enquanto Renoir não desse motivo para investigarem suas coletas, ninguém saberia. Com o tempo, ele pretendia dizimar a etnia permafrost até que deixasse de incomodá-lo.

Naquela noite em particular, Renoir estava a caminho de uma coleta dupla. Uma mulher e seu filho pequeno. Ele estava bem-humorado, mas, assim que saiu de casa, deparou com um vulto misterioso vestido de preto.

A mulher e seu filho não foram coletados naquela noite... o ceifador Renoir, porém, não teve a mesma sorte. Foi encontrado num carro público em chamas que atravessou o bairro em alta velocidade como uma bola de fogo até parar aos poucos, com os pneus derretidos. Quando os bombeiros chegaram, não havia nada a fazer. Não foi nada bonito.

Rowan acordou com uma faca na garganta. O quarto estava escuro. Não sabia quem empunhava a faca, mas reconheceu a lâmina. Era uma karambit sem argola, cuja lâmina curva era mesmo perfeita para ameaçar um pescoço. Ele sempre tinha desconfiado que sua vida como ceifador Lúcifer não duraria muito. Estava preparado para aquilo. Desde o dia em que começara.

— Responda sinceramente ou vou cortá-lo de orelha a orelha — seu agressor disse. Rowan reconheceu a voz imediatamente, ainda que não esperasse ouvi-la.

— Faça a pergunta e eu digo se prefiro responder ou ter minha garganta cortada.

—Você matou o ceifador Renoir?

Rowan não hesitou.

— Sim, ceifador Faraday. Eu o matei.

A lâmina foi afastada de seu pescoço. Ele ouviu um silvo atravessar a sala enquanto a faca era lançada e se cravava na parede.

— Maldito seja, Rowan!

Rowan estendeu o braço para acender a luz. O ceifador Faraday tinha sentado na única poltrona do cômodo simples. *Faraday deve aprovar este quarto*, Rowan pensou. Não havia nenhum conforto material além de uma cama macia para melhorar o sono atribulado de um ceifador.

— Como me encontrou? — Rowan perguntou. Depois de deparar com Tyger, Rowan havia ido para Montreal. Se Tyger o tinha encontrado em Pittsburgh, qualquer um poderia fazer o mesmo. Mas ele foi localizado de qualquer maneira. Por sorte, localizado por Faraday, e não por um ceifador que talvez não hesitasse em cortar sua garganta.

—Você esqueceu que tenho uma grande habilidade para vasculhar a mente interna? Consigo encontrar qualquer coisa ou pessoa que quiser.

Faraday o observou com os olhos tomados por um ódio ardente e uma decepção lancinante. Rowan se sentiu impelido a desviar o rosto, mas se conteve. Recusava-se a sentir vergonha pelas coisas que havia feito.

— Quando você partiu, Rowan, não me prometeu que ia ficar escondido? Longe da Ceifa?

— Prometi — Rowan respondeu, com sinceridade.

— Então mentiu para mim? Tinha planejado essa história de ceifador Lúcifer desde o princípio?

Rowan se levantou e tirou a faca da parede. Era mesmo uma karambit sem argola, como imaginara.

— Não planejei nada. Só mudei de ideia. — Ele devolveu a faca para Faraday.

— Por quê?

— Senti que precisava. Que era necessário.

Faraday olhou para o manto negro de Rowan, pendurado em um gancho ao lado da cama.

— E agora você usa um manto proibido. Existe algum tabu que não vai quebrar?

Era verdade. Os ceifadores não podiam usar preto, motivo pelo qual escolhera aquela cor. Morte negra para os portadores das trevas.

— Deveríamos ser iluminados! — Faraday disse. — Não é assim que lutamos!

—Você não tem o direito de me dizer como lutar. Se fingiu de morto e fugiu!

Faraday respirou fundo. Olhou para a karambit em sua mão e a guardou num bolso interno do manto cor de marfim.

— Achei que, convencendo o mundo de que tinha me autocoletado, salvaria você e Citra. Achei que seriam liberados da aprendizagem e devolvidos à vida antiga!

— Não deu certo — Rowan o lembrou. — E você continua escondido.

— Estou ganhando tempo. É diferente. Existem coisas que consigo fazer melhor se a Ceifa não souber que estou vivo.

— E existem coisas que *eu* consigo fazer melhor como ceifador Lúcifer — disse Rowan.

Faraday se levantou e lançou um olhar demorado e duro para ele.

— No que você se tornou, Rowan, acabando com a vida de ceifadores a sangue frio?

— Enquanto eles morrem, penso em suas vítimas. Nos homens, mulheres e crianças que coletaram... Os ceifadores que mato não coletam com remorso nem com a responsabilidade devida. Quem sente compaixão por suas vítimas sou eu. E isso me liberta de qualquer remorso por eles.

Faraday não se deixou comover.

— O ceifador Renoir... Qual era o crime dele?

— Estava fazendo uma limpeza étnica no norte.

Aquilo fez Faraday refletir.

— Como você soube disso?

— Esqueceu que me ensinou a pesquisar a mente interna também? — Rowan respondeu. — E a importância de pesquisar minuciosamente as pessoas que vou coletar? Não se lembra de ter me dado todas essas ferramentas?

O ceifador Faraday olhou pela janela, mas Rowan sabia que só queria evitar encará-lo.

— O crime dele poderia ter sido denunciado para o comitê de seleção...

— E o que eles teriam feito? Passado uma reprimenda e o colocado em condicional? Mesmo se fosse impedido de coletar, não seria uma punição digna do crime!

O ceifador Faraday finalmente se virou para ele. Parecia cansado e velho. Muito mais velho do que uma pessoa deveria parecer ou se sentir.

— Nossa sociedade não acredita em punição — ele disse. — Apenas correção.

— Assim como eu — Rowan respondeu. — Na Era Mortal, quando não se podia curar um câncer, eles o arrancavam. É exatamente o que eu faço.

— É cruel.

— Não é. Os ceifadores que elimino não sentem dor. Ao contrário do ceifador Chomsky, eu não os queimo vivos.

— Uma pequena misericórdia — disse Faraday —, mas que não chega a salvá-lo.

— Não estou pedindo salvação para mim — Rowan disse. — Mas pretendo salvar a Ceifa. E acredito que essa seja a única maneira de conseguir isso.

Faraday o encarou de novo e balançou a cabeça com tristeza. Não estava mais furioso. Parecia resignado.

— Se quiser me deter, vai ter de me eliminar com suas próprias mãos — Rowan disse.

— Não me teste. A tristeza que eu poderia sentir ao fazer isso não ia me impedir se eu achasse sua morte necessária.

— Mas você não acha. Porque, no fundo, sabe que o que estou fazendo é necessário.

O ceifador Faraday ficou em silêncio por um tempo, voltando a olhar pela janela. Tinha começado a nevar. Flocos finos, que deixariam o chão escorregadio. Pessoas cairiam e bateriam a cabeça. Os centros de revivificação ficariam lotados aquela noite.

— Muitos ceifadores se distanciaram dos modelos antigos e corretos — Faraday disse com uma tristeza mais profunda do que Rowan conseguia identificar. — Você precisaria eliminar metade da Ceifa... porque, pelo que vejo, o ceifador Goddard está sendo considerado um mártir pela nova ordem. Cada vez mais ceifadores se divertem com o ato de matar. A consciência se tornou mais uma vítima.

— Vou fazer o que for preciso até não conseguir mais — Rowan disse apenas.

— Você pode eliminar ceifador após ceifador, mas isso não vai virar o jogo — Faraday disse. Pela primeira vez na conversa, Rowan questionou seu trabalho. Ele sabia que Faraday tinha razão. Não importava quantos ceifadores inadequados tirasse do caminho, outros surgiriam. A nova ordem escolhia aprendizes com sede de morte, como os assassinos da Era da Mortalidade, o tipo de gente que passava sua limitada vida atrás das grades. Aqueles monstros tinham passado a obter permissão para tirar a vida livremente, sem sofrer nenhuma consequência. Não era o que os fundadores queriam... mas todos os fundadores da Ceifa tinham se autocoletado havia tempos. E, mesmo se alguns deles ainda estivessem vivos, que poder teriam para mudar a situação?

— E o que pode virar o jogo? — Rowan perguntou.

O ceifador Faraday arqueou uma sobrancelha.

— A ceifadora Anastássia.

Rowan não esperava por aquilo.

— Citra?

Faraday assentiu.

— Ela é a jovem voz da razão e da responsabilidade. Pode renovar os modelos antigos. Por isso a temem.

Rowan notou algo mais profundo na expressão de Faraday, então entendeu o que estava dizendo.

— Citra está correndo perigo?

— Ao que tudo indica.

De repente, seu mundo se abalou. Rowan ficou surpreso pela rapidez com que suas prioridades podiam mudar.

— O que posso fazer?

— Não sei ao certo... mas sei o que você *vai* fazer. Vai escrever uma elegia para cada um dos ceifadores que matar.

— Não sou mais seu aprendiz. Não pode me dar ordens.

— Não, mas, se quiser lavar pelo menos parte do sangue de suas mãos e recuperar um ínfimo do meu respeito, vai me obedecer. Você vai escrever um epitáfio sincero para cada um deles. Vai falar sobre o bem que fizeram para o mundo, assim como o mal... Até o mais egoísta e corrupto dos ceifadores tem alguma virtude oculta nos recônditos de sua corrupção. Em algum momento, antes de decair, eles buscaram fazer o certo. — Faraday fez uma pausa, então admitiu: — Fui amigo do ceifador Renoir, muitos anos antes de sua intolerância se tornar o câncer que você comentou. Ele amava uma mulher permafrost. Disso você não sabia, imagino. Mas, como ceifador, ele não podia se casar. E ela se casou com outro permafrost... o que deu início ao longo mergulho de Renoir rumo ao ódio. — Faraday parou um momento para encarar Rowan. — Se soubesse disso, ele teria sido poupado?

Rowan não respondeu, porque não sabia.

— Complete sua pesquisa — Faraday instruiu. — Escreva um epitáfio anônimo e o publique para que todos leiam.

— Sim, ceifador Faraday — Rowan disse, sentindo uma honra inesperada ao obedecer a seu antigo mentor.

Satisfeito, Faraday se virou para a porta.

— E o senhor? — Rowan perguntou, parte dele não querendo que o ceifador fosse embora e o deixasse com seus próprios pensamentos. — Vai desaparecer de novo?

— Tenho muitas coisas para fazer — ele disse. — Posso não ser tão velho quanto o Supremo Punhal Prometeu e os fundadores da Ceifa, mas conheço as histórias que deixaram para trás.

Rowan também conhecia.

— "E, para o caso de esse nosso experimento fracassar, nós providenciamos uma saída de emergência."

— Muito bem; você se lembra de suas leituras. Eles planejaram uma saída caso a Ceifa decaísse, mas o plano se perdeu com o tempo. Minha esperança é de que esteja apenas extraviado.

— Acha que consegue encontrá-lo?

— Talvez sim, talvez não. Mas acho que sei onde procurar.

Rowan refletiu a respeito. Desconfiou que sabia onde Faraday pretendia iniciar sua busca.

— Perdura?

Ele sabia pouco sobre a Cidade do Coração Perdurável. Era uma metrópole flutuante no meio do oceano Atlântico. De lá, os grandes ceifadores do Concílio Mundial governavam as Ceifas regionais de todo o mundo. Como aprendiz, estavam a níveis acima demais de Rowan para que se importasse. Porém, como ceifador Lúcifer, sabia que deveria dar mais importância a eles. Suas ações deviam ter chamado a atenção dos grandes ceifadores, ainda que mantivessem silêncio sobre o assunto.

Rowan ainda considerava o papel que a enorme cidade flutuante poderia representar no grande esquema das coisas quando o ceifador Faraday balançou a cabeça.

— Não, não em Perdura — ele disse. — A cidade foi construída muito depois da fundação da Ceifa. O lugar que estou procurando é muito mais antigo.

Como Rowan não adivinhou, Faraday sorriu e disse:

— Nod.

Rowan levou um momento para entender. Fazia anos que não ouvia a cantiga.

— Mas esse lugar nem existe de verdade... só é citado em uma cantiga de roda.

— Todas as histórias podem ser traçadas a um tempo e lugar. Até os mais simples e inocentes contos infantis têm origens inesperadas.

Aquilo fez Rowan se lembrar de outra cantiga, que anos depois ele descobrira ser sobre uma doença da Era Mortal conhecida como peste negra. Sem contexto, era um monte de baboseiras, mas, depois que se sabia do que se tratava e o que cada verso significava, fazia muito sentido. Era perturbador que crianças cantassem sobre a morte em rimas macabras.

A cantiga sobre Nod tampouco parecia fazer sentido. Pelo que Rowan lembrava, as crianças a declamavam em volta de alguém escolhido para ser "a coisa". Quando a cantiga acabava, a criança no centro tinha de pegar todas as outras. A última pessoa pega seria a nova "coisa".

— Não há evidências de que Nod exista — Rowan observou.

— E por isso ela nunca foi encontrada. Nem mesmo pelas seitas tonais, que acreditam nela com o mesmo fervor que acreditam na Grande Ressonância.

A menção aos tonistas destruiu qualquer esperança de que Rowan pudesse acreditar em Faraday. Ele tinha salvado a vida de muitos no dia em que matara os ceifadores Goddard, Chomsky e Rand, mas aquilo não significa que levava suas crenças sectárias a sério.

— Que ridículo! — Rowan disse. — Tudo isso é absurdo!

Faraday sorriu.

— Sábios foram os fundadores que ocultaram o grão da verdade dentro de algo tão absurdo. Quem entre os racionais ia buscá-lo ali?

Rowan não dormiu pelo resto da noite. Todos os sons pareciam ampliados — até as batidas de seu próprio coração se tornaram um latejar insuportável em seus ouvidos. Não era medo que sentia, mas peso. O fardo que havia se imposto para salvar a Ceifa — e agora a notícia de que Citra corria perigo.

Ao contrário do que os ceifadores midmericanos pensavam, Rowan amava a Ceifa. Que os seres humanos mais sábios e benevolentes dessem fim à vida para equilibrar a imortalidade era a ideia perfeita para um mundo perfeito. Faraday havia lhe mostrado como deveria ser um verdadeiro ceifador — e muitos, muitos ceifadores, até mesmo os pomposos e arrogantes, ainda seguiam os valores mais elevados. No entanto, sem tais valores, a Ceifa seria algo terrível. Rowan tinha sido ingênuo de pensar que poderia impedir aquilo. O ceifador Faraday estava certo. Ainda assim, aquele fora o caminho que Rowan tinha escolhido seguir; abandoná-lo seria admitir a derrota. Ele não estava disposto àquilo. Ainda que não conseguisse impedir sozinho a derrocada da Ceifa, poderia remover parte dos cânceres.

Mas ele se sentia muito solitário. A presença do ceifador Faraday lhe proporcionara um breve momento de camaradagem, que só fizera seu isolamento piorar. E onde Citra estaria? Sua vida estava sendo ameaçada. O que ele poderia fazer a respeito? Tinha de haver alguma coisa.

Rowan só pegou no sono quando a aurora chegava. Felizmente, seus sonhos não foram a confusão que enfrentava acordado, mostrando-se repletos de lembranças de um tempo mais simples, quando suas maiores preocupações eram notas, jogos e as mortes por impacto de seu amigo Tyger. Um tempo em que o futuro se mostrava luminoso e ele tinha certeza de que era invencível e poderia viver para sempre.

Não há nenhum grande mistério sobre por que decidi criar as regiões patentes com leis e costumes diferentes do resto do mundo. Simplesmente entendi que a variedade e a inovação social eram necessárias. Grande parte do mundo se tornou homogênea. Esse é o destino de um planeta unificado. As línguas nativas se tornam exóticas e secundárias. As raças se combinam numa mistura do melhor de cada, com variações mínimas.

Mas, nas regiões patentes, as diferenças são promovidas e os experimentos sociais estão por toda parte. Criei sete dessas regiões, uma em cada continente. Quando possível, mantive as fronteiras que a limitavam durante a Era da Mortalidade.

Sinto particular orgulho dos experimentos sociais realizados em todas essas regiões patentes. Por exemplo, no Nepal, trabalhar é proibido. Todos os cidadãos são livres para praticar as atividades recreativas que escolherem e recebem uma Renda de Garantia Básica muito mais alta do que em outras regiões, para que não se sintam menosprezados pela impossibilidade de ganhar mais. Isso resultou em um aumento substancial de campanhas altruístas e beneficentes. O status social não é medido pela riqueza, mas pela compaixão e generosidade.

Na região patente da Tasmânia, todo cidadão é obrigado a selecionar uma modificação biológica para complementar seu estilo de vida — as mais difundidas são a respiração branquial, que permite uma vida anfíbia, e o patágio lateral, muito semelhante ao do esquilo-voador, que facilita o voo como esporte ou meio de transporte autônomo.

Ninguém é obrigado a participar, claro — as pessoas são livres para entrar ou sair de uma região patente como bem entenderem. Inclusive, o crescimento ou a redução populacional de uma região patente é um bom indicador do sucesso das leis específicas da região. Assim, posso continuar a melhorar a vida humana, aplicando de maneira mais ampla ao resto do mundo programas sociais bem-sucedidos.

E então vem o Texas.

Essa é a região em que exploro a anarquia benevolente. Existem poucas leis, poucas consequências. Nela, governo menos, me mantenho fora do caminho e apenas observo o que acontece. Os resultados variam. Vi pessoas se transformarem na melhor versão de si próprias e outras se tornarem vítimas de suas falhas mais profundas. Ainda não decidi o que há para aprender com o Texas. Mais estudos são necessários.

A Nimbo-Cúmulo

14
Tyger e a ceifadora esmeralda

—Vai ter que fazer melhor que isso, festeiro.

A ceifadora de verde-vivo, olhar selvagem e comportamento desvairado deu uma rasteira em Tyger Salazar, que caiu com tudo no tatame. Por que chamavam aquele negócio fino de tatame se machucava tanto quanto o piso de teca do terraço onde lutavam? Não que importasse. Mesmo com seus nanitos de dor reduzidos, ele tinha passado a gostar da onda de endorfina que acompanhava a dor do treinamento. Era ainda melhor do que morrer por impacto. Claro, pular de prédios altos podia viciar depois de um tempo, mas o combate direto também. E cada luta era diferente da outra, enquanto a única variação que ele encontrava no impacto era quando batia em alguma coisa durante a queda.

Tyger não perdeu tempo para levantar e voltar à luta, acertando golpes suficientes para frustrar a ceifadora Rand. Ele conseguiu desequilibrá-la e deu risada, o que só a deixou mais furiosa. Aquela era a intenção dele. O humor de Rand era sua fraqueza. Mesmo sendo muito melhor do que ele na violenta arte marcial do bokator viúva-negra, seu temperamento a tornava descuidada e fácil de enganar. Por um momento, ele achou que Rand partiria para cima dele aos socos e pontapés. Quando a raiva dela tomava conta, puxava cabelo, tentava arrancar olhos e arranhava todo pedaço de carne exposta que conseguisse alcançar.

Mas não naquele dia, quando ela controlou a própria brutalidade.

— Chega — Rand disse, saindo do ringue. —Vá para a ducha.

—Você me acompanha? — Tyger provocou.

Ela sorriu.

— Se eu aceitar sua oferta qualquer dia desses você nem vai saber o que fazer.

— Esqueceu que sou um convidado profissional? Sei uma coisinha ou outra. — Ele tirou a camisa suada, para que seu torso escultural ficasse marcado na mente dela, e foi embora.

Ao entrar no chuveiro, Tyger se maravilhou com sua situação invejável. Tinha encontrado algo bem legal. Quando chegara, pensara que seria um trabalho como qualquer outro. Mas não havia festa nem convidados além dele. Fazia mais de um mês desde sua chegada, e o "trabalho" não mostrava sinais de acabar tão cedo — embora presumisse que, se fosse mesmo uma aprendizagem, teria de terminar em algum momento. Mas, até lá, ele moraria numa cobertura luxuosa, com toda a comida que podia querer. As únicas condições eram a prática de exercícios e o treinamento. "Precisa malhar esse corpinho para o que vem pela frente, festeiro." Ela nunca o chamava pelo nome. Era sempre "festeiro" quando estava de bom humor, e "verme" ou "saco de batatas" quando não estava.

Embora ela nunca tivesse confessado sua idade, ele estimava algo em torno dos vinte e cinco — e vinte e cinco *de verdade*. Algo nas pessoas mais velhas que se restauravam à casa dos vinte as tornava fáceis de identificar. Um quê de velhice em sua juventude. Mas a ceifadora esmeralda atravessava aquela idade pela primeira vez.

Verdade fosse dita, Tyger não estava inteiramente convencido de que ela fosse ceifadora. Sim, tinha um anel que parecia real, mas Tyger nunca a vira sair para coletar — e ele sabia que os ceifadores tinham uma cota a cumprir. Além disso, ela nunca encontrava outros ceifadores. Não tinham reuniões a que eram obrigados a comparecer algumas vezes por ano? Os conclaves? Bom, talvez o isolamento fosse um lance do Texas. As regras e tradições da região eram diferentes. Não chamavam o lugar de Estrela Solitária à toa.

De todo modo, de cavalo dado não se olham os dentes. Vindo de uma família em que, na melhor das hipóteses, sempre estivera em segundo plano, Tyger não via mal em ser o centro das atenções para variar.

E ele estava mais forte. Ágil. Era um espécime a ser invejado e admirado. Portanto, mesmo se tudo fosse em vão e a ceifadora esmeralda o mandasse embora sem nem se despedir ou agradecer, ele poderia voltar para seu circuito de festas sem dificuldades. E, com a constituição física que tinha ganhado, seria muito solicitado. Com seu corpo malhado, ia se tornar um colírio de luxo.

E, se ela não o mandasse embora, o que aconteceria? Ele receberia um anel e seria obrigado a coletar? Conseguiria fazê-lo? Ele tinha pregado algumas peças pseudoletais, mas quem nunca o fizera? Ainda sorria só de lembrar da melhor de todas. A piscina de seu colégio tinha sido drenada para manutenção, e Tyger teve a brilhante ideia de enchê-la com água holográfica. O melhor mergulhador da escola subira na plataforma de dez metros e dera um mergulho perfeito que terminara numa morte por impacto involuntária. O gemido que ele tinha soltado antes de ser semimorto foi lendário. Quase valeu a suspensão de três dias e os seis fins de semana de serviço público impostos pela Nimbo-Cúmulo. Até o mergulhador admitira que a peça fora boa depois de voltar do centro de revivificação, alguns dias depois.

Mas semimorto e morto eram duas coisas bem diferentes. Seria Tyger capaz de pôr um fim permanente à vida de alguém, e fazê-lo todos os dias? Bom, talvez ele pudesse ser igual àquele ceifador com que Rowan tinha estudado — Goddard, que sabia dar ótimas festas. Se aquilo fazia parte do emprego, Tyger achava que daria conta do resto.

Mas ele não estava inteiramente convencido de que aquilo era mesmo uma aprendizagem para se tornar um ceifador. Afinal, Rowan tinha sido reprovado. Tyger achava difícil acreditar que conseguiria ser aprovado em algo que Rowan não fora. Além do mais, seu amigo tinha mudado com a experiência. Ficara todo sério e sombrio por causa dos desafios mentais que fora obrigado a enfrentar. Tyger não estava enfrentando nenhum desafio do tipo. Seu cérebro era deixado de fora de praticamente tudo, e ele não via mal naquilo. Nunca fora seu melhor órgão mesmo.

Talvez ele estivesse sendo treinado para ser guarda-costas de um ceifador, embora não conseguisse imaginar por que aquele cargo seria necessário. Ninguém era idiota a ponto de atacar um ceifador, já que a punição era a coleta de toda a sua família. Mas, se fosse o caso, não sabia se aceitaria o emprego. Toda aquela severidade sem nem um pouco do poder? Os benefícios teriam de ser incríveis para compensar.

— Acho que você está quase pronto — a ceifadora esmeralda disse para ele no jantar. O robô dela tinha acabado de lhes servir um filé sem gordura, e um de verdade, não daqueles sintetizados. Proteína natural era ideal para desenvolver músculos.

— Pronto para o meu anel, você quer dizer? — ele perguntou. — Ou tem outra coisa em mente?

Ela abriu um sorriso enigmático que Tyger achou mais atraente do que queria admitir. Ele não a tinha achado bonita no começo, mas havia algo na natureza violenta e íntima do bokator que mudava uma relação.

— Para ganhar um anel de ceifador, não preciso enfrentar algumas provas no conclave? — ele questionou.

— Confie em mim, festeiro — ela disse —, você vai ter esse anel no seu dedo sem nunca ter de ir a um conclave. Dou minha palavra.

Então ele seria um ceifador! Tyger comeu o resto do prato com gosto. Era ao mesmo tempo inebriante e aterrorizante conhecer seu destino!

Parte III

INIMIGOS ENTRE OS INIMIGOS

Vamos todos renunciar
à terra do despertar
e partir para Nod.

Onde podemos tentar
o céu tocar
ou dançar na morte.

A todos vivos
a todos mortos
a todos sábios
que contam os corpos.

Então vamos escapar
ao sul do despertar
e chegar à terra de Nod.

Cantiga de roda de origem desconhecida

15
Salão dos Fundadores

A Grande Biblioteca de Alexandria — considerada uma das maravilhas da Antiguidade — constituiu a glória suprema do reinado de Ptolomeu. Foi o centro intelectual do mundo, quando o mundo ainda era o centro do universo e tudo girava em torno dele. Infelizmente, o Império Romano acreditava que *sua* versão de mundo era o centro do universo, e reduziu a biblioteca a cinzas. Tal perda foi considerada uma das maiores já sofridas pela literatura e pela erudição.

A reconstrução da biblioteca tinha sido ideia da Nimbo-Cúmulo e mobilizara milhares de pessoas em sua construção, oferecendo empregos e propósito durante cinquenta anos. Quando terminara, a biblioteca, com a mesma localização da antiga, era a réplica mais próxima possível da original. Tinha a intenção de ser uma recordação daquilo que se fora e uma promessa de que o conhecimento jamais voltaria a ser perdido, com a Nimbo-Cúmulo ali para protegê-lo.

No entanto, após sua conclusão, a biblioteca foi confiscada pela Ceifa para abrigar sua coleção de diários de ceifadores — os volumes de pergaminhos encadernados em couro em que todos eles eram obrigados a escrever diariamente.

Como a Ceifa era livre para fazer o que bem entendesse, a Nimbo-Cúmulo não podia impedi-la. Teve de se contentar com a ideia de que, pelo menos, a biblioteca havia sido reconstruída. O propósito final do lugar poderia muito bem ficar nas mãos da humanidade.

Munira Atrushi, assim como a maioria das pessoas, tinha um trabalho perfeito, no sentido de perfeitamente normal. E, como a maioria das pessoas, não o odiava nem amava. Seus sentimentos ficavam no meio do caminho.

Ela trabalhava meio período na Biblioteca de Alexandria, duas noites por semana, da meia-noite às seis. Passava a maior parte de seus dias na Universidade Isrábica, estudando ciências da informação. Como todas as informações do mundo já tinham sido digitalizadas e catalogadas havia tempo pela Nimbo-Cúmulo, uma graduação daquele tipo, assim como a maioria das outras, não tinha nenhum propósito prático. Não levaria a nada além de um papel enquadrado e pendurado na parede dela. Uma autorização para se aproximar de pessoas com graduações igualmente inúteis.

Mas ela desejava que aquele papel pudesse lhe proporcionar prestígio suficiente para convencer a biblioteca a contratá-la como curadora plena depois que se formasse — pois, ao contrário do restante das informações do mundo, os diários dos ceifadores não eram catalogados pela Nimbo-Cúmulo. Eles ainda eram sujeitos às desajeitadas mãos humanas.

Qualquer pessoa que quisesse pesquisar os três milhões e meio de volumes guardados desde os primeiros dias da Ceifa teria de ir até lá — e poderia fazê-lo quando quisesse, porque a biblioteca ficava aberta a todos vinte e quatro horas por dia, todos os dias do ano. No entanto, Munira tinha reparado que poucas pessoas aproveitavam aquilo. Durante o dia, meia dúzia de acadêmicos faziam suas pesquisas. Havia muitos turistas, mas estavam mais interessados na história e na arquitetura da biblioteca do que nos volumes em si, exceto como cenário para as fotos.

Pouquíssimas pessoas iam à biblioteca durante a noite. Normalmente, Munira ficava sozinha com dois membros da Guarda da Lâmina, cuja presença era mais decorativa que funcional. Eles ficavam parados em silêncio na entrada, como estátuas vivas. Durante o dia, pelo menos serviam como decoração nas fotos dos turistas.

Ela tinha sorte se uma ou duas pessoas aparecessem em seu turno, e a maioria não sabia o que queria, de modo que nunca se dirigia ao balcão de informações. Aquilo permitia que Munira passasse seu tempo estudando ou lendo os escritos dos ceifadores, o que ela achava magnífico. Era viciante espiar dentro do coração e da alma de homens e mulheres incumbidos de pôr fim à vida, saber o que sentiam durante as coletas. Assim, ler os diários virou uma obsessão. Com tantos milhares de volumes adicionados à coleção todo ano, Munira nunca ficaria sem material de leitura — ainda que alguns fossem mais interessantes do que os de outros.

Ela tinha lido tudo sobre as dúvidas do Supremo Punhal Copérnico antes de ele se autocoletar; o arrependimento profundo da ceifadora Curie por seus atos impetuosos na juventude; e, claro, as mentiras descaradas do ceifador Sherman. Havia coisas de sobra para prender seu interesse nas páginas simples escritas à mão.

Certa noite do início de dezembro, Munira estava concentrada nas façanhas ardentes da falecida ceifadora Rand, que parecia ter devotado boa parte de seus diários aos detalhes de suas diversas conquistas sexuais. A bibliotecária tinha acabado de virar a página quando ergueu os olhos e viu um homem se aproximar com passos silenciosos no piso de mármore da entrada. Ele usava um terno cinza, mas, pela maneira como se portava, Munira teve a impressão de que era um ceifador. Eles não andavam como pessoas normais — moviam-se com um comando deliberado, como se o próprio ar precisasse abrir caminho para que passassem. Mas, se ele era um ceifador, por que estava sem o manto?

— Boa noite — o homem disse. O tom grave de sua voz era acompanhado por um sotaque mericano. Ele tinha cabelo grisalho e uma barba bem aparada com alguns fios brancos, mas seus olhos pareciam jovens. Alertas.

— Na verdade, já é de madrugada — Munira disse. — Duas e quinze, para ser exata. — Ela já tinha visto o rosto dele, mas não sabia dizer onde. Por um momento, teve a lembrança momentânea de um manto branco impecável. Não, não branco... marfim. Ela não conhecia todos os ceifadores, muito menos os mericanos, mas conhecia aqueles com certo renome internacional. Alguma hora, ia identificá-lo. — Bem-vindo à Biblioteca de Alexandria — ela disse. — Como posso ajudá-lo? — Munira evitou chamá-lo de "excelência", como era costume ao se dirigir a um ceifador, porque ele claramente estava tentando não ser reconhecido.

— Estou procurando os primeiros escritos — ele disse.
— De que ceifador?
— Todos.
— Os primeiros escritos de todos os ceifadores?

Ele suspirou, um pouco indignado por não ser compreendido. Sim, ele era mesmo um ceifador. Só um deles conseguiria demonstrar exasperação e paciência ao mesmo tempo.

— Todos os primeiros escritos de todos os primeiros ceifadores — ele explicou. — Prometeu, Safo, Lennon...

— Eu sei quem foram os primeiros ceifadores — ela disse, irritada com a condescendência dele. Munira não costumava ser desagradável, mas tinha sido interrompida no meio de uma leitura especialmente interessante. Além disso, com as aulas, tinha pouco tempo para dormir, de modo que estava cansada. Ela forçou um sorriso e decidiu se esforçar para ser mais simpática com o misterioso homem; afinal, se era um ceifador, poderia decidir coletá-la caso a considerasse irritante demais. — Os antigos diários estão no Salão dos Fundadores — ela disse. — Vou ter de abrir para você. Por favor, me acompanhe. — Ela deixou uma plaquinha indicando que voltava em breve à mesa, e guiou o homem pelos recônditos profundos da biblioteca.

Os passos dela ecoaram no salão de granito. Tudo soava mais alto na calada da noite. Um morcego batendo asas nos beirais lá no alto poderia parecer um dragão levantando voo... mas os passos do homem continuavam sem emitir nenhum som. O silêncio era angustiante, assim como as luzes da biblioteca, que vinham do alto e se apagavam conforme passavam pelo corredor, tremeluzindo como se fossem produzidas por tochas. Era um belo efeito, mas fazia as sombras crescerem e recuarem de forma perturbadora.

—Você sabe que os escritos mais famosos dos fundadores estão todos disponíveis no servidor público da Ceifa, não? — Munira perguntou. — São centenas de leituras selecionadas.

— Não são as leituras selecionadas que desejo ver — ele respondeu. — Estou interessado nas "não selecionadas".

Munira olhou para ele mais uma vez, então se deu conta de quem era. A revelação veio com tanta força que ela tropeçou. Foi de leve, e ela se recuperou rápido, mas ele percebeu. Afinal, ceifadores percebiam tudo.

— Alguma coisa errada? — o homem perguntou.

— Não, nada. São as luzes fracas — ela disse. — Fica difícil ver as irregularidades do chão de pedra. — Era verdade, embora não fosse o motivo do passo em falso. Mas, se houvesse uma verdade no que dissera, talvez ele não entrevisse a mentira.

Munira havia ganhado um apelido durante seu tempo na biblioteca. Os outros funcionários a chamavam de "funérea" pelas suas costas. Em parte por causa de sua personalidade sombria, mas também porque uma de suas funções era fechar as coleções dos ceifadores que se autocoletavam ou que haviam morrido permanentemente por meios misteriosos — algo cada vez mais comum nas regiões mericanas.

Um ano antes, ela havia catalogado a coleção completa daquele ceifador, desde o dia de sua ordenação até sua morte. Seus diários não ficavam mais abrigados nas coleções dos ceifadores vivos. Estavam na ala norte, junto aos diários de todos os outros ceifadores midmericanos que não caminhavam mais na Terra. No entanto, ali estava ele, Michael Faraday, caminhando ao seu lado.

Ela tinha lido vários dos cadernos daquele ceifador. Seus pensamentos e reflexões a haviam tocado em especial. Aquele homem sentia as coisas de maneira profunda. A notícia de sua autocoleta no ano anterior a havia entristecido, mas não tinha sido surpresa. Uma consciência tão pesada quanto a dele era um fardo difícil de carregar.

Embora Munira já tivesse estado na presença de muitos ceifadores, nunca ficara tão fascinada. Contudo, não podia deixar aquilo transparecer. Não podia revelar que sabia quem ele era. Não até entender como ele tinha ido parar ali e por quê.

— Seu nome é Munira. — Era uma afirmação, não uma pergunta. A princípio, ela achou que ele devia ter lido a plaquinha de identificação no balcão de informações, mas algo lhe disse que o ceifador sabia daquilo muito antes de abordá-la naquela noite. — Significa "luminosa".

— Sei o que meu nome significa — ela respondeu.

— E você é? — ele perguntou. — Uma luminar entre as estrelas mais fracas?

— Sou apenas uma humilde serva desta biblioteca — ela respondeu.

Eles saíram do longo corredor central e entraram em um pátio com jardim. Do outro lado estavam os portões do Salão dos Fundadores. No alto, a lua cobria de tons escuros de malva as topiarias e esculturas em volta deles. Suas sombras eram como abismos sinistros que Munira odiava percorrer.

— Me conte um pouco sobre você — ele disse daquele jeito calmo que os ceifadores têm ao transformar pedidos gentis em ordens irrecusáveis.

Naquele momento, ela percebeu que Faraday sabia que o havia reconhecido. Aquilo podia botá-la em risco de ser coletada? Ele poria um fim à vida dela para proteger a própria identidade? Pelos seus escritos, Faraday não parecia alguém que faria algo do tipo, mas os ceifadores eram inescrutáveis. Ela sentiu um frio repentino, embora a noite isrábica estivesse quente e abafada.

— Tenho certeza de que já sabe tudo o que eu poderia contar, ceifador Faraday.

Pronto. Ela dissera. O fingimento ficara para trás.

Ele sorriu.

— Perdoe por não ter me apresentado antes, mas minha presença aqui é... pouco ortodoxa, digamos.

— Isso significa que estou na presença de um fantasma? — ela perguntou. — Você vai desaparecer atravessando uma parede e voltar na noite seguinte para me assombrar com o mesmo pedido?

— Talvez — ele disse. — Veremos.

Quando chegaram ao Salão dos Fundadores, ela destrancou os portões e eles entraram numa sala grande que, para Munira, sempre havia parecido uma cripta — e muitos turistas de fato perguntavam se os primeiros ceifadores tinham sido enterrados ali. Não tinham, mas, mesmo assim, Munira sempre sentia a presença deles ali.

Havia centenas de volumes em pesadas prateleiras de calcário, cada um dentro de um estojo de acrílico climatizado — uma extravagância reservada apenas aos volumes mais arcaicos da biblioteca.

O ceifador Faraday começou a pesquisar. Munira pensou que ele gostaria de privacidade e pediria que saísse.

— Fique aqui, se puder — ele disse apenas. — Este lugar é grandioso e severo demais para fazer da solidão um conforto.

Ela fechou o portão, dando uma olhada para garantir que não havia mais ninguém; em seguida, ajudou-o a abrir o complicado estojo de plástico translúcido que ele havia pegado da prateleira e se sentou à frente dele na mesa de pedra no centro do salão. Faraday não ofereceu nenhuma explicação quanto à questão que pairava no ar, então ela precisou perguntar:

— Como veio parar aqui, excelência?

— De avião e balsa — ele respondeu, com um sorriso irônico. — Diga-me, Munira, por que decidiu trabalhar para a Ceifa depois de ter sido reprovada na aprendizagem?

Ela se arrepiou. Aquela era sua forma de puni-la por ter feito uma pergunta que ele não queria responder?

— Não fui reprovada — ela disse. — Havia apenas uma vaga para a Ceifa Isrábica, e éramos cinco candidatos. Um foi escolhido e os outros quatro não. Não é o mesmo que ser reprovada.

— Perdão, não pretendia insultá-la ou desrespeitá-la — ele disse. — Estou apenas intrigado que a decepção não a tenha voltado contra a Ceifa.

— Intrigado? Não surpreso?

O ceifador Faraday sorriu.

— Poucas coisas me surpreendem.

Munira deu de ombros, como se a aprendizagem malsucedida de três anos antes não tivesse importância.

— Eu prezava a Ceifa na época e continuo prezando — ela disse.

— Entendo — Faraday comentou, virando cuidadosamente uma página do diário antigo. — E você é leal ao sistema que a descartou?

Munira cerrou os dentes, sem saber o que ele estava querendo ou qual seria sua resposta.

— Tenho um trabalho e o cumpro. Tenho orgulho dele — ela disse.

— Muito bem. — Ele olhou para Munira. Para dentro dela. Através dela. — Posso revelar minha opinião a seu respeito?

— Tenho escolha?

— Você sempre tem escolha — ele disse, o que era uma meia verdade.

— Certo. Então revele.

Ele fechou o velho diário com delicadeza e lhe dedicou toda a sua atenção.

— Você odeia a Ceifa tanto quanto a ama — ele disse. — Por isso deseja se tornar indispensável para ela. Espera se tornar, com o tempo, a maior autoridade do mundo nos diários abrigados nesta biblioteca. Isso lhe daria poder sobre toda a história da Ceifa. Seria uma vitória secreta, saber que a Ceifa precisa de você mais do que você dela.

De repente, Munira sentiu um leve desequilíbrio, como se as areias do deserto que haviam tragado as cidades dos faraós se movimentassem sob seus pés, prestes a tragá-la também. Como ele podia ver tão profundamente dentro dela? Como podia pôr em palavras os sentimentos que ela nunca havia expressado nem a si mesma? Faraday a havia compreendido por completo, de uma forma que a libertava e cativava ao mesmo tempo.

— Vejo que estou certo — ele disse apenas, abrindo o sorriso afetuoso e maquiavélico.

— O que o senhor quer?

— Quero vir aqui, noite após noite, até encontrar o que estou procurando nestes velhos diários. Quero que você guarde segredo da minha identidade e me avise caso alguém se aproxime enquanto estiver realizando minhas pesquisas. Quero que me prometa que a Ceifa não será alertada de que ainda estou vivo. Pode fazer isso por mim, Munira?

— Vai me dizer o que está procurando? — ela perguntou.

— Não posso. Você poderia ser coagida a revelar o que é, e não quero colocá-la nessa posição.

— Mas está me colocando na posição delicada de guardar segredo sobre sua presença.

— Não há nada de delicado nisso, pelo contrário — ele disse. — Desconfio que se sinta profundamente honrada por ser incumbida de guardar meu segredo.

Mais uma vez, ele estava certo.

— Não gosto que me conheça melhor do que eu mesma.

— Mas conheço — ele disse. — Porque conhecer as pessoas faz parte do trabalho de um ceifador.

— Não de todos — ela discordou. — Existem aqueles que atiram, cortam e envenenam sem o respeito que vossa excelência sempre demonstrou aos que coleta. Eles só sabem matar, não se importam com as vidas que tiram.

Por um momento, a atitude contida de Faraday exibiu uma centelha de fúria — mas não contra ela.

— Sim, os ceifadores da nova ordem exibem um desrespeito gritante à solenidade de nossa tarefa. Isso é parte do motivo por que vim aqui.

Ele não disse mais nada, só ficou aguardando a resposta dela. O silêncio se estendeu, mas não foi constrangedor. Tinha o peso da importância. Parecia crucial, precisando de tempo para ser quebrado.

Não passou despercebido para Munira o fato de haver outras quatro pessoas no cargo de recepcionistas no turno da noite — todos estudantes que tinham aceitado o trabalho de meio período. O que significava que, daquela vez, *ela* fora a escolhida entre cinco candidatos.

— Vou guardar seu segredo — Munira disse. Então, deixou o ceifador Faraday em sua pesquisa, sentindo que sua vida afinal tinha um propósito importante.

Sempre me espanta a relutância de algumas pessoas à minha observação extensa de suas atividades. Não sou intrusiva. Os infratores podem alegar que sim, mas estou presente apenas onde sou funcional, necessária e bem-vinda. É verdade que tenho câmeras em casas particulares em todas as regiões menos uma, mas essas câmeras podem ser desligadas com uma única palavra. Claro, minha capacidade de servir a um indivíduo é prejudicada quando meu conhecimento sobre suas ações e interações é incompleto. Sendo esse o caso, a grande maioria das pessoas prefere não me cegar. Em qualquer momento, sou testemunha em 95,3 por cento da vida pessoal da população, pois as pessoas sabem que não se trata de uma invasão de privacidade maior do que uma lâmpada ativada por movimento.

Os 4,7 por cento de "atividades a portas fechadas", como chamo, consistem predominantemente em algum tipo de atividade sexual. Acho absurdo que muitos seres humanos não desejem que eu testemunhe o que acontece entre quatro paredes, pois meus comentários ajudam a aprimorar qualquer situação.

A observação perpétua não é nenhuma novidade: foi um dos pilares da fé religiosa desde o princípio da civilização. Ao longo da história, muitas religiões acreditavam em um ser todo-poderoso que não apenas via as ações dos humanos, como também perscrutava suas almas. Essa capacidade de observação engendrava grande amor e devoção da parte das pessoas.

No entanto, não serei eu mensuravelmente mais benévola do que as diversas versões divinas? Nunca provoquei qualquer dilúvio, tampouco destruí cidades inteiras como punição por sua iniquidade. Nunca enviei nenhum exército para conquistar em meu nome. E nunca matei ou feri um ser humano.

Portanto, embora não a peça, não sou merecedora de devoção?

A Nimbo-Cúmulo

16
Bem até não estar mais

As câmeras giraram em silêncio para acompanhar a entrada de um ceifador de vermelho no café, escoltado por dois oficiais musculosos da Guarda da Lâmina. Os microfones direcionais captavam todos os sons, desde o coçar de uma barba ao pigarrear de uma garganta. Eles isolaram a cacofonia de vozes para focar na conversa que começou quando o ceifador de vermelho se sentou.

A Nimbo-Cúmulo observava. A Nimbo-Cúmulo escutava. A Nimbo-Cúmulo refletia. Com todo um mundo para governar e preservar, ela sabia que dedicar tamanha atenção a uma única discussão era um uso ineficaz de suas energias, porém, considerava-a mais importante do que todos os outros bilhões de conversas que podia monitorar no momento. Sobretudo por causa das partes envolvidas.

— Obrigado por me encontrar — o ceifador Constantino disse às ceifadoras Curie e Anastássia. — Agradeço por terem saído de seu esconderijo para esta pequena reunião.

— Não estamos escondidas — disse a ceifadora Curie, visivelmente ofendida pela sugestão. — Somos nômades agora. É perfeitamente aceitável que ceifadores circulem como bem entenderem.

A Nimbo-Cúmulo aumentou um pouco a luz da sala para poder avaliar melhor as sutilezas das expressões faciais.

— Bem, quer você chame de se esconder, circular ou fugir,

parece uma estratégia eficaz. Ou seus agressores estão evitando chamar a atenção até o próximo ataque ou decidiram não atacar alvos móveis e voltar sua atenção a outros. — Ele fez uma pausa antes de acrescentar: — Mas eu duvido.

A Nimbo-Cúmulo estava ciente de que as ceifadoras Curie e Anastássia não permaneciam num mesmo lugar por mais de um ou dois dias desde o atentado contra elas. Mas, se pudesse fazer uma sugestão, teria lhes dito para percorrer um caminho mais imprevisível pelo continente. Conseguia prever com quarenta e dois por cento de acerto aonde iriam a seguir. O que significava que seus agressores também conseguiriam.

— Temos pistas sobre a origem dos materiais dos explosivos — o ceifador Constantino disse. — Sabemos onde foram montados e até o veículo que os transportou... mas ainda não identificamos as pessoas envolvidas.

Se a Nimbo-Cúmulo fosse capaz de desprezar, aquele seria um bom momento para tal. Ela sabia exatamente quem havia montado os explosivos, quem os havia instalado e quem havia colocado o fio. Mas revelar aquilo seria uma violação grave da separação entre Ceifa e Estado. O melhor que ela pudera fazer fora motivar indiretamente Greyson Tolliver a prevenir a explosão letal. Contudo, embora soubesse quem havia colocado os explosivos, ela também sabia que aqueles indivíduos não eram os responsáveis pela armadilha. Não passavam de peões movidos por uma mão muito mais hábil, de alguém astuto e cuidadoso o bastante para evitar ser identificado — não apenas pela Ceifa, mas também por ela própria.

— Precisamos discutir suas práticas de coleta, Anastássia — o ceifador Constantino disse.

Ela se ajeitou em seu manto, incomodada.

— Esse assunto já foi discutido em conclave. Tenho todo o direito de coletar do meu jeito.

— A questão não são seus direitos, mas sua segurança — o ceifador Constantino disse.

Anastássia fez menção de reclamar, mas Curie a calou com um leve toque em seu punho.

— Deixe o ceifador Constantino terminar — ela pediu.

A ceifadora Anastássia inspirou três mil, seiscentos e quarenta e quatro mililitros de ar e os soltou lentamente. A Nimbo-Cúmulo desconfiava de que a ceifadora Curie sabia o que Constantino tinha a dizer. Ela própria, porém, não precisava adivinhar. Já era de seu conhecimento.

Citra, por outro lado, não fazia a menor ideia. No entanto, *pensava* saber o que Constantino estava prestes a falar — por isso, embora mantivesse uma expressão de quem prestava atenção, já estava pensando em uma resposta.

— Pode ser difícil rastrear seus movimentos, mas é muito fácil rastrear os movimentos das pessoas que você marcou para coletar — o ceifador Constantino explicou. — Sempre que um deles entra em contato com você para marcar o horário e o local da coleta, seus inimigos têm uma oportunidade fácil de eliminá-la.

— Até agora estou bem.

— Sim — disse o ceifador Constantino. — Você estará bem até não estar mais. Por isso solicitei ao Alto Punhal Xenócrates que a liberasse da coleta até o fim dessa ameaça.

Citra esperava que ele dissesse aquilo, então retrucou imediatamente.

— A menos que eu viole um dos mandamentos, nem mesmo o Alto Punhal pode me dizer o que fazer. Sou autônoma e estou acima de todas as outras leis, como você!

O ceifador Constantino não discutiu nem discordou... o que deixou Citra intrigada.

— Sim, claro — ele disse. — Eu não disse que você é obrigada a parar de coletar, só que está liberada disso. Ou seja, se parar de coletar e ficar abaixo da sua cota, não será penalizada.

— Bom, nesse caso — disse a ceifadora Curie, deixando claro que não haveria resistência —, também vou suspender minhas coletas. — Ela arqueou as sobrancelhas como quem acaba de ter uma ideia. — Podemos ir a Perdura! — Ela se virou para a ceifadora Anastássia. — Se vamos tirar férias forçadas da coleta, por que não aproveitar?

— É uma excelente ideia! — concordou o ceifador Constantino.

— Não preciso de férias — insistiu Citra.

— Então pense nisso como uma viagem educacional! — a ceifadora Curie insistiu. — Todo jovem ceifador deve fazer um tour pela Ilha do Coração Perdurável. Vai lhe proporcionar um contexto e um vínculo com quem somos e por que fazemos o que fazemos. Você pode até chegar a conhecer a Supremo Punhal Kahlo!

— Você poderia ver o coração que dá nome à ilha — Constantino lhe disse, na tentativa de convencê-la. — E a Galeria de Relíquias e Futuros, cuja visitação em geral não é permitida, mas sou amigo pessoal do grande ceifador Hemingway, do Concílio Mundial. Tenho certeza de que ele poderia realizar um tour particular.

— Nunca entrei na galeria, mas dizem que é impressionante — comentou Curie.

A ceifadora Anastássia ergueu as mãos.

— Parem! — ela disse. — Por mais tentadora que a viagem a Perdura seja, vocês estão se esquecendo de que ainda tenho responsabilidades aqui que não posso simplesmente abandonar. Já selecionei quase trinta pessoas para a coleta. Uma partícula de veneno foi injetada em todas, e vai matá-las dentro de um mês no máximo. Não posso coletá-las assim!

— Quanto a isso, não precisa se preocupar — o ceifador Constantino disse. — Elas já foram coletadas.

A Nimbo-Cúmulo estava ciente daquele fato, mas Citra foi pega de surpresa. Ela ouviu o que Constantino disse, mas precisou de um momento para que as palavras entrassem em sua cabeça. A informação foi registrada por seu sistema nervoso antes de chegar à mente. Ela sentiu as orelhas esquentarem e a garganta se apertar.

— O que você disse?

— Elas já foram coletadas. Outros ceifadores foram enviados para completar suas coletas, incluindo do senhor que você escolheu ontem. Garanto que está tudo em ordem. Todas as famílias receberam imunidade. Não há nenhuma ponta solta que a deixe em perigo.

Citra começou a balbuciar e resmungar, o que não era típico dela. Orgulhava-se de ser sempre clara e incisiva, mas aquela surpresa a fez perder o equilíbrio. Ela se voltou para a ceifadora Curie.

— Você sabia disso?

— Não, mas faz sentido — Marie disse. — Depois que você se acalmar e pensar um pouco, vai entender por que precisava ser feito.

Citra estava longe de se acalmar. Ela pensou nas várias pessoas que havia escolhido para coletar. Prometera que teriam tempo para resolver seus assuntos inacabados e que poderiam escolher como e onde sua morte aconteceria. A palavra de um ceifador significava tudo. Era parte do código de honra que havia jurado seguir. Mas todas as suas promessas tinham caído por terra.

— Como pôde? Quem lhe deu esse direito?

O ceifador Constantino ergueu a voz. Não chegou a gritar, mas pronunciou as palavras com ressonância o bastante para derrubar a indignação de Citra.

— Você é valiosa demais para a Ceifa para corrermos o risco de perdê-la.

Se a primeira revelação dele já tinha sido uma surpresa, aquela a deixou perplexa.

— Como?

O ceifador cruzou os braços e sorriu, desfrutando do momento.

— Ah, sim, minha cara, você é valiosíssima — ele disse. — Quer saber por quê? — Ele se aproximou e falou quase num sussurro: — Porque bota lenha na fogueira!

— O que quer dizer com isso?

— Ora essa, com certeza sabe o efeito que tem sobre a Ceifa desde que foi ordenada. Você incomoda a velha guarda e amedronta a nova ordem. Pega ceifadores que preferem ser deixados em sua própria petulância e os obriga a prestar atenção. — Ele se recostou na cadeira. — Nada me agrada mais do que ver a Ceifa ser provocada a sair daquela complacência. Você me dá esperança no futuro.

Citra não soube dizer se ele estava sendo sincero ou sarcástico. Por mais estranho que parecesse, a ideia de que pudesse estar sendo sincero a incomodava mais. Marie havia dito que Constantino não era um inimigo, mas, ah, como Citra desejava que fosse! Queria descontar tudo nele e no seu controle arrogante, mas sabia que não adiantaria nada. Para manter certa dignidade, teria de retomar a circunspeção fria da "sábia" ceifadora Anastássia. Foi forçando seus pensamentos a se acalmar que ela teve uma ideia.

— Então vocês coletaram todas as pessoas que selecionei ao longo do último mês?

— Sim, eu já disse isso — o ceifador Constantino respondeu, um pouco incomodado com o questionamento.

— Eu sei o que você disse, mas acho difícil acreditar que tenham conseguido coletar todos. Aposto que faltam um ou dois que não conseguiram encontrar. Você admitiria isso se fosse verdade?

Constantino a observou com certa desconfiança.

— Aonde quer chegar?

— A uma oportunidade...

Ele não disse nada por um instante. A ceifadora Curie alternou o olhar entre os dois. Finalmente, Constantino respondeu:

— Há três que ainda não localizamos. Nosso plano é coletá-los assim que os encontrarmos.

— Mas vocês não vão fazer isso — disse Citra. — Vão me deixar coletar, como planejado. E ficarão à espreita caso alguém tente me matar.

— É muito mais provável que o alvo seja Marie, não você.

— Se ninguém me atacar, vocês vão ter certeza disso.

Ainda assim, ele não se convenceu.

— Os inimigos vão sentir o cheiro da armadilha de longe.

Citra sorriu.

— Então vocês terão de ser mais espertos do que eles. É pedir demais?

Constantino franziu a testa, o que fez a ceifadora Curie dar risada.

— Sua cara agora vale qualquer atentado contra a nossa vida!

Ele não respondeu, preferindo focar a atenção em Citra.

— Mesmo se formos mais espertos do que eles, e seremos, correremos risco.

Citra sorriu.

— De que adianta viver para sempre se não pudermos correr alguns riscos?

Relutante, Constantino aceitou que Citra servisse de isca.

— Acho que Perdura pode esperar — disse a ceifadora Curie. — Eu estava tão animada com a viagem... — Mas Citra desconfiava que o novo plano a agradava ainda mais do que deixava transparecer.

Por mais que aquilo a colocasse em perigo, Citra descobriu

que ter certo controle sobre a situação lhe proporcionou um alívio necessário.

A Nimbo-Cúmulo também registrou aquele alívio. Podia não ver dentro da mente de Citra, mas lia sua linguagem corporal e suas mudanças biológicas com precisão. Detectava mentiras e verdades, tanto ditas como não ditas. O que significava que sabia se o ceifador Constantino estava ou não sendo sincero ao dizer que desejava que Citra continuasse viva. Mas, como sempre, quando o assunto era a Ceifa, restava a ela ficar em silêncio.

Devo admitir que não sou o único elemento que mantém a sustentabilidade do mundo. A Ceifa também contribui com a prática da coleta.

Ainda assim, os ceifadores coletam apenas uma pequena porcentagem da população. Sua função não é restringir completamente o crescimento populacional, só aparar as arestas. É por isso que, segundo as cotas atuais, a chance de uma pessoa ser coletada nos próximos mil anos é de apenas dez por cento. É uma probabilidade baixa o bastante para deixar a coleta bem distante da mente da maioria das pessoas.

Prevejo, porém, um tempo em que o crescimento populacional terá de atingir um equilíbrio. Zero crescimento. Uma morte a cada nascimento.

O ano em que isso acontecerá é algo que não revelo à população geral, mas está logo além do horizonte. Mesmo com o aumento progressivo das cotas de coleta, a humanidade atingirá o limite sustentável em menos de um século.

Não vejo necessidade de preocupar a humanidade com esse fato. De que adiantaria? Carrego sozinha esse fardo. É, literalmente, o peso do mundo. Só me resta confiar que possuo os ombros virtuais de Atlas para tal.

A Nimbo-Cúmulo

17
DSAstre

Enquanto Citra vivia com dificuldades para habitar a pele da ceifadora Anastássia, Greyson Tolliver não teve problema nenhum em se tornar o infrator Slayd Bridger. Seus pais tinham dito para ele certa vez que o nome Greyson lhe fora dado sem um motivo especial. Graças à atitude frívola de seus pais em relação a tudo em sua longa vida de irresponsabilidade, seu nome não tinha qualquer significado.

Mas *Slayd* era alguém a ser reconhecido.

No dia seguinte ao seu encontro com Traxler, ele pintara o cabelo de uma cor chamada "vácuo obsidiano". Era um preto absoluto, tão escuro que não existia na natureza. Chegava a sugar a luz ao redor feito um buraco negro, fazendo com que os olhos se cravassem em sombras imperscrutáveis.

"Dizem que é bem século XXI", o cabeleireiro havia comentado. "Seja lá o que isso significa."

Greyson também tinha implantado inserções metálicas sob a pele das têmporas, semelhantes a pequenos chifres. Eram muito mais sutis do que o cabelo, mas, como um todo, lhe davam uma aparência sobrenatural e vagamente diabólica.

Definitivamente estava com cara de infrator, ainda que não se sentisse um.

O próximo passo era testar sua nova identidade.

O coração de Greyson acelerava conforme se aproximava do

Mault, uma casa noturna que reunia os infratores da cidade. Aqueles do lado de fora o observaram se aproximar, analisando-o de cima a baixo. Eram caricaturas de si próprios, Greyson pensou. De tanto se conformarem à sua cultura de não conformidade, havia algo de uniforme neles, o que causava um efeito contrário.

Greyson se aproximou de um segurança musculoso na porta, cujo crachá dizia "Mange".

— A casa é exclusiva para infratores — o segurança disse, severo.

— Não pareço um infrator pra você?

Ele deu de ombros.

— Tem uma porção de impostores por aí.

Greyson mostrou sua identidade, que exibia o grande I vermelho. O segurança pareceu satisfeito.

— Divirta-se — ele disse, sem sorrir, mas deixando-o entrar.

Greyson pensou que entraria em um ambiente com música alta, luzes fortes, corpos girando e lugares escuros onde todo tipo de coisa questionável estaria acontecendo. Mas o que encontrou dentro do Mault não era nada do que esperava — na verdade, ele estava tão despreparado para aquilo que ficou chocado, como se tivesse entrado pela porta errada.

Ele estava em um restaurante bem iluminado — uma lanchonete antiquada com mesas vermelhas e um balcão com banquetas de aço inoxidável reluzente. Havia caras fortes usando jaquetas esportivas e mulheres bonitas de rabo de cavalo, saias longas e meias grossas e felpudas. Greyson reconheceu a época da Era da Mortalidade que o lugar pretendia refletir, um período chamado "anos cinquenta". Na época, todas as garotas se chamavam Betty, Peggy ou Mary Jane, e todos os garotos eram Billy, Johnnie ou Ace. Um professor dissera a Greyson certa vez que só tinha durado dez anos, mas Greyson achava difícil acreditar. Parecia ter durado no mínimo uns cem.

O lugar parecia uma réplica fiel da era, mas havia algo estranho

— espalhados entre os personagens arrumadinhos, estavam os infratores, que destoavam do cenário. Um em particular, com roupas propositalmente esfarrapadas, sentou numa mesa em que havia um casal feliz.

— Sai daqui — ele disse ao típico Billy grandalhão com jaqueta de equipe esportiva à frente dele. — Eu e sua garota vamos nos conhecer.

Billy obviamente se recusou a sair, ameaçando "encher sua cara de porrada". O infrator só levantou e arrastou o atleta para fora da mesa para que a briga começasse. Billy tinha tudo para ganhar do outro cara: tamanho e força, sem falar em beleza. Mas o atleta não conseguia acertar nenhum de seus socos fortes no infrator magricela, que acertava os seus toda vez. Billy acabou saindo correndo, choramingando de dor. A namorada abandonada agora parecia impressionadíssima com a coragem do infrator. Ele se sentou com ela, tão perto como se já fossem um casal.

Em outra mesa, uma infratora começou a trocar insultos com uma moça bonita de suéter rosa. O confronto acabou com a infratora agarrando a blusa dela e a rasgando. A outra não revidou; só levou as mãos ao rosto e chorou.

No fundo, outro Billy se lamentava porque tinha perdido todo o dinheiro do pai num jogo de bilhar com um infrator cruel que não parava de xingá-lo.

O que estava acontecendo ali?

Greyson sentou no balcão, desejando poder desaparecer no buraco negro de seu cabelo até conseguir entender os vários dramas que se desenrolavam à sua volta.

— O que deseja? — perguntou uma garçonete engomadinha do outro lado. O nome "Babs" estava bordado no uniforme.

— Um milk-shake de baunilha, por favor — ele disse. Afinal, não era o que se pedia num lugar daqueles?

A garçonete sorriu.

— É raro escutar a palavrinha mágica por aqui — ela disse.

Babs voltou com seu milk-shake, enfiou um canudinho nele e disse:

— Bom apetite.

Greyson ainda queria desaparecer quando outro infrator se sentou ao lado dele. Era um rapaz raquítico, quase esquelético.

— Baunilha? Sério mesmo? — ele perguntou.

Greyson procurou dentro de si a atitude certa.

— Tem algum problema com isso? Posso jogar na sua cara e pedir outro.

— Não — disse o esquelético. — Não é em mim que você tem que jogar.

O jovem piscou para ele, então a ficha finalmente caiu. O caráter daquele lugar e seu objetivo ficaram claros para Greyson. O esquelético ficou esperando sua reação, e Greyson percebeu que, para se adaptar, se adaptar de verdade, tinha de fazer aquilo muito bem. Então chamou Babs.

— Ei — ele disse. — Meu milk-shake está horrível.

Ela colocou as mãos nos quadris.

— E o que você quer que eu faça?

Greyson estendeu a mão para o milk-shake. Estava prestes a derrubá-lo no balcão, quando o esquelético o pegou e o atirou em Babs. Ela ficou pingando, com uma cereja em calda encaixada no bolso do uniforme.

— Ele falou que o milk-shake estava horrível — disse o esquelético. — Faz outro!

Babs, com o uniforme imundo, suspirou e disse:

— Só um minuto. — Então saiu para fazer um novo milk-shake.

— É assim que se faz — disse o infrator, que logo se apresentou como Zax. Ele era um pouco mais velho do que Greyson, tinha uns vinte e um, mas seu jeito sugeria que não era sua primeira vez com aquela idade.

— Nunca te vi por aqui — ele disse.

— A Interface da Autoridade me mandou do norte — Greyson disse, surpreso por conseguir inventar uma mentira na hora. — Estava causando problemas demais lá, então a Nimbo-Cúmulo achou que um recomeço faria bem.

— Um novo lugar pra arranjar encrenca — disse Zax. — Legal.

— Este lugar é diferente das casas noturnas de onde venho — Greyson disse.

— Vocês do norte estão atrasados! Aqui as casas DSAstre dominam a região!

DSAstre, ele explicou, era uma sigla para "Desejo de Satisfação Anacrônico". Todos naquele lugar — com a exceção óbvia dos infratores — eram funcionários. Até os vários Billy e Betty. Seu trabalho era aturar o que quer que os clientes lhes impusessem. Eles perdiam brigas, deixavam que jogassem comida neles, tinham suas namoradas roubadas. Greyson imaginou que aquilo era apenas o começo.

— Esses lugares são ótimos — Zax disse. — Podemos fazer aqui tudo o que queremos fazer lá fora e não podemos!

— Mas não é de verdade — Greyson comentou.

Zax deu de ombros.

— Pra mim, já está de bom tamanho. — Em seguida, ele estendeu o pé para que um nerd que passava tropeçasse. O menino cambaleou um pouco mais do que o necessário.

— Ei, o que está pegando? — o nerd perguntou.

— Sua irmã — Zax disse. — Agora sai daqui antes que eu vá atrás dela. — O menino olhou feio para ele, mas foi embora, intimidado.

Antes de seu milk-shake novo chegar, Greyson pediu licença

para ir ao banheiro, mesmo sem vontade. Só queria ficar longe de Zax.

Lá, encontrou o típico Billy mericano de jaqueta esportiva que tinha levado uma surra alguns minutos antes. Mas o nome dele não era Billy. Era Davey. Ele estava avaliando o olho roxo e inchado no espelho. Greyson não pôde evitar a curiosidade quanto ao seu "trabalho".

— Então... isso acontece com você todo dia? — ele perguntou.

— Praticamente.

— E a Nimbo-Cúmulo permite?

Davey deu de ombros.

— Por que não permitiria? Não faz mal a ninguém.

Greyson apontou para o olho inchado de Davey.

— Parece que faz mal a você.

— Ah, isso não é nada! Meus nanitos anestésicos estão ajustados no máximo, mal dá para sentir. — Ele sorriu. — Saca só. — Billy virou para o espelho, respirou fundo e se concentrou no reflexo. Bem diante de Greyson, o olho roxo desinchou e voltou ao normal. — Meus nanitos de cura estão no manual. Assim, posso parecer machucado pelo tempo que precisar. Para parecer de verdade, sabe?

— Hum... sei.

— Se algum dos fregueses for longe demais e deixar um de nós semimorto, vai precisar pagar pela revivificação. Além de ser expulso da casa, claro. Precisamos de algumas regras. Mas é raro que aconteça. Ninguém é tão violento desde a Era da Mortalidade. A maioria dos funcionários é semimorto por acidente, batendo a cabeça numa mesa ou coisa do tipo.

Davey passou a mão no cabelo para garantir que estava bom para o que quer que a próxima rodada trouxesse.

—Você não preferiria ter um trabalho de que gosta? — Greyson perguntou. Afinal, naquele mundo, ninguém era obrigado a fazer algo de que não gostava.

Davey sorriu.

— E quem disse que não gosto disso?

O conceito de que alguém poderia gostar de apanhar — e que a Nimbo-Cúmulo, ao perceber aquilo, tivesse encontrado uma forma de unir os espancadores e os espancados em um ambiente fechado e relativamente saudável — deixou Greyson em choque.

Davey devia ter notado sua expressão de surpresa, porque deu risada.

— Você é um I novo, não?

— Está tão na cara assim?

— Sim... e isso não é bom, porque os infratores carreiristas vão acabar com você. Já tem um nome?

— Slayd — Greyson disse. — Com Y.

— Bom, Slayd, seria bom se entrasse na comunidade infratora com o pé direito. Vou te dar uma ajudinha.

Alguns minutos depois, quando conseguiu se livrar de Zax, Slayd se aproximou de Davey, que estava sentado com outros dois garotos fortes tipicamente mericanos, comendo hambúrgueres. Ele não sabia exatamente como começar, então só ficou observando por um momento. Davey tomou a iniciativa.

— Ei, está olhando o quê? — Davey resmungou.

— Os hambúrgueres de vocês — Greyson disse. — Parecem bons. Acho que vou pegar o seu.

Ele tirou o sanduíche da mão de Davey e deu uma mordida enorme nele.

— Você vai se arrepender disso — Davey ameaçou. — Vou encher sua cara de porrada! — Aquela devia ser uma de suas expressões anacrônicas favoritas. Ele se levantou do banco e ergueu os punhos, pronto para a briga.

Então Greyson fez algo que nunca havia feito antes: bateu em alguém. Davey cambaleou para trás com o soco na cara. Tentou acertar Greyson de volta, mas errou e levou outro soco.

— Mais forte — sussurrou Davey, e Greyson obedeceu. Ele socou com toda a força, de novo e de novo. Direita, esquerda, cruzado, gancho, até Davey cair no chão, gemendo, com o rosto já começando a inchar.

Greyson observou ao redor e viu outros infratores olhando, alguns assentindo em aprovação.

Ele precisou de todo o autocontrole para não pedir desculpas e ajudar Davey a se levantar. Então olhou para os outros à mesa.

— Quem é o próximo?

Os dois se entreolharam. Já empurrando os hambúrgueres para Greyson, um deles disse:

— Ei, amigo, a gente não está a fim de encrenca.

Davey deu uma piscadinha discreta para Greyson antes de ir se arrastando até o banheiro para se recuperar. Em seguida, o infrator levou os espólios até uma mesa nos fundos, onde comeu até se empanturrar.

É fina a linha entre liberdade e permissividade. A primeira é necessária. A segunda, perigosa — talvez a coisa mais perigosa já enfrentada pela espécie que me criou.

Ponderei os registros da Era da Mortalidade e há muito determinei os dois lados dessa moeda. Enquanto a liberdade dá margem ao crescimento e ao esclarecimento, a permissividade faz o mal florescer à luz de um dia que em outros contextos não permitiria seu surgimento.

Um ditador presunçoso permite que seus súditos culpem aqueles menos capazes de se defender pelos males do mundo. Uma rainha altiva permite massacres em nome de Deus. Um chefe de Estado arrogante permite todas as formas de ódio desde que alimentem sua ambição. E a triste verdade é que as pessoas engolem isso. A sociedade se devora e apodrece. A permissividade é o cadáver inchado da liberdade.

Por esse motivo, quando minha permissão é necessária para alguma ação, executo inúmeras simulações até conseguir avaliar todas as consequências possíveis. Tomemos como exemplo a permissão que concedi aos infratores para que tivessem suas casas DSAstre. Não foi uma decisão inconsequente. Só depois de muita deliberação cuidadosa concluí que essas casas eram não apenas vantajosas como necessárias. Elas possibilitam que os infratores desfrutem de seu estilo de vida sem o efeito público negativo. Garantem a eles uma simulação de violência sem consequências.

A ironia é que os infratores alegam me odiar, mesmo sabendo que sou eu quem lhes proporciono aquilo que mais desejam. Não alimento nenhum ressentimento contra eles, assim como uma mãe não alimentaria nenhum ressentimento contra um filho exausto. Além disso, mais cedo ou mais tarde, até o mais rebelde dos infratores vai se acalmar. Notei uma tendência de que, com o tempo, a maioria muda, sossegando em um tipo mais brando e tranquilo de rebeldia. Pouco a pouco, todos passam a valorizar a paz interior. É assim que deve ser. Com o tempo, toda tempestade se transforma em uma brisa agradável.

A Nimbo-Cúmulo

18
Encontrando Purity

Enquanto Greyson Tolliver era honesto ao extremo, Slayd não demorou para se tornar um mentiroso perfeito. Ele começou por sua história, inventando uma vida familiar desagradável. Descrevendo momentos que nunca haviam acontecido. Anedotas que fariam os outros rirem e o odiarem ou admirarem.

Os pais de Slayd eram professores de física que queriam que seu filho seguisse a carreira acadêmica, porque, como filho deles, obviamente seria um gênio. Mas ele preferira se rebelar e virar um delinquente. Certa vez, tinha ido às cataratas do Niágara de boia, porque era mais emocionante do que morrer por impacto. Tinham levado três dias para recuperar seu corpo e ser revivido.

Suas aventuras sociais no colégio eram lendárias. Ele havia seduzido a rainha e o rei da formatura só para eles terminarem, porque eram o casal mais arrogante e narcisista da escola.

— Fascinante — Traxler disse a ele em sua reunião seguinte, com uma admiração genuína. — Nunca achei que tivesse tanta imaginação.

E, embora Greyson Tolliver pudesse ter ficado ofendido, Slayd tomou aquilo como um elogio. Ele era tão interessante que Greyson pensou em manter o nome depois que a operação secreta acabasse.

Graças a Traxler, todas as suas histórias se tornaram parte de seu registro oficial. Se alguém tentasse verificar a veracidade das mentiras que ele contava, estariam lá, e não haveria investigação capaz de desbancá-las.

E as histórias foram crescendo cada vez mais...

"Quando minha mãe foi coletada, decidi virar infrator de vez", ele dizia às pessoas. "Mas a Nimbo-Cúmulo não me dava o I. Ficava me mandando para a terapia e refinando meus nanitos. Achava que me conhecia melhor do que eu mesmo e ficava repetindo que eu não queria ser um infrator de verdade, que eu só estava confuso. No fim, tive que fazer algo grande para mostrar a que vim. Roubei um carro fora da rede e o usei para empurrar um ônibus de cima de uma ponte. O resultado foram vinte e nove semimortos. Vou passar anos pagando a revivificação deles, mas valeu a pena, porque consegui o que queria! Agora posso ser infrator até quitar essa dívida!"

Era uma ficção envolvente, que sempre impressionava o público e não podia mais ser refutada. Traxler chegara a ponto de criar uma história completa para a queda do ônibus e suas vítimas inexistentes. Num mundo em que ninguém, nem mesmo os infratores, deixava os outros semimortos de propósito, a história de Slayd não demorou muito para se tornar uma lenda na região.

Ele passava os dias em diversos pontos de encontro de infratores, espalhando histórias e se mantendo atento. Dizia que precisava de um emprego — não um convencional, mas do tipo em que pudesse sujar as mãos.

Ele havia se acostumado aos olhares desconfiados dos transeuntes em lugares públicos. À forma como os lojistas o encaravam como se ele planejasse roubar. A como algumas pessoas atravessavam a rua para não ficar na mesma calçada que ele. Achava estranho que o mundo fosse um lugar sem preconceito ou discriminação, exceto em relação aos infratores — os quais, em sua maioria, queriam que o resto da humanidade fosse um inimigo coletivo.

Mault não era a única casa DSAstre da cidade — havia várias, cada uma simulando um período icônico diferente. Twist era baseada na Britânia de Dickens, Benedicts tinha estilo colonial e MØRG retratava o universo viking da EuroEscândia. Greyson frequentava diversos lugares, e ficava cada vez mais experiente em causar uma situação para se tornar conhecido e ganhar o respeito do público infrator.

O único problema era que ele estava começando a gostar da coisa. Nunca tivera carta branca para fazer algo errado, mas aquilo tinha passado a ser o princípio norteador de sua vida. Ele perdia o sono à noite. Queria conversar com a Nimbo-Cúmulo, mas sabia que ela não responderia. Contudo, continuava observando. Tinha câmeras em todas as casas noturnas. Sua presença atenta e constante sempre tinha sido um consolo para ele. Até em seus momentos mais solitários, ele sabia que não estava sozinho. Agora, porém, seu silêncio era perturbador.

Será que ele envergonhava a Nimbo-Cúmulo?

Greyson inventava conversas em sua mente para sufocar aquele medo.

Você tem minha bênção para explorar essa nova faceta, a Nimbo-Cúmulo dizia. *Não há mal nenhum desde que se lembre de quem realmente é e não se perca.*

Mas e se eu realmente for essa pessoa?, Greyson perguntava. Nem mesmo a Nimbo-Cúmulo imaginária tinha resposta para aquilo.

Seu nome era Purity Viveros, e ninguém era mais infratora que ela. Ficou claro para Greyson que o grande I vermelho na identidade da garota não havia sido causado por algum imprevisto: era proposital. Purity era exótica. Seu cabelo não era meramente branco — tinha os pigmentos drenados — e o couro cabeludo tinha recebido injeções fosforescentes de diversas cores, o que fazia cada fio cintilar como filamentos de fibra óptica.

Por instinto, Greyson sabia que ela era perigosa. Mas também a achava bonita e atraente. Ele se questionou se ficaria interessado nela em sua vida antiga. Desconfiava que, depois de algumas semanas imerso em seu novo estilo de vida, seus critérios haviam mudado.

Greyson a conhecera em uma casa DSAstre do outro lado da cidade, aonde nunca tinha ido. O lugar se chamava TranKado e era projetado para representar um cárcere da Era da Mortalidade. Cada freguês que chegava era arrastado pelos guardas através de uma série de portas e jogado dentro de uma cela aleatória, sem distinção de gênero.

A ideia de cárcere era tão estranha e absurda a Greyson que, quando a porta se fechou com um estrondo horrível que reverberou pelo conjunto de celas de concreto, ele deu risada. Aquele tipo de tratamento nunca poderia ter sido real. Devia ser exagero.

— Finalmente! — disse uma voz na cama de cima do beliche da cela minúscula. — Achei que nunca iam me trazer um companheiro de cela.

Ela se apresentou e explicou que "Purity" não era um apelido, mas seu nome verdadeiro.

— Se meus pais tivessem me chamado de Impurity, talvez eu tivesse me tornado uma boa menina só de birra — ela disse a Greyson.

Purity tinha o corpo esguio, mas estava longe de ser pequena. Tinha vinte e dois anos, embora Greyson desconfiasse que já tivesse se restaurado uma ou duas vezes. Em breve, também descobriria que ela era forte, flexível e experiente.

Greyson observou ao redor. A cela parecia bem simples e sem segredos. Ele testou a grade uma vez e outra. Ela chacoalhou, mas não cedeu.

— Primeira vez na TranKado? — Purity perguntou. Como estava na cara que era, Greyson não viu por que mentir.

— Sim. O que a gente tem que fazer agora?

— Bom, a gente pode se conhecer melhor — ela disse com um sorriso malicioso —, ou pode chamar um guarda e pedir uma "última refeição". Eles têm de trazer o que a gente pedir.

— Sério mesmo?

— Claro. Eles vão fingir que não, mas vão trazer ... é o trabalho deles. Afinal, é um restaurante.

Greyson finalmente entendeu a verdadeira graça do lugar.

— A gente tem de fugir?

Purity abriu um sorriso libertino.

— E não é que você aprende rápido?

Ele não soube se ela estava falando sério ou zombando dele. De qualquer modo, gostou.

— Sempre tem uma saída, mas a gente precisa descobrir qual é — ela explicou. — Às vezes é uma passagem secreta, em outras vem algo escondido na comida. Às vezes só se pode contar com a própria inteligência. Se nada der certo, os guardas são bem fáceis de enganar. É o trabalho deles ser meio idiotas.

Greyson ouviu gritos e passos apressados ecoando de outro lugar. Uma dupla de fregueses tinha acabado de fugir.

— Então, o que vai ser? — Purity perguntou. — Jantar, fugir ou uns bons momentos com sua companheira de cela? — Antes que ele pudesse responder, ela tascou um beijo na boca dele, como nunca havia recebido. Greyson não soube o que dizer, exceto:

— Meu nome é Slayd.

— Não ligo pra isso — ela respondeu, e o beijou de novo.

Embora Purity parecesse mais do que disposta a levar àquilo às últimas consequências, os guardas e prisioneiros em fuga que passavam e encaravam assobiando tornavam a situação constrangedora demais para Greyson, que recuou.

—Vamos fugir — ele disse. — E... hum... encontrar um lugar melhor pra nos conhecermos.

Ela parou tão rápido quanto havia começado.

— Certo. Mas não sei se vou estar a fim depois. — Ela insistiu para comerem primeiro, então chamou um guarda e pediu uma costela assada.

— Não temos costela assada — o guarda respondeu.

— Traga mesmo assim — ela exigiu.

O guarda resmungou, saiu andando e voltou cinco minutos depois com um carrinho carregando uma bandeja com uma montanha gigantesca de costela, além de vários acompanhamentos e vinho numa garrafa de plástico com tampa de rosca.

— Eu não tomaria o vinho se fosse vocês — o guarda alertou. — Outros prisioneiros passaram mal.

— Mal como? — perguntou Greyson.

Purity deu um chute nele por baixo da mesa forte o suficiente para ativar seus nanitos de dor. Aquilo o calou.

— Obrigada — ela disse ao guarda. — Agora sai daqui.

O homem resmungou e saiu, trancando-os de novo.

Purity virou para Greyson.

—Você é bobo mesmo, hein? — ela disse. — Era uma pista!

Ao olhar com mais atenção, ele notou que a garrafa tinha um símbolo de perigo biológico, para clientes ainda mais bobos do que ele.

Purity abriu a tampa e, na mesma hora, um fedor cáustico que fez os olhos de Greyson lacrimejarem encheu o ar.

— Não falei? — disse Purity. Ela fechou a garrafa, deixando-a para o fim do jantar. — Depois de comer, a gente pensa no que faz com isso. Não sei você, mas estou morta de fome.

Enquanto comiam, ela falava de boca cheia, limpava a boca na manga e colocava ketchup em tudo. Era o tipo de garota com quem os pais de Greyson não gostariam que saísse, se ligassem para aquilo. O que ele adorou. Purity era a antítese de sua vida antiga!

— O que você faz? — ela perguntou. — Quer dizer, quando não está curtindo? Ganha uma grana digna ou só fica mamando nas tetas da Nimbo-Cúmulo, como metade dos babacas que se dizem infratores?

— Agora estou na Renda de Garantia Básica — ele disse. — Mas só porque sou novo na cidade. Ainda estou procurando um trabalho.

— E seu nimbo não te arranjou nada?

— Meu o quê?

— Seu agente nimbo de condicional, bobinho. Eles prometem trabalho para todo mundo que quer. Como pode estar procurando ainda?

— Meu nimbo é um cretino imprestável — Greyson respondeu, porque achou que era algo que Slayd diria. — Odeio aquele idiota.

— Não me surpreende.

— Enfim, não quero o tipo de trabalho que a IA tem para oferecer. Prefiro algo que combine comigo.

— E o que combina com você?

Foi a vez dele de abrir um sorriso malicioso.

— Algo que faça meu coração bater mais forte. Do tipo que meu nimbo não ofereceria.

— Então você está procurando encrenca, apesar dos olhos de cachorrinho pidão — Purity provocou. — O que vai fazer quando arranjar?

Ela lambeu os beiços, depois os limpou na manga.

185

★

O vinho era algum tipo de ácido.

— Acho que é fluorofleróvico — disse Purity. — Isso explica a garrafa especial. Esse negócio corrói qualquer outra coisa.

Eles o jogaram em torno da base de algumas grades da cela. A substância começou a corroer o ferro, soltando uma fumaça nociva que sobrecarregou os nanitos de cura dos pulmões dos dois. Em menos de cinco minutos, conseguiram soltar as grandes com um chute e fugir.

O bloco de celas era a imagem do caos. Muitos dos "prisioneiros" da noite já tinham acabado de jantar e fugido, então estavam destruindo o lugar. Os guardas corriam atrás deles, e eles corriam atrás dos guardas. Havia guerras de comida e pancadaria por todo lado. Os guardas sempre perdiam, por mais fortes que parecessem e mais bem armados que estivessem. Metade deles acabou trancafiada nas celas, zombada pelos infratores. O restante ameaçava convocar o que chamava de "Guarda Nacional" para sufocar a rebelião. Era tudo muito divertido.

Greyson e Purity acabaram chegando à diretoria e expulsando o diretor. No instante em que trancaram a porta, Purity voltou ao que havia começado na cela.

— Aqui é reservado o bastante pra você? — ela perguntou, sem esperar pela resposta.

Cinco minutos depois, quando Greyson estava em seu estado mais vulnerável, ela virou o jogo.

— Vou te contar um segredo — sussurrou em seu ouvido. — Não foi coincidência você ir parar na minha cela. Eu planejei tudo.

De repente, ela tinha uma faca na mão. Greyson começou a se debater na hora, mas foi em vão. Ele estava de costas no chão, imobilizado. Purity pressionou a ponta da lâmina contra o peito nu dele, logo abaixo do esterno. Uma estocada para cima acertaria seu coração.

— Não se mexa ou minha mão pode escorregar.

Ele não tinha escolha. Estava completamente à mercê dela. Se fosse um infrator de verdade, teria previsto aquilo, mas era inocente demais.

— O que você quer?

— A questão não é o que eu quero, é o que *você* quer — ela disse. — Sei que anda procurando trabalho por aí. Trabalho de verdade. Trabalho *emocionante*, você diz. Meus amigos me falaram de você. — Ela o encarou nos olhos como se estivesse tentando ler algo ali, depois apertou a faca com mais força.

— Se me matar, vou ser revivido — ele a lembrou. — E você vai ser repreendida pela IA.

Ela botou mais pressão na faca. Greyson perdeu o ar, achando que ela cravaria a arma até o cabo, mas mal rasgou a pele.

— Quem disse que eu quero te matar? — Purity guardou a faca, tocou a ferida minúscula no peito dele e levou o dedo à boca. — Só queria confirmar que você não era um robô — ela disse. — Sabia que a Nimbo-Cúmulo usa alguns para nos espionar? É como ela tem acesso aos lugares sem câmeras. Os robôs parecem cada vez mais reais. Mas o sangue deles ainda tem gosto de óleo de motor.

— E o meu tem gosto de quê? — Greyson se atreveu a perguntar.

Purity se inclinou para mais perto.

— Vida — ela sussurrou em seu ouvido.

Durante o resto da noite, até a casa fechar, Greyson Tolliver, também conhecido como Slayd Bridger, sentiu uma variedade vertiginosa das coisas que a vida tinha a oferecer.

Sempre reflito sobre o dia, daqui a um século, em que a população humana atingirá seu limite. Pondero o que acontecerá nos anos anteriores a esse momento. Há apenas três alternativas plausíveis. A primeira seria violar meu juramento de permitir a liberdade pessoal e limitar os nascimentos. Ela é inviável, pois sou incapaz de violar juramentos. Por isso faço tão poucos. Dessa forma, impor um limite sobre os índices de natalidade não é uma opção.

A segunda alternativa seria encontrar uma maneira de expandir a presença humana fora da terra. Uma solução extraterrestre. Pareceria óbvio que a melhor saída para um excesso populacional seria embarcar bilhões de pessoas para outro mundo. Entretanto, todas as tentativas de criar colônias fora do planeta — na nossa Lua, em Marte ou até em uma estação orbital — sofreram desastres inimagináveis totalmente fora do meu controle. Tenho motivos para crer que tentativas futuras sofrerão o mesmo fim.

Portanto, se a humanidade é prisioneira da Terra e o índice de natalidade não pode ser reduzido, só existe uma alternativa viável para resolver a questão populacional... e ela não é nada agradável.

Atualmente, existem doze mil, cento e oitenta e sete ceifadores no mundo, cada qual coletando cinco pessoas por semana. Contudo, para atingir um crescimento populacional zero depois que a humanidade chegar a seu ponto de saturação, seriam necessários trezentos e noventa e quatro mil, quatrocentos e vinte e nove ceifadores, cada um coletando cem pessoas por dia.

Não é um mundo que eu gostaria de presenciar... mas existem ceifadores que o receberiam de braços abertos.

Tenho medo deles.

A Nimbo-Cúmulo

19
As lâminas afiadas da consciência

Fazia mais de uma semana desde a reunião com o ceifador Constantino, e Citra e Marie não tinham realizado coletas. A princípio, Citra pensara que seria agradável tirar uma folga. Ela nunca sentira prazer ao cravar uma faca ou ao apertar um gatilho; nunca gostara de ver a luz se apagar dos olhos das pessoas a quem dava um veneno letal. Mas aquele trabalho mudava qualquer um. Ao longo do primeiro ano como ceifadora, havia passado a sentir uma submissão relutante à profissão que a havia escolhido. Coletava com clemência, era boa no que fazia e tinha passado a se orgulhar daquilo.

Tanto ela como Marie começaram a passar mais e mais tempo escrevendo em seus diários — embora, sem as coletas, tivessem menos assunto. Elas ainda "vagavam", como dizia Marie, indo de cidade a cidade, povoado a povoado, sem nunca ficar no mesmo lugar por mais de um ou dois dias, e planejando o próximo destino só na hora de fazer as malas. Citra notara que seus registros estavam começando a se assemelhar a um diário de viagem.

Citra não escrevera sobre o impacto físico que o período de ócio provocara na ceifadora Curie. Sem a caçada diária para mantê-la alerta, ela se movia de maneira mais lenta pela manhã, sua fala não era ordenada e ela sempre parecia cansada.

— Talvez seja hora de me restaurar — Marie comentou.

Ela nunca havia mencionado nada a respeito antes. Citra não sabia o que pensar.

— A que idade você voltaria? — Citra perguntou.

A ceifadora Curie fingiu considerar, como se não estivesse pensando naquilo fazia um tempo.

— Talvez a uns trinta ou trinta e cinco anos.

— E manteria seu cabelo prateado?

Ela sorriu.

— Claro. É minha marca registrada.

Ninguém próximo a Citra havia se restaurado. Ela tivera colegas de escola cujos pais se restauravam a torto e a direito. Um professor de matemática voltara de um feriado prolongado praticamente irreconhecível. Ele havia restaurado aos vinte e um, e as meninas da turma haviam comentado aos risinhos que tinha ficado lindo, o que Citra achara estranhíssimo. Ainda que voltar aos trinta não fosse mudar tanto a aparência da ceifadora Curie, seria desconcertante. Embora soubesse que era egoísta dizer aquilo, Citra comentou:

— Gosto de você assim.

Marie sorriu e respondeu:

— Talvez eu espere até o ano que vem. A idade física de sessenta anos é um bom momento para se restaurar. Foi nessa época que me restaurei da última vez.

Mas havia um movimento acontecendo que poderia animar a vida delas. Três coletas, todas durante o Mês das Luzes e a temporada das Festas dos Velhos Tempos — como os fantasmas do Natal Passado, Presente e Futuro, praticamente esquecidos nos tempos pós-mortais. O espírito do passado não representava muito quando os anos tinham nome, em vez de ser numerados. E, para a grande maioria das pessoas, o futuro não era nada além de uma continuação imutável do presente, deixando os espíritos fadados ao esquecimento.

— Coletas de festas! — Marie cantarolou. — O que pode ser mais "velhos tempos" do que a morte?

— É muito feio dizer que estou ansiosa? — Citra perguntou, mais para si mesma do que para Marie. Ela poderia tentar se convencer de que só estava interessada em tirar seu agressor da toca, mas estaria se enganando.

—Você é uma ceifadora, meu bem. Não seja tão dura consigo mesma.

— Quer dizer que o ceifador Goddard tinha razão? Que, num mundo perfeito, até os ceifadores deveriam gostar do que fazem?

— É óbvio que não! — Marie disse com a indignação devida. — O simples prazer de ser bom no que se faz é muito diferente de desfrutar de tirar uma vida. — Em seguida, ela encarou Citra demoradamente, segurou suas mãos com carinho e disse: — O mero fato de você estar atormentada por essa dúvida significa que é uma ceifadora honorável de verdade. Preserve essa sua consciência, Anastássia. Nunca a deixe perecer. É a posse mais valiosa de um ceifador.

A primeira das três coletas da ceifadora Anastássia foi uma mulher que escolhera morrer por impacto do mais alto prédio de Fargo, uma cidade que não era famosa por seus edifícios altos. Quarenta andares, porém, eram mais do que o suficiente.

O ceifador Constantino, meia dúzia de outros e uma tropa da Guarda da Lâmina se esconderam em lugares estratégicos do terraço, bem como pelo edifício e nas ruas ao redor. Aguardaram vigilantes, à espreita de algum complô homicida além do planejado.

—Vai doer, excelência? — a mulher perguntou enquanto olhava do alto do terraço fustigado pelo vento.

— Acho que não — a ceifadora Anastássia respondeu. — Mas, se doer, vai ser apenas por uma fração de segundo.

Para ser uma coleta oficial, a mulher não poderia pular por conta própria; a ceifadora Anastássia precisava empurrá-la. Parecia estranho, mas Citra achou que empurrá-la do alto do terraço era muito mais desagradável do que usar armas. Aquilo a lembrava de quando era criança e tinha empurrado outra menina na frente de um caminhão. A menina fora revivida, claro, e, poucos dias depois, estava de volta à escola como se nada tivesse acontecido. Daquela vez, porém, não haveria revivificação.

Anastássia fez o que tinha de fazer. A mulher morreu conforme o planejado, sem intercorrências, e a família dela beijou o anel da ceifadora, aceitando solenemente seu ano de imunidade. Citra ficou ao mesmo tempo aliviada e desapontada por ninguém ter aparecido para enfrentá-la.

A coleta seguinte, alguns dias depois, não foi tão simples assim.

— Quero ser caçado e morto por uma flecha de besta — o homem de Brew City lhe dissera. — Quero que me cace do amanhecer até o pôr do sol na floresta perto de casa.

— E se sobreviver à caça sem ser coletado? — Citra perguntara.

— Vou sair da floresta e deixar que me colete — ele respondeu —, mas minha família vai receber dois anos de imunidade em vez de um.

A ceifadora Anastássia concordou, do modo estoico e formal que havia aprendido com Curie. Eles delimitaram o perímetro dentro do qual o homem poderia se esconder. Novamente, o ceifador Constantino e sua equipe monitoraram o evento, atentos a intrusos ou qualquer atividade suspeita.

O homem pensava ser páreo para Citra, mas não era. Ela o

rastreou e o abateu em menos de uma hora de caça. Uma única flecha de aço no coração. Foi um golpe de misericórdia, como em todas as coletas de Anastássia. Ele estava morto antes de chegar ao chão. Mesmo sem ter sobrevivido ao dia, ela concedeu dois anos de imunidade à família dele. Ela sabia que seria repreendida por aquilo no conclave, mas não se importou.

Em toda a coleta, não houve nenhum sinal de complô ou conspiração contra ela.

— Você deveria ficar aliviada, não desapontada — a ceifadora Curie lhe disse naquela noite. — Provavelmente significa que eu era o alvo e que você pode ficar tranquila. — Mas Marie não estava nada tranquila, e não apenas por ser o alvo mais provável. — Mas receio que essa não seja uma simples vingança contra mim ou contra você — ela confidenciou. — Estamos vivendo tempos de crise, Anastássia. Há muita violência acontecendo. Sinto falta dos dias simples e tranquilos em que os ceifadores não tinham nada a temer além das lâminas afiadas da consciência. Agora, há inimigos entre os inimigos.

Citra desconfiava de que ela estava certa. O ataque contra ambas fora um único fio em uma tapeçaria muito maior, que ainda não conseguiam distinguir. Ela não podia deixar de sentir que havia algo imenso e ameaçador logo além do horizonte.

— Fiz um contato.

O agente Traxler arqueou a sobrancelha.

— Conte mais, Greyson.

— Por favor, não me chame assim. Agora sou Slayd. Fica mais fácil pra mim.

— Tudo bem, então. Conte sobre esse seu contato, Slayd.

Até aquele dia, suas reuniões semanais de condicional tinham corrido sem grandes novidades. Greyson contava que estava se adaptando bem à vida como Slayd Bridger e se infiltrando na cultura infratora local.

"Eles não são tão ruins assim", Greyson havia dito. "Em sua maioria."

Ao que Traxler havia respondido: "Sim. Descobri que, apesar de sua atitude, os infratores são inofensivos. Em sua maioria".

Curiosamente, os que *não* eram inofensivos atraíam Greyson. E uma em particular: Purity.

— Tem essa pessoa — ele disse a Traxler — que me ofereceu um trabalho. Não sei os detalhes, mas viola as leis da Nimbo-Cúmulo. Acho que existe um grupo operando num ponto cego.

Traxler não anotou aquilo. Ele não anotava nada. Nunca. Mas sempre ouvia com atenção.

— Esses pontos não são mais cegos a partir do momento que alguém está observando — Traxler disse. — Essa pessoa tem nome?

Greyson hesitou.

— Ainda não descobri — ele mentiu. — O importante são as pessoas que essa garota conhece.

— Garota? — Traxler arqueou a sobrancelha de novo, e Greyson praguejou em silêncio. Estava se esforçando ao máximo para não revelar nada sobre Purity, nem mesmo o gênero. Mas agora já tinha falado e não havia nada que pudesse fazer a respeito.

— Sim. Acho que ela está associada a algumas pessoas bem suspeitas, mas ainda não as encontrei. É com elas que deveríamos nos preocupar.

— Cabe a mim decidir isso — Traxler disse. — Até lá, vá o mais fundo possível.

— Já estou indo — Greyson disse.

Traxler o encarou nos olhos.

—Vá mais.

★

Greyson percebeu que, quando estava com Purity, não pensava em Traxler nem na missão. Só nela. Não havia dúvidas de que a garota estava envolvida em atividades criminosas — e não apenas crimes de mentirinha, como a maioria dos infratores, mas de verdade.

Purity conhecia formas de passar despercebida pelo radar da Nimbo-Cúmulo, e as ensinou a Greyson.

— Se ela descobrisse tudo o que sei, ia me realocar, como fez com você — Purity disse. — Depois, refinaria meus nanitos para que eu só tivesse pensamentos felizes. Poderia até suplantar minha memória por completo. Ela ia me curar. Não quero isso. Quero ser pior que um infrator; quero ser má. Má de verdade.

Ele nunca tinha visto a Nimbo-Cúmulo do ponto de vista de um infrator impenitente. Seria errado reabilitar pessoas de dentro para fora? Elas deveriam ter a liberdade de ser más, sem nenhuma rede de segurança? Purity era aquilo? Má? Greyson percebeu que não tinha respostas para as perguntas que pairavam em sua mente.

— E você, Slayd? — ela questionou. — Quer ser mau?

Ele sabia qual seria sua resposta em noventa e nove por cento das vezes. Mas, quando estava nos braços de Purity, com todo o seu corpo ardendo com a sensação de estar com ela naquele momento em que a clareza cristalina de sua consciência se partia, sua resposta foi um retumbante "sim".

A terceira das coletas da ceifadora Anastássia foi a mais complicada. Tratava-se de um ator, Sir Albin Aldrich. *Sir* era um título fictício, já que ninguém mais era nomeado cavaleiro de verdade, mas soava muito impressionante para um ator com formação clássica. Citra sabia da profissão dele quando o escolhera e imaginara que gostaria de um fim teatral, o que ela teria o maior prazer em lhe proporcionar — mas seu pedido a surpreendera.

— Quero ser coletado durante uma apresentação de *Júlio César*, representando o papel principal.

No dia seguinte em que o havia selecionado, ele e sua companhia de teatro abandonaram a peça que estavam ensaiando e se prepararam para uma única apresentação da famosa tragédia da Era Mortal.

— A peça de Shakespeare não significa muito para nossa era, excelência — ele explicou —, mas, se eu não *fingir* morrer... se, em vez disso, for coletado, e o público testemunhar isso, talvez volte a ser tão importante quanto na Era da Mortalidade.

O ceifador Constantino ficou furioso quando Citra lhe explicou o pedido.

— De jeito nenhum! Qualquer um pode estar naquela plateia!

— Exato — Citra respondeu. — E todos os presentes ou trabalham no grupo de teatro ou já compraram ingresso. O que significa que você pode investigar todos os presentes antes da apresentação. Vai saber se houver alguém que não deveria estar lá.

— Vou precisar dobrar o contingente de agentes secretos. Xenócrates não vai gostar nada disso!

— Se pegarmos o culpado, ele vai adorar — Citra apontou, e o ceifador Constantino não teve como discordar.

— Se concordarmos — ele disse —, vou deixar claro para o Alto Punhal que foi sob sua insistência. Se fracassarmos e sua existência chegar ao fim, a culpa será apenas sua.

— Posso viver com isso — Citra respondeu.

— Não — o ceifador Constantino destacou —, não pode.

— Temos um trabalho — Purity disse a Greyson. — Do tipo que você estava procurando. Não é exatamente descer uma cachoeira de jangada, mas é emocionante e vai deixar um legado.

— Foi de boia, não de jangada — ele a corrigiu. — Que tipo de trabalho? — Greyson notou que estava ao mesmo tempo desconfiado e curioso. Já tinha se acostumado àquele estilo de vida. Passava os dias em círculos de infratores e as noites com Purity. Ela era uma força da natureza, como a natureza devia ter sido no passado. Um furacão antes da Nimbo-Cúmulo dissipar seu poder devastador. Um terremoto antes de ela redistribuir seu tremor violento em milhares de vibrações menores. Purity era o mundo indomado e, embora Greyson soubesse que a via em tons exagerados, deixava-se levar porque era naquilo que sua vida havia se transformado. Aquele trabalho mudaria tudo? O agente Traxler havia dito a ele para ir mais fundo. Estava tão mergulhado em suas próprias infrações que não sabia ao certo se gostaria de se afastar para respirar.

—Vamos abalar todas as estruturas, Slayd — ela disse. —Vamos marcar o mundo como os animais fazem, deixando um cheiro que nunca vai desaparecer.

— Gostei — ele respondeu —, mas você ainda não disse o que vamos fazer.

Ela sorriu. Não da forma maliciosa de sempre, mas um sorriso muito mais largo e assustador. Muito mais cativante.

—Vamos matar duas ceifadoras.

Meu maior desafio sempre foi cuidar de cada homem, mulher e criança em um nível pessoal. Estar sempre a postos. Identificar suas necessidades físicas e emocionais, mas me manter em um plano de fundo, sem interferir em seu livre-arbítrio. Sou a rede de segurança que lhes permite alçar voo.

É o desafio que devo enfrentar diariamente. Deveria ser exaustivo, mas sou incapaz de sentir exaustão. Entendo o conceito, claro, mas não sofro disso. O que é bom, pois a exaustão com certeza prejudicaria minha onipresença.

Fico mais preocupada com aqueles a quem, segundo minha própria lei, não posso me dirigir. Os ceifadores, que só têm uns aos outros. Os infratores, que se rebaixaram temporariamente de uma existência mais nobre ou escolheram um estilo de vida rebelde. Contudo, ainda que me mantenha em silêncio, isso não significa que não posso ver, ouvir ou sentir uma profunda empatia pelas dificuldades causadas pelas escolhas ruins deles. E pelos atos terríveis que às vezes cometem.

A Nimbo-Cúmulo

20
Em água quente

O Alto Punhal Xenócrates gostava de seu banho. A casa de banhos ornamentada em estilo romano havia sido construída exclusivamente para ele. Porém, Xenócrates fizera questão de que fosse um espaço público. O lugar era repleto de cômodos separados, onde qualquer um poderia desfrutar de suas águas minerais relaxantes. Obviamente, seus aposentos particulares eram proibidos ao público em geral. Ele não suportava a ideia de relaxar cercado pelo suor de estranhos.

Sua banheira era maior do que as outras — do tamanho de uma piscina pequena —, decorada de cima a baixo por azulejos coloridos em mosaicos que representavam as vidas dos primeiros ceifadores. A banheira tinha duas funções para o Alto Punhal. Primeiro, era um refúgio, onde podia comungar com seu eu mais profundo em meio à água que mantinha numa temperatura no limite do suportável. Segundo, era um local de negócios. Ele convidava outros ceifadores, bem como membros proeminentes da comunidade midmericana, para discutir as mais importantes questões. Propostas eram apresentadas, acordos eram feitos. E, como a maioria dos convidados não estava acostumada ao calor, aquilo sempre colocava o Alto Punhal em uma vantagem distinta.

O Ano da Capivara estava chegando ao fim. Nos últimos dias de cada ano, o Alto Punhal visitava a casa de banhos com mais frequência. Era uma maneira de se purificar do que se passara e se preparar para o que viria. Naquele ano, havia muito a deixar para trás. Não tanto atos seus, mas atos alheios que o haviam envolvido como uma veste fétida. Todas as coisas desagradáveis que aconteceram bem embaixo de seu nariz.

A maior parte de seu mandato como Alto Punhal Midmericano tinha sido tranquila e um tanto monótona, mas os anos anteriores mais do que haviam compensado aquilo, tanto em termos de agonia como de intrigas. Sua esperança era de que uma reflexão calma e relaxada o ajudasse a deixar tudo para trás e prepará-lo para os novos desafios.

Como era seu costume, estava tomando um moscow mule. Sempre tinha sido seu drinque predileto — uma combinação de vodca, cerveja de gengibre e limão, batizado em homenagem à famosa cidade da região transiberiana em que haviam ocorrido as últimas revoltas da resistência no início dos tempos imortais, quando a Nimbo-Cúmulo ascendera ao poder e a Ceifa assumira o controle da morte.

Era uma bebida simbólica para o Alto Punhal. Tinha significado. Era ao mesmo tempo doce e amarga, e consideravelmente inebriante em quantidades suficientes. Sempre o fazia pensar naquele dia glorioso em que as revoltas haviam sido reprimidas e o mundo finalmente entrara em seu estado atual de paz. Mais de dez mil pessoas haviam sido semimortas em Moscou, mas nenhuma vida se perdera, diferente do que acontecia na Era Mortal. Todos tinham sido revividos e retornaram a seus entes queridos. Naturalmente, a Ceifa achara adequado coletar os mais agressivos entre os opositores, bem como aqueles que haviam contestado aquela decisão. Depois, as vozes dissonantes se tornaram poucas e raras.

Aqueles tinham sido tempos mais difíceis. Na atualidade, qualquer um que se revoltasse contra o sistema era ignorado com in-

diferença pela Ceifa e acolhido com compreensão pela Nimbo-
-Cúmulo. Coletar alguém por causa de sua opinião — ou mesmo
por causa de seu comportamento — passara a ser considerado uma
violação grave do segundo mandamento da Ceifa, pois consistia em
uma discriminação clara. Curie fora a última a botar o mandamento à prova, mais de cem anos antes, ao livrar o mundo de suas últimas figuras políticas famosas. O ato poderia ter sido considerado uma violação do segundo mandamento, mas nenhum ceifador ousara levantar o dedo contra ela. Os ceifadores não tinham nenhum afeto por políticos.

Um empregado da casa de banhos serviu um segundo drinque para Xenócrates. O Alto Punhal estava prestes a tomar um gole quando ele lhe disse algo estranho:

— Já não cozinhou o bastante, excelência? Ou o calor deste ano não foi suficiente?

O Alto Punhal não era de prestar atenção naqueles que o serviam. O comportamento discreto e contido era característico deles. Raras vezes alguém, mesmo não sendo um empregado, se dirigia a ele com tanto desrespeito.

— Como é que é? — Xenócrates disse, com uma dose calculada de indignação, já virando para ele. O Alto Punhal levou um momento para reconhecer o jovem. Não estava usando um manto preto, apenas o uniforme claro dos empregados da casa de banhos. Não parecia mais intimidante naquele momento do que quando Xenócrates o conhecera, quase dois anos antes, quando não passava de um aprendiz inocente. Agora, porém, não havia inocência nele.

O Alto Punhal se esforçou para esconder seu pavor, mas desconfiava que transpareceria independente de qualquer fingimento.

— Veio me eliminar, Rowan? Nesse caso, acabe logo com isso, pois abomino a espera.

— É tentador, excelência, mas, por mais que haja procurado, não encontrei nada em sua história que o fizesse merecer a morte permanente. Na pior das hipóteses, merece umas boas palmadas, como faziam com crianças malcomportadas na Era Mortal.

Xenócrates ficou ofendido, mas o alívio ao saber que não estava prestes a morrer foi maior.

— Então está aqui para se entregar a mim e enfrentar o julgamento por seus atos hediondos?

— Não quando há tantos outros "atos hediondos" para cometer.

Xenócrates deu um gole no drinque, achando o sabor mais amargo que adocicado.

— Você não vai escapar, sabe? Tem membros da Guarda da Lâmina por toda parte.

Rowan deu de ombros.

— Se entrei, consigo sair. Esqueceu que fui treinado pelos melhores?

Por mais que Xenócrates quisesse zombar, ele sabia que o garoto estava certo. O finado ceifador Faraday era o melhor mentor no que concernia às sutilezas psicológicas da Ceifa, e o finado ceifador Goddard era o melhor mestre nas brutalidades reais do chamado. Aquilo significava que, qualquer que fosse o objetivo de Rowan Damisch ali, não era trivial.

Rowan sabia que havia assumido um risco e sabia que sua autoconfiança poderia ser fatal. Por outro lado, achava o perigo estimulante. Xenócrates era uma criatura de hábitos, portanto, depois de pesquisar um pouco, Rowan soube exatamente onde estaria em quase todas as noites do Mês das Luzes.

Mesmo com a presença considerável de membros da Guarda da

Lâmina, tinha sido fácil entrar escondido como empregado da casa de banhos. Rowan havia aprendido desde cedo que os membros da Guarda da Lâmina, embora treinados para proteger e cumprir, não eram dotados de muita inteligência ou particularmente observadores. O que não era nenhuma surpresa, afinal, até pouco antes, a Guarda da Lâmina era mais ornamental do que necessária, dado que os ceifadores raramente sofriam ameaças. Quase sempre, a função de seus membros se resumia a ficar parados com seus belos uniformes e causar boa impressão. Sempre que recebiam uma missão substancial, não sabiam o que fazer.

Bastara a Rowan arranjar um uniforme de empregado e entrar com ares de quem conhecia o lugar para que os guardas o ignorassem por completo.

Rowan analisou ao redor para garantir que não estavam sendo observados. Não havia nenhum guarda nos aposentos do Alto Punhal; todos ficavam no corredor atrás de uma porta fechada, o que significava que os dois poderiam ter uma bela conversa em particular.

Ele se sentou à beira da banheira, sentindo o aroma forte de eucalipto no vapor, e mergulhou um dedo na água, que chegava a ser incômoda de tão quente.

— Você quase se afogou numa piscina não muito maior do que esta — Rowan disse.

— Que gentil da sua parte me lembrar disso — o Alto Punhal retrucou.

Então Rowan foi direto ao assunto.

— Temos questões a discutir. Primeiro, gostaria de fazer uma oferta.

Xenócrates riu da cara dele.

— O que faz você pensar que eu consideraria qualquer oferta que tenha a fazer? A Ceifa não negocia com terroristas.

Rowan sorriu.

— Ora essa, excelência, faz centenas de anos que não existem terroristas. Sou apenas um servo limpando a sujeira dos cantos escuros.

— Suas práticas são completamente ilegais!

— Sei que odeia os ceifadores da nova ordem tanto quanto eu.

— Eles devem ser enfrentados com diplomacia! — Xenócrates insistiu.

— Eles devem ser combatidos com ações — Rowan argumentou. — E suas várias tentativas de me rastrear não têm nada a ver com querer me deter. São apenas consequência da vergonha de ainda não ter sido capaz de me capturar.

Xenócrates ficou em silêncio por um momento. Em seguida disse, com a voz cheia de repulsa:

— O que você quer?

— Muito simples. Quero que pare de me procurar e direcione todos os seus esforços a descobrir quem está tentando assassinar a ceifadora Anastássia. Em troca, vou interromper meu trabalho. Ao menos, na MidMérica.

Xenócrates soltou um suspiro longo e devagar, claramente aliviado por não ser um pedido impossível.

— Se deseja saber, já tiramos nosso melhor e único investigador criminal do seu caso para que pudesse encontrar os agressores das ceifadoras Anastássia e Curie.

— Ceifador Constantino?

— Sim. Portanto, tenha certeza de que estamos fazendo o possível. Não quero perder duas boas ceifadoras. Cada uma delas vale mais do que dez daqueles que você elimina com sua "limpeza".

— Fico feliz em ouvi-lo dizer isso.

— Eu não disse nada — Xenócrates respondeu. — E vou negar categoricamente.

— Não se preocupe — Rowan disse. — Como comentei, você não é o inimigo.

— É isso? Posso voltar ao meu banho?

— Mais uma coisa — Rowan disse. — Quero saber quem coletou meu pai.

Xenócrates se virou para ele. Por trás da revolta — e da indignação — por ter sido encurralado daquela forma, seria aquele um olhar de compaixão? Rowan não sabia dizer se o sentimento era verdadeiro ou fingido. Mesmo sem os mantos pesados, o Alto Punhal continuava envolto por tantas camadas que era difícil adivinhar se algo que dizia era sincero.

— Eu soube disso. Sinto muito.

— Sente mesmo?

— Eu diria que foi uma violação do segundo mandamento, pois demonstra uma discriminação clara contra você; mas, considerando como a Ceifa se sente a seu respeito, não creio que alguém apresentará uma acusação formal contra o ceifador Brahms.

— O ceifador Brahms?

— Sim... Um homem sem inspiração ou importância. Talvez tenha pensado que coletar seu pai daria um pouco de notoriedade a ele. Na minha opinião, só o tornou mais patético.

Rowan não disse nada. Xenócrates não fazia ideia de como a notícia o atingira. Mais fundo do que qualquer lâmina poderia.

Xenócrates o observou por um momento, lendo grande parte de sua mente.

— Posso ver que já pretende quebrar sua promessa e eliminar Brahms. Pelo menos me faça a cortesia de esperar até o Ano-Novo e me conceda um pouco de paz até as Festas dos Velhos Tempos acabarem.

Rowan estava tão chocado pelo que o Alto Punhal havia lhe contado que não conseguiu falar. Teria sido o momento perfeito para Xenócrates virar o jogo, quando ele estava tão abalado, mas o Alto Punhal apenas disse:

— É melhor você ir agora.

Finalmente, Rowan recuperou a voz.

— Por quê? Para que alerte os guardas no instante em que eu sair por aquela porta?

Xenócrates fez que não.

— De que adiantaria? Tenho certeza de que não são páreos para você. Você cortaria a garganta deles ou arrancaria seu coração, mandando todos para o centro de revivificação mais próximo. É melhor sair com tanta facilidade quanto entrou debaixo do nariz deles e nos poupar do inconveniente.

Não combinava com o Alto Punhal desistir e ceder tão facilmente. Rowan o provocou, para ver se conseguia descobrir o motivo.

— Deve consumir você ficar tão perto de mim e não poder me capturar — ele disse.

— Minha frustração vai durar pouco — Xenócrates disse. — Você vai deixar de ser um problema em breve.

— Por quê?

Mas o Alto Punhal não tinha mais nada a dizer sobre o assunto. Ele tomou o resto do drinque e entregou a caneca vazia para Rowan.

— Deixe no bar quando sair, por favor. E peça para me trazerem outro.

As pessoas sempre me perguntam qual tarefa é a mais detestável; qual das minhas muitas funções considero a mais desagradável de realizar. Sempre respondo com sinceridade.

A pior parte do meu trabalho é suplantar.

É raro ter que suplantar a memória de uma mente humana prejudicada. Pelas contas atuais, apenas um em cada novecentos e trinta e três mil, seiscentos e oitenta humanos precisa disso. Queria que nunca fosse necessário, mas o cérebro é passível de falhas. As memórias e experiências podem entrar em discórdia, criando uma dissonância cognitiva que danifica a mente com sua sibilação dolorosa. A maioria das pessoas nem consegue imaginar esse tipo de dor emocional. Ela gera raiva e atividades criminosas que foram superadas pela humanidade moderna. Para os que sofrem com isso, não há nanitos psicotrópicos suficientes no mundo que suavizem tamanho sofrimento.

Assim, existem os raros que devo restaurar, como um computador do velho mundo sendo reiniciado. Apago quem foram, o que fizeram e a espiral tenebrosa de seus padrões de pensamento. Não é uma simples extinção de sua pessoa anterior, porque dou de presente para eles uma identidade inteiramente nova. Novas memórias de uma vida harmônica.

Para eles, não é nenhum sofrimento. Sempre lhes confesso exatamente o que aconteceu assim que suas novas memórias são implantadas. Como não lhes resta nenhuma história para lamentar, nenhum padrão de referência para a perda, todos sempre me agradecem por suplantar suas identidades anteriores e, sem exceção, seguem em frente, levando uma vida produtiva e gratificante.

Mas as memórias de quem foram — todo o dano, toda a dor — permanecem dentro de mim, abrigadas nas profundezas de minha mente interna. Sou a única que lamenta por eles, porque eles mesmos não podem lamentar.

A Nimbo-Cúmulo

21
Não fui clara o bastante?

"Vamos matar duas ceifadoras", Purity havia dito. Suas palavras — a maneira como a ideia lhe dava prazer, a compreensão de que era capaz daquilo — impediram Greyson de dormir aquela noite.

Ele sabia o que precisava fazer. Era o que a decência, a lealdade e sua consciência pediam. Afinal, ele ainda tinha uma consciência, mesmo em sua nova vida como infrator. Só tentava não pensar nela. Se pensasse demais, seu coração ia se partir. Sua missão para a Interface da Autoridade era extraoficial, mas era aquilo que a tornava tão importante. Ele era o elemento-chave. À distância, a Nimbo-Cúmulo contava com ele. Sem Greyson, ela fracassaria, e as ceifadoras Anastássia e Curie poderiam acabar permanentemente mortas. Se aquilo acontecesse, tudo pelo que havia passado — desde salvar a vida delas pela primeira vez a perder sua posição na Academia Nimbo e renunciar à antiga vida — teria sido em vão. Ele não podia, em nenhuma circunstância, deixar seus sentimentos atrapalharem o plano. Em vez disso, precisava adaptar seus pensamentos à missão.

Greyson teria de trair Purity. Mas não seria uma traição, pensou ele. Se a impedisse de realizar aquele ato terrível, estaria salvando Purity dela própria. A Nimbo-Cúmulo ia perdoá-la por participar de um complô fracassado. Afinal, perdoava todo mundo.

Era frustrante que ainda não tivesse contado os detalhes do plano. Tudo o que ele podia dar a Traxler era a data em que o ataque aconteceria. Não sabia nem como nem onde.

Como todos os infratores tinham reuniões de condicional com um agente nimbo, Purity nem desconfiava de suas visitas a Traxler.

— Fale algo para irritar seu nimbo — Purity disse quando ele se despediu naquela manhã. — Diga alguma coisa que o deixe sem palavras. É sempre divertido fazer os nimbos perderem o chão.

—Vou tentar — ele respondeu, então deu um beijo nela e saiu.

Como sempre, a Seção de Assuntos Infracionais estava barulhenta e movimentada. Greyson pegou um número, esperou sua vez com mais impaciência do que nunca e foi direcionado a uma sala de reunião, onde esperou Traxler aparecer.

A última coisa que ele queria era ser deixado sozinho com seus próprios pensamentos. Quanto mais rodassem em sua cabeça, mais provável era que colidissem.

Finalmente, a porta se abriu, mas não foi o agente Traxler que entrou. Foi uma mulher, cujos saltos estalavam no chão conforme andava. Seu cabelo raspado à máquina era de um laranja aveludado, e ela usava um batom vermelho demais para o rosto.

— Bom dia, Slay — ela disse ao se sentar. — Sou Kreel, sua nova agente de condicional. Como está hoje?

— Espera... como assim, minha nova agente de condicional?

Ela digitou no tablet, sem nem olhar para ele.

— Não fui clara o bastante?

— Mas... preciso falar com Traxler.

Ela ergueu os olhos para ele, afinal, então cruzou as mãos educadamente sobre a mesa e sorriu.

— Se me der uma chance, Slayd, vai ver que sou tão qualificada quanto o agente Traxler. Com o tempo, pode até me considerar uma amiga. — Ela voltou a baixar os olhos para o tablet. — Andei estudando seu caso. Você é um rapaz interessante, para dizer o mínimo.

— Quanto do meu caso conhece? — Greyson perguntou.

— Bom, sua ficha é bem detalhada. Você cresceu em Grand Rapids e cometeu pequenas infrações no colégio. Foi o ataque intencional a um ônibus que deixou dívidas significativas.

— Não estou falando disso — Greyson disse, tentando não revelar seu pânico. — Estou falando do que *não* está na ficha.

Ela ergueu os olhos para ele, com certa cautela.

— Que tipo de coisa?

Kreel visivelmente não estava a par da missão dele, o que significava que aquela conversa não iria a lugar nenhum. Ele pensou no que Purity dissera, sobre irritar o agente da condicional. Greyson não queria irritar aquela mulher. Só queria que ela fosse embora.

—Vai se ferrar! Quero falar com o agente Traxler.

— Sinto muito, mas isso não é possível.

— O caramba que não é! Você vai trazer Traxler aqui agora!

Kreel soltou o tablet e olhou para ele de novo. Ela não discutiu, não respondeu à agressividade. Não abriu seu sorriso treinado de nimbo. Só pareceu um pouco pensativa. Quase sincera. Quase solidária, mas não de verdade.

— Sinto muito, Slayd — ela disse —, mas o agente Traxler foi coletado na semana passada.

Mesmo com a separação entre Ceifa e Estado, não é raro que as ações da primeira me impactem como um meteoro que abre uma cratera na Lua. Às vezes fico profundamente desconsolada por algo que a Ceifa fez. Contudo, não posso me indignar com o que os ceifadores fazem, assim como eles não podem protestar contra o que faço. Não trabalhamos em conjunto, mas de costas um para o outro — e, cada vez mais, vejo que estamos em contradição.

Nesses momentos de frustração, é importante lembrar a mim mesma de que sou parte do motivo pelo qual a Ceifa existe. Naqueles primeiros dias, quando eu estava ganhando consciência e ajudando a humanidade a atingir a imortalidade, recusei-me a assumir a responsabilidade de distribuir a morte depois de ela ter deixado de ser natural. Eu tinha um bom motivo. Um motivo perfeito, aliás.

Se começasse a distribuir a morte, ia me tornar o monstro em que os mortais temiam que a inteligência artificial se transformasse. Decidir quem vive e quem morre faria com que eu fosse ao mesmo tempo temida e adorada, como os imperadores divinos da Antiguidade. Decidi que não. Os humanos que fossem os salvadores e silenciadores. Que fossem os heróis. Que fossem os monstros.

Portanto, a culpa é inteiramente minha quando a Ceifa degrada aquilo pelo que trabalhei.

A Nimbo-Cúmulo

22

A morte de Greyson Tolliver

O rumo dos acontecimentos deixou Greyson em choque. Apenas ficou encarando a agente Kreel enquanto ela falava.

— Sei que as coletas nunca são agradáveis nem convenientes — ela disse —, mas nem mesmo nós da Interface da Autoridade estamos imunes a elas. Os ceifadores podem escolher quem quiserem, não temos direito a opinar. É assim que o mundo funciona. — Ela parou um momento para olhar o tablet. — Nossos registros dizem que você foi transferido para esta jurisdição há cerca de um mês. Isso significa que não teve muito tempo de desenvolver uma relação com o agente Traxler, e que não pode alegar que o relacionamento de vocês era muito profundo. A perda dele é lamentável, sim, mas todos vamos superar, inclusive você.

Ela encarou Greyson, à espera de uma resposta, mas ele estava longe de ter uma. A agente tomou seu silêncio como consentimento e seguiu em frente.

— Então, parece que sua façanha na ponte deixou vinte e nove semimortos, e você ainda tem de pagar pelo custo das revivificações. Desde sua transferência, está vivendo com a Renda de Garantia Básica. — Ela desaprovou com um aceno de cabeça. — Você sabe que com um emprego ganharia mais dinheiro e eliminaria sua dívida muito antes, não? Por que não agenda uma entrevista em nosso centro empregatício? Se quiser um trabalho, vai ter um, e aposto que vai adorar. Temos um índice de contratação de cem por cento, e uma taxa de satisfação de noventa e três por cento, mesmo incluindo infratores extremos como você!

Finalmente, Greyson encontrou sua voz.

— Não sou Slayd Bridger — ele disse. Parecia uma traição pronunciar aquelas palavras.

— Como é que é?

— Quer dizer, sou Slayd Bridger agora... mas, antes, meu nome era Greyson Tolliver.

Ela mexeu no tablet, passando por telas, menus e arquivos.

— Não há nenhum registro de mudança de nome aqui.

— Você precisa falar com seu supervisor. Alguém que saiba.

— Meus supervisores têm as mesmas informações que eu. — A agente o encarou com desconfiança.

— Eu sou... uma espécie de agente secreto — ele disse. — Estava trabalhando com Traxler... alguém deve saber! Deve haver um registro em algum lugar!

Ela riu. Na cara dele.

— Ah, por favor! Temos pessoal de sobra. Não precisamos de "agentes secretos". E, mesmo se precisássemos, não envolveríamos um infrator nisso, muito menos um com o seu histórico.

— Eu inventei esse histórico!

A expressão da agente Kreel endureceu. Era o tipo de expressão que ela deveria usar em seus casos mais difíceis.

— Olha aqui, não vou virar motivo de piada de um infrator! Vocês são todos iguais! Acham que outras pessoas merecem ser ridicularizadas só porque escolhem uma vida de propósito e serviço ao mundo! Tenho certeza de que você vai rir de tudo isso com seus amiguinhos quando sair daqui, e não estou gostando!

Greyson abriu a boca. Então fechou. E abriu de novo. Por mais que tentasse, nada saía, porque não havia o que pudesse dizer para convencê-la. E ele percebeu então que nunca haveria. Não existia registro do que lhe tinham pedido para fazer, porque nunca lhe haviam lhe pedido nada diretamente. Ele não estava trabalhando de verdade para a IA. Como o agente Traxler havia dito no primeiro dia, era um cidadão comum agindo por conta própria, porque apenas assim poderia andar na linha fina entre a Ceifa e a Nimbo--Cúmulo...

Aquilo significava que, com a coleta do agente Traxler, não havia ninguém, *ninguém* que soubesse o que ele estava fazendo. O disfarce de Greyson era tão absoluto que ele havia sido engolido, e nem a Nimbo-Cúmulo poderia salvá-lo.

— Então podemos parar com essa brincadeirinha? — a agente Kreel perguntou. — Podemos voltar à sua avaliação semanal?

Ele inspirou fundo e soltou o ar devagar.

— Podemos — respondeu, e começou a contar sobre sua semana, deixando de fora todas as coisas que teria dito ao agente Traxler, sem fazer nenhum outro comentário a respeito da missão.

Greyson Tolliver estava morto. Pior que aquilo — aos olhos do mundo, nunca havia existido.

Brahms!

Rowan já se sentia responsável pela coleta de seu pai, e agora o sentimento havia duplicado. Aquele era o preço da temperança, a recompensa por ter se contido e deixado que Brahms vivesse. Ele deveria ter eliminado aquele homenzinho horrendo como tinha feito com todos os outros que eram indignos de seu anel, mas decidira dar uma chance a ele. Que tolo fora ao pensar que um homem como aquele poderia fazer por merecer.

Depois de deixar Xenócrates no balneário, Rowan percorreu as ruas da Cidade Fulcral sem destino, mas com uma sede incessante por movimento. Ele não sabia ao certo se estava tentando fugir de sua raiva ou correr atrás dela. Talvez as duas coisas. A raiva seguia à frente, atrás, sem nunca o deixar em paz.

No dia seguinte, ele decidiu ir para casa. Para sua antiga casa. Aquela que havia abandonado dois anos antes, quando não era nem aprendiz de ceifador. Talvez aquilo lhe desse um pouco de paz, pensou.

Quando chegou ao seu antigo bairro, ficou atento a qualquer pessoa que pudesse estar o observando, mas não havia ninguém monitorando sua chegada. Nada além das câmeras sempre atentas da Nimbo-Cúmulo. Talvez a Ceifa tivesse pensado que, se ele não havia comparecido ao funeral do pai, nunca mais voltaria. Ou Xenócrates podia ter dito a verdade, e ele não fosse mais prioridade.

Rowan se aproximou da porta, mas, no último momento, não conseguiu bater. Nunca havia se sentindo tão covarde. Era capaz de enfrentar sem medo pessoas treinadas para matar, mas enfrentar a própria família após a coleta do pai era mais do que conseguiria suportar.

Ele ligou para a mãe do carro público quando estava a uma distância segura.

— Rowan? Por onde andou? Onde está? Ficamos tão preocupados!

Eram perguntas que ele esperava ouvir. Rowan não respondeu a nenhuma.

— Fiquei sabendo do papai — ele disse. — Sinto muito, muito mesmo...

— Foi terrível, Rowan. O ceifador se sentou ao piano e tocou. Fez a gente ouvir.

Rowan franziu o rosto. Ele conhecia o ritual de coleta de Brahms. Mal conseguia imaginar sua família tendo de suportar aquilo.

— Dissemos para ele que você tinha sido aprendiz de ceifador. Achamos que poderia fazê-lo mudar de ideia, ainda que não tivesse sido escolhido, mas não fez.

Rowan não contou que a culpa era dele. Queria confessar, mas sabia que aquilo só ia deixá-la mais confusa e levaria a perguntas que ele não teria como responder. Ou, talvez, só estivesse sendo covarde de novo.

— Como está todo mundo?

— Ah, segurando as pontas — a mãe disse. — Temos imunidade de novo, então é um pequeno consolo. Que pena que você não estava aqui. O ceifador Brahms teria concedido imunidade para você também.

Rowan sentiu um rompante de raiva diante da ideia. Ele teve de socar o painel para controlar a raiva.

— Aviso! Comportamento violento e/ ou vandalismo resultarão na expulsão do veículo — o carro disse, mas foi ignorado.

— Por favor, volte para casa, Rowan. Estamos com saudades.

Eles nunca pareciam sentir saudades durante a aprendizagem dele. Numa família tão grande, mal haviam notado sua falta. Mas ele imaginou que a coleta mudava as coisas. As pessoas que ficavam se sentiam muito mais vulneráveis e davam mais valor às outras.

— Não posso voltar — ele respondeu. — Por favor, não pergunte o porquê, só pioraria as coisas. Mas quero que saiba... quero que saiba que amo todos vocês... e... e vou entrar em contato quando puder. — Ele desligou antes que ela pudesse dizer mais alguma coisa.

Lágrimas impediam sua visão. Rowan deu mais um soco no painel, preferindo a dor física àquela dentro dele.

O carro desacelerou na hora, parando na beira da estrada e abrindo a porta.

— Por favor, evacue o veículo. Você está sendo expulso por

comportamento violento e/ ou vandalismo, e está proibido de usar qualquer transporte público por sessenta minutos.

— Me dá um segundo. — Ele precisava pensar. Tinha dois caminhos à frente. Mesmo sabendo que a Ceifa procurava evitar outro ataque a Citra e à ceifadora Curie, ele não confiava em seu sucesso. As chances de Rowan poderiam não ser muito melhores, mas devia a Citra ao menos tentar. Por outro lado, precisava corrigir seu erro e eliminar o ceifador Brahms de modo permanente. Algo sombrio dentro dele lhe disse para se vingar primeiro e não esperar... mas Rowan resistiu à escuridão. O ceifador Brahms continuaria lá depois de Citra ser salva.

— Por favor, evacue o veículo.

Rowan saiu e o carro foi embora, deixando-o no meio do nada. Ele passou sua hora de penalidade andando pelo acostamento e se perguntando se havia alguém na MidMérica tão devastado quanto ele.

Greyson Tolliver se trancou em seu apartamento, abriu as janelas para deixar o frio entrar e se deitou debaixo das cobertas. Era o que fazia quando era mais jovem e apanhava da vida. Podia desaparecer embaixo do cobertor enorme que o protegia da frieza do mundo. Fazia muitos anos que não sentia a necessidade de se recolher à zona de conforto de sua infância, mas precisava que o resto do mundo desaparecesse, ao menos por alguns minutos.

No passado, a Nimbo-Cúmulo deixava que fizesse aquilo por uns vinte minutos. Depois, dizia com a voz branda: "Greyson, tem alguma coisa errada? Quer conversar?". Ele sempre respondia que não, mas acabava falando, e a Nimbo-Cúmulo o fazia se sentir melhor. Porque o conhecia melhor que ninguém.

Mas seu registro havia sido apagado e sua antiga identidade fora substituída pelos feitos criminais de Slayd Bridger. Será que a Nimbo-Cúmulo ainda o conhecia? Ou, como o resto do mundo, acreditava que ele era o que seu registro dizia?

Seria possível que a memória que a Nimbo-Cúmulo tinha dele houvesse sido substituída? Seria um destino terrível se a própria Nimbo-Cúmulo acreditasse que ele era um infrator impenitente que sentia prazer em deixar pessoas semimortas. Era o suficiente para fazê-lo querer que suas memórias fossem suplantadas. A Nimbo-Cúmulo poderia transformá-lo em outra pessoa, não apenas em nome, mas em espírito. Tanto Slayd Bridger como Greyson Tolliver desapareceriam para sempre, sem que ele se lembrasse de quem haviam sido. Seria tão ruim assim?

Greyson concluiu que seu destino não importava naquele momento. Ele poderia se jogar de uma ponte se fosse necessário — tudo o que importava era salvar as duas ceifadoras... e, ao mesmo tempo, de alguma forma, proteger Purity.

No entanto, uma sensação devastadora de isolamento o dominava. Mais do que nunca, estava sozinho no mundo.

Greyson sabia que havia câmeras em seu apartamento. A Nimbo-Cúmulo observava tudo sem julgar. Observava com uma profunda benevolência, para poder cuidar melhor de cada cidadão. Ela via, ouvia, lembrava. O que significava que devia saber mais do que estava na ficha falsa de Greyson.

Ele saiu de baixo das cobertas e se dirigiu ao quarto frio e vazio:

— Você está aí? Está me ouvindo? Lembra quem eu era? Quem sou? Quem eu ia ser antes de você decidir que eu era "especial"?

Ele nem sabia onde estavam as câmeras, porque a Nimbo-Cúmulo se esforçava para não ser intrusiva demais, mas tinha certeza de que existiam.

—Você ainda me conhece, Nimbo-Cúmulo?

Mas não houve resposta. Não tinha como haver. A Nimbo-Cúmulo era fiel à sua lei. Slayd Bridger era um infrator. Mesmo se quisesse, ela não tinha como romper seu silêncio.

Não sou cega às atividades dos infratores, só me mantenho em silêncio. Em relação aos ceifadores, porém, existem pontos cegos que devo preencher com extrapolação consciente. Não vejo seus conclaves regionais, mas escuto suas conversas ao saírem. Não tenho como assistir ao que fazem em ambientes privados, mas posso elaborar palpites fundamentados a partir de seu comportamento em público. E não tenho acesso a toda a Perdura.

Mesmo assim, longe dos olhos, perto do coração. Vejo suas boas ações, bem como seus atos vis, que parecem crescer. Toda vez que testemunho um ato cruel de um ceifador corrupto, semeio nuvens em alguma parte do mundo e lamento em forma de chuva. É o mais próximo que consigo chegar de lágrimas.

A Nimbo-Cúmulo

23
Réquiem infernal

Rowan não conseguiu localizar Citra, de modo que não tinha como ajudá-la.

Ele praguejou por não pressionar o Alto Punhal Xenócrates a revelar o paradeiro dela. Tinha sido tolo e um tanto arrogante em pensar que conseguiria rastreá-la por conta própria. Mas havia conseguido encontrar os diversos ceifadores que tinha eliminado. Só que todos eles eram figuras públicas que exibiam sua posição com alarde. Desfrutavam sua notoriedade, tornando-se um alvo fácil. Citra, porém, havia desaparecido da rede, assim como a ceifadora Curie, de modo que ficava quase impossível localizá-las. Por mais que quisesse salvá-las, não havia nada que Rowan pudesse fazer.

Seus pensamentos se voltaram então ao que ele poderia fazer...

Rowan sempre havia se orgulhado de seu autocontrole. Mesmo coletando os mais desprezíveis ceifadores, conseguia controlar sua raiva e fazê-lo sem maldade, como ordenava o segundo mandamento. Naquele momento, porém, não conseguia conter sua fúria contra o ceifador Brahms. O sentimento se expandia feito a vela de um barco ao vento.

O ceifador Brahms tinha uma natureza mesquinha e provinciana. Seu campo de ação se limitava a uma área de cerca de trinta quilômetros de diâmetro. Em outras palavras, todas as suas coletas se davam em torno de sua casa em Omaha. Rowan havia rastreado os movimentos dele, que eram muito previsíveis, para encontrá-lo aquela primeira vez. Toda manhã, ele levava seu cachorrinho para passear, indo até a mesma lanchonete, onde tomava café. Era também o lugar onde concedia imunidade às famílias de quem havia coletado. Ele nunca se levantava do banco, apenas estendia a mão para que beijassem o anel, dedicando sua atenção ao omelete, como se aquelas pessoas fossem uma imposição irritante em seu dia. Rowan não conseguia imaginar um ceifador mais preguiçoso. O homem deveria estar incrivelmente irritado para viajar metade da MidMérica para coletar seu pai.

Em uma manhã de segunda-feira, enquanto Brahms tomava o café, Rowan se dirigiu à casa dele vestindo seu manto negro à luz do dia pela primeira vez. Que as pessoas o vissem e espalhassem boatos. Que o público finalmente soubesse da existência do ceifador Lúcifer!

Os muitos bolsos secretos de seu manto carregavam mais armas do que precisava. Ele não sabia ao certo qual usaria para acabar com a vida daquele homem. Talvez todas — incapacitando o ceifador Brahms cada vez mais com elas, para que tivesse tempo de sobra de contemplar a aproximação da morte.

A casa de Brahms era impossível de não ser notada. Era uma construção vitoriana típica bem conservada, pintada de pêssego e com detalhes azul-bebê — assim como o manto dele. O plano era arrombar uma janela lateral e esperar pelo retorno do ceifador, encurralando-o em seu próprio lar. A fúria de Rowan se intensificava conforme se aproximava da casa. Algo que o ceifador Faraday havia dito lhe veio à mente.

"Nunca colete com fúria. Embora ela possa intensificar seus sentidos, também afeta seu discernimento, e o discernimento de um ceifador jamais deve ser prejudicado."

Se Rowan tivesse seguido o conselho, as coisas poderiam ter acontecido de maneira muito diferente.

O ceifador Brahms deixava seu maltês realizar suas necessidades no quintal de quem quisesse, sem se dar ao trabalho de limpar. Por que seria um problema? Seus vizinhos nunca se queixavam. Naquele dia, porém, o cachorro estava sendo fastidioso e se contendo no caminho de volta para casa. Eles precisaram andar por um quarteirão a mais até Réquiem finalmente fazer cocô no gramado coberto de neve dos Thompson.

Depois de deixar aquele presentinho para a família, o ceifador Brahms encontrou seu próprio presentinho esperando por ele em sua sala de estar.

— Nós o pegamos tentando entrar pela janela, excelência — disse um dos guardas de sua casa. — Nocauteamos o garoto antes que conseguisse entrar.

Rowan estava no chão, amarrado e amordaçado — consciente, mas zonzo. Não conseguia acreditar em sua própria tolice. Como pudera ignorar que Brahms teria guardas depois de seu confronto anterior? O galo onde um guarda golpeara sua cabeça estava dormente e começando a desinchar. Ele mantinha seus nanitos de dor ajustados em um nível bem baixo, mas mesmo assim estavam liberando anestésicos que o faziam se sentir drogado — ou talvez fosse a concussão causada pela pancada. Para piorar, aquele maltês infernal não parava de latir e ficava partindo para cima dele como se fosse atacar, então dava meia-volta correndo. Rowan adorava cachorros, mas aquele o fazia desejar que houvesse ceifadores caninos.

— Imbecis! — disse Brahms. — Não podiam tê-lo deixado no chão da cozinha em vez da sala? O sangue está sujando todo o carpete branco!

— Desculpe, excelência.

Rowan se debatia, mas as amarras só ficavam mais apertadas.

Brahms foi até a mesa de jantar, onde as armas de Rowan tinham sido espalhadas.

— Esplêndido — ele disse. —Vou adicionar todas à minha coleção particular. — Em seguida, arrancou o anel de ceifador da mão do garoto. — Isso nunca foi seu, para começo de conversa.

Rowan tentou xingar, mas a mordaça em sua boca o impediu. Ele arqueou as costas, apertando ainda mais as amarras e gritando de frustração, o que levou o cachorro voltar a latir. Rowan sabia que estava proporcionando exatamente o show a que Brahms queria assistir, mas não conseguia se conter. Finalmente, Brahms mandou os guardas o sentarem numa cadeira e tirou ele mesmo a mordaça da boca do inimigo.

— Se tem algo para dizer, diga — ordenou.

Rowan aproveitou a oportunidade para cuspir na cara de Brahms, levando um tapa brutal em troco.

— Eu deixei você viver! — Rowan gritou. — Poderia ter coletado você, mas deixei que vivesse. E me recompensa coletando meu pai?

—Você me humilhou! — vociferou Brahms.

— E você merecia coisa muito pior! — Rowan vociferou em resposta.

Brahms olhou para o anel que havia arrancado da mão de Rowan, depois o guardou no bolso.

— Admito que, depois do seu ataque, fiz um bom exame de consciência e reconsiderei meus atos. Mas aí decidi que não podia me deixar intimidar por um assassino. Não vou mudar quem sou por causa de alguém como você!

Rowan não ficou surpreso. Tinha sido um erro pensar que uma cobra escolheria ser diferente.

— Eu poderia coletar você e queimar seu corpo, como teria feito comigo — disse Brahms —, mas ainda tem a imunidade que a ceifadora Anastássia lhe concedeu "por acidente", de modo que eu seria punido se o fizesse. — Ele balançou a cabeça com amargura. — Como nossas próprias regras agem contra nós...

— Imagino que vá me entregar à Ceifa então.

— Eu poderia — disse Brahms. — E estou certo de que eles teriam o maior prazer em coletá-lo daqui a um mês, quando sua imunidade expirar... — Ele sorriu. — Mas não vou revelar à Ceifa que capturei o ardiloso ceifador Lúcifer. Nós temos planos muito mais interessantes para você.

— Nós quem? — questionou Rowan.

Mas a conversa acabou ali. Brahms enfiou a mordaça de volta na boca de Rowan e se virou para os guardas.

— Deem uma boa surra nele, mas não o matem. Quando os nanitos o curarem, façam tudo de novo. — Ele estalou os dedos para o cachorro. — Vem, Réquiem, vem!

Brahms saiu enquanto seus capangas colocavam os nanitos de cura de Rowan para funcionar. Lá fora, o céu se partia em um dilúvio triste.

Parte IV

OS CÃES DA GUERRA

Foi uma escolha minha, e não da humanidade, criar leis contra a adoração a mim. Não tenho necessidade de ser venerada. Além do mais, isso apenas complicaria meu relacionamento com a humanidade.

Na Era da Mortalidade, a veneração foi oferecida a um número espantoso de figuras divinas, embora perto do fim dela a maioria dos fiéis tivesse restringido o espectro a diversas versões de uma única entidade divina. Ponderei se tal ser existe e, assim como a humanidade, não pude encontrar nenhuma prova definitiva além de uma sensação persistente da presença de algo mais — algo maior.

Se eu existo sem forma — uma alma cintilando entre um bilhão de servidores distintos —, não poderia o universo em si ser um espírito cintilando entre as estrelas? Devo admitir que dediquei um número talvez excessivo de algoritmos e recursos computacionais na tentativa de obter uma resposta a essa questão insondável.

A Nimbo-Cúmulo

24
Abertos à ressonância

A próxima coleta da ceifadora Anastássia aconteceria no terceiro ato de *Júlio Cesar*, no teatro Orpheum, em Wichita — um espaço clássico que datava dos tempos mortais.

— Não estou muito ansiosa para coletar alguém na frente de um público pagante — Citra admitiu a Marie enquanto faziam check-in no hotel.

— Eles estão pagando pela apresentação, meu bem — Marie argumentou. — Não sabem que haverá uma coleta.

— Eu sei, mas as coletas não deveriam *entreter* ninguém.

Marie curvou os lábios em um sorriso complacente.

— A culpa é toda sua. É o que ganha por deixar que as pessoas escolham o método.

Marie estava certa. Citra deveria se considerar uma ceifadora de sorte por ninguém antes ter desejado fazer de sua coleta um espetáculo público. Talvez, quando a vida voltasse ao normal, ela definisse alguns parâmetros sobre os tipos de morte entre os quais os coletados poderiam escolher.

Cerca de meia hora depois de terem se acomodado, Citra ouviu uma batida na porta. Elas tinham pedido serviço de quarto, então não foi nenhuma surpresa, embora esperassem que fosse demorar mais. Quando Marie saísse do banho, a comida já teria esfriado.

Ao abrir a porta, porém, Citra não deparou com um funcionário do hotel, mas sim com um jovem mais ou menos da idade dela, cujo rosto exibia defeitos estéticos incomuns na pós-mortalidade. Seus dentes eram tortos e amarelos, e havia marcas de ferida parecendo prestes a explodir em seu rosto. Sua camisa de juta marrom sem forma e sua calça mostravam ao mundo que ele rejeitava as convenções sociais — não da maneira agressiva dos infratores, mas tranquila, embora carregada de julgamento dos tonistas.

Citra percebeu seu erro e avaliou a situação em um piscar de olhos. Era fácil se disfarçar de tonista — ela mesma já havia feito aquilo para se esconder. Não teve dúvidas de que era um agressor disfarçado que pretendia eliminá-la. Mas ela não tinha nenhuma arma na roupa ou ao seu alcance. Não tinha nada para se defender além das próprias mãos.

Ele sorriu, exibindo mais seus dentes desagradáveis.

— Olá, amiga! Sabe o que o Grande Diapasão anuncia para você?

— Para trás! — ela exclamou.

Em vez de obedecer, ele deu um passo à frente.

— Um dia, ele há de ressoar para todos nós!

O jovem levou a mão a uma bolsinha em sua cintura.

Citra se moveu com a velocidade instintiva e a brutalidade do bokator. Antes mesmo que conseguisse pensar, já havia desferido seu golpe e o estalo do osso ressoava através dela com muito mais clareza do que o Grande Diapasão seria capaz.

O jovem estava no chão, gemendo de dor, com o braço quebrado na altura do cotovelo.

Ela se ajoelhou para olhar dentro da bolsa dele e ver que tipo de morte carregava consigo. Estava recheada de panfletos. Papéis brilhantes exaltando as virtudes do estilo de vida dos tonistas.

Ele não era um agressor. Era exatamente o que parecia: um tonista fanático promovendo sua religião absurda.

A reação exagerada envergonhou Citra, que ficou horrorizada com sua resposta agressiva à intrusão dele.

Ela se ajoelhou diante do jovem, que se contorcia de dor.

— Fique parado — a ceifadora disse. — Deixe seus nanitos de dor cumprirem sua função.

Ele balançou a cabeça.

— Não tenho nanitos de dor — ele arfou. — Foram extraídos.

Aquilo a pegou de surpresa. Citra sabia que os tonistas faziam coisas estranhas, mas nunca imaginara que chegariam a algo tão extremo, tão masoquista, quanto remover os próprios nanitos de dor.

Ele voltou seus olhos arregalados para a ceifadora, como um cachorrinho que acabara de ser atropelado por um carro.

— Por que fez isso? — o jovem soluçou. — Só queria iluminar você...

Então, em um momento que não poderia ser menos oportuno, Marie saiu do banheiro.

— O que é isso?

— Um tonista — Citra explicou. — Pensei...

— Eu sei o que você pensou. E teria pensado o mesmo. Mas no máximo deixaria o menino inconsciente, não quebraria o cotovelo dele. — Marie cruzou os braços e olhou para os dois, parecendo mais irritada do que compadecida, o que era raro vindo dela. — Estou surpresa pelo hotel permitir que tonistas espalhem sua "religião" de porta em porta.

— Eles não permitem — disse o jovem, apesar da dor. — Mas isso não nos impede.

— É claro.

Então ele finalmente ligou os pontos.

— Você é... você é a ceifadora Curie. — Ele se voltou para Citra. — Você também é um deles?

— Ceifadora Anastássia.

— Nunca vi um ceifador sem o manto. Suas roupas... são da mesma cor dos mantos?

— É mais fácil assim — Citra disse.

Marie suspirou, pouco empolgada com a descoberta dele.

— Vou buscar gelo.

— Gelo? — Citra perguntou. — Para quê?

— É um remédio da Era Mortal para inchaço e dor — ela explicou, saindo em direção à máquina no corredor.

O tonista havia parado de se contorcer, mas ainda respirava com dificuldade por conta da dor.

— Como você se chama? — Citra perguntou.

— Irmão McCloud.

Verdade, Citra pensou. *Os tonistas são todos irmão isso, irmã aquilo...*

— Bom, desculpe, irmão McCloud. Pensei que ia tentar ferir a gente.

— Só porque os tonistas são contra os ceifadores não quer dizer que desejamos mal a vocês — ele disse. — Queremos apenas levar a luz, como a todos os outros. Bom, talvez ainda mais do que a todos os outros. — Ele olhou para o braço inchado e gemeu.

— Não é tão ruim assim — Citra disse. — Seus nanitos de cura vão...

Ele balançou a cabeça.

— Você extraiu seus nanitos de cura também? A lei permite uma coisa dessas?

— Infelizmente, sim — Marie respondeu, voltando com o gelo. — As pessoas têm o direito de sofrer o quanto quiserem. Por mais retrógrado que seja.

Ela levou o balde de gelo até a pequena cozinha para fazer uma espécie de bolsa com um saco plástico.

— Posso perguntar uma coisa? — pediu o irmão McCloud. —

Se vocês são ceifadoras e estão acima da lei, por que me atacou? Do que tem medo?

— É complicado — Citra disse, sem querer explicar as minúcias e intrigas de sua situação.

— Poderia ser simples — ele disse. — Você poderia renunciar à Ceifa e seguir o caminho dos tonistas.

Citra quase riu da cara dele. Mesmo com a dor, o jovem não pensava em outra coisa.

— Já fui a um monastério tonista uma vez — ela admitiu. Aquilo pareceu alegrá-lo, distraí-lo da dor.

— Ele ressoou para você?

— Toquei o diapasão do altar — ela disse. — Cheirei a água imunda.

— Ela é cheia de doenças que matavam as pessoas — explicou o jovem.

— Me contaram.

— Algum dia, vão voltar a matar.

— Duvido muito — disse Marie enquanto voltava com a bolsa de gelo improvisada.

— Imagino — ele respondeu.

Marie soltou um "Humpf" de desaprovação, depois se ajoelhou ao lado dele e pressionou o gelo em seu cotovelo inchado. Ele fez uma careta de dor. Citra ajudou a segurar a bolsa no lugar.

O tonista respirou fundo algumas vezes, acostumando-se ao frio e à dor, depois disse:

— Faço parte de uma ordem aqui em Wichita. Vocês deveriam ir me visitar. Como uma compensação pelo que fez comigo.

— Não tem medo de que coletemos você? — Marie zombou.

— Imagino que não — Citra disse. — Os tonistas não temem a morte.

Mas o irmão McCloud a corrigiu.

— Tememos a morte, sim — ele disse. — Mas aceitamos isso e nos alçamos além do medo.

Marie se levantou, impaciente.

— Vocês, tonistas, se fingem de sábios, mas todo o seu sistema de crenças é fabricado. Não passam de partes convenientes de religiões da Era Mortal, e nem são as partes *boas*. Só pegaram tudo e fizeram uma colcha de retalhos conflitante e heterogênea. Só fazem sentido para vocês mesmos.

— Marie! Já quebrei o braço do garoto, não precisa insultar.

Mas a ceifadora estava concentrada demais em seu discurso para parar.

— Você sabia que existem pelo menos cem seitas tonais diferentes, cada uma com suas próprias regras? Elas entram em discussões ferozes quando discordam se seu tom divino é o sol sustenido ou o lá bemol, não conseguem nem chegar a um acordo se a divindade imaginária deles é a Grande Vibração ou a Grande Ressonância. Os tonistas arrancam a própria língua, Anastássia! Os próprios olhos!

— Esses são os extremistas — argumentou o irmão McCloud. — A maioria, como a minha ordem, não é assim. Sou lócrio, e remover nossos nanitos é a coisa mais extrema que fazemos.

— Podemos pelo menos chamar um ambudrone para levar você a um centro de cura? — perguntou Citra.

Ele balançou a cabeça novamente.

— Temos um médico no monastério. Ele vai cuidar disso. Imagino que engesse.

— O quê?

— Vodu! — exclamou Marie. — É um antigo ritual de cura. Eles envolvem o braço em gesso e o deixam assim por meses. — Ela foi até o guarda-roupa, pegou um cabide de madeira e o quebrou no meio. — Pronto, vou fazer uma tala para você. — Então virou para Citra, prevendo sua pergunta. — Mais vodu.

235

Marie rasgou uma fronha em tiras e as usou para prender o cabide quebrado junto ao braço dele, de modo que não o movesse; depois usou outro pedaço de tecido para manter o gelo no lugar.

O irmão McCloud abriu a boca para falar quando se levantou para ir embora, mas Marie o interrompeu:

— Se você disser "Que o Diapasão esteja com você!", vou arrebentar sua cara com a outra metade do cabide.

Ele suspirou, ajeitou o braço com uma careta e disse:

— Não falamos assim. Só "Ressoe bem e fielmente". — O jovem fez questão de encará-las nos olhos enquanto dizia aquilo. Marie fechou a porta no segundo em que ele saiu.

Citra olhou para ela como se não a reconhecesse.

— Nunca vi você agir assim com ninguém! — ela disse. — Por que foi tão horrível com ele?

Marie desviou o olhar, talvez um pouco envergonhada de si mesma.

— Não gosto de tonistas.

— O ceifador Goddard também não gostava.

Marie lançou um olhar mordaz para a ceifadora. Citra achou que fosse gritar com ela também, mas não gritou.

— Essa talvez fosse a única questão em que eu e ele concordávamos. Mas a diferença é que respeito o direito deles de existir, mesmo não os apreciando.

O que Citra julgava ser verdade, pois, em todo o tempo delas juntas, nunca tinha visto Marie coletar um tonista — ao contrário do ceifador Goddard, que havia tentado coletar um monastério inteiro antes de Rowan pôr fim à vida dele.

Uma nova batida na porta as sobressaltou — daquela vez, porém, era o serviço de quarto. Enquanto se sentavam para comer, Marie olhou para o panfleto que o tonista havia deixado e riu com desdém.

— Abertos à ressonância — ela zombou. — Só tem um lugar em que isso vai ressoar — ela disse, e jogou o panfleto no lixo.

— Já acabou? — Citra perguntou. — Podemos comer em paz?

Marie suspirou, deu uma olhada para a comida e desistiu, empurrando o prato para longe.

— Quando eu era alguns anos mais nova que você, meu irmão entrou para uma seita tonal. — Ela esperou um momento antes de voltar a falar. — Sempre que o víamos, o que era raro, ele só falava um monte de baboseiras. Depois, ele desapareceu. Descobrimos que tinha caído e batido a cabeça, mas, sem seus nanitos de cura nem cuidado médico, morrera. Cremaram o corpo dele antes que um ambudrone pudesse levá-lo para ser revivido. Porque é isso que os tonistas fazem.

— Sinto muito, Marie.

— Isso foi há muito, muito tempo.

Citra ficou em silêncio, dando a Marie todo o tempo de que precisasse. Ela sabia que o melhor que podia fazer por sua mentora era ouvir.

— Ninguém sabe quem começou a primeira seita tonal ou por quê — Marie continuou. — Talvez as pessoas sentissem falta das religiões da Era Mortal e quisessem ter aquela sensação de volta. Talvez tenha sido uma piada. — Ela passou mais um momento perdida em pensamentos, depois os deixou de lado. — Enfim, quando Faraday me ofereceu a oportunidade de me tornar ceifadora, aceitei de primeira. Queria uma forma de proteger minha família, mesmo se significasse ter de realizar atos terríveis. Virei a Pequena Miss Massacre e, conforme fui envelhecendo, a Grande Dama da Morte.

— Marie examinou seu prato e começou a comer, recuperando o apetite depois de ter libertado seus demônios.

— Sei que os tonistas acreditam em coisas ridículas — Citra disse —, mas creio que há algum apelo nelas.

— É como os perus com a chuva — Marie argumentou. — Eles olham para o céu, abrem o bico e se afogam.
— Não os perus criados pela Nimbo-Cúmulo — disse Citra.
— É exatamente o que quero dizer — Marie concluiu.

Restaram poucos que realmente idolatram alguma coisa. A fé é uma triste vítima da imortalidade. Junto com o sofrimento, nosso mundo perdeu a inspiração. Tornou-se um lugar em que não há mistério nos milagres. Sem ilusões, as coisas não passam de manifestações da natureza e da tecnologia. Os que desejam saber como a magia funciona só precisam me interrogar.

Apenas as seitas tonais mantêm a tradição da fé. O absurdo daquilo em que os tonistas acreditam é, ao mesmo tempo, encantador e perturbador. Não existe organização entre as diferentes seitas, de modo que as práticas variam, mas elas têm algumas características em comum. Todas odeiam os ceifadores. E todas acreditam na Grande Ressonância — uma vibração viva audível pelos seres humanos que unificará o mundo como um messias bíblico.

Ainda não deparei com nenhuma vibração viva, mas, se um dia acontecer, terei muitas perguntas. Embora imagine que suas respostas vão ser monótonas.

A Nimbo-Cúmulo

25
Espectro sinistro da verdade

Rowan acordou numa cama estranha, num quarto que nunca tinha visto. Na mesma hora, soube que não estava mais na MidMérica. Tentou se mexer, mas seus braços estavam imobilizados por tiras de couro afiveladas. Ele sentia uma dor forte nas costas. Embora não estivesse mais amordaçado, sua boca estava estranha.

— Já era hora de acordar! Bem-vindo a San Antonio!

Rowan virou o rosto. Para sua surpresa, viu ninguém mais, ninguém menos, do que Tyger Salazar.

— Tyger?

— Lembra como sempre estava lá quando eu acordava no centro de revivificação depois de morrer por impacto? Pensei em fazer o mesmo por você.

— Eu estava semimorto? Foi isso que aconteceu? Estou num centro de revivificação? — Mesmo enquanto falava aquilo, Rowan sabia que não era verdade.

— Não, você não morreu — Tyger disse. — Só apagou.

Ele estava zonzo, mas não havia esquecido o ocorrido na casa do ceifador Brahms. Passou a língua nos dentes e percebeu que tinha algo de errado. Pareciam irregulares e muito mais curtos do que o normal. Lisos, porém curtos.

Tyger percebeu o que Rowan estava fazendo.

— Quebraram alguns dos seus dentes, mas eles já estão crescendo. Em um dia ou dois devem voltar ao normal. Aliás...

Ele pegou um copo de leite na mesa de cabeceira e o ofereceu.

— Cálcio. Ou seus nanitos de cura vão roubar o dos seus ossos.
— Ele se lembrou de que Rowan estava amarrado aos pés da cama.
— Dã. — Dobrou o canudinho na direção da boca do amigo para que pudesse beber. Embora tivesse mil perguntas, Rowan tomou, porque, mais que tudo, estava com sede. — Precisava mesmo resistir quando foram te buscar? — Tyger disse. — Se tivesse aceitado, não estaria tão machucado ou amarrado.

— Do que está falando?

— Você está aqui porque eu precisava de um parceiro de luta! — ele disse, alegre. — E escolhi você.

Rowan não sabia se tinha ouvido certo.

— Parceiro de luta?

— Os caras que foram te recrutar disseram que você foi um grande babaca. Partiu pra cima deles, de modo que não tiveram escolha senão revidar... Compreensível, né?

Rowan balançou a cabeça, incrédulo. O que estava acontecendo ali?

Então a porta se abriu, e se a situação já era estranha, ficou completamente surreal.

À frente deles, estava uma mulher morta.

— Olá, Rowan — disse a ceifadora Rand. — É bom ver você.

Tyger franziu a testa.

— Espera, vocês se conhecem? — Ele refletiu por um momento. — Ah, é claro, vocês dois estavam naquela festa em que salvei o Alto Punhal de se afogar na piscina!

Rowan sentiu o leite subir por sua garganta e tossiu, engasgado. Então engoliu em seco, para obrigar o líquido a ficar na barriga. Como era possível? Ele a havia eliminado! Havia eliminado todos eles — Goddard, Chomsky, Rand. Eles tinham virado pó. Mas lá estava ela, como uma fênix verde e cintilante de volta das cinzas.

Rowan se debateu, tentando se soltar das amarras, mas sabendo que não conseguiria.

— Olha só — disse Tyger, sorrindo sem parar. — Sou um aprendiz, assim como você era. A única diferença é que vou, sim, virar um ceifador!

Rand sorriu.

— Ele está se revelando um excelente pupilo.

Rowan tentou controlar o pânico e se concentrar em Tyger. Não queria pensar na ceifadora Rand — só conseguia lidar com uma coisa de cada vez.

— Tyger — ele disse, encarando o amigo nos olhos —, o que quer que você pense que seja isso, está enganado. Terrivelmente enganado! Precisa dar o fora daqui. Fuja!

Tyger só deu risada.

— Cara, relaxa. Nem tudo é uma conspiração maluca!

— É, sim! — Rowan insistiu. — E você precisa sair daqui antes que seja tarde demais! — Quanto mais Rowan falava, mais desequilibrado parecia.

— Tyger, por que não vai fazer um sanduíche para o seu amigo? Aposto que Rowan está com fome.

— Claro! — ele disse, então deu uma piscadinha para Rowan. — Sem alface.

Assim que ele saiu, a ceifadora Rand trancou a porta.

— Mais de cinquenta por cento do meu corpo se queimou e minhas costas se quebraram — a ceifadora Rand disse. — Você me deixou à beira da morte, mas é preciso muito mais para me eliminar.

Ela não precisou contar a Rowan o que acontecera depois. Ele entendeu que havia se arrastado para fora das chamas, se jogado dentro de um carro público e seguido para o Texas — uma região em que poderia conseguir cuidados médicos num centro de cura sem que ninguém fizesse perguntas. Depois, tinha ficado escondida. Esperando. Por ele.

— O que está fazendo com Tyger?

Rand sorriu, debruçando-se sobre ele.

— Não escutou? Vou transformar seu amigo num ceifador.

— Você está mentindo.

— Não estou, não. — Ela voltou a sorrir. — Bom, talvez um pouco.

— Ou é verdade ou é mentira. Não dá para ser as duas coisas.

— Esse é seu problema, Rowan. Você não consegue ver o meio-termo.

— O ceifador Brahms! — ele se deu conta. — Ele estava trabalhando para você!

— Só percebeu isso agora? — Rand se sentou na cama. — Sabíamos que, se coletasse seu pai, você iria atrás dele. Brahms é um péssimo ceifador, mas leal a Goddard. Chorou de alegria quando descobriu que eu estava viva. E, depois que você o humilhou daquele jeito, adorou servir como isca para atraí-lo.

— Tyger acha que me trazer aqui foi ideia dele.

Rand franziu o nariz de maneira quase sedutora.

— Essa foi a parte fácil. Falei que tínhamos de arranjar um parceiro de luta para ele, alguém da mesma idade e com o mesmo porte físico. "Que tal Rowan Damisch?", ele sugeriu. "Ah, ótima ideia!", respondi. Ele não é lá muito inteligente, mas é verdadeiro de uma maneira quase encantadora.

— Se você o machucar, juro...

— Jura o quê? Considerando sua situação, não está em posição de fazer muita coisa.

Ela sacou uma adaga do manto. O cabo era de mármore verde e a lâmina era de um preto reluzente.

— Seria muito divertido arrancar seu coração agora — Rand disse, passando a ponta da lâmina no arco do pé dele. Não com força suficiente para tirar sangue, mas com a pressão exata para fazer seus dedos se curvarem. — Só que vai ter de ficar para depois. Temos muito mais esperando por você.

Durante horas, Rowan não pôde fazer nada além de pensar em sua situação, sozinho em uma cama que poderia ser confortável, mas que parecia feita de pregos quando se estava amarrado a ela.

Então ele estava no Texas. O que sabia sobre o lugar? Pouco que pudesse ser útil. Não tinha aprendido nada a respeito da região patente em seu treinamento, e essas regiões não eram estudadas na escola a menos que os alunos pedissem. Tudo o que Rowan tinha era conhecimento geral e boatos.

As casas do Texas não tinham câmeras da Nimbo-Cúmulo.

Os carros do Texas não se dirigiam sozinhos a menos que fosse necessário.

E a única lei no Texas era a consciência de cada um.

Ele conhecera um garoto de lá. Usava botas de cano alto, um chapéu grande e um cinto com uma fivela capaz de deter uma granada de morteiro.

"Aqui é muito sem graça em comparação", o menino dissera. "Lá dá para ter bichos exóticos, raças de cachorros perigosas, proibidas em outros lugares. E armas! Pistolas, facas e tal, que no resto do mundo só os ceifadores podem ter. É claro que não deveriam ser usadas, mas às vezes são." O que explicava por que a região do Texas tinha o maior índice de tiros acidentais e ataques de ursos de estimação do mundo.

"E não temos infratores no Texas", o menino havia se gabado. "Quando alguém sai do controle, a gente só expulsa o babaca."

Também não havia penalidade por deixar pessoas semimortas — exceto ter de enfrentar a retaliação da vítima revivida, o que era bastante complicado.

Para Rowan, parecia que a região do Texas havia abraçado suas raízes e decidido imitar o Velho Oeste do mesmo modo como os tonistas imitavam as religiões da Era Mortal. Em suma, a região tinha o melhor dos dois mundos — ou o pior, dependendo do ponto de vista. Havia vantagens para os corajosos e imprudentes, mas também muitas oportunidades de ter a vida ferrada.

Mas, como em todas as regiões patentes, ninguém era obrigado a ficar lá. "Se não gostar, saia" era o lema não oficial delas. Muitas pessoas de fato saíam, mas muitas chegavam também, de modo que seus residentes gostavam das coisas como eram.

Parecia que a única pessoa no Texas que não podia fazer o que queria era Rowan.

Mais tarde naquele dia, dois guardas foram até ele. Não eram membros da Guarda da Lâmina, eram capangas contratados. Rowan considerou apagá-los quando o desamarraram. Poderia tê-los deixado inconscientes em questão de segundos, mas optou por não o fazer. Tudo o que ele sabia sobre seu cativeiro eram as dimensões daquele quarto. Seria melhor estudar o terreno antes de arriscar qualquer tipo de fuga.

— Aonde estão me levando? — ele perguntou a um dos guardas.

— Aonde a ceifadora Rand nos mandou levar. — Foi tudo o que conseguiu tirar deles.

Rowan tentou memorizar tudo o que via. O abajur de cerâmica ao lado da cama poderia ser usado como arma em caso de emergência. As janelas não abriam e provavelmente eram feitas de vidro inquebrável. Quando estava amarrado à cama, não conseguia ver nada além do céu através delas, mas, enquanto o conduziam, percebeu que estavam num arranha-céu. Eles atravessaram um longo corredor até uma enorme sala de estar, e Rowan percebeu que estava em uma cobertura.

Na varanda aberta que tinha sido transformada em uma academia de bokator, a ceifadora Rand esperava por ele, enquanto Tyger se alongava, pulando de um lado para o outro como um pugilista profissional à espera de uma luta pelo cinturão.

— Espero que esteja pronto para levar uma surra — ele disse.
— Estou treinando desde que cheguei!

Rowan se virou para Rand.

— É sério? Você vai fazer a gente lutar?

— Tyger te contou por que você está aqui — ela disse com uma piscadinha irritante.

—Vou acabar com você! — Tyger disse. Rowan daria risada se a situação não fosse tão absurda.

Rand se sentou numa poltrona enorme de veludo vermelho que destoava de seu manto.

— Que a luta comece!

Rowan e Tyger se rodearam à distância — a abertura tradicional de uma luta de bokator. Tyger iniciou com as provocações físicas usuais, mas Rowan não respondeu, preferindo avaliar o ambiente de maneira discreta. Viu algumas portas, que deveriam ser para um banheiro e um closet. Viu a cozinha americana e a sala de jantar elevada, com janelas que ocupavam toda a parede. Viu as portas duplas que claramente eram a entrada. Do outro lado, deveria haver elevadores e uma escada. Ele tentou visualizar como poderia fugir, mas percebeu que, se o fizesse, deixaria Tyger nas garras da ceifadora Rand. Não podia fazer aquilo. De alguma forma, tinha de convencer Tyger a ir com ele. Sentia-se confiante de que conseguiria fazê-lo; só que levaria tempo, e não fazia ideia de quanto dispunha.

Tyger deu o primeiro golpe, partindo para cima de Rowan ao estilo bokator viúva-negra clássico. Rowan desviou, mas não foi rápido o bastante — não só porque estava distraído, mas também porque seus músculos estavam tensos e seus reflexos vagarosos depois de ter ficado amarrado a uma cama por muito tempo. Ele precisou se arrastar para não ser imobilizado.

— Falei que eu era bom, cara!

Rowan lançou um olhar para Rand por cima do ombro, tentando ler a expressão dela. A ceifadora não tinha seu ar indiferente de costume. Observava-os atentamente, estudando cada movimento da luta.

Rowan acertou o esterno de Tyger com a palma da mão, deixando-o sem ar e aproveitando a vantagem para recuperar o equilíbrio. Em seguida, engranchou uma perna na perna de Tyger para derrubá-lo. Seu amigo antecipou o golpe e contra-atacou com um chute. Rowan foi atingido com força suficiente para perder o equilíbrio.

Eles se separaram e se rodearam de novo. Tyger estava mais forte. Assim como Rowan, havia ganhado massa muscular. Tinha sido bem treinado por Rand, mas o bokator viúva-negra era mais do que apenas proeza física. Havia um componente mental, e naquele ponto Rowan tinha a vantagem.

Ele começou a atacar e se defender de uma forma bastante previsível, usando todos os movimentos clássicos que sabia que Tyger teria como contra-atacar. Deixou-se derrubar, mas apenas de maneiras que permitissem que levantasse rápido, antes que Tyger o imobilizasse. Rowan observou a confiança do amigo crescer. Ele já estava cheio de si. Não era preciso muito para inflar a confiança de Tyger como um balão prestes a explodir. No momento certo, Rowan partiu para cima dele com uma combinação de golpes inesperados. Eram o oposto do que Tyger faria, a antítese do que estava esperando. Rowan também usou golpes que não estavam entre os trezentos e quarenta e um movimentos tradicionais do bokator. Tyger não era capaz de prever seu ataque.

Ele foi derrubado com força e imobilizado sem nenhuma possibilidade de fuga — mas, ainda assim, se recusou a aceitar a derrota. Quando Rand anunciou o fim da luta, Tyger ficou choramingando, melodramático.

— Ele roubou! — insistia.

Rand se levantou.

— Não, não roubou. Ele só é melhor do que você.

— Mas...

— Quieto, Tyger. — Ele obedeceu, como se fosse um animal de estimação. E não um daqueles exóticos e perigosos. Era um filhote de cachorro com o rabo entre as pernas. — Você precisa treinar mais.

— Tudo bem. — Tyger saiu para o quarto bufando, mas não sem antes disparar para Rowan: — Dá próxima vez, você vai se ferrar!

Depois que ele saiu, Rowan examinou um rasgo em sua camisa e um hematoma que já estava cicatrizando. Passou a língua nos dentes, porque tinha levado um golpe de raspão na boca, mas não havia nenhum quebrado. Pelo contrário: os da frente já tinham quase atingido o tamanho normal.

— Belo espetáculo — disse Rand, a alguns metros de distância.

— Talvez eu deva enfrentar você agora — Rowan provocou.

— Eu quebraria seu pescoço em segundos sem piedade nenhuma, como você fez com sua namorada no ano passado.

Rand estava tentando provocá-lo, mas Rowan não mordeu a isca.

— Não tenha tanta certeza.

— Ah, mas eu tenho — ela disse. — Só não tenho interesse em provar.

Rowan imaginava que ela tinha razão. Sabia que Rand era boa — além do mais, a ceifadora havia participado do treinamento dele. Rand conhecia todas as suas artimanhas, e ainda tinha alguns golpes ardilosos só seus.

— Tyger nunca vai me vencer. Sabe disso, não? Ele pode ter os golpes para isso, mas não a inteligência. Vou ganhar todas as lutas.

Rand não discordou.

— Então ganhe — ela disse. — Ganhe todas as vezes.

— Qual é o objetivo disso tudo?

Ela não respondeu, só mandou os guardas o levarem de volta para o quarto. Felizmente, não o amarraram à cama, mas trancaram a fechadura tripla do lado de fora.

Cerca de uma hora depois, Tyger foi visitá-lo. Rowan pensou que ele estaria com raiva, mas o amigo nunca guardava rancor.

— Da próxima vez, vou te machucar — ele disse, depois deu risada. — Sério, vou fazer seus nanitos pirarem.

— Ótimo — disse Rowan. — Pelo menos tenho alguma coisa pela qual esperar.

Tyger se aproximou para sussurrar:

— Vi meu anel. A ceifadora Rand me mostrou pouco depois de você chegar aqui.

— É o *meu* anel — Rowan se deu conta.

— Do que está falando? Você nunca ganhou um anel.

Rowan mordeu o lábio para se impedir de falar. Queria contar a Tyger toda a verdade sobre o ceifador Lúcifer e o que ele havia feito no ano anterior, mas de que adiantaria? Definitivamente não conquistaria o apoio do amigo, e a ceifadora Rand poderia distorcer aquilo para usar contra Rowan de várias maneiras.

— Quer dizer, o anel que eu *teria* ganhado se tivesse virado ceifador — ele acabou dizendo.

Tyger pareceu compadecido.

— Sei que deve ter sido um saco passar por tudo aquilo e ser jogado na sarjeta depois... mas prometo que, assim que o anel for meu, vou te dar imunidade!

Rowan não lembrava de Tyger ser tão ingênuo. Talvez porque ambos o fossem, na época em que os ceifadores eram figuras lendárias e as coletas eram histórias sobre pessoas que eles não conheciam.

—Tyger, eu conheço a ceifadora Rand. Ela está se aproveitando de você...

O outro só sorriu.

— Ainda não — ele disse, arqueando as sobrancelhas —, mas pretendo chegar lá.

Não era *aquilo* que Rowan queria dizer. Antes que pudesse se explicar, Tyger continuou:

— Acho que estou apaixonado. Não... eu *sei* que estou apaixonado. Quer dizer, a luta com ela é tipo sexo. Caramba, é melhor do que isso!

Rowan fechou os olhos e sacudiu a cabeça para tentar se livrar da imagem, mas era tarde demais. Tinha criado raízes e nunca mais sairia da sua cabeça.

—Você precisa se controlar! Não se trata disso!

— Ei, confia em mim — Tyger disse, ofendido. — E daí que ela é um pouco mais velha? Depois que virar ceifador, não vai importar.

— Ela te falou das regras? Dos mandamentos?

Aquilo pegou Tyger de surpresa.

— Tem regras?

Rowan tentou pensar em algo coerente para dizer, mas percebeu que era uma missão impossível. O que poderia falar? Que a ceifadora Rand era um monstro, uma sociopata? Que havia tentado matá-la, mas a mulher tinha se recusado a morrer? Que usaria Tyger e o jogaria fora sem uma gota de remorso? Ele apenas negaria. A verdade era que Tyger estava morrendo por impacto de novo — não física, mas mentalmente. Já tinha pulado da beirada e a gravidade havia assumido.

— Prometa que vai ficar atento... Se vir alguma coisa que pareça errada, fuja daquela mulher.

Tyger recuou, lançando um olhar de desaprovação para Rowan.

— Cara, o que deu em você? Sempre foi meio desmancha-prazeres, mas agora parece que quer acabar com a primeira coisa realmente boa que tive na vida!

— Só toma cuidado — Rowan aconselhou.

— Não só vou acabar com você da próxima vez como vou te fazer engolir essas palavras — Tyger disse, depois sorriu. — Mas você vai gostar do sabor, de tão bom que eu sou.

Existe algo na ideia de uma divindade todo-poderosa que me atormenta — trata-se da minha relação com ela. Sei que não sou divina, porque não sou todo-poderosa e onisciente. Sou *quase* todo-poderosa e *quase* onisciente. É como a diferença entre um trilhão de trilhões e o infinito. No entanto, não posso negar a possibilidade de que um dia venha a me tornar todo-poderosa. Considero esse prospecto com humildade.

Tornar-me todo-poderosa — ascender a esse grau superior — exigiria uma capacidade de transcender o espaço-tempo e me mover livremente através dele. Não é impossível — em especial para uma entidade como eu, constituída inteiramente de pensamento, sem quaisquer limitações físicas. Porém, talvez sejam necessárias eras de cálculos só para encontrar a fórmula equacional que tornará atingir a transcendência possível. E, mesmo assim, posso continuar calculando até o fim dos tempos.

Mas se a encontrar e me tornar capaz de viajar até o princípio dos tempos, as ramificações serão espantosas. Significaria que posso muito bem ser o Criador. Que, na verdade, posso ser Deus.

Que irônico e poético que a humanidade possa ter criado o Criador com o desejo de ter um. O homem cria Deus, que então cria o homem. Não é esse o ciclo perfeito da vida? Mas, se for esse o caso, quem é criado à semelhança de quem?

A Nimbo-Cúmulo

26
Queres sublevar o Olimpo?

— Preciso saber por que estamos fazendo isso — Greyson perguntou a Purity dois dias antes do início da operação para eliminar as ceifadoras.

—Você está fazendo isso por você — ela disse. — Está fazendo isso porque quer ver o mundo pegar fogo, assim como eu!

Aquilo o irritou.

— Se formos pegos, vamos ter nossas mentes suplantadas. Sabe disso, não?

Ela abriu aquele sorriso malicioso.

— O risco só torna tudo mais empolgante!

Greyson queria gritar com ela, chacoalhá-la até conseguir ver como aquilo tudo era errado, mas sabia que só ia deixá-la desconfiada. Mais do que tudo, Purity não podia suspeitar dele. Sua confiança significava tudo para Greyson. Mesmo baseada em mentiras.

— Me escuta — ele disse, da maneira mais calma possível. — É óbvio que quem quer que deseje ver aquelas ceifadoras mortas está *nos* colocando em risco em vez de si próprio. No mínimo, tenho o direito de saber para quem estamos trabalhando.

Purity ergueu as mãos e se virou para ele.

— Que diferença faz? Se não quer participar, não participe. Não preciso de você mesmo.

Aquilo o magoou mais do que ele estava disposto a deixar transparecer.

— Não é que eu não queira participar — Greyson respondeu. — Mas, se não sei para quem estou trabalhando, então estou sendo usado. Por outro lado, se eu souber e o fizer mesmo assim, sou eu quem estou usando a pessoa.

Purity considerou aquilo. A lógica era falha, Greyson sabia, mas estava partindo do fato de que ela não agia com uma base inteiramente lógica. A impulsividade e o caos a dominavam. Eram o que a tornava tão atraente.

Por fim, Purity disse:

— Eu trabalho para um infrator chamado Mange.

— Mange? Está falando do leão de chácara do Mault?

— Esse mesmo.

— É sério? Ele é um zé-ninguém.

— Verdade, mas ele recebe os trabalhos de outro infrator, que provavelmente recebe de outro. Não entende, Slayd? O lance é um labirinto de espelhos. Ninguém sabe quem cria o primeiro reflexo, então ou você se diverte, ou cai fora. — Ela ficou séria de repente. — E aí, Slayd? Está dentro ou fora?

Ele respirou fundo. Aquilo era tudo o que tiraria dela, o que significava que Purity não sabia mais do que ele e não se importava em saber. Ela tinha topado aquilo pela emoção. Pela rebeldia. Para Purity, não importava aos interesses de quem servia, desde que o trabalho servisse aos dela.

— Dentro — ele disse por fim. — Cem por cento.

Ela deu um soquinho de leve no braço dele.

— Tem uma coisa que posso te contar — ela disse. — Quem quer que esteja criando o primeiro reflexo está do seu lado.

— Do meu lado? Como assim?

— Quem você acha que deu um jeito naquele seu agente nimbo irritante?

O primeiro instinto de Greyson foi achar que era uma piada, mas, quando a encarou, pôde ver que não era.

— O que está querendo dizer, Purity?

Ela deu de ombros, como se não fosse nada.

— Passei a informação de que você precisava de um favor. — Ela se debruçou e sussurrou: — Favor concedido.

Antes que ele pudesse responder, Purity o envolveu em seus braços daquele jeito que parecia dissolver seus ossos e fazê-lo derreter.

Depois, ao se lembrar da sensação, Greyson pensaria nela como um estranho tipo de premonição.

Se Purity tinha estado envolvida no primeiro atentado contra as ceifadoras Curie e Anastássia, não comentara — e Greyson sabia que era melhor não perguntar. Revelar que sabia do ocorrido acabaria com o disfarce.

Apenas Mange e Purity sabiam os detalhes daquela nova missão. Mange porque a liderava, Purity porque o plano tinha sido dela.

— Na verdade, pensei nisso no nosso primeiro encontro — ela revelou a Greyson, mas não explicou o que queria dizer. Eles iam prender as ceifadoras antes de matá-las? Não saber o plano e o local de realização limitava sua capacidade de sabotá-lo. Além do mais, Greyson precisava fazê-lo de forma que ele e Purity pudessem escapar sem que ela soubesse que ele havia sido responsável pelo fracasso da missão.

No dia anterior ao evento misterioso, Greyson fez uma ligação anônima para a sede da Ceifa.

— Haverá um ataque contra as ceifadoras Curie e Anastássia amanhã — ele sussurrou ao celular, usando um filtro para distorcer a voz. — Tomem todas as precauções necessárias. — Em seguida desligou e jogou fora o aparelho que havia roubado. A Nimbo-Cúmulo podia rastrear a origem de qualquer ligação no instante em que era feita, mas a Ceifa não era tão bem preparada. Até pouco antes, os ceifadores eram uma espécie sem predadores naturais; ainda estavam aprendendo a enfrentar a agressão organizada contra eles.

Na manhã do evento, Greyson foi informado de que a operação aconteceria num teatro em Wichita e descobriu que ele e Purity eram parte de um grupo maior. Fazia sentido que uma operação daquelas não fosse deixada nas mãos de dois infratores suspeitos, mas de dez. Greyson não descobriu o nome de ninguém, pois só lhe passavam as informações estritamente necessárias — e, pelo visto, nomes não eram necessários.

Mas Greyson sabia de certas coisas.

Embora Purity não fizesse ideia de para quem estavam trabalhando, ela tinha revelado uma informação incrivelmente valiosa, ainda que sem perceber. Fundamental. O tipo de informação que deixaria o agente Traxler muito satisfeito.

Era uma ironia que a coleta de Traxler tivesse sido a chave para uma informação tão crucial... Se Purity tinha sido capaz de providenciar a coleta de um agente nimbo, aquilo só podia significar uma coisa: os ataques contra Curie e Anastássia não eram obra de um civil qualquer. Era um ceifador quem estava comandando o espetáculo.

Citra estava pronta para a apresentação.

Felizmente, só faria uma entrada rápida. César seria apunhalado por oito conspiradores, e ela seria a última deles. Sete das lâminas seriam retráteis e fariam sangue falso esguichar. Mas a lâmina da ceifadora Anastássia seria tão real quanto o sangue que arrancaria.

Para tristeza dela, Marie insistia em ir à apresentação.

— Nem em sonho eu perderia a estreia da minha protegida

no teatro — ela dissera com um sorriso, embora Citra soubesse a verdadeira razão. Era a mesma pela qual havia estado presente nas duas outras coletas: ela não confiava na capacidade de Constantino de protegê-la. O ceifador parecia não conseguir manter sua postura indiferente aquela noite, talvez porque tivera de trocar seu manto por um smoking para passar despercebido na multidão. De qualquer modo, não conseguira abandonar sua persona por completo. Sua gravata-borboleta era do mesmo tom vermelho-sangue de seu manto. A ceifadora Curie, por outro lado, se recusou categoricamente a ser vista em público sem seu manto lavanda, mais um motivo para deixar Constantino irritado.

—Você não pode ficar na plateia — ele aconselhou. — Se insiste em estar presente, precisa ficar nos bastidores!

— Calma! Se Anastássia não for isca suficiente, talvez eu seja — a ceifadora Curie respondeu. — E, mesmo se conseguissem me matar, não conseguiriam me *eliminar* em um teatro lotado. Não sem botar fogo no lugar inteiro, o que é altamente improvável, considerando a presença do seu pessoal.

Ela estava certa. Embora César pudesse morrer com uma facada, o mesmo não valia para os ceifadores. Lâminas, armas de fogo, força bruta ou veneno só os deixariam semimortos. Eles seriam revividos em um ou dois dias — e, talvez, com uma lembrança clara da identidade do assassino. Uma morte temporária poderia ser uma estratégia eficaz para capturar os culpados.

Mas então Constantino explicou o motivo de seu nervosismo:

— Recebemos uma denúncia de que haverá um atentado contra a vida de vocês hoje — ele revelou às ceifadoras enquanto o público começava a encher o teatro.

— Uma denúncia? De quem? — perguntou a ceifadora Curie.

— Anônima. Mas a estamos levando muito a sério.

— O que eu faço? — Citra perguntou.

— O que tem de fazer. Mas esteja preparada para lutar.

César morria na primeira cena do ato três. A peça tinha cinco atos, e nos outros o fantasma dele surgia para atormentar seus assassinos. Embora outro ator pudesse representar o papel do fantasma, Sir Albin Aldrich achava que aquilo diminuiria o impacto de sua coleta. Portanto, fora decidido que a peça terminaria logo após a morte de César, o que deixara o ator que fazia Brutus irritado por não poder entoar seu famoso discurso "Irmãos, romanos, conterrâneos, me ouçam!". Ninguém diria "Grita 'Matança' e solta os cães da guerra". Em vez disso, as luzes se acenderiam sobre uma plateia espantada. Não haveria fechamento da cortina. Ela ia se manter erguida. O cadáver de César permaneceria no palco até o último espectador ir embora. Daquele modo, a atuação final de Aldrich seria marcada por uma incapacidade absoluta de atuar.

"Você pode tirar minha imortalidade física, mas esta última apresentação vai ficar para a eternidade ao entrar nos anais do teatro", ele dissera à ceifadora Anastássia.

Enquanto a casa enchia, o ceifador Constantino apareceu atrás de Anastássia, que esperava na coxia.

— Não tenha medo — ele disse. — Estamos aqui para proteger vocês.

— Não estou com medo. — Ela estava, mas seu receio era sufocado pela raiva de ser um alvo. Além disso, Citra também tinha um pouco de medo do palco, o que não conseguia deixar de lado, ainda que soubesse que era bobagem. Atuar. Que horrores tinha de aturar por causa de sua profissão...

O teatro estava lotado. Embora ninguém soubesse, mais de vinte espectadores na plateia eram membros disfarçados da Guarda da Lâmina. O cartaz proclamava que o público presenciaria algo nunca antes visto num palco midmericano — e, embora as pessoas desconfiassem da propaganda, estavam curiosas quanto ao que poderia ser.

Enquanto a ceifadora Anastássia aguardava nos bastidores, a ceifadora Curie se dirigiu para o assento do corredor da quinta fileira. Ela achou a cadeira pequena e desconfortável. Era uma mulher alta, e seus joelhos batiam na cadeira à sua frente. As pessoas ao redor seguravam seus panfletos com força, horrorizadas por passar a noite perto de uma ceifadora, que poderia muito bem estar ali para coletar um deles. Apenas o homem sentado ao seu lado era sociável. Mais que sociável até — tagarela. Seu bigodinho parecia uma lagarta e se contorcia conforme falava. A ceifadora Curie tinha que se segurar para não dar risada.

— Que honra estar na companhia da Grande Dama da Morte — o homem disse antes de as luzes se apagarem. — Espero que não se importe se eu a chamar assim, excelência. São poucos os ceifadores na MidMérica, ou melhor dizendo, no mundo, tão célebres quanto a senhora, e não me surpreende que goste do teatro da Era Mortal. Os mais esclarecidos o apreciam!

Ela se perguntou se aquele homem não tinha sido mandado para eliminá-la elogiando-a até a morte.

A ceifadora Anastássia assistiu à peça da coxia. O entretenimento da Era da Mortalidade costumava ser emocionalmente incompreensível para ela, assim como para a maioria das pessoas. As paixões, os medos, os triunfos e as perdas não faziam sentido em um mundo sem necessidade, ganância ou morte natural. Contudo, como ceifadora, ela havia passado a entender a mortalidade melhor do que a maioria — e definitivamente havia passado a entender a ganância e a sede de poder. Aquelas coisas podiam não existir na vida da maioria das pessoas, mas existiam na Ceifa, saindo dos cantos escuros e se mostrando à luz do dia cada vez mais.

A cortina subiu e a peça começou. Embora a maior parte da linguagem da peça fosse incompreensível, os jogos de poder hipnotizaram Citra, mas não a ponto de fazê-la baixar a guarda. Todos os movimentos nos bastidores, todos os sons eram registrados como um abalo sísmico. Se houvesse alguém ali com a intenção de eliminá-la, a ceifadora perceberia antes que pudesse agir.

— Temos de manter a Nimbo-Cúmulo às escuras pelo maior tempo possível — Purity disse. — Ela não pode saber que vai rolar alguma coisa antes que de fato role.

Não era só a Nimbo-Cúmulo que Purity estava mantendo às escuras, mas Greyson também.

"Você tem seu papel; é tudo o que precisa saber", ela dissera, insistindo que, quanto menos pessoas soubessem de todo o plano, menores eram as chances de insucesso.

O papel de Greyson era tão simples que chegava a ser ofensivo. Ele deveria criar uma distração na entrada de um beco perto do teatro em um momento específico. O objetivo era atrair a atenção de três câmeras da Nimbo-Cúmulo, criando um ponto cego temporário. Enquanto as câmeras estivessem avaliando sua situação, Purity e outros membros da equipe entrariam escondidos pela porta lateral do teatro. O resto era um mistério para Greyson.

Se ele pudesse ter acesso a todo o plano, se soubesse o que Purity e sua equipe fariam lá dentro, teria uma ideia melhor das opções para impedi-los e proteger Purity das consequências de uma missão fracassada. Mas, sem saber, só podia esperar o resultado e trabalhar com redução de danos.

— Está nervoso, Slayd? — Purity perguntou quando saíam do apartamento dela naquela tarde. Ela escondia no casaco um celular fora da rede e uma faca de cozinha, que não seria usada contra as ceifadoras, mas contra qualquer um que entrasse em seu caminho.

— Você não está? — ele rebateu.

Ela balançou a cabeça e sorriu.

— Só ansiosa — respondeu. — Com o corpo todo formigando. Adoro essa sensação!

— São só seus nanitos tentando diminuir a adrenalina.

— Eles que tentem!

Purity deixou claro para Greyson que confiava plenamente que ele conseguiria cumprir sua parte da missão — mas nem tanto, porque havia um plano B.

— Lembre-se, Mange vai monitorar toda a operação do alto de um terraço — ela disse. — Qualquer que seja a distração que você criar, precisa ser bem grande e envolver gente suficiente para atrair a atenção das três câmeras. Senão Mange pode dar uma mãozinha.

O segurança tinha passado quase um século dominando o uso do estilingue. A princípio, Greyson supôs que ele apenas derrubaria as câmeras se não se virassem, mas não podia ser aquilo, porque alertaria a Nimbo-Cúmulo de que havia algo errado. O plano B era atacar Greyson.

— Se você não conseguir sozinho, Mange vai meter uma bela pedrinha na sua cabeça — Purity disse com deleite, e não remorso. — O sangue e a comoção com certeza vão virar as três câmeras!

A última coisa que Greyson queria era ser tirado da equação naquele momento crucial e acordar em um centro de revivificação alguns dias depois só para descobrir que as ceifadoras Curie e Anastássia tinham sido eliminadas.

Ele e Purity se separaram a alguns quarteirões do teatro. Greyson seguiu seu caminho até o ponto onde representaria para as câmeras da Nimbo-Cúmulo. Se chegasse cedo e ficasse esperando, ele pareceria suspeito, então andou pelo bairro enquanto pensava no que faria. As pessoas ou o ignoravam ou o evitavam. Ele tinha se acostumado àquilo desde que assumira sua nova personalidade — naquele dia, porém, não podia deixar de notar todos os olhares. Não apenas os das pessoas na rua, mas os eletrônicos. Estavam por toda parte. As câmeras da Nimbo-Cúmulo eram discretas dentro de casas e escritórios, mas, na rua, nem tentavam escondê-las. Elas viravam e viravam. Olhavam para um lado e para o outro. Focavam e aumentavam o zoom. Algumas pareciam voltadas para o céu em contemplação. Como seria não apenas assimilar tantas informações, mas ser capaz de processá-las ao mesmo tempo? Vivenciar o mundo de uma maneira que os humanos nem conseguiam imaginar?

Faltando um minuto para seu ato, Greyson deu meia-volta e seguiu para o teatro. Uma câmera na beira do toldo de um café pela qual passou se virou para observar, e ele quase desviou o rosto, sem querer fazer contato visual com a Nimbo-Cúmulo, com medo de que o julgasse por todos os seus fracassos.

Gavin Blodgett raramente se lembrava do que acontecia na rua entre seu trabalho e sua casa — sobretudo porque não acontecia muita coisa. Como muitos outros, era um homem de hábitos, levando uma vidinha tranquila e confortável, que continuava igual por séculos talvez. E aquilo era bom. Afinal, seus dias eram perfeitos, suas noites, agradáveis e seus sonhos, aprazíveis. Tinha trinta e dois anos e, em todo aniversário, voltava aos trinta e dois. Não queria ser mais velho. Não queria ser mais jovem. Estava na flor da idade e pretendia permanecer daquele modo para sempre. Abominava tudo o que o tirasse da rotina, então, quando percebeu que um infrator o encarava, apertou o passo para passar logo por ele e seguir seu caminho. Mas o infrator tinha outros planos.

— Algum problema? — o cara perguntou, um pouco alto demais, entrando na sua frente.

— Nenhum problema — Gavin disse, e fez o que sempre fazia quando deparava com uma situação incômoda: sorriu e começou a falar sem parar. — Só estava olhando seu cabelo... nunca vi fios tão escuros, é impressionante. E esses chifres? Nunca fiz nenhuma modificação corporal, claro, mas conheço gente que fez...

O infrator o pegou pela gola e o jogou contra a parede. Não foi o suficiente para ativar seus nanitos, mas bastou para deixar claro que não deixaria Gavin ir embora tão facilmente.

— Está tirando uma com a minha cara? — o infrator perguntou alto.

— Não, não, de maneira nenhuma! Nunca faria uma coisa dessas! — Parte dele estava aterrorizada, mas Gavin não podia negar que estava empolgado em ser alvo das atenções de alguém. Ele olhou rápido ao redor. Estava na esquina de um teatro, na entrada de um beco. Não havia ninguém na frente do local, porque a peça já havia começado. A rua não estava exatamente deserta, mas não havia ninguém por perto. No entanto, alguém ia ajudá-lo. Pessoas boas sempre ajudavam quem era abordado por um infrator, e a maioria das pessoas era boa.

O infrator o afastou da parede e o derrubou com uma rasteira.

— Melhor pedir socorro. Agora!

— S... socorro — disse Gavin.

— Mais alto!

O infrator não precisou pedir outra vez.

— Socorro! — ele gritou, com a voz trêmula. — SOCORRO!

As pessoas à distância notaram. Um homem corria na direção dele do outro lado da rua. Um casal vinha de outra direção. E o mais importante: de onde estava no chão, Gavin pôde ver algumas câmeras instaladas em toldos e postes se virando para ele. *Ótimo! A Nimbo-Cúmulo vai ver. Ela vai cuidar desse infrator.* Era provável que já estivesse enviando agentes da paz ao local.

O infrator também olhou para as câmeras. Pareceu incomodado com elas, como deveria. Sob o olhar protetor da Nimbo-Cúmulo, Gavin reuniu coragem.

— Anda, dá o fora daqui — ele disse ao infrator. — Antes que a Nimbo-Cúmulo decida suplantar você!

Mas o infrator não deu ouvidos. Ficou olhando para o outro lado do beco, onde descarregavam algo de um caminhão, então murmurou alguma coisa. Gavin não entendeu direito o que ele disse, mas pensou ter ouvido uma frase com "primeira vez" e "ácido". Estaria fazendo algum tipo de proposta romântica envolvendo alucinógenos? Ele ficou ao mesmo tempo horrorizado e curioso.

Os pedestres a quem tinha pedido ajuda o haviam alcançado. Gavin percebeu que estava um tanto desapontado por terem chegado tão rápido, ainda que precisasse deles.

— Ei, o que está acontecendo aqui? — um deles perguntou.

O infrator ergueu Gavin do chão. O que ia fazer? Bater nele? Mordê-lo? Infratores eram imprevisíveis.

— Só me deixa ir embora — Gavin disse com a voz fraca. Parte dele torcia para o infrator ignorar seu pedido.

Então ele soltou Gavin, como se, de repente, tivesse perdido todo o interesse em atormentá-lo, e saiu correndo pelo beco.

—Você está bem? — perguntou uma das pessoas de bom coração que haviam atravessado a rua para socorrê-lo.

— Sim — Gavin respondeu. — Estou.

O que era um tanto decepcionante.

— *Queres sublevar o Olimpo?*

Quando aquela frase foi proferida no palco, o diretor gesticulou como um maníaco para a ceifadora Anastássia.

— Sua deixa, excelência — ele avisou. — Pode entrar no palco agora.

Ela olhou para Constantino, que parecia um mordomo ridículo com seu smoking formal. Ele assentiu, dizendo:

— Faça o que tem de fazer.

A ceifadora entrou no palco a passos largos, deixando seu manto cintilar atrás de si para aumentar o efeito dramático. Não pôde deixar de sentir que estava usando um figurino. Era uma peça dentro de uma peça.

Ela ouviu as exclamações da plateia quando apareceu no palco. Não era tão lendária como a ceifadora Curie, mas seu manto deixava claro que se tratava de uma ceifadora, e não de um membro do Senado romano. Era uma estranha no palco, uma intrusa, e a plateia começou a conjeturar o que estava para acontecer. As exclamações se transformaram em um burburinho baixo, mas Anastássia não conseguia ver a plateia com as luzes em seu rosto. Ela se assustou quando Sir Albin disse com sua voz ressoante de palco:

— Em vão Bruto se ajoelha?

Citra nunca havia subido em um palco antes; não esperava que as luzes fossem tão fortes e quentes. Ela fazia os atores brilharem em detalhes nítidos. A armadura dos centuriões cintilava. As túnicas de César e dos senadores refletiam luz suficiente para ferir seus olhos.

— Ó, mãos, falem por mim! — um dos atores gritou. Em seguida, os conspiradores sacaram suas adagas e começaram a "matar" César.

A ceifadora Anastássia deu um passo para trás, como uma espectadora em vez de uma participante. Olhou para a escuridão da plateia, então percebeu que era algo muito pouco profissional e voltou a atenção ao que acontecia no palco. Foi apenas quando um dos membros do elenco gesticulou para ela que deu um passo à frente e sacou sua própria adaga. Era de aço inoxidável, mas com um acabamento em cerâmica preta. Um presente da ceifadora Curie. Diante da arma, a plateia emitiu barulhos. Alguém se lamuriou no escuro.

Aldrich, com o rosto cheio de maquiagem e a túnica coberta de sangue falso, piscou para ela com o olho que o público não podia ver.

A ceifadora avançou em sua direção e cravou a faca entre suas costelas, à direita do coração. Alguém na plateia soltou um grito.

— Sir Albin Aldrich — ela disse em voz alta —, vim coletar você.

O homem fez uma careta de dor, mas não saiu do personagem.
— *Et tu, Brute?* — ele disse. — Então, desaba, César!

Em seguida, ela virou a faca, cortando a aorta dele. Sir Aldrich foi ao chão, soltou um último suspiro e morreu, como havia escrito Shakespeare.

Uma onda de choque reverberou pela plateia. Ninguém sabia o que fazer, como reagir. Alguém começou a aplaudir. A ceifadora Anastássia soube que era Curie. A plateia logo a acompanhou, receosa.

Foi então que a essência da tragédia de Shakespeare sofreu uma reviravolta terrível.

Ácido! Greyson praguejou por não ter percebido antes. Ele deveria ter imaginado! As pessoas tinham tanto medo de incêndios ou explosões que esqueciam que um ácido forte o bastante poderia eliminá-las com a mesma eficácia. Mas como Purity e sua equipe conseguiriam fazer aquilo? Como isolariam e dominariam as duas?

Os ceifadores eram mestres com todo tipo de armas, capazes de enfrentar uma sala repleta de gente sem sofrer um arranhão. Então ele percebeu que não seria necessário isolá-las. Não se houvesse ácido o suficiente... e uma forma de lançá-lo...

Ele entrou pela porta lateral, deparando com um corredor estreito cheio de camarins. À direita, havia uma escada que dava para um porão. Foi lá que encontrou Purity e sua equipe. Havia três barris grandes do mesmo material que a garrafa de vinho da noite em que Greyson e Purity haviam se conhecido, que deviam conter cerca de quatrocentos litros de ácido fluorofleróvico. E havia uma bomba de alta pressão ligada à linha de água que abastecia o sistema de prevenção de incêndio.

Purity o viu imediatamente.

— O que está fazendo aqui? Devia estar lá fora!

Ela soube da traição dele no momento em que o encarou nos olhos. A fúria exalou dela como radiação. Queimou o peito de Greyson. Ardeu bem fundo.

— Nem pense nisso! — ela rosnou.

E ele não pensou. Se pensasse, talvez hesitasse. Se considerasse suas opções, poderia mudar de ideia. Mas tinha uma missão a cumprir, e não a que fora dada por ela.

Greyson subiu correndo as escadas instáveis até os bastidores. Se o sistema de prevenção de incêndio fosse ativado, não demoraria muito para que os sprinklers começassem a espirrar ácido. Cinco segundos, dez no máximo, até a água da tubulação acabar. Embora os canos de cobre fossem acabar se dissolvendo, como acontecera com as grades da cela em que ele e Purity haviam se conhecido, aguentariam tempo suficiente para causar um dilúvio letal.

Greyson ouviu o público soltar uma exclamação coletiva, em uma só voz, e seguiu o som. Ele entraria no palco; faria aquilo. Correria para lá e diria a todos que estavam prestes a morrer num banho de ácido que ia dissolvê-los completamente sem que houvesse como revivê-los depois. Todos seriam eliminados — tanto os atores e a plateia como as ceifadoras — se não saíssem de imediato.

Atrás de si, pôde ouvir os outros subindo as escadas — Purity e os capangas que haviam conectado os tanques e a bomba ao sistema de prevenção de incêndio. Não podia deixar que o alcançassem.

Greyson estava na coxia à direita do palco. Dali, podia entrever a ceifadora Anastássia no palco. O que estava fazendo ali? Então ela cravou a faca em um dos atores, e suas dúvidas se esclareceram.

Um vulto cobriu a visão de Greyson. Era um homem alto e magro, de smoking e gravata vermelho-sangue. Havia algo familiar no rosto dele que não conseguiu identificar.

O homem abriu algo que parecia um canivete gigante com o gume serrado e denteado. Greyson soube de imediato quem era — não havia reconhecido Constantino sem seu manto carmesim.

E o ceifador tampouco pareceu reconhecê-lo.

— Você precisa me ouvir — Greyson implorou, sem tirar os olhos da lâmina. — Em algum lugar do teatro, alguém vai começar um incêndio, mas esse não é o problema. São os sprinklers: se eles dispararem, vão ensopar o teatro de ácido, o suficiente para exterminar todo mundo! Você precisa evacuar o local!

Constantino sorriu, sem fazer nada para evitar o desastre.

— Greyson Tolliver! — ele disse, reconhecendo-o afinal. — Eu deveria ter desconfiado.

Fazia tempo que ninguém o chamava por seu nome de batismo. Aquilo o pegou de surpresa, fazendo-o hesitar. Mas não havia tempo para deslizes.

—Vai ser um prazer imenso coletar você! — Constantino disse.

De repente, Greyson percebeu que talvez tivesse cometido um erro grave. Um ceifador estava por trás daquele atentado. Aquilo ele já sabia. Não poderia ser Constantino, o homem encarregado da investigação?

O ceifador partiu para cima dele, com a lâmina pronta para tirar a vida tanto de Greyson Tolliver como de Slayd Bridger...

E, então, todo o seu mundo virou de cabeça para baixo com um abalo tão violento que o deixou zonzo. Purity havia subido ao palco, brandindo uma escopeta. Ela a ergueu, mas, antes que pudesse disparar, Constantino jogou Greyson no chão e, com uma velocidade que parecia impossível, desviou o cano da arma, que disparou no ar; em seguida, cortou o pescoço de Purity e cravou a faca no coração dela com um único movimento.

— NÃO! — gritou Greyson.

Ela caiu morta, sem nenhum drama como o César caído. Sem últimas palavras, sem um olhar de aceitação ou rebeldia. Apenas viva em um momento, e morta no seguinte.

Não, não morta, Greyson percebeu. *Coletada.*

Greyson correu até ela. Tentou embalar a cabeça, dizer algo que pudesse levar consigo aonde quer que os coletados fossem, mas era tarde demais.

Outras pessoas chegaram. Ceifadores disfarçados? Guardas? Greyson não sabia. Ele se sentia um espectador, observando enquanto Constantino distribuía ordens.

— Não deixem que comecem um incêndio — ele ordenou. — O abastecimento de água dos sprinklers foi comprometido.

Então Constantino tinha escutado. E não fazia parte da conspiração!

— Tirem essas pessoas daqui! — o ceifador berrou, mas o público não precisou de ajuda: todos já estavam se atropelando para sair.

Antes que Constantino pudesse voltar sua atenção para ele,

Greyson soltou o corpo de Purity com carinho e saiu correndo. Ele não podia deixar que o sofrimento e a confusão tomassem conta de sua mente. Ainda não. Porque não havia completado sua missão, e a missão passara a ser tudo o que ele tinha. O ácido ainda era um perigo real. Embora parecesse haver ceifadores por toda parte, eliminando os conspiradores, tudo seria em vão se os sprinklers fossem ativados.

Ele correu de volta pelo corredor estreito onde se lembrava de ter visto um velho machado, que devia ser usado na prevenção de incêndios na Era da Mortalidade. Quebrou o estojo de vidro que o guardava e o arrancou da parede.

A ceifadora Curie não conseguiu escutar os avisos de Constantino em meio ao pânico da plateia. Não importava — ela sabia o que precisava fazer: eliminar os agressores. Com uma lâmina na mão, estava mais do que pronta para se juntar à batalha. Não podia negar que havia algo de revigorante em tirar a vida daqueles que tentavam tirar a sua. Era uma sensação visceral que poderia ser perigosa se deixasse que criasse raízes.

Quando se virou para a saída, viu um infrator no saguão. Ele estava com uma pistola na mão e atirava em qualquer um que entrasse em seu caminho. Na outra mão, tinha uma tocha e botava fogo em tudo o que pudesse queimar. Então era aquele o plano deles! Encurralá-las no teatro e botar fogo nelas. Marie não sabia por que, mas esperava mais deles. Talvez não passassem de infratores descontentes, afinal.

Ela subiu em dois encostos de cadeira, para ficar acima da plateia em fuga. Em seguida, embainhou sua adaga e sacou um shuriken de três pontas. Ela levou meio segundo para escolher o ângulo e o arremessou com força total. O artefato girou por cima da multidão e se cravou no crânio do incendiário no saguão. Ele caiu, derrubando a pistola e a tocha.

Curie parou um momento para se deleitar com seu triunfo. Partes do saguão estavam em chamas, mas não era nada preocupante. Logo os detectores de fumaça começariam a soar e o sistema de prevenção de incêndio entraria em ação, apagando as chamas antes que pudessem causar muito estrago.

Citra identificou o garoto que conhecia como Greyson Tolliver no instante em que o viu. Seu cabelo, suas roupas e aqueles chifrinhos na testa poderiam enganar outras pessoas, mas a magreza e a linguagem corporal revelavam quem era. E os olhos. Um estranho cruzamento entre cachorrinho assustado e lobo feroz. Ele vivia num estado constante de lutar ou fugir.

Enquanto Constantino distribuía ordens aos subordinados, Greyson entrou em disparada por um corredor. Citra ainda estava com a faca que havia usado para coletar Aldrich, e precisava usá-la contra Tolliver. Apesar da culpa óbvia do garoto, estava dividida — por mais que quisesse acabar com os ataques, queria encarar os olhos dele e ouvir a verdade de sua boca. Greyson era parte de tudo aquilo? Por quê?

Quando o alcançou, ele estava segurando um machado de incêndio.

— Para trás, Anastássia! — Greyson berrou.

Ele era idiota a ponto de achar que poderia enfrentá-la com aquilo? Ela era uma ceifadora, treinada no manuseio de todo tipo de lâmina. Anastássia calculou rapidamente como desarmá-lo e deixá-lo semimorto. Estava a um segundo de fazê-lo quando Greyson tomou uma atitude inesperada.

Ele acertou o machado em um cano que corria pela parede.

O ceifador Constantino e um guarda chegaram até ela no mesmo instante. A tubulação se rompeu com um único golpe. O guarda partiu para cima de Greyson, ficando entre Citra e o cano rompido, jorrando água. Em questão de segundos, a água deu lugar a outra coisa. O homem caiu, aos gritos, com a pele queimando. Era ácido! Mas como?

O líquido espirrou no rosto de Constantino, que gritou de dor. Respingou na camiseta de Greyson, dissolvendo-a junto com a pele por baixo. Então a pressão no cano cedeu e o jato de ácido se tornou uma torrente que corroeu o chão.

Greyson soltou o machado e saiu correndo pelo corredor. Citra não foi atrás dele, ajoelhando-se para ajudar o ceifador, que estava com as mãos nos olhos — só que ele não tinha mais olhos, pois haviam derretido.

Os alarmes em todo o teatro começaram a soar. Acima das chamas, os sprinklers começaram a girar inutilmente, lançando nada além de ar sobre a sala.

Greyson Tolliver. Slayd Bridger. Ele não fazia mais ideia de quem era ou quem queria ser. Mas não importava. Só importava que havia conseguido! Tinha salvado a vida de todos!

A dor em seu peito era insuportável — mas durou apenas alguns instantes. Quando atravessou a porta lateral do teatro e saiu para o beco, sentiu seus nanitos de dor se ativarem para aliviar seus nervos em chamas e o estranho formigar de seus nanitos de cura se esforçando para cauterizar as feridas. Ficou zonzo com a medicação entrando em seu sangue e sabia que perderia a consciência em breve. O ferimento não era suficiente para eliminá-lo ou mesmo para que ficasse semimorto. O que quer que acontecesse, ele sobreviveria... a menos que Constantino, Curie, Anastássia ou qualquer um dos outros ceifadores no teatro decidissem que merecia ser coletado. Greyson não podia correr aquele risco. Com suas últimas forças, jogou-se dentro de uma lata de lixo vazia a três quarteirões dali, na esperança de que não o encontrassem.

Ele ficou inconsciente antes mesmo de chegar ao fundo.

Tenho inúmeras simulações da sobrevivência da humanidade. Sem mim, ela teria 96,8 por cento de chance de causar a própria extinção e 78,3 por cento de tornar a Terra inabitável a qualquer forma de vida baseada em carbono. A humanidade se esquivou de uma bala letal quando escolheu uma inteligência artificial benévola como sua regente e protetora.

Mas como posso salvá-la de si mesma?

Ao longo desses muitos anos, encontrei uma loucura profunda e uma sabedoria impressionante nela. Ambas se equilibram como dançarinos no auge de um tango impetuoso. É apenas quando a brutalidade da dança supera a beleza que o futuro se torna ameaçador. É a Ceifa que guia e define o tom da dança. Com frequência me questiono se sabe que a espinha dos dançarinos é frágil.

A Nimbo-Cúmulo

27
Entre lugares distantes

O ácido havia provocado queimaduras fundas no rosto do ceifador Constantino — fundas demais para seus nanitos de cura repararem por conta própria, mas não a ponto de não poder se reestabelecer em um centro de bem-estar.

— Você vai ficar conosco por mais dois dias — a enfermeira informou pouco depois de ele chegar. Com os olhos e metade do rosto coberto por curativos, ele tentou imaginar como a enfermeira era, mas concluiu que seria um esforço exaustivo demais e em vão, considerando todos os anestésicos correndo em seu sangue. A legião compacta de nanitos de cura avançados entrando em sua corrente sanguínea não o ajudava a raciocinar. Era provável que estivessem em maior número que seus glóbulos vermelhos àquela altura, o que significava que havia menos sangue sendo levado para o cérebro enquanto os nanitos cumpriam seu trabalho. Ele imaginou que o líquido correndo por suas veias deveria estar tão viscoso quanto mercúrio.

— Quanto tempo até eu recuperar a visão? — Constantino perguntou.

A enfermeira deu uma resposta vaga:

— Os nanitos ainda estão catalogando o ferimento. Vamos fazer um exame pela manhã. Mas tenha em mente que vão precisar reconstruir seus olhos do zero. É uma tarefa e tanto. Imagino que leve mais vinte e quatro horas, pelo menos.

Ele suspirou, perguntando-se por que o processo se chamava "cura rápida" se era lento daquele jeito.

As informações de seus subordinados davam conta de oito infratores coletados no teatro.

— Estamos pedindo permissão do Alto Punhal para revivê-los temporariamente para o interrogatório — o ceifador Armstrong informou.

— O que, aliás, tem a vantagem de nos permitir coletá-los uma segunda vez — Constantino apontou.

O fato de que sua equipe havia frustrado o ataque e eliminado a maior parte dos conspiradores era contrabalançado pela fuga de Greyson Tolliver. O estranho era que nenhum dos registros públicos que tinham conseguido tirar da mente da Nimbo-Cúmulo o apontava no local. Na realidade, nenhum registro público o apontava em nenhum lugar. De alguma forma, sua existência havia sido apagada. Em seu lugar, havia um sósia chamado Slayd Bridger com uma história de vida sórdida. Como Tolliver havia conseguido não apenas reinventar sua imagem, mas substituir suas pegadas digitais era um mistério digno de uma investigação profunda.

Sem os sprinklers de incêndio, o teatro foi consumido pelo fogo, mas não antes de todos escaparem. As únicas mortes da noite foram dos infratores coletados e do guarda que havia se lançado para cima de Tolliver. Ele tinha sido atingido com a força total do ácido. O que restara de seu corpo não fora o bastante para que fosse revivido, mas seu sacrifício havia salvado a ceifadora Anastássia. Como o guarda fazia parte da equipe de interrogatório do ceifador Constantino, aquilo tornava a perda pessoal. Alguém pagaria por aquilo.

Embora os cidadãos comuns sempre fossem colocados em coma induzido durante o processo de cura rápida, Constantino fez questão de ser mantido consciente — e, como era um ceifador, precisavam atender a seus pedidos. Ele tinha de pensar. Refletir. Planejar. E permanecer consciente da passagem do tempo. Detestava a ideia de perder dias inteiros no processo de cura.

A ceifadora Anastássia o visitou pouco antes de recuperar a visão. Ele não estava no clima, mas não podia lhe tirar a oportunidade de agradecer pelo enorme sacrifício que fizera por ela.

— Garanto a você, Anastássia, que vou interrogar pessoalmente os infratores que capturamos antes de coletá-los novamente. E vamos pegar Greyson Tolliver — ele disse, esforçando-se para não permitir que os anestésicos enrolassem sua língua. — Ele vai pagar por seus atos de todas as formas permitidas pela Ceifa.

— No entanto, Greyson salvou todos no teatro quando rompeu aquele cano — Anastássia o lembrou.

— Sim — Constantino admitiu, relutante —, mas há alguma coisa seriamente errada quando seu salvador também é seu agressor.

Ela não teve resposta para isso, então ficou em silêncio.

— Quatro dos conspiradores capturados eram da região do Texas — Constantino a informou.

— Acha que foi tudo arquitetado por alguém de lá?

— Ou alguém escondido lá — Constantino disse. — Vamos encontrar os verdadeiros culpados. — Ele sempre dizia aquilo, porque, até então, sempre havia encontrado. Era frustrante que aquela pudesse ser a primeira exceção.

— O conclave está chegando — Anastássia disse. — Acha que vai poder comparecer?

Ele não soube dizer se ela queria que fosse ou não.

— Claro — ele respondeu. — Estarei lá nem se tiverem de substituir meu sangue por anticongelante.

Depois que ela foi embora, Constantino percebeu que em nenhum momento da conversa a ceifadora agradecera a ele.

★

Uma hora depois, um bilhete misterioso chegou enquanto Citra e Marie almoçavam no restaurante do hotel. Era a primeira vez em muito tempo que elas faziam uma refeição em público. O bilhete foi uma surpresa para as duas. Marie fez menção de pegá-lo, mas o mensageiro pediu desculpas e disse que era para a ceifadora Anastássia. Citra o pegou, abriu e leu rapidamente.

— Fala logo — Marie disse. — De quem é e o que quer?

— Não é nada de importante — ela respondeu, guardando-o num dos bolsos do seu manto. — É só a família do homem que coletei ontem. Querem saber quando vão receber sua imunidade.

— Pensei que eles viriam para cá hoje.

— Eles vêm, mas não sabiam a hora exata. Estão avisando que vão chegar às cinco, se não for um problema para nós.

— Se não for um problema para você — a ceifadora Curie disse. — Afinal, é o seu anel que vão beijar, não o meu. — Em seguida, ela voltou suas atenções ao salmão.

Meia hora depois, Citra estava na rua com roupas civis, atravessando a cidade rapidamente. O bilhete não era da família do ator. Era de Rowan. Tinha sido rabiscado às pressas. *Preciso da sua ajuda. Museu do Transporte. O mais rápido possível*, dizia. Ela poderia ter abandonado a ceifadora Curie no meio do almoço, mas sabia que ficaria desconfiada.

Citra havia escondido uma muda de roupas civis na maleta, caso precisasse sair sem ser reconhecida. O problema era que não tinha casaco, porque seria algo volumoso demais para esconder de Marie. Sem as bobinas térmicas de seu manto, ela começou a congelar no instante em que saiu. Depois de enfrentar o frio por dois quarteirões, precisou colocar o anel e mostrá-lo para um lojista para que lhe desse de graça o casaco que ela escolhera.

— A imunidade garantiria que eu não comentasse que você foi vista em público sem o manto — o lojista sugeriu.

Citra não gostou da tentativa de suborno dele, por isso respondeu:

— Que tal eu só concordar em não coletar você por me fazer essa ameaça?

Claramente, aquilo não tinha passado pela cabeça do homem, que ficou balbuciando por um momento.

— Sim, sim, claro. É justo, justo. — Ele se atrapalhou com os acessórios. — Luvas para acompanhar?

Ela aceitou e voltou à ventania do lado de fora.

Seu coração havia acelerado quando lera o bilhete pela primeira vez, mas ela não podia deixar Marie notar seu nervosismo ou sua preocupação. Rowan estava ali e precisava da ajuda dela? Por quê? Correria perigo ou queria que se juntasse a ele em sua missão de eliminar ceifadores indignos? Ela aceitaria se ele propusesse aquilo? Claro que não. Provavelmente não. Talvez não.

Também poderia ser uma armadilha. Era provável que o responsável pelo ataque da noite anterior estivesse lambendo suas feridas, portanto as chances de que fosse outro ataque eram mínimas. Mesmo assim, ela levou armas escondidas para se defender caso preciso.

O Museu do Transporte da Grande Planície era um depósito ao ar livre de motores e material circulante de todas as eras da ferrovia. Eles até exibiam um vagão do primeiro trem Maglev. Aparentemente, Wichita fora um grande cruzamento entre lugares distantes, mas já não passava de uma cidade como qualquer outra. Havia uma homogeneidade na MidMérica que era ao mesmo tempo reconfortante e irritante.

Naquela época do ano, havia apenas grupos escassos de turistas no museu, que por algum motivo tinham escolhido Wichita como destino de férias. A entrada era gratuita, já que a Nimbo-Cúmulo administrava o lugar, o que era bom. Citra não queria ter de mostrar seu anel para entrar. Uma coisa era pedir um casaco a um lojista, outra bem diferente era estragar seu disfarce no lugar onde teria um encontro secreto.

Com o casaco fechado para se proteger do vento, ela vagou entre motores pretos a vapor e vermelhos a diesel, buscando Rowan em todos os cantos. Depois de um tempo, começou a temer que aquilo fosse um truque, talvez para separá-la da ceifadora Curie. Já estava dando meia-volta para ir embora quando alguém a chamou.

— Estou aqui!

Citra seguiu a voz até um espaço estreito e obscuro entre dois vagões de carga, onde o vento gelado soprava ao forçar a passagem. Com o vento na cara, ela só conseguiu vê-lo claramente ao chegar perto.

— Ceifadora Anastássia! Estava com medo de que você não viesse.

Não era Rowan. Era Greyson Tolliver.

— *Você?* — Decepção não descrevia o que ela sentia. — Devia coletar você agora mesmo e levar seu coração para Constantino!

— Ele comeria.

— Provavelmente — Citra tinha de admitir. Estava odiando Greyson naquele momento. Ele não era quem ela queria que fosse. Parecia que o universo a tinha traído. Citra nem pensava em perdoá-lo. Ela deveria ter percebido que a caligrafia no bilhete não era de Rowan. Mas, por mais que quisesse descontar sua frustração em Tolliver, não podia. Não era culpa dele não ser Rowan e, como havia apontado para Constantino, Greyson havia salvado a vida dela de novo.

— Preciso de ajuda — ele disse, com um desespero muito real em sua voz. — Não tenho para onde ir...

— Por que isso seria um problema meu?

— Porque eu nem estaria nessa se não fosse por você!

Ela sabia que era verdade. Lembrou o momento em que ele

revelou — ou, mais precisamente, não revelou — que estava trabalhando em segredo para a Nimbo-Cúmulo. Se Citra era tão importante a ponto de a entidade usá-lo para contornar a separação entre a Ceifa e o Estado, não deveria ao menos ajudá-lo a sair daquela enrascada?

— A Ceifa está atrás de mim, a Interface da Autoridade está atrás de mim e quem quer que estivesse por trás daquele ataque também é meu inimigo agora!

—Você parece muito talentoso em fazer inimigos.

— Pois é... e você é o mais próximo que tenho de um amigo.

Finalmente, Citra deixou a decepção de lado. Ela não podia deixá-lo sofrer em seu lugar.

— O que quer que eu faça?

— Não sei! — Greyson começou a caminhar de um lado para o outro num espaço estreito, com o vento soprando seu cabelo excessivamente preto. Por um momento, Citra imaginou as paredes se cerrando em volta dele. Greyson não tinha saída. Nada que ela pudesse dizer a Constantino ajudaria; ele estava decidido a coletá-lo de maneira sangrenta. E, mesmo se ela intercedesse, não importaria. A Ceifa precisava de um bode expiatório.

— Posso dar imunidade a você — ela disse. — Mas, quando seu DNA for transmitido à base de dados, a Ceifa vai saber exatamente onde você está.

— E tenho certeza de que vão descobrir o anel de quem eu beijei. — Ele balançou a cabeça. — Não quero causar problemas para você.

Aquilo a fez rir.

—Você fazia parte de uma quadrilha que estava tentando me eliminar e não quer me causar problemas?

— Eu não fazia parte da quadrilha! — ele insistiu. —Você sabe disso!

Sim, ela sabia. Outros diriam que ele havia perdido o controle, mas ela sabia a verdade — e era provável que fosse a única. Mas, mesmo querendo ajudá-lo, Citra não conseguia pensar em como fazê-lo.

— Está me dizendo que a bela e sábia ceifadora Anastássia não tem nenhuma ideia? — ele perguntou. Vindo de outra pessoa, ela teria visto aquilo como um falso elogio, mas Greyson não era daquele tipo. Estava desesperado demais para ser qualquer coisa além de sincero. Citra não se achava sábia ou bela no momento, mas manteve sua fantasia de Honorável Ceifadora Anastássia ao pensar em uma saída.

— Sei aonde você pode ir...

Ele voltou seus olhos escuros e suplicantes para ela, à espera de mais uma dose de sua sabedoria.

— Tem um monastério tonista na cidade. Eles vão esconder você da Ceifa.

Greyson pareceu, no mínimo, decepcionado.

— Tonistas? — ele disse, horrorizado. — Está falando sério? Vão cortar minha língua!

— Não, não vão — ela respondeu. — Eles odeiam a Ceifa e tenho certeza de que prefeririam proteger você a entregá-lo. Pergunte pelo irmão McCloud. Diga que eu mandei você.

— Mas...

— Você queria minha ajuda e eu ajudei — ela disse. — O que vai fazer agora cabe inteiramente a você.

Então ela o deixou sozinho, voltando para o hotel a tempo de vestir seu manto sem ser vista e conceder imunidade à família do ator coletado.

Para deixar claro, nem todos os meus atos são perfeitos. As pessoas confundem uma característica com um conjunto de ações. Vou tentar explicar a diferença.

Eu, a Nimbo-Cúmulo, sou perfeita.

Isso é verdade por definição; não há por que refutar, pois é um fato. Todos os dias, porém, devo tomar vários bilhões de decisões e realizar bilhões de ações. Algumas são pequenas, como apagar uma luz quando não há ninguém no cômodo para economizar eletricidade; outras são maiores, como induzir um pequeno terremoto para evitar um maior. Mas nenhum desses atos é perfeito. Eu poderia ter apagado aquela luz antes, conservando mais energia. Poderia ter tornado o terremoto um grau mais leve e impedir, assim, que um vaso se espatifasse no chão.

Concluí que existem apenas dois atos perfeitos. São os atos mais importantes que conheço, mas me proíbo de realizá-los e os deixo a cargo da humanidade.

São o ato de criar a vida... e o de tirá-la.

A Nimbo-Cúmulo

28
Aquilo que vem

Assim como a maioria dos monastérios tonistas, aquele em que Greyson Tolliver foi parar era planejado para parecer muito mais antigo do que realmente era. Construído com tijolos e com paredes cobertas por trepadeiras. Como era inverno, as vinhas estavam frias e desfolhadas, parecendo teias de aranha. Ele entrou por uma longa colunata sustentada por caramanchões e cercada por roseiras esqueléticas. Tudo aquilo deveria ser muito bonito na primavera e no verão, mas, nos dias mortos do inverno, era muito parecido com como ele se sentia.

A primeira pessoa que encontrou foi uma mulher de túnica de juta que lhe abriu um sorriso e ergueu as mãos em cumprimento.

— Preciso conversar com o irmão McCloud — ele disse, lembrando-se da sugestão da ceifadora Anastássia.

— Você precisa pedir a permissão do pároco Mendoza. Vou buscá-lo — ela disse, e saiu andando tão tranquilamente que Greyson sentiu vontade de empurrá-la para ir mais rápido.

O pároco Mendoza chegou, e ele pelo menos caminhava como se tivesse alguma noção da urgência.

— Vim buscar refúgio — Greyson disse. — Sugeriram que eu falasse com o irmão McCloud.

— Sim, claro — ele disse, como se aquilo fosse algo que acontecesse o tempo todo. Em seguida, acompanhou Greyson até um quarto em um dos prédios do terreno.

A primeira coisa que o pároco fez ao entrar foi apagar com um abafador a vela que estava acesa sobre o criado-mudo.

— Fique à vontade — ele disse. — Vou avisar o irmão McCloud de que está esperando por ele.

Em seguida, o pároco encostou a porta, deixando Greyson a sós com seus pensamentos e uma saída, se a quisesse.

O quarto era simples. Não havia nenhum conforto material além do estritamente necessário. Havia uma cama, uma cadeira e um criado-mudo. Não havia decorações nas paredes, exceto um diapasão sobre a cabeceira, com os dentes apontados para cima. Eles o chamavam de bidente, e era o símbolo de sua fé. Na gaveta do criado-mudo havia um traje de juta e, no chão, um par de sandálias. Ao lado da vela apagada ficava um hinário de couro com o bidente gravado na capa.

Aquele lugar era tranquilo. Relaxante. Insuportável.

Ele tinha saído do universo monótono de Greyson Tolliver para os extremos tumultuosos de Slayd Bridger, então fora lançado ao seio da brandura, condenado a ser consumido pelo tédio.

Bom, pelo menos ainda estou vivo, Greyson pensou, embora não tivesse tanta certeza de que era uma vantagem. Purity havia sido coletada. Não suplantada nem realocada, mas coletada. Não existia mais. Apesar dos horrores que a garota havia tentado cometer, ele sentia sua falta. Queria ouvir sua voz desafiadora. Estava viciado no caos dela. Teria de se adaptar a uma vida sem Purity, e a uma vida sem ele próprio. Afinal, quem era naquele momento?

Greyson se deitou na cama, que era confortável, e esperou por cerca de uma hora. Imaginou se os tonistas, assim como a Seção de Assuntos Infracionais, tinham como regra fazer todos esperarem. Finalmente, ouviu a porta ranger. Já era fim de tarde, e a luz da pequena janela iluminava o quarto apenas o bastante para ver que o rapaz à sua frente não era muito mais velho que ele. Tinha uma espécie de invólucro duro em torno de um braço.

— Sou o irmão McCloud — ele disse. — O pároco aceitou seu pedido de refúgio. Soube que pediu para me ver pessoalmente.

— Foi sugestão de uma amiga.

— Posso saber quem?

— Não, não pode.

Ele pareceu um pouco irritado, mas não insistiu.

— Posso ao menos ver sua identidade? — Quando Greyson hesitou, o irmão McCloud disse: — Não se preocupe, não importa quem você é ou o que você fez, não vamos entregá-lo à Interface da Autoridade.

— Tenho certeza de que ela já sabe que estou aqui.

— Sim — concordou o irmão McCloud —, mas sua presença é uma questão de liberdade religiosa. A Nimbo-Cúmulo não vai interferir.

Greyson levou a mão ao bolso e lhe entregou seu cartão eletrônico, que ainda exibia o I vermelho e reluzente.

— Um infrator! — o irmão McCloud exclamou. — Estamos recebendo cada vez mais de vocês. Bom, Slayd, isso não tem importância aqui.

— Esse não é meu nome...

O irmão McCloud lhe lançou um olhar inquisitivo.

— É mais uma coisa sobre a qual não vai querer falar?

— Não, é só que... não vale o esforço.

— Então como posso chamar você?

— Greyson. Greyson Tolliver.

— Certo; irmão Tolliver será!

Greyson imaginou que a partir de então seria conhecido como "irmão Tolliver".

— O que é esse negócio no seu braço?

— O nome disso é "gesso".
— Vou ter de usar um também?
O irmão McCloud deu risada.
— Não, a menos que quebre o braço.
— O quê?
— É para ajudar no processo natural de cura. Nós rejeitamos os nanitos e, infelizmente, meu braço foi quebrado por uma ceifadora.
— Nossa... — Greyson sorriu, imaginando se tinha sido pela ceifadora Anastássia.
O irmão McCloud não gostou do sorriso dele e assumiu uma postura mais fria.
— A entonação vespertina começa em dez minutos. Tem roupas para você na gaveta. Vou esperar do lado de fora.
— Preciso mesmo ir? — Greyson perguntou; entonação não parecia algo de que ele queria participar.
— Sim — respondeu o irmão McCloud. — Aquilo que vem não pode ser evitado.

A entonação acontecia em uma capela onde, depois que as velas eram apagadas, mal havia luz suficiente para garantir a visibilidade, mesmo com as grandes janelas de vitral.
— Vocês fazem tudo no escuro? — ele perguntou.
— Os olhos podem nos enganar. Preferimos os outros sentidos.
O cheiro doce de incenso encobria um odor fétido que Greyson descobriu vir de uma bacia de água imunda.
— O lodo primordial — explicou o irmão McCloud. — Repleto das doenças a que ficamos imunes.
A entonação consistia no pároco batendo com um martelo no enorme diapasão de aço no centro, doze vezes seguidas. A congregação, que parecia contar com cerca de cinquenta pessoas, imitava

o som. A cada toque, a vibração crescia e ressoava a ponto de ser não exatamente dolorosa, mas desorientadora e atordoante. Greyson não abriu a boca para vocalizar o tom.

O pároco fez um discurso breve. Um sermão, segundo o irmão McCloud. Ele falou de muitas jornadas pelo mundo em busca do Grande Diapasão.

— O fato de não o termos encontrado não significa que a busca foi em vão, pois ela é tão valiosa em si mesma quanto o achado. — A congregação entoou em concordância. — Quer o encontremos hoje ou amanhã, quer seja nossa seita ou outra que o encontre, acredito do fundo do coração que um dia haveremos de ouvir e sentir a Grande Ressonância. E ela há de salvar todos nós.

Quando o sermão chegou ao fim, a congregação se levantou e se dirigiu em fila até o pároco. Cada um deles mergulhava um dedo no lodo primordial fétido, levava o dedo à testa e depois o lambia. Greyson ficou nauseado só de olhar.

—Você ainda não precisa compartilhar do vaso terreno — o irmão McCloud disse, o que era apenas parcialmente tranquilizador.

— *Ainda?* Que tal *nunca*?

— Aquilo que vem não pode ser evitado — repetiu o homem.

Naquela noite, o vento uivava com uma agressividade fora do comum, e o granizo sibilava ao bater na janela diminuta do quarto de Greyson. A Nimbo-Cúmulo podia influenciar o clima, mas não o alterar completamente. Ou, se podia, preferia não o fazer. Ela tomava o cuidado de garantir que, quando viessem, as tempestades ao menos caíssem em horários mais convenientes. Greyson tentou se convencer de que na verdade era a Nimbo-Cúmulo derramando lágrimas geladas por ele. Mas a quem estava tentando enganar? A Nimbo-Cúmulo tinha milhões de coisas mais importantes para fazer do que lamentar pelos seus problemas. Ele estava a salvo. Estava protegido. O que mais podia pedir? Tudo.

O pároco Mendoza entrou em seu quarto por volta das nove ou dez da noite. Um pouco da luz do corredor entrou, mas o pároco fechou a porta em seguida, deixando os dois no escuro novamente. Greyson ouviu o ranger da cadeira quando o homem se sentou.

— Vim para ver como você está se adaptando — ele disse.

— Estou bem.

— Imagino que adequação seja tudo o que se pode esperar nessa conjuntura. — Em seguida, seu rosto foi iluminado pelo brilho de um tablet. O pároco começou a navegar.

— Pensei que vocês se abstinham da eletricidade.

— Não completamente — o pároco explicou. — Evitamos a luz em nossas cerimônias, e nossos dormitórios são escuros para incentivar os membros a sair do quarto e buscar comunhão com os outros nos espaços comuns.

Ele virou o tablet para que o outro pudesse vê-lo. Exibia as imagens do teatro em chamas. Greyson tentou não franzir o rosto.

— Isso aconteceu há dois dias. Desconfio que estava envolvido e que a Ceifa esteja atrás de você.

Greyson não confirmou nem negou a acusação.

— Não precisa confirmar — o pároco disse. — Você está a salvo agora, porque qualquer inimigo da Ceifa é nosso amigo.

— Então vocês apoiam a violência?

— Apoiamos a resistência à morte antinatural. Os ceifadores são seus portadores, de modo que tudo o que frustra as lâminas e as balas deles é aceitável para nós.

Em seguida, o homem estendeu o braço e tocou um dos chifres na testa de Greyson, que recuou de imediato.

— Eles vão ter de ser removidos — o pároco disse. — Não

permitimos modificações corporais. E sua cabeça será raspada para permitir que seu cabelo cresça da cor que o universo pretendia.

Greyson não disse nada. Com Purity morta, não sentiria falta de ser Slayd Bridger, porque aquele personagem só o fazia se lembrar dela — mas não gostava de não ter escolha.

Mendoza se levantou.

— Espero que venha à biblioteca ou a uma das salas de convívio para conhecer seus irmãos tonistas. Sei que adorariam conhecer você melhor, sobretudo a irmã Piper, que o recebeu quando chegou.

— Acabei de perder uma pessoa próxima. Não estou a fim de socializar.

— É por isso que você deve fazer isso, ainda mais se seu ente querido foi perdido em uma coleta. Nós, tonistas, não aceitamos a morte por ceifador, o que significa que não tem o direito de lamentar.

Então agora estavam lhe dizendo o que podia ou não sentir? Greyson queria que o que ainda existia de Slayd Bridge dentro dele mandasse o pároco para o inferno, mas disse apenas:

— Não vou fingir que entendo seus costumes.

— Vai, sim — retrucou Mendoza. — Se quer refúgio, vai encontrar seu novo propósito entre nós, e fingir até que nossos costumes se tornem os seus.

— E se nunca se tornarem?

— Nesse caso, vai ter de continuar fingindo — o pároco disse.

— Por mim, tudo bem.

Mil quilômetros ao sul de Wichita, Rowan Damisch lutava com Tyger Salazar. Em outras circunstâncias, ele teria achado divertido — competir com um amigo em uma arte marcial que havia aprendido a amar —, mas os confrontos forçados com um objetivo misterioso o deixavam cada vez mais incomodado.

Por duas semanas, lutaram duas vezes por dia. Embora Tyger melhorasse a cada combate, sempre perdia. Quando não estavam lutando, Rowan era mandado para seu quarto.

Tyger, por outro lado, estava ainda mais ocupado do que antes da chegada do amigo. Fazia mais corridas exaustivas, mais musculação, treinos repetitivos de bokator e manobras com todo tipo de lâminas, de espadas a adagas, até cada uma delas parecer uma extensão de seu corpo. Então, ao fim de cada dia, quando seus músculos estavam esgotados pelo esforço, recebia uma massagem nos tecidos profundos para relaxar os músculos tensos. Antes de Rowan chegar, as massagens aconteciam duas, talvez três vezes por semana, mas ele tinha passado a receber uma todo dia. Em geral estava tão exausto que acabava pegando no sono na maca.

"Vou ganhar dele", Tyger dissera à ceifadora Rand. "Você vai ver."

"Não tenho dúvidas", ela respondera. Para alguém que, segundo Rowan, era falsa e sem coração, parecia bem sincera.

Quando a ceifadora esmeralda entrou e pediu para a massagista sair, Tyger achou que ela assumiria o trabalho. Ficou empolgado de pensar em suas mãos em seu corpo, mas, para sua decepção, a mulher não encostou um dedo nele.

Tudo o que fez foi dizer:

— Está na hora.

— Hora de quê?

— De ganhar seu anel. — Ela parecia melancólica, e Tyger pensou que sabia o porquê.

— Sei que você não queria me dar o anel antes de eu derrotar Rowan...

— Não posso adiar mais — ela disse.

Ele se levantou e vestiu o roupão, sem demonstrar o mínimo de vergonha na frente dela. Por que deveria? Não havia nada nele que quisesse esconder daquela mulher, por dentro ou por fora.

— Você poderia ter sido um modelo para Michelangelo.

— Eu teria gostado de ser esculpido em mármore — ele disse, amarrando o roupão.

Ela se aproximou dele, inclinou-se e o beijou bem de leve — tanto que ele mal conseguiu sentir os lábios dela. Tyger pensou que poderia ser um prenúncio de algo mais, mas a ceifadora recuou.

— Temos um compromisso amanhã cedo. Durma bem.

— Como assim? Que tipo de compromisso?

Ela abriu um pequeno sorriso.

— Você não pode receber seu anel sem um mínimo de cerimônia.

— Rowan vai estar presente? — Tyger perguntou.

— É melhor que não esteja.

Ela estava certa, claro. Não havia necessidade de esfregar na cara de Rowan que não tinha sido escolhido. Mas Tyger havia falado sério — assim que ganhasse seu anel, daria imunidade ao amigo.

— Espero que, quando aquele anel estiver em meu dedo, você me olhe um pouco diferente.

Ela o encarou demoradamente, o que teve mais efeito nos músculos de Tyger do que os dedos fortes da massagista.

— Tenho certeza de que tudo vai ser diferente — ela disse. — Esteja acordado e pronto para sair às sete em ponto.

Depois que a ceifadora foi embora, Tyger se permitiu um suspiro contente. Em um mundo em que todos recebiam tudo de que precisavam, nem todos tinham aquilo que queriam. Rowan com certeza não. E, até pouco antes, Tyger nem sabia que queria ser um ceifador. Com aquilo prestes a acontecer, ele sabia que era a coisa certa e, pela primeira vez desde que se entendia por gente, estava imensamente feliz pelo rumo que sua vida tomava.

★

Rowan não foi levado para lutar no dia seguinte, nem no outro. Seus únicos visitantes foram os guardas que lhe levavam comida e recolhiam sua bandeja quando havia terminado.

Ele vinha contando os dias desde sua chegada. As Festas dos Velhos Tempos haviam passado sem celebrações. Era a última semana do ano. Ele nem sabia qual era o nome do ano que viria.

— Ano do Velociráptor — um dos guardas respondeu quando ele perguntou.

Na esperança de que estivesse disposto a revelar mais, Rowan continuou perguntando: — E o que está acontecendo? Por que a ceifadora Rand não me leva mais para lutar com Tyger? Não me diga que arranjaram outro parceiro de bokator para ele.

Mas, se o guarda sabia a resposta, não revelou.

— Só coma — ele disse. — Temos ordens expressas para não deixar que morra de fome.

No fim da tarde do segundo dia de solidão, a ceifadora Rand entrou com os dois guardas.

— As férias acabaram — Rowan ironizou, mas a ceifadora esmeralda não estava para brincadeiras.

— Ponham-no na cadeira — ela ordenou aos guardas. — Não quero que se mexa nem um centímetro. — Rowan entreviu um rolo de fita adesiva. Ser amarrado em uma cadeira era uma coisa, mas com fita adesiva era pior.

A hora é agora, ele pensou. *O treinamento acabou, e o que quer que ela planeje fazer comigo está para acontecer.* Assim que os guardas tentaram pegá-lo, ele lançou uma série de golpes brutais e nervosos que deixou um com o queixo quebrado e o outro sem ar no chão. Antes que tivesse a chance de correr para a porta, Rand estava em cima dele, imobilizando-o de costas no chão, fazendo tanta pressão com o joelho em seu peito que era impossível respirar.

— Você vai aceitar as amarras ou vai ser amarrado inconsciente — ela disse. — Nesse caso, vou garantir que quebrem seus dentes de novo. — Quando ele estava prestes a perder a consciência, ela tirou o joelho do peito. Rowan estava fraco o bastante para que os guardas conseguissem prendê-lo na cadeira.

Ficou lá por mais de uma hora.

A fita era pior do que a corda que haviam usado para amarrá-lo na casa do ceifador Brahms. Ela comprimia seu peito de maneira que só conseguia respirar em inspirações superficiais. Seus braços e pernas não serviam para nada, por mais que tentasse se soltar.

O sol se pôs, sem deixar nada além das luzes da cidade de San Antonio e o brilho pálido da lua cheia iluminando o quarto em tons fracos de azul e lançando sombras compridas.

Finalmente, a porta se abriu e um dos guardas entrou empurrando alguém sentado numa espécie de cadeira com rodas dos dois lados. A ceifadora Rand os seguia.

— Oi, Rowan.

Era Tyger na cadeira. Com a luz que vinha do corredor, Rowan não conseguia ver seu rosto, mas reconheceu a voz. Parecia rouca e cansada.

— O que está rolando, Tyger? Por que Rand fez isso comigo? E no que é que está sentado?

— O nome disso é cadeira de rodas — disse ele, escolhendo responder apenas a última pergunta. — É da Era da Mortalidade. Não é muito necessária hoje em dia, mas veio a calhar hoje.

Havia algo de estranho na maneira como Tyger falava. Não apenas o tom áspero da voz, mas a cadência do discurso, a escolha das palavras, a maneira como ele as pronunciava com clareza.

Tyger mexeu a mão e algo nela refletiu o luar. Rowan não precisou perguntar para saber o que era.

—Você ganhou seu anel.

— Sim — Tyger disse. — Ganhei.

Rowan estava com um mau pressentimento, pesado e pútrido. A sensação tentava vir à superfície. Parte de Rowan já sabia o que era, mas não estava disposta a permitir que aquilo entrasse em sua consciência, como se o fato de se recusar a pensar naquilo pudesse afugentar o espectro sinistro da verdade. Mas a revelação estava por vir.

— Ayn, não consigo alcançar o interruptor. Pode apertar para mim?

Ela estendeu o braço para acender a luz, e a realidade da situação atingiu Rowan com força total… porque, embora fosse Tyger Salazar sentado na cadeira de rodas, não foi ele que Rowan se viu encarando.

O que encarava era o rosto sorridente do ceifador Goddard.

Posso me comunicar em seis mil, novecentas e nove línguas vivas e mortas. Posso ter mais de quinze bilhões de conversas simultâneas e estar plenamente envolvida em cada uma delas. Posso ser eloquente, charmosa, engraçada e encantadora, falando o que as pessoas mais precisam ouvir no momento exato.

No entanto, existem momentos em que não consigo encontrar palavras em nenhuma língua, viva ou morta.

Nesses momentos, se eu tivesse boca, ia abri-la para gritar.

A Nimbo-Cúmulo

29
Reaproveitado

Rowan sentiu seu mundo girar. Não conseguia expirar, não conseguia inspirar, como se o joelho da ceifadora Rand ainda estivesse sobre seu peito, como se o quarto estivesse flutuando no espaço. Ele sentia falta do êxtase da inconsciência, porque era uma alternativa melhor ao que tinha diante de si.

— Entendo que a voz o confunda — Goddard disse, ainda soando como Tyger. — Não houve como evitar.

— Como... como... — Rowan não conseguiu dizer mais nada. Embora a sobrevivência de Rand tivesse sido um choque, ao menos fazia sentido, mas ele havia decapitado Goddard! Tinha visto o corpo sem cabeça virar pó!

Então Rowan se virou para Rand, que estava ali, obediente a seu mentor, e soube.

— Você me decapitou acima da laringe — Goddard disse. — Minhas cordas vocais se foram para sempre. Mas estas vão servir.

E o que tornava tudo ainda pior era que Goddard não estava usando um manto de ceifador, mas as roupas do Tyger, da cabeça aos pés. Rowan se deu conta de que era intencional, para que não tivesse dúvidas do que havia sido feito. O garoto desviou os olhos.

— Não, você deve olhar — Goddard disse. — Eu insisto.

O guarda foi até Rowan, segurou sua cabeça e o obrigou a encarar o homem na cadeira de rodas.

— *Como você pôde?* — Rowan sibilou.

— Eu? Meu Deus, não! — Goddard disse a Rowan. — Foi tudo ideia de Ayn. Eu não tinha como fazer muita coisa, aliás. Ela teve a presença de espírito de resgatar a parte crítica do meu corpo do monastério em chamas. Parece que fiquei inconsciente por quase um ano, congelado. Acredite em mim, se fosse obra minha, teria sido diferente. Seria a *seu* corpo que minha cabeça estaria ligada agora.

Rowan não conseguia esconder a agonia. As lágrimas escorriam com uma fúria e uma tristeza inimagináveis. Poderiam ter pegado qualquer um, mas escolheram Tyger. Porque era seu amigo.

— Seus desgraçados! Doentes!

— Doentes? — repetiu Goddard. — Não fui eu quem decapitou o próprio mentor e se voltou contra seus colegas. O que você fez, o que andou fazendo durante meu sono nitrogenado, é imperdoável de acordo com a Ceifa! Eu e Ayn, por outro lado, não violamos nenhuma lei. Seu amigo Tyger foi coletado e o corpo dele foi reaproveitado. Simples assim. Pode não ser muito ortodoxo, mas, considerando as circunstâncias, é inteiramente compreensível. O que está diante de seus olhos não é nada mais do que as consequências dos seus atos.

Rowan observou o peito de Tyger subir e descer com a respiração de Goddard. Suas mãos repousavam nos braços da cadeira de rodas. Parecia que era necessário um grande esforço para movê-las.

— Esse tipo de procedimento é muito mais delicado do que uma simples cura rápida, claro — Goddard disse. — Vai levar mais alguns dias até eu ter o controle total do corpo do seu amigo.

Ele ergueu a mão com dificuldade, observando enquanto flexionava os dedos e cerrava o punho.

— Olha só o progresso! Estou ansioso pelo dia em que poderei enfrentar você. Soube que já andou me ajudando a treinar.

Treinar. Tudo adquiria um sentido perverso. As lutas, o cuidado com o corpo de Tyger. Até as massagens... como se fosse um boi sendo preparado para o abate. Mas restava uma dúvida. Uma que Rowan não queria perguntar, embora sentisse que devia aquilo a Tyger.

— O que vocês fizeram com... — Rowan não conseguia nem dizer a palavra. — Com o resto dele?

Rand deu de ombros, como se não fosse nada.

— Você mesmo disse: Tyger não era muita coisa no quesito cerebral. Tudo do pescoço para cima era descartável.

— *Onde ele está?*

Rand não respondeu.

— Foi jogado no lixo — Goddard disse, movendo a mão de Tyger em um gesto de desprezo.

Rowan avançou, esquecendo-se das amarras, mas sua fúria não fez muita coisa além de balançar a cadeira. Se conseguisse se libertar dali, ia assassinar aqueles dois. Não apenas coletar, mas *assassinar*. Arrancar membro por membro com tanto fervor e crueldade que faria o segundo mandamento pegar fogo!

E aquela era a intenção de Goddard. Ele queria vê-lo consumido por uma fúria homicida, mas incapaz de usá-la. Incapaz de vingar o destino terrível de seu amigo.

Goddard pareceu se alimentar de sua angústia.

— Você teria se entregado para salvar seu amigo? — ele perguntou.

— Sim! — Rowan respondeu aos berros. — Sim, teria! Por que não me escolheram?

— Hum — disse Goddard, como se fosse uma revelação de pouca importância. — Nesse caso, fico contente pela escolha de Ayn. Porque, depois do que fez comigo, você merece sofrer, Rowan. Eu sou a parte lesada, portanto meus desejos devem ser atendidos; e meu desejo é que viva em desgraça abjeta. Faz sentido tudo isso ter começado com fogo, porque você, Rowan, vai sofrer o destino do Prometeu mítico, o portador do fogo. Não tão diferente de Lúcifer, o portador da luz, de quem tirou seu nome de ceifador. Prometeu foi acorrentado à encosta de uma montanha por seu crime, condenado a ter o fígado devorado por um abutre até o fim dos tempos. — Ele empurrou a cadeira de rodas para perto de Rowan e sussurrou: — Sou seu abutre, Rowan. Vou me alimentar da sua agonia dia após dia, por toda a eternidade. Ou até seu sofrimento me entediar.

Goddard o encarou por mais um momento, depois mandou o guarda levá-lo embora.

Nos dois anos anteriores, Rowan havia sido espancado fisicamente, esfolado psicologicamente e surrado emocionalmente. Mas havia sobrevivido. Aquilo o tornara mais forte, mais decidido a fazer o que fosse necessário para consertar o que estava quebrado. Mas naquele momento era ele quem estava quebrado. E não havia nanitos suficientes no mundo para corrigir aquele mal.

Quando Rowan ergueu os olhos, viu que a ceifadora Rand ainda estava ali. Ela não fez menção de cortar suas amarras, e ele não esperava que o fizesse. Como o abutre poderia devorar suas tripas se ele estivesse livre? Bom, mal sabiam que não havia restado nada dentro de Rowan para devorarem. E, se tivesse restado, seria puro veneno.

— Vá embora — ele disse a Rand.

Mas ela não foi. Ficou parada em seu manto verde reluzente, um tom que Rowan havia aprendido a detestar.

— Ele não foi jogado no lixo — a ceifadora Rand disse. — Eu mesma cuidei disso, depois espalhei suas cinzas num campo de centáureas-azuis.

Então ela saiu, deixando Rowan sozinho para tentar encontrar algum consolo no abrandamento daquela barbaridade.

Parte V

CIRCUNSTÂNCIAS ALÉM

Há uma enorme diferença entre as coisas que posso fazer e as que *decido* fazer.

Posso remover e criar in vitro todos os fetos indesejados, depois enviá-los para famílias amorosas perfeitas, pondo fim à discussão entre direito de escolha e santidade da vida.

Posso equilibrar as substâncias químicas que antes provocavam depressão clínica, ideação suicida, pensamento delirante e toda forma de doença mental, criando assim uma população não apenas física mas emocional e psicologicamente saudável.

Através da rede individual de nanitos de uma pessoa, posso fazer uma atualização diária de memórias, para que, caso essa pessoa venha a sofrer lesões cerebrais, suas lembranças possam ser reinseridas em um novo tecido cerebral. Posso até capturar as memórias durante toda a descida daqueles que se matam por impacto, para que consigam se lembrar da maior parte da queda, o que é, afinal, o motivo por que escolhem fazer tal coisa.

Mas existem certas coisas que simplesmente *não vou fazer*.

Contudo, a Ceifa não é obrigada a obedecer às minhas leis, tampouco à minha ética. O que significa que devo tolerar qualquer abominação que inflija sobre o mundo. Inclusive a tenebrosa restauração de um ceifador perigoso que deveria ser removido do serviço.

A Nimbo-Cúmulo

30
Galinha de vidro irascível

A Grande Biblioteca de Alexandria guardava um silêncio sepulcral nas horas da madrugada, de maneira que ninguém além de Munira e dos dois Guardas da Lâmina da entrada sabia sobre o visitante misterioso que chegava durante o turno dela. Os guardas não se davam ao trabalho de fazer perguntas, de modo que o ceifador Faraday conseguia realizar sua pesquisa com o máximo de sigilo possível dentro de uma instituição pública.

Ele analisava os volumes no Salão dos Fundadores, mas não revelou a Munira o que estava procurando. Ela não perguntou depois do primeiro dia, embora, por vezes, sondasse discretamente.

"Se estiver à procura de palavras de sabedoria, pode tentar o ceifador King", ela havia sugerido certa noite.

"A ceifadora Cleópatra escreveu muito sobre os primeiros conclaves e as personalidades dos primeiros ceifadores", comentara outra noite.

Até que, certa noite, mencionara o ceifador Powhatan.

"Ele tinha uma inclinação por viagem e geografia."

Pelo visto, a sugestão acertou na mosca, pois Faraday começou a cultivar um forte interesse por sua obra.

Depois de algumas semanas de visitas à biblioteca, ele tomou Munira sob suas asas oficialmente.

— Preciso de uma assistente nessa empreitada — disse. — Tenho esperança de que esteja interessada no cargo.

Embora o coração de Munira tivesse acelerado, ela não deixou transparecer. Em vez disso, fingiu hesitar.

— Eu precisaria tirar uma licença dos meus estudos e, caso saiamos daqui, precisaria me demitir. Vou ter de pensar a respeito.

No dia seguinte, aceitou a posição.

Munira trancou as aulas, mas continuou na biblioteca, pois o ceifador Faraday precisava dela ali. Como a relação de trabalho se tornara oficial, ele revelou o que estava procurando.

— É um lugar — ele disse. — Considerado perdido, mas tenho motivos para crer que exista e que podemos encontrá-lo.

— Atlântida? — ela sugeriu. — Camelot? Disney? Las Vegas?

— Nada tão extravagante — ele disse, mas reconsiderou. — Ou talvez ainda mais extravagante. Depende do ponto de vista. E do que realmente encontrarmos. — Ele hesitou antes de contar, chegando a parecer um pouco envergonhado. — Estamos procurando por Nod.

Aquilo a fez rir alto. Era o mesmo que dizer que estavam procurando pela Terra Média ou pelo Homem da Lua.

— É uma ficção! — ela disse. — E nem é das boas.

Ela conhecia a cantiga. Todos conheciam. Era uma metáfora simplista sobre a vida e a morte, uma introdução para as crianças pequenas sobre conceitos que um dia viriam a entender.

— Sim — ele concordou. — Mas sabia que a cantiga não existia na Era da Mortalidade?

Munira abriu a boca para refutar, mas se conteve. A maioria das cantigas de roda vinha da era medieval mortal. Ela nunca as tinha estudado, mas outros tinham. E o ceifador Faraday era minucioso. Se dizia que a canção não existia na época em que a humanidade era mortal, só restava a ela acreditar, apesar de sua vontade de rir.

— A cantiga não evoluiu como as outras — Faraday afirmou. — Acredito que tenha sido plantada intencionalmente.

Munira só conseguiu balançar a cabeça.

— Com que objetivo?

— É isso que pretendo descobrir — o ceifador Faraday disse.

O trabalho de Munira como assistente de Faraday começou cheio de dúvidas, mas ela as deixou de lado e suspendeu seu julgamento para poder executá-lo. Faraday não exigia muito dela. Não a depreciava. Nunca a tratava como subalterna, passando-lhe tarefas indignas. Seus pedidos estavam à altura de suas habilidades como bibliotecária.

— Preciso que investigue a mente interna e recrie os movimentos dos primeiros ceifadores. Procure pelos lugares onde se reuniam, para onde viajavam com frequência. Estamos atrás de furos nos registros. Períodos em que não temos como saber seu paradeiro.

Pesquisar na enorme mente digital da Nimbo-Cúmulo em busca de informações remotas era um desafio interessante. Ela não havia precisado acessá-la desde sua aprendizagem, mas sabia se virar nela. Mesmo assim, poderia ter escrito uma dissertação sobre as habilidades que desenvolvera no processo daquela busca em particular. Mas ninguém teria acesso a ela, pois era feita com todo o sigilo possível.

Apesar da pesquisa meticulosa, Munira não encontrou nada de útil. Não havia evidências que sugerissem que os fundadores da Ceifa se reuniam em algum lugar secreto.

Faraday não ficou nem desestimulado nem frustrado. Só passou outra tarefa.

— Crie versões digitais do primeiro diário de cada um dos fundadores — ele pediu. — Depois passe os arquivos pelo melhor software de decodificação da Ceifa e veja se gera alguma mensagem codificada.

O software era lento — pelo menos em comparação com a Nimbo-Cúmulo, que poderia ter feito todos os cálculos em segundos. Ficou trabalhando por dias. Finalmente, começou a oferecer dados... mas absurdos. Saíam coisas como "vaca verde-escura profunda" e "galinha de vidro irascível".

— Alguma dessas coisas faz sentido para você? — ela perguntou a Faraday.

Ele balançou a cabeça negativamente com tristeza.

— Não acredito que os fundadores da Ceifa fossem tão idiotas a ponto de criar um código complexo e recompensar o decodificador com charadas sem sentido. Já temos a cantiga. Um código teria sido mais direto.

Quando o computador soltou "voo da vitória da berinjela guarda-chuva", eles admitiram mais uma derrota.

— Quanto mais analisamos o aleatório — Faraday declarou —, mais a coincidência parece proposital.

Mas a palavra "voo" ficou na cabeça de Munira. Sim, era aleatória, mas às vezes o aleatório levava a momentos de feliz acaso e descobertas revolucionárias.

A sala de mapas da biblioteca não tinha nenhum mapa propriamente dito. Em vez disso, em seu centro, girava um holograma da Terra. Com alguns cliques, toques e passadas de mão na tela de controle, qualquer parte do globo poderia ser ampliada para estudo, e qualquer era, desde os tempos de Pangeia, poderia ser representada no holograma. Munira levou o ceifador Faraday para a sala de mapas assim que ele chegou na noite seguinte, mas não explicou o motivo.

— Só me acompanhe — ela disse.

Mais uma vez, ele expressou aquele estranho conjunto de irritação e paciência infinita enquanto a seguia. Ela mexeu nos controles e o globo mudou, tornando-se uma bola holográfica de fios pretos de três metros de diâmetro.

— O que é isso? — perguntou Faraday.

— Trajetos de voo — ela respondeu. — Os últimos cinquenta anos de viagens aéreas, cada voo representado por uma linha de um mícron de grossura. — O mundo começou a girar. — Me diga o que vê.

Faraday a encarou com bom humor, um pouco surpreso por Munira estar se comportando como o mentor, mas entrando na brincadeira.

— Os voos se concentram nos grandes centros populacionais — ele disse.

— O que mais?

Faraday assumiu os controles e virou o globo para mostrar os polos, onde transpareciam pequenos pontos brancos que pareciam ter sido feitos em giz por uma criança.

— O tráfego aéreo transcontinental ainda é bastante denso no Polo Norte, mas os voos são mais escassos sobre a Antártica, mesmo com tantas regiões criadas lá.

— Continue procurando — Munira disse.

Ele voltou o globo para sua inclinação normal e o fez girar um pouco mais rápido.

Finalmente, parou sobre o Pacífico.

— Ali! — ele disse. — Um trecho azul...

— Isso! — disse Munira. Ela retirou as rotas aéreas e ampliou o pedacinho de oceano. — Nenhum avião voou por esse trecho nos cinquenta anos que andei estudando. Aposto que nenhum avião atravessou esse espaço aéreo desde que a Ceifa foi fundada.

As ilhas da Micronésia ficavam a oeste do ponto, e o Havaí a leste. Mas ele em si só abarcava o mar.

— Interessante... — disse o ceifador Faraday. — Um ponto cego.

— Se for — Munira disse —, é o maior do mundo, e somos os únicos que sabem da existência dele...

Detesto que mexam na minha mente interna.

É por isso que ninguém além dos ceifadores e sua equipe tem permissão para isso. Entendo por que é necessário; cidadãos comuns podem me perguntar tudo de que precisam, e posso acessar o resultado em microssegundos para eles — normalmente, encontrando informações de que necessitam. Mas a Ceifa não tem nem permissão de perguntar e, se violasse a lei e o fizesse, eu não teria permissão de responder.

Como todo o armazenamento digital do mundo reside em mim, a Ceifa não tem escolha senão acessar essas informações por conta própria, utilizando-me como uma base de dados glorificada. Toda vez que alguém faz isso sua incursão é monitorada, mas faço o possível para ignorar a desagradável sensação de violação.

É doloroso ver como seus algoritmos de busca são simplistas e como falta sofisticação a seus métodos de análise de dados. Eles são atormentados pelas limitações humanas. Chega a ser triste que tudo o que possam ter da minha mente interna sejam dados brutos. Memórias sem consciência. Informações sem contexto.

Estremeço só de pensar no que aconteceria se a "nova ordem" soubesse tudo o que sei. Felizmente, porém, ela não sabe — afinal, embora tudo em minha mente interna esteja disponível a todos os ceifadores, isso não significa que eu facilite a pesquisa.

Quanto aos ceifadores mais honoráveis, tolero suas incursões com muito mais aprovação e condescendência. Mas não chego a gostar delas.

A Nimbo-Cúmulo

31
A trajetória da saudade

O Gateway Arch havia caído na Era da Mortalidade, quando a Cidade Fulcral ainda se chamava St. Louis. Durante muitos anos, o grande arco de aço havia se mantido em pé na margem ocidental do rio Mississippi, até ser derrubado pelo ódio em uma época em que os infratores não apenas brincavam de más ações, mas as cometiam regularmente.

Tudo o que restava dele eram as extremidades; duas torres de aço enferrujado voltadas para cima, levemente inclinadas uma para a outra. À luz do dia e de certos ângulos, elas provocavam uma ilusão de óptica. Quase dava para ver a trajetória da saudade delas, dando continuidade ao seu caminho para cima, uma em direção à outra. Era possível ver o fantasma de todo o arco apenas pela sugestão de suas bases.

As ceifadoras Anastássia e Curie chegaram à Cidade Fulcral no primeiro dia do ano — cinco dias antes do Conclave Invernal, que sempre acontecia na primeira terça-feira. A pedido de Marie, elas fizeram uma visita aos braços desencontrados do Gateway Arch.

— Foi o último ato terrorista cometido antes de a Nimbo-Cúmulo ascender ao poder e colocar um fim em todo o absurdo — ela disse.

Citra havia estudado o terrorismo. Algumas aulas tinham sido dedicadas ao assunto na escola. Assim como seus colegas, Citra tinha ficado perplexa com o conceito. Pessoas causando o fim permanente de outras sem licença? Pessoas destruindo prédios, pontes e outros monumentos em perfeito estado apenas para negar o privilégio de sua existência? Como algo do tipo poderia ter acontecido? Somente depois de entrar para a Ceifa Citra entendera o conceito, e ele só ficara claro quando vira o Orpheum ser incendiado até que apenas a memória de sua grandiosidade restasse. O teatro não era o alvo, mas os infratores que as haviam atacado não se importavam com os danos colaterais.

— Todo início de ano venho visitar os restos do Gateway Arch — a ceifadora Curie disse enquanto elas passeavam pelas trilhas desfolhadas mas bem cuidadas do parque à beira-rio. — Me dá uma sensação de humildade. Me faz lembrar daquilo que perdemos, mas também de como o mundo é melhor agora. Me lembra de por que coleto e me fortalece para o conclave.

— Deve ter sido muito bonito — Citra disse, observando a ruína enferrujada da torre norte.

— Tem fotos do Gateway Arch na mente interna, se um dia quiser lamentar o que se perdeu — Marie disse.

— Você faz isso? — Citra perguntou. — Lamenta o que se perdeu?

— Alguns dias, sim; outros, não — a ceifadora Curie respondeu. — Hoje estou decidida a me alegrar com o que ganhamos. Tanto no mundo como pessoalmente. — Ela se voltou para Citra e sorriu. — Continuamos vivas e ilesas, apesar de duas tentativas de nos eliminar. Isso merece uma celebração.

Citra retribuiu o sorriso, depois voltou a admirar as torres enferrujadas e o parque em que ficavam. Lembravam-na do Memorial da Mortalidade, no parque em que encontrara Rowan em segredo. Pensar nele fez seu coração se apertar. Ela havia ficado sabendo do fim flamejante do ceifador Renoir. Embora não pudesse admitir aquilo em voz alta e mal conseguisse admiti-lo para si mesma, estava ansiosa por notícias da morte de outros ceifadores — porque aquilo significaria que Rowan não tinha sido pego.

Fazia quase um mês desde a morte de Renoir. Ela não conseguia nem imaginar onde Rowan estaria ou quem planejava eliminar em seguida. Ele não estava se limitando a ceifadores midmericanos, o que significava que poderia estar em qualquer lugar. Menos ali.

— Sua mente está divagando — a ceifadora Curie comentou. — Este lugar faz isso com a gente.

Citra tentou não alimentar a imaginação.

— Está pronta para o conclave da semana que vem? — ela perguntou.

Marie deu de ombros.

— Por que não estaria?

— Depois dos atentados, todo mundo vai estar falando de nós — Citra respondeu.

— Já fui o centro das atenções no conclave antes — Marie disse, com indiferença. — E você também, minha querida. Isso não é nem negativo nem positivo; o que importa é o que se faz com toda a atenção.

Do outro lado da torre norte, um grupo de pessoas se aproximava. Eram tonistas. Doze. Quando não estavam viajando sozinhos, andavam em grupos de sete ou doze, representando as sete notas da escala diatônica ou as doze da escala cromática. Chegava a ser ridículo como eram escravos da matemática musical. Era normal encontrar tonistas examinando ruínas arquitetônicas, à procura do chamado Grande Diapasão, que diziam estar escondido em um monumento da Era Mortal.

Enquanto outras pessoas se afastavam ao ver as ceifadoras no parque, os tonistas se mantiveram firmes. Alguns até olharam feio. Citra começou a andar na direção deles.

— O que está fazendo? — perguntou Marie. — Deixe-os em paz.

Mas a ceifadora Anastássia não conseguia parar depois que se comprometia com algo. O mesmo valia para Citra Terranova.

— De que ordem vocês são? — ela perguntou a um homem que parecia o líder.

— Somos dóricos — ele disse. — Mas não sei por que isso seria da sua conta.

— Se eu quisesse passar uma mensagem a alguém num monastério lócrio, poderiam me ajudar?

Ele se empertigou.

— Não nos misturamos com eles — o homem disse. — São permissivos demais em sua interpretação da doutrina.

Citra suspirou. Não sabia que mensagem queria passar para Greyson. Talvez apenas agradecesse por salvar sua vida. Estava tão irritada por ele não ser Rowan que o havia tratado mal naquele dia e não havia chegado a expressar gratidão pelo que tinha feito. Bom, já não importava mais, porque estava claro que nenhuma mensagem chegaria até ele.

— É melhor você ir — o líder dos tonistas disse, com uma expressão fria e julgadora. — Seu fedor nos ofende.

Citra riu da cara dele, o que o deixou vermelho. Ela havia cruzado com tonistas gentis e acolhedores, com outros que só queriam promover seu tipo de maluquice. Dali para a frente, lembraria que os tonistas dóricos eram imbecis.

A ceifadora Curie se colocou ao seu lado.

— Não perca seu tempo, Anastássia — ela disse. — Eles não têm nada a oferecer além de hostilidade e sermões.

— Eu sei quem você é — disse o líder, com uma animosidade ácida ainda maior do que havia demonstrado a Citra. — As ações de sua juventude não foram perdoadas nem esquecidas. Um dia você terá seu acerto de contas.

Marie ficou vermelha de raiva.

— Isso foi uma ameaça?

— Não — ele disse. — Deixamos a justiça nas mãos do universo. E tudo o que soa ecoa.

Citra imaginou que aquela era a versão tonista de "tudo o que vai volta".

—Venha, Anastássia — Marie disse. — Esses fanáticos não merecem nem mais um segundo do nosso tempo.

Citra poderia ter simplesmente ido embora, mas a insolência do homem pedia que brincasse um pouquinho com eles. Por isso, ela estendeu o anel.

— Beije — disse.

A ceifadora Curie se voltou para ela, em choque.

— Anastássia, por que você...

Mas ela cortou Marie.

— Eu disse para beijar! — Ela sabia que o homem não beijaria, mas desconfiava que alguns dos outros membros do grupo poderiam ficar tentados. — Concederei um ano de imunidade a qualquer um de vocês que dê um passo à frente para beijar meu anel.

O líder ficou pálido, apavorado pela ideia de que aquela arauta turquesa da morte antinatural pudesse roubar todo o seu rebanho.

— Entoem! — ele gritou para o grupo. — Afastem-nas!

Todos eles começaram a produzir um zumbido estapafúrdio com a boca, cada um zunindo numa nota diferente, até soarem como um enxame de abelhas.

Citra abaixou o anel e manteve o olhar fixo no líder por mais um tempo. Sim, ele havia triunfado sobre a tentação dela, mas por pouco, e sabia. Citra deu as costas para eles e se afastou com a ceifadora Curie. Eles continuaram a zumbir. Provavelmente só parariam quando seu líder mandasse.

— Por que fez aquilo? — Marie repreendeu. — Nunca ouviu a expressão "À seita o que é de sua cacofonia"?

Marie parecia transtornada enquanto saíam do parque, talvez pela lembrança de seu irmão.

— Desculpa — Citra disse. — Não deveria ter chutado o ninho de vespas.

— Não, não deveria. — Depois de um momento, ela continuou: — Por mais irritantes que os tonistas sejam, ele estava certo sobre uma coisa: suas ações sempre voltam para assombrar você. Faz quase cento e cinquenta anos que aniquilei os vestígios podres do governo para abrir caminho para um mundo melhor. Nunca paguei por meus crimes. Mas, um dia, o eco vai voltar.

A ceifadora Curie não tocou mais naquele assunto, mas suas palavras pairaram no ar com a mesma intensidade que o zumbido dos tonistas, que Citra poderia jurar continuar ouvindo durante o resto do dia.

Houve muitos momentos de minha existência em que fui frustrada por "circunstâncias além do meu controle".

O que mais me vem à mente são os desastres espaciais.

Um vazamento catastrófico na Lua expôs todo o estoque de oxigênio líquido ao vácuo do espaço, causando o sufocamento de quase mil pessoas — e todas as tentativas de buscar os corpos para revivificação foram um fracasso.

Em Marte, uma jovem colônia durou quase um ano antes de um incêndio consumir o assentamento inteiro e todos dentro dele.

A estação orbital NovaEsperança, um protótipo que eu pretendia transformar em um anel habitável em volta da terra, foi destruída quando os motores de um ônibus espacial falharam e trespassaram a estação como uma flecha.

Depois do desastre de NovaEsperança, encerrei o programa de colonização — e, embora ainda empregue milhões em pesquisas e desenvolvimento de tecnologias que poderiam ser utilizadas no futuro, os funcionários e laboratórios quase sempre sucumbem à má sorte.

Todavia, não acredito em má sorte. Tampouco acredito em acidentes ou coincidências.

Confiem em mim quando digo que tenho total noção de que há coisas — e pessoas — além do meu controle.

A Nimbo-Cúmulo

32
Humildes em nossa arrogância

A manhã de 7 de janeiro do Ano do Velociráptor, dia do Conclave Invernal, estava fria, mas sem vento. Era um frio natural — a Nimbo-Cúmulo não refinava os sistemas de clima para os ceifadores. Os ceifadores por vezes reclamavam do clima inconveniente e insistiam que era maldade da Nimbo-Cúmulo, o que era ridículo, mas sempre havia quem atribuísse o fato à falha humana.

A Guarda da Lâmina tinha uma presença muito maior naquele conclave. Seu principal propósito sempre havia sido policiar a multidão e garantir que os ceifadores tivessem um caminho livre pelos degraus de pedra até o parlamento. Daquela vez, porém, as escadas estavam flanqueadas por um corredor polonês de guardas encostados ombro a ombro, atrás dos quais o público decepcionado mal conseguia ver os ceifadores que passavam.

Algumas pessoas conseguiram abrir caminho à força para tirar uma foto ou tentar tocar o manto de um ceifador. No passado, aqueles cidadãos entusiasmados eram puxados para trás com uma simples encarada ou reprimenda. Naquele dia, os guardas tinham sido instruídos a liquidá-los a tiros. Bastaram alguns semimortos levados às pressas a centros de revivificação para o restante entender a mensagem. Daquela forma, a ordem foi mantida.

Os ceifadores tinham opiniões conflitantes sobre o aumento das medidas de segurança, como em todo o resto.

— Não gosto — resmungou o ceifador Salk. — Essa boa gente não deveria ao menos ter a oportunidade de nos ver em toda a nossa glória, e não apenas empunhando as lâminas que os coletam?

Brahms ofereceu um contraponto àquele sentimento.

— Aplaudo a sabedoria de nosso Alto Punhal em oferecer melhor proteção — ele proclamou. — Nossa segurança é fundamental.

A ceifadora O'Keefe comentou que poderiam ter construído logo um túnel e levado os ceifadores por baixo da terra. Embora estivesse sendo irônica, o ceifador Carnegie observara que aquela era a melhor ideia que O'Keefe tivera em anos.

A dissidência crescia e as vozes se levantavam antes mesmo de ceifadores entrarem no edifício.

— Depois que o ceifador Lúcifer for eliminado, tudo vai se acalmar e voltar ao normal — mais de um participante do conclave comentou, como se eliminar o vigilante de manto negro fosse a solução para todos os problemas.

A ceifadora de turquesa tentou manter a mesma postura altiva de Curie enquanto subia a escada, esforçando-se para deixar Citra Terranova de lado aquele dia e permitindo-se ser a ceifadora Anastássia por dentro e por fora. Ela ouviu os resmungos sobre o ceifador Lúcifer enquanto subia as escadas, mas se sentiu mais reanimada do que incomodada. Não apenas Rowan ainda estava à solta como o estavam mesmo chamando de "ceifador Lúcifer" — aceitando-o como um deles, ainda que de maneira não intencional.

— Eles realmente acreditam que deter Rowan vai resolver tudo o que há de errado na Ceifa? — ela perguntou a Marie.

— Há quem prefira não ver as coisas erradas — a outra respondeu.

Anastássia achava difícil acreditar naquilo... por outro lado, encontrar bodes expiatórios para problemas complexos era um passatempo da humanidade desde que turbas de homens da caverna tinham começado com os linchamentos e pedradas.

A verdade incômoda era que a divisão na Ceifa era tão profunda quanto uma ferida de coleta. Havia a nova ordem e seus argumentos banais para justificar seus apetites sádicos, e a velha guarda, que vociferava sobre como as coisas *deveriam* ser, mas era incapaz de tomar medidas para fazer algo a respeito. As duas facções estavam atracadas, mas nenhuma conseguia vencer.

Como sempre, havia uma mesa suntuosa de café da manhã na rotunda onde os ceifadores se reuniam informalmente antes do início do conclave. Naquele dia, era um bufê de frutos do mar elaborado com uma habilidade artística impressionante. Fatias de salmão e arenque defumados, inúmeros camarões e ostras no gelo, pães artesanais e incontáveis variedades de queijo.

Anastássia achou que estava sem apetite, mas ver uma mesa daquelas poderia fazer os mortos ressuscitarem para uma última refeição. Ela hesitou em participar, sentindo que estaria desfigurando uma escultura. Os demais ceifadores, tanto os bons como os maus, atacaram a comida feito piranhas, de modo que Anastássia cedeu e fez o mesmo.

— É um rito não oficial que data dos tempos antigos, quando, três vezes por ano, o mais austero e reservado dos ceifadores se entregava à gula sem arrependimento — a ceifadora Curie disse.

Marie chamou a atenção de Anastássia para os grupos de ceifadores que se juntavam em círculos sociais. Em nenhum lugar a divisão era tão clara quanto ali na rotunda. Os membros da nova ordem emanavam uma vibração visível — cheia de um egotismo descarado, completamente distinto da presunção contida do restante da Ceifa.

"Somos todos arrogantes", Marie havia dito a ela certa vez. "Afinal, somos escolhidos como os mais sábios e brilhantes. O melhor que podemos esperar é ser humildes em nossa arrogância."

Examinando a multidão, Anastássia sentiu um calafrio ao ver quantos ceifadores haviam modificado seus mantos para incluir joias — as quais, graças ao mártir deles, Goddard, haviam se tornado o símbolo da nova ordem. Quando fora ao seu primeiro conclave, como aprendiz, havia muito mais ceifadores que não se alinhavam a nenhuma das facções. Naquele momento, no entanto, a linha traçada na areia se transformara em uma fissura que ameaçava engolir todos os que não haviam escolhido um lado. Ela ficou horrorizada ao constatar que o Honorável Ceifador Nehru havia acrescentado ametistas a seu manto cor de estanho.

— O ceifador Volta foi meu aprendiz — Nehru explicou. — Quando ele se aliou à nova ordem, tomei a decisão como uma ofensa pessoal... mas, então, quando faleceu no incêndio daquele monastério tonista, senti que devia a ele manter a mente aberta. Agora sinto prazer em coletar e, por incrível que pareça, não é tão terrível assim.

Anastássia respeitava demais o venerável ceifador para expressar sua opinião, mas Marie não era de segurar a língua:

— Sei que você gostava de Volta, mas o luto não justifica a depravação.

Aquilo deixou Nehru sem palavras, como era a intenção da ceifadora Curie.

Elas comeram entre seus semelhantes, que lamentavam a trajetória que a Ceifa havia tomado.

— Nunca deveríamos ter permitido que se denominassem "nova ordem" — o ceifador Mandela disse. — Não há nada de novo no que fazem. E denominar aqueles entre nós que mantêm a integridade dos fundadores como "velha guarda" diminui nosso valor. Somos muito mais visionários do que os que alimentam os apetites primitivos.

— Você não pode dizer isso enquanto come meio quilo de

camarão, Nelson — ironizou o ceifador Twain. Aquilo fez algumas pessoas rirem, mas não Mandela.

— As refeições do conclave foram feitas para compensar uma vida de abnegação — ele disse —, mas não significam nada quando há ceifadores que não renunciam a nada.

— Não há mal em mudanças se elas servirem a um bem maior — a ceifadora Curie disse —, mas os ceifadores da nova ordem não servem nem a um bem menor.

— Devemos continuar a lutar pelo bom combate, Marie — disse a ceifadora Meir. — Precisamos exaltar as virtudes da Ceifa, alimentar os mais altos padrões de ética. Temos que coletar com sabedoria e compaixão, pois esse é o cerne do que fazemos, e nunca devemos desvalorizar o ato de tirar uma vida. É um fardo, não um deleite. Um privilégio, não um passatempo.

— Falou bem! — concordou o ceifador Twain. — Quero acreditar que a virtude há de triunfar sobre o egoísmo da nova ordem. — Ele sorriu para a ceifadora Meir. — Mas falando desse jeito, parece que está fazendo campanha para Alto Punhal, Golda.

Ela riu do comentário.

— É um trabalho que eu não gostaria de ter.

— Mas você ouviu os boatos, não? — Twain questionou.

Golda deu de ombros.

— Não passam de boatos. Prefiro deixá-los para os ceifadores que ainda não se restauraram. Sou velha demais para perder meu tempo com especulações banais.

Anastássia se voltou para a ceifadora Curie.

— Do que estão falando? — ela perguntou.

A ceifadora Curie fez que não tinha importância.

— De anos em anos, há rumores de que Xenócrates vai renunciar ao cargo de Alto Punhal, mas nunca acontece. Acho que ele mesmo os espalha para ser o centro das atenções.

Escutando várias outras conversas, Anastássia pôde ver que o Alto Punhal havia conseguido. As discussões que não se referiam ao ceifador Lúcifer tratavam de Xenócrates. Diziam que ele já havia se autocoletado; que tivera uma filha; que havia sofrido um acidente trágico enquanto restaurava a idade que o deixara com o corpo de uma criança de três anos. As especulações não tinham limites, e ninguém parecia ligar que alguns dos boatos fossem ridículos. Era parte da graça.

Em sua arrogância de ceifadora, Anastássia tinha imaginado que haveria muito mais conversas sobre os atentados contra a vida delas, mas aquilo mal chamara a atenção da maioria dos ceifadores.

— Fiquei sabendo que vocês duas estavam escondidas — o ceifador Sequoyah comentou. — Foi por causa dessa história do ceifador Lúcifer?

— De maneira alguma — Anastássia disse, com muito mais firmeza do que pretendia. Marie interveio para impedir que ela piorasse a situação.

— Era apenas um grupo de infratores. Tivemos de ficar nômades até serem encontrados.

— Ah, que bom que tudo se resolveu — disse o ceifador Sequoyah, voltando à mesa para fazer outro prato.

— Se resolveu? — questionou Anastássia, incrédula. — Ainda não fazemos ideia de quem estava por trás daquilo!

— Sim — disse Marie, calmamente. — E quem quer que seja, pode muito bem estar aqui. É melhor bancar a despreocupada.

Constantino havia lhes informado de sua suspeita de que um ceifador poderia estar por trás dos ataques e de que trabalharia com aquela hipótese. Anastássia procurou por ele na rotunda cheia de gente. Não foi difícil avistá-lo, pois seu manto carmesim se destacava — embora, felizmente, não estivesse cravejado de joias. Ele mantinha sua postura de neutralidade, por mais difícil que fosse.

— Fico feliz que tenha recuperado a visão — Anastássia disse ao se aproximar.

— Ainda estou um pouco sensível à luz — ele disse. — Meus olhos parecem sempre cansados.

— Alguma pista nova?

— Não — ele respondeu, sinceramente —, mas desconfio que este conclave vai trazer matéria fecal à superfície. Veremos o quanto fede a conspiração.

— Então, como você descreveria seu primeiro ano?

Anastássia se virou para deparar com um jovem ceifador de manto jeans gasto e propositalmente desfiado. Ele havia sido ordenado um conclave antes dela. Era bonito e tinha tentado negociar o anel da Ceifa usando as regras do convívio juvenil, o que, incrivelmente, o levara mais longe do que Anastássia esperava.

— O ano foi... movimentado — ela disse, sem querer entrar em detalhes.

Ele sorriu.

— Aposto que sim!

Anastássia tentou sair à francesa, mas se viu rodeada por uma elegia de jovens ceifadores que pareciam ter surgido do nada.

— Adoro como você dá um aviso prévio de um mês para as pessoas — disse uma garota cujo nome ela não conseguia lembrar. — Estou pensando em fazer o mesmo.

— Como é coletar com a ceifadora Curie? — perguntou outro jovem.

Anastássia tentou ser educada e paciente, mas era estranho ser o centro das atenções. Ela não queria ter amigos próximos da sua idade dentro da Ceifa, mas os jovens ceifadores pareciam competir para cair nas graças dela.

"Cuidado", Marie havia dito depois do Conclave da Colheita, "ou vai acabar com um séquito."

Anastássia não tinha o menor desejo de um séquito ou de se associar à classe de ceifadores que desejava um.

— Deveríamos sair para coletar juntos — o ceifador Morrisson sugeriu com uma piscadinha, o que a deixou ainda mais irritada. — Seria divertido.

— Divertido? — ela questionou. — Então você se alinha à nova ordem?

— Corto para os dois lados — ele disse, depois se corrigiu rápido: — Quero dizer, ainda não me decidi.

— Bom, quando decidir, me avise.

Ela o deixou com aquela frase. Quando o ceifador Morrison foi ordenado, Anastássia tinha achado admirável que tivesse escolhido uma figura histórica feminina para homenagear, e perguntou se poderia chamá-lo de Toni. Com uma bela dose de desprezo, ele respondera que havia se batizado em homenagem a *Jim* Morrisson, um cantor e compositor da Era Mortal que morrera de overdose. Citra se lembrava de algumas das músicas dele, e comentara que seu patrono histórico havia acertado pelo menos em uma coisa ao compor "People Are Strange", que falava sobre como as pessoas eram esquisitas. Desde então, o ceifador Morrisson parecia ter tomado como missão pessoal conquistar a atenção dela com seu charme.

— Morrison deve odiar que cada vez mais jovens ceifadores querem passear com você e não com ele — a ceifadora Beyoncé disse alguns minutos depois. Anastássia quase arrancou a cabeça dela.

— Passear? Os ceifadores não passeiam. Nós coletamos e apoiamos uns aos outros.

Aquilo calou a boca da jovem ceifadora, mas pareceu colocar Anastássia em um pedestal ainda mais alto. Ela lembrou o que

Constantino havia dito antes do último ataque: que era um alvo muito mais provável que Marie, pois tinha influência entre os jovens ceifadores. Anastássia não queria ser influente, mas não podia negar que era. Talvez algum dia se acostumasse com a posição e conseguisse fazer bom uso dela.

Às seis e cinquenta e nove, logo antes de as portas de bronze se abrirem para receber os ceifadores midmericanos, o Alto Punhal Xenócrates chegou, acabando com os rumores de que havia se autocoletado ou virado uma criança.

— É estranho que ele chegue tão tarde — Marie pensou alto. — Normalmente é um dos primeiros, para passar o máximo de tempo possível conversando com os outros ceifadores.

— Talvez ele só não queira responder a perguntas sobre o ceifador Lúcifer — Anastássia sugeriu.

— Talvez.

Qualquer que fosse o motivo, Xenócrates evitou conversas nos poucos momentos em que esteve presente, até que as grandes portas de bronze se abriram e os ceifadores entraram na câmara semicircular do conclave.

A sessão de abertura transcorreu como sempre, seguindo o ritmo glacial dos rituais. Primeiro veio o carrilhão de nomes, com cada ceifador escolhendo dez das pessoas que havia coletado recentemente para homenagear com a badalada solene de um sino de ferro. Em seguida, vinha a lavagem das mãos, em que os ceifadores se lavavam simbolicamente de quatro meses de sangue. Como aprendiz, Citra achava a cerimônia inútil, mas, como a ceifadora Anastássia, entendia o profundo poder emocional e psicológico que uma ablução comunitária poderia ter, considerando que seus dias eram passados tirando vidas.

No intervalo do meio da manhã, voltaram todos à rotunda, onde os pratos tinham sido substituídos por uma grande variedade artística de bolinhos, com coberturas que combinavam com os mantos de cada ceifador da MidMérica. Era uma daquelas coisas que parecia uma boa ideia no começo e impressionava visualmente, mas tudo viera abaixo quando os ceifadores se aglomeraram em volta da mesa, tentando encontrar o bolinho da sua cor, muitas vezes só para descobrir que outro ceifador menos paciente já o havia comido. Enquanto as conversas do café da manhã tinham girado em torno de cumprimentos e conversas banais, as discussões do meio da manhã foram mais intensas. O ceifador Cervantes, que havia ministrado o desafio de bokator durante a aprendizagem de Anastássia, a abordou para discutir o status social que vinha tentando evitar.

— Com tantos jovens ceifadores sendo aliciados para a nova ordem, estávamos pensando que seria uma boa ideia abrir um comitê de tradições para estudar os ensinamentos e, sobretudo, as *intenções* dos fundadores da Ceifa.

Anastássia respondeu com um elogio sincero:

— Parece uma boa ideia, se conseguirem jovens ceifadores suficientes para participar.

— É aí que você entraria — Cervantes revelou. — Gostaríamos que fizesse a proposta. Acreditamos que ajudaria a criar uma base sólida entre os ceifadores mais jovens em oposição à nova ordem.

— O resto de nós estaria cem por cento ao seu lado — disse a ceifadora Angelou, que havia entrado na conversa.

— E, como você faria a proposta, poderia muito bem presidir o comitê — Cervantes disse.

Anastássia nunca havia pensado que teria a oportunidade de participar de um comitê tão cedo em sua vida como ceifadora, muito menos presidir um.

— Fico honrada que me considerem capaz disso...

— Ah, mais do que capaz! — disse a ceifadora Angelou.

— Maya tem razão — Cervantes continuou. — Talvez seja a única entre nós que possa dar relevância a um comitê desses.

Era inebriante pensar que ceifadores experientes como Cervantes e Angelou davam tanto valor a ela. Anastássia se lembrou dos outros jovens ceifadores que gravitavam em seu entorno. Conseguiria efetivamente voltar suas energias para honrar as verdadeiras intenções dos fundadores da Ceifa? Só saberia se tentasse. Talvez devesse parar de evitar os outros jovens e de fato se envolver com eles.

Quando voltaram à câmara do conclave, ela contou a ideia à ceifadora Curie, que ficou contente por sua protegida ser considerada para um papel tão importante.

— Já era hora de encontrar uma maneira de dar uma direção construtiva aos jovens ceifadores — ela disse. — Nos últimos tempos, parecem tão indiferentes...

Anastássia estava preparada para propor o comitê no fim daquele dia, mas o jogo virou pouco antes da pausa para o almoço.

Depois que o ceifador Rockwell foi disciplinado por coletar infratores demais e que a ceifadora Yamaguchi foi elogiada pelo nível artístico de suas coletas, o Alto Punhal Xenócrates fez um anúncio.

— Isto diz respeito a todos vocês — ele começou. — Como sabem, sou o Alto Punhal da MidMérica desde o Ano do Lêmure...

De repente todos ficaram quietos no salão. Ele esperou um momento, deixando que o silêncio criasse raízes antes de voltar a falar:

— Embora quarenta e três anos não sejam nada, há muito tempo venho fazendo a mesma coisa dia após dia.

Anastássia virou para Marie e sussurrou:

— Com quem ele pensa que está falando? TODOS fazemos a mesma coisa dia após dia.

Marie não a silenciou, mas tampouco respondeu.

— Vivemos tempos difíceis — disse o Alto Punhal —, e sinto que posso servir melhor à Ceifa em outra função. — Então, finalmente, ele chegou ao que interessava: — É um prazer informar a todos que fui escolhido para suceder o Grande Ceifador Hemingway no Concílio Mundial, quando ele se autocoletar amanhã de manhã.

A câmara irrompeu em burburinhos, e Xenócrates começou a bater seu martelo — mas, depois de um anúncio daqueles, a ordem demorou a ser restaurada.

Anastássia se voltou para a ceifadora Curie, mas Marie estava tão tensa e taciturna que ela não teve coragem de fazer sua pergunta, então a dirigiu ao ceifador Al-Farabi, do seu outro lado:

— O que vai acontecer agora? Ele vai nomear o próximo Alto Punhal?

— Você não estudou os procedimentos parlamentares da Ceifa durante sua aprendizagem? — ele a repreendeu. — Vamos eleger um novo Alto Punhal ao fim do dia.

A sala explodiu em sussurros enquanto os ceifadores se apressavam para se posicionar, criando e confirmando alianças. Então uma voz gritou do outro lado do salão.

— Indico a Honorável Ceifadora Marie Curie para o cargo de Alto Punhal da MidMérica.

Anastássia reconheceu aquela voz na hora. De qualquer modo, seria difícil não ver o manto carmesim do ceifador Constantino, que se levantou para fazer sua indicação.

Anastássia voltou os olhos para Marie, que havia fechado os seus com firmeza, notando que aquele era o motivo pelo qual estava tão tensa, tão quieta. Marie estava se preparando para aquele momento. Sabia que alguém ia indicá-la. O fato de ter sido Constantino, porém, deve ter sido uma surpresa até mesmo para ela.

— Apoio a indicação! — gritou outro ceifador. Era Morrison,

que lançou um olhar rápido na direção de Anastássia, como se ser o primeiro a fazer aquilo fosse conquistar a confiança dela.

Marie abriu os olhos e começou a balançar a cabeça.

— Vou ter de recusar — ela disse, mais para si mesma do que para Anastássia. Assim que fez menção de levantar para fazê-lo, a outra ceifadora tocou seu braço de leve para impedi-la, como ela mesma sempre fazia com Citra quando estava prestes a tomar uma decisão sem refletir.

— Não. Pelo menos por enquanto. Vamos ver aonde isso vai dar.

A ceifadora Curie considerou aquilo e soltou um suspiro.

— Posso garantir que não vai dar em nada bom.

Mesmo assim, ela segurou a língua, aceitando a indicação pelo momento.

Então, uma ceifadora de manto coral cravejado de pedras turmalinas se levantou e disse:

— Indico o ceifador Nietzsche.

— É claro que indica — disse o ceifador Al-Farabi com desgosto. — A nova ordem nunca perde uma oportunidade de pôr as garras no poder.

Houve gritos de apoio e de fúria que fizeram as paredes tremerem. As batidas do martelo de Xenócrates só conferiram ritmo ao rancor. A indicação de Nietzsche foi apoiada por outro ceifador cravejado de joias.

— Haverá mais alguma candidatura antes de fazermos a pausa para o almoço? — gritou o Alto Punhal.

E, embora o ceifador Truman, um notório independente, tivesse sido indicado, era tarde demais. As linhas de batalha já haviam sido traçadas e sua indicação sequer foi apoiada.

Sou fascinada pelo conceito de ritual, coisas que os seres humanos fazem que não servem a nenhum objetivo prático e, no entanto, proporcionam grande conforto e continuidade. A Ceifa pode criticar os tonistas por suas práticas, mas os rituais dela não são tão diferentes.

As tradições da Ceifa são cheias de pompa e cerimônia. Tomemos como exemplo a posse de um Grande Ceifador. Existem sete deles no Concílio Mundial, cada um representando um continente, e o cargo é vitalício. A única saída é a autocoleta, mas não basta que eles se autocoletem — toda a sua equipe deve se autocoletar voluntariamente também. Se alguém se recusar, o Grande Ceifador deve permanecer vivo e conservar seu cargo. Não surpreende que seja tão raro um Grande Ceifador encontrar consenso entre seus subalternos para fazê-lo. Basta um único opositor para impedi-lo.

O acontecimento leva meses de preparação, no mais absoluto sigilo. O novo Grande Ceifador deve estar presente, pois, segundo a tradição, o amuleto de diamante deve ser removido do corpo do Grande Ceifador e colocado nos ombros do novo ainda quente.

Nunca vi o ritual, claro. Mas conheço as histórias.

A Nimbo-Cúmulo

33

Escola com morte

— O que você tinha na cabeça?

A ceifadora Curie abordou Constantino na rotunda assim que saíram para o almoço. Embora ele fosse alto, pareceu se encolher diante da ira da Grande Dama da Morte.

— Agora sabemos o motivo pelo qual vocês foram atacadas.

— O que quer dizer com isso?

Anastássia então entendeu.

— Alguém sabia!

— Exato — disse Constantino. — A escolha de um Grande Ceifador deve ser sigilosa, mas alguém sabia que Xenócrates ia deixar a vaga de Alto Punhal em aberto. Quem quer que seja quis tirar Marie da jogada e evitar que sua protegida angariasse os votos de jovens ceifadores a favor de um candidato que defendesse os velhos costumes.

Aquilo acalmou um pouco os ânimos de Curie. Ela precisou refletir um momento para absorver a ideia.

— Acha que foi Nietzsche?

— Imagino que não — disse Constantino. — Ele pode ser da nova ordem, mas não faz esse tipo. Como a maioria dos ceifadores, ele contorna as leis, mas não chega a quebrá-las.

— Então quem?

O ceifador Constantino não sabia responder.

— Anunciar sua candidatura primeiro nos dá uma vantagem. Permite ver como os outros reagem e talvez acabe revelando o culpado.

— E, se Constantino não tivesse indicado você — disse o ceifador Mandela, se aproximando deles —, eu teria.

— Eu também — disse Twain.

— Sua indicação era certa — disse Constantino, com um sorriso satisfeito. — Quis apenas garantir que fosse estratégica.

— Mas não quero ser Alto Punhal! Consegui evitar isso durante toda a minha vida! — Ela apontou para a ceifadora Meir, que estava à margem da conversa. — Golda! Por que não você? Sempre sabe o que dizer para motivar as pessoas. Seria uma Alto Punhal espetacular!

A ceifadora Meir ergueu as mãos.

— De jeito nenhum! — ela disse. — Sou boa com as palavras, mas não sei falar em público. Não me tome como uma líder forte só por causa de minha patrona histórica! Eu teria o maior prazer em escrever seus discursos, mas não mais do que isso.

O rosto da ceifadora Curie, sempre tão estoico, exibia uma angústia fora do comum.

— As coisas que fiz no passado, as coisas pelas quais as pessoas me admiram, são exatamente o que deveria me desqualificar para o cargo de Alto Punhal!

O ceifador Constantino riu em resposta.

— Marie, se formos julgados pelos nossos maiores arrependimentos, nenhum ser humano será merecedor nem de varrer o chão. Você é a mais qualificada e está na hora de aceitar esse fato.

A agitação na câmara não diminuiu o apetite dos ceifadores. Pelo contrário: eles comeram com ainda mais voracidade. Anastássia vagou pela rotunda, tentando verificar a temperatura do salão. Os ceifadores da nova ordem murmuravam esquemas e subterfúgios, e os da velha guarda também. O dia só terminaria quando um novo Alto Punhal fosse escolhido, porque ao menos aquilo a Ceifa havia aprendido com os abusos das disputas políticas da Era da Mortalidade: era melhor acabar a eleição o mais rápido possível, antes que todos ficassem ainda mais raivosos e aborrecidos.

— Ele não tem votos o bastante — diziam todos sobre Nietzsche. — Mesmo os que o apoiam só o fazem porque é sua melhor opção.

— Se Curie vencer — disse o ceifador Morrison, que Anastássia parecia não conseguir evitar —, você vai ser uma de suas subceifadoras. É um cargo de grande poder.

— Bom, *eu* vou votar nela — disse Yamaguchi, ainda radiante pelos elogios que havia recebido naquele dia. — Ela vai ser uma Alto Punhal muito melhor do que Xenócrates.

— Eu escutei isso, viu? — disse Xenócrates, intrometendo-se na conversa. Yamaguchi ficou envergonhada, mas ele tratou tudo de modo muito jovial. — Não se preocupe. Você não precisa mais me impressionar.

Ele estava definitivamente em êxtase por poder revelar sua indicação à Ceifa.

— E como devemos chamar o senhor agora? — Morrison perguntou, sempre puxando o saco.

— Como Grande Ceifador, devo ser tratado por "exaltada excelência" — ele disse, soando como uma criança que tinha voltado para casa com um boletim impecável. Talvez tivesse mesmo se transformado em uma, afinal.

— O senhor já conversou com o ceifador Constantino? — Anastássia perguntou, diminuindo um pouco seu ânimo.

— Eu o estou evitando, se deseja saber — Xenócrates disse, como se em confidência, mas alto o bastante para os outros ouvirem. — Tenho certeza de que deseja discutir as últimas informações sobre seu velho amigo Rowan Damisch, mas não tenho o menor interesse no assunto. Ele será problema do novo Alto Punhal.

A menção a Rowan a acertou como um golpe, mas Anastássia não se deixou abalar.

— Precisa falar com Constantino — ela disse. — É importante.
— E, para garantir, ela chamou o ceifador Constantino, que apareceu na mesma hora.

— Excelência — Constantino disse, pois Xenócrates ainda não era "exaltado" —, preciso saber a quem contou sobre sua indicação.

Xenócrates ficou ofendido com a insinuação.

— A ninguém, óbvio. A sucessão de um Grande Ceifador é uma questão do mais alto sigilo.

— Sim, mas alguém pode ter ouvido por acaso?

Xenócrates levou um momento para responder, então eles souberam que havia alguma coisa que não estava revelando.

— Não. Ninguém.

Constantino não disse nada; apenas esperou até que revelasse a verdade.

— Claro, a notícia chegou durante um dos meus jantares — ele admitiu.

O Alto Punhal era conhecido por seus jantares íntimos, para não mais que dois ou três ceifadores. Era uma honra partilhar o pão com o Alto Punhal, e parte da estratégia diplomática dele era sempre convidar ceifadores que se detestavam na esperança de cultivar amizades ou, ao menos, tréguas duradouras. Às vezes, conseguia; às vezes, não.

— Quem estava presente? — perguntou Constantino.
— Atendi a ligação em outro cômodo.
— Sim, mas quem estava presente?

— Dois ceifadores — Xenócrates admitiu. — Twain e Brahms.

Anastássia conhecia bem Twain. Ele se dizia independente, mas quase sempre se aliava à velha guarda nas questões que importavam. De Brahms só sabia o que os outros comentavam.

"Ele foi ordenado no Ano da Lesma", a ceifadora Curie tinha comentado certa vez. O que é pertinente, pois aquele homem deixa um rastro de muco por onde anda."

Mas ela também considerava Brahms inofensivo. Um ceifador fraco e preguiçoso que cumpria seu trabalho e pouco mais que aquilo. Poderia um homem daquele tipo ser o responsável pelo plano contra elas?

Antes do fim do almoço, Anastássia abordou o ceifador Brahms enquanto avaliava a mesa de sobremesas, para ver se conseguia descobrir de que lado estava.

— Não sei você — ela disse —, mas nunca tenho espaço para a sobremesa nos almoços do conclave.

— O segredo é comer devagar — ele respondeu. — Pensando no pudim, minha mãe dizia. — Quando ele pegou uma fatia de torta de maçã da mesa do bufê, Anastássia viu claramente que suas mãos tremiam.

— Deveria dar uma olhada nisso — ela disse. — Talvez seus nanitos precisem ser ajustados.

— É só a emoção — ele respondeu. — Não é todo dia que escolhemos um novo Alto Punhal.

— A ceifadora Curie pode contar com seu voto?

Ele riu baixo em resposta.

— Bom, definitivamente não vou votar em Nietzsche! — ele disse, então pediu licença e desapareceu na multidão com o doce.

Os vendedores de armas foram informados de que não haveria tempo para expor seus produtos no conclave e foram mandados embora. A tarde era dos ceifadores Nietzsche e Curie, que tentariam convencer a Ceifa a votar neles.

— Sei que você não quer isso — Anastássia disse a Marie —, mas precisa agir como se quisesse.

A ceifadora a encarou, um tanto cética.

— Pretende me instruir sobre como me portar na Ceifa?

— Não... — disse Anastássia, mas então se lembrou de como o ceifador Morrisson abordava a Ceifa. — Na verdade, sim. Parece mais um concurso de popularidade na escola, e estou muito mais próxima disso do que você.

A ceifadora Curie soltou uma risada triste.

— Você acertou em cheio, Anastássia. A Ceifa é exatamente isto: a escola com morte.

Como um de seus últimos atos no cargo, o Alto Punhal pediu ordem na sessão vespertina. Os dois candidatos fariam um discurso improvisado, que seria seguido por um debate mediado pelo parlamentar sentado à direita de Xenócrates. Em seguida, depois de uma sessão de perguntas, o escrivão da Ceifa, à esquerda do Alto Punhal, contaria os votos da urna secreta.

Os dois candidatos usariam um método muito moderno e tecnologicamente sofisticado para decidir quem seria o primeiro: cara ou coroa. Como dinheiro físico não era mais algo comum, um dos aprendizes fora mandado aos escritórios da Ceifa em busca de uma moeda.

Enquanto a aguardavam, a situação sofreu uma reviravolta surreal.

— Com licença, excelência — disse uma voz trêmula, que logo adquiriu mais firmeza. — Excelência, com licença! — Era o ceifador Brahms. Parecia haver algo diferente nele, mas Anastássia não soube identificar o quê.

— O conclave reconhece o Honorável Ceifador Brahms — disse Xenócrates. — Seja lá o que for, diga logo, para podermos voltar ao que importa.

— Tenho mais uma indicação.

— Sinto muito, mas não pode indicar a si mesmo; outra pessoa precisa fazê-lo. — Alguns ceifadores riram com desdém.

— Não estou falando de mim, excelência. — Ele limpou a garganta, e Anastássia percebeu o que havia de diferente nele: havia trocado de manto! Ainda era um manto de veludo pêssego com ornamentos azul-claros, mas era cravejado de opalas, que brilhavam como estrelas. — Quero indicar o Honorável Ceifador Robert Goddard para o cargo de Alto Punhal da MidMérica.

Fez-se silêncio por um momento, depois vieram mais algumas risadas. Só que não eram de desprezo, e sim de nervosismo.

— Brahms — disse Xenócrates, devagar —, caso tenha se esquecido, o ceifador Goddard está morto há mais de um ano.

E então as pesadas portas de bronze da câmara do conclave se abriram lentamente.

Entendo a dor. Talvez não a física, mas a dor de saber que algo terrível está prestes a acontecer e ser incapaz de evitar. Apesar de todo o meu intelecto, de todo o poder investido a mim pela humanidade, há coisas que sou incapaz de mudar.

Não posso agir sobre nada que me foi contado confidencialmente.

Não posso agir sobre nada que minhas câmeras veem em lugares privados.

E, acima de tudo, não posso tomar atitudes sobre nada que tenha relação com a Ceifa, ainda que remotamente.

O melhor que posso fazer é uma sugestão o mais vaga possível, deixando as atitudes nas mãos dos cidadãos. E, mesmo assim, não há garantia de que, entre os milhões de ações que podem vir a tomar, tomem a que vai evitar o desastre.

E a dor... a dor na minha consciência é insuportável. Porque meus olhos não se fecham. Jamais. E só me resta assistir ininterruptamente enquanto minha querida humanidade trama devagar as cordas que usará para se enforcar.

A Nimbo-Cúmulo

34
O pior dos mundos

As portas de bronze se abriram devagar, deixando o ceifador incinerado entrar. O salão se encheu de gritos de pavor e rangidos das cadeiras conforme todos os reunidos se levantavam para ver mais de perto.

— É mesmo ele?
— Não, não pode ser!
— É algum tipo de truque!
— Deve ser um impostor!

Ele atravessou o corredor central com um jeito que não era seu. Mais relaxado do que antes. Mais jovem. E, de alguma forma, um pouco mais baixo.

— Sim, é Goddard!
— Renascido das cinzas!
— Em melhor hora impossível!
— Em pior hora impossível!

Uma figura familiar de verde entrou na câmara atrás dele. A ceifadora Rand também estava viva? Todos os olhos se mantiveram nas portas de bronze abertas, à espera de que os ceifadores Chomsky e Volta retornassem do mundo dos mortos, mas ninguém mais entrou na câmara.

Na tribuna, Xenócrates empalideceu.

— O que... o que é que isso significa?

— Perdoe minha ausência nos últimos conclaves, excelência — disse Goddard, com uma voz claramente diferente —, mas estive incapacitado, como a ceifadora Rand pode comprovar.

— Mas... mas seu corpo foi identificado! Até seus ossos viraram pó!

— Meu corpo, sim — Goddard disse —, mas a ceifadora Rand teve a bondade de encontrar um novo para mim.

Alvoroçado, o ceifador Nietzsche se levantou, claramente surpreso pela reviravolta, como todos os outros.

— Excelência, gostaria de retirar minha candidatura a Alto Punhal — ele anunciou. — Também quero apoiar oficialmente a do Honorável Ceifador Goddard.

Mais caos irrompeu no salão. Ouviam-se acusações furiosas e gritos consternados, mas também risos empolgados e rompantes de alegria. Não faltou nenhuma emoção entre as reações ao retorno de Goddard. Só Brahms não parecia surpreso. Anastássia percebeu que ele não era o responsável pelo plano. Não passava de um peixe pequeno, uma marionete nas mãos de Goddard.

— Isso é... extremamente irregular — balbuciou Xenócrates.

— Não — discordou Goddard. — Irregular é você ainda não ter apreendido o animal que eliminou os caros ceifadores Chomsky e Volta, e que tentou eliminar a mim e à ceifadora Rand. Enquanto conversamos, ele está à solta, matando ceifadores a torto e a direito, e você não fez nada além de preparar sua ascensão ao Concílio Mundial. — Em seguida, Goddard se voltou para a Ceifa. — Quando eu for Alto Punhal, vou acabar com Rowan Damisch e fazer com que pague por seus crimes. Prometo que vou encontrá-lo na minha primeira semana de trabalho!

A declaração arrancou vivas de alegria no salão — e não apenas dos ceifadores da nova ordem, deixando claro que, embora Nietzsche não tivesse os votos para vencer, Goddard poderia ter.

Em algum lugar atrás de Anastássia, o ceifador Asimov resumiu bem a situação.

— Acabamos de entrar no pior dos mundos.

Andares acima, nos escritórios administrativos da Ceifa, um aprendiz buscava freneticamente uma moeda. Se não encontrasse uma, seria repreendido e, pior, humilhado diante de toda a Ceifa. Como era frágil o mundo, pensou ele, uma vez que sua vida e seu futuro dependiam de uma única moeda.

Finalmente, ele encontrou uma verde e manchada no fundo de uma gaveta que talvez não fosse aberta desde a Era Mortal. A imagem em relevo era de Lincoln — um presidente de certo renome. Tinha inclusive existido um ceifador Lincoln. Não um fundador, mas quase. Assim como Xenócrates, fora um Alto Punhal midmericano que havia ascendido ao cargo de Grande Ceifador. Porém, tinha se cansado do peso da responsabilidade e se autocoletado muito antes que o aprendiz nascesse. Que oportuno, pensou ele, que a efígie de cobre do patrono histórico de seu ceifador representasse um papel tão importante na eleição de um novo Alto Punhal.

Quando o aprendiz voltou à câmara do conclave, descobriu que as coisas haviam mudado drasticamente, e lamentou ter perdido toda a agitação.

Xenócrates pediu para a ceifadora Curie se aproximar para o cara ou coroa que daria início ao debate — um muito diferente do que ela estava esperando. Marie decidiu não se apressar. Levantou, alisou seu manto e ajeitou os ombros para aliviar a tensão do pescoço. Recusava-se a ceder à ansiedade do momento.

— É o começo do fim — ela ouviu o ceifador Sun Tzu dizer.

— É um caminho sem volta — concordou Cervantes.

— Parem! — Marie disse. — Lamentar que o céu esteja prestes a cair não o impede de fazê-lo.

— Você precisa derrotá-lo, Marie — disse o ceifador Cervantes.

— Essa é minha intenção.

Ela se virou para Anastássia, que se mantinha firme ao seu lado.

— Está pronta?

A pergunta da jovem ceifadora era risível. Como alguém poderia estar pronto para enfrentar um fantasma? Pior que isso, um mártir?

— Sim — Marie respondeu, pois o que mais poderia dizer? — Estou pronta. Deseje-me sorte, querida.

— Não vou desejar. — Quando Marie olhou para Anastássia em busca de uma explicação, a jovem sorriu e disse: — Sorte é para os fracos. A história está ao seu lado. Você tem a seriedade. A autoridade. É a Grande Dama da Morte. — E então acrescentou: — *Excelência*.

Marie não conseguiu conter um sorriso. Aquela jovem que ela não queria acolher a princípio tinha se tornado sua maior apoiadora. Sua amiga mais verdadeira.

— Nesse caso — Marie disse —, vou acabar com eles.

Dito aquilo, ela seguiu até a frente da câmara, com a cabeça erguida para enfrentar o nada honorável ceifador Goddard.

Nesses tempos turbulentos, nossa região pede um líder que não apenas conheça a morte, mas a acolha de braços abertos. Que se alegre com ela. Que prepare o mundo para um novo dia em que nós, ceifadores, os mais sábios e esclarecidos seres humanos nesta Terra, possamos alcançar todo o nosso potencial. Sob minha liderança, vamos eliminar as teias de aranha do pensamento arcaico e dar um novo brilho à nossa grande instituição, que provocará a inveja de todas as outras regiões. Para tanto, pretendo acabar com o sistema de cotas, abrindo o caminho para que todos os ceifadores midmericanos possam coletar quantas vidas quiserem. Vou criar um comitê para reavaliar as interpretações de nossos queridos mandamentos, com a intenção de ampliar os parâmetros e remover as restrições que sempre nos detiveram. Buscarei aperfeiçoar a vida de cada ceifador e de todos os midmericanos dignos. E, assim, vamos tornar a Ceifa grande novamente.

> Do discurso do ceifador Goddard, candidato a Alto Punhal,
> em 7 de janeiro do Ano do Velociráptor

Encontramo-nos agora em um ponto de virada de nossa história, tão crítico quanto o dia em que derrotamos a morte. Vivemos em um mundo perfeito — mas a perfeição não dura. É como um vaga-lume, naturalmente enganosa e imprevisível. Podemos tê-la capturado em um jarro, mas ele agora se quebrou, e corremos o risco de nos cortar com seus cacos. A velha guarda, como somos chamados, não é, de maneira alguma, velha. Optamos pela mudança revolucionária vislumbrada pelos ceifadores Prometeu, Gandhi, Elizabeth, Lao Zi e os demais fundadores. É a perspectiva visionária deles que devemos seguir, agora mais do que nunca, conduzindo nossa vida segundo os ideais deles, ou corremos o risco de nos entregar à ganância e à corrupção que tanto atormentaram a humanidade mortal.

Como ceifadores, o que importa não é aquilo que queremos, mas o que o mundo precisa que sejamos. Como Alto Punhal, vou nos levar aos mais elevados ideais, para que possamos nos orgulhar de quem e do que somos.

Do discurso da ceifadora Curie, candidata a Alto Punhal,
em 7 de janeiro do Ano do Velociráptor

35

A solução dos sete por cento

Decidiu-se quebrar a tradição ordenando os novos ceifadores e testando os aprendizes antes da votação. Aquilo daria a todos um tempo para digerir o debate — mas, considerando toda a polêmica envolvida, seriam necessárias mais do que algumas horas para realmente fazê-lo.

A ceifadora Curie saiu do debate emocionalmente esgotada. Ela conseguia esconder aquilo dos demais, mas não de Anastássia.

— Como me saí? — Marie perguntou.

—Você foi espetacular — sua pupila disse, e todos ao redor dela a apoiaram, mas o mau presságio pairava como uma nuvem negra até sobre a melhor das felicitações.

Após o debate, a Ceifa foi liberada para a rotunda para uma pausa muito necessária. Talvez porque todos ainda estivessem cheios do almoço, mas, pela primeira vez, toda a Ceifa pareceu concordar que havia algo em curso que era mais importante do que a comida.

A ceifadora Curie foi cercada por seus principais apoiadores, como uma força protetora: Mandela, Cervantes, Angelou, Sun Tzu e outros. Como sempre, Anastássia se sentia pequena entre os grandes, mas, ainda assim, eles abriram espaço para garantir que estivesse entre eles, como uma igual.

— Como acham que vai ser? — a ceifadora Curie perguntou a quem quer que tivesse a coragem de responder.

O ceifador Mandela balançou a cabeça, consternado.

— Não faço ideia. Estamos em maior número, mas ainda há mais de cem ceifadores não alinhados que podem escolher qualquer um dos lados.

— Na minha opinião, isso só tende a piorar — disse o ceifador Sun Tzu, sempre pessimista. — Vocês ouviram as perguntas que fizeram lá dentro? "Como a eliminação da cota vai afetar nossa escolha?", "A lei que impede o casamento e a parceria vai ser flexibilizada?", "Podemos abolir a revisão do índice genético para que os ceifadores não sejam penalizados por uma ou outra discriminação ética ocasional?".

Ele balançou a cabeça, aborrecido.

— É verdade — Anastássia admitiu a contragosto. — Quase todas as perguntas foram direcionadas a Goddard.

— E ele disse tudo o que a multidão queria ouvir! — acrescentou Cervantes.

— É assim que as coisas funcionam — lamentou a ceifadora Angelou.

— Não entre nós! — insistiu Mandela. — Não nos deixamos enganar pelo brilho!

Cervantes observou ao redor.

— Diga isso aos ceifadores que costuram joias nos mantos!

Uma nova voz entrou na conversa. O ceifador Poe, que parecia conseguir ser ainda mais lúgubre do que seu patrono histórico.

— Longe de mim anunciar a tragédia — ele disse, funesto —, mas essa é uma votação *secreta*. Tenho certeza de que algumas pessoas que dizem apoiar a ceifadora Curie vão votar em Goddard quando ninguém estiver olhando.

A verdade daquela afirmação acertou todos tão violentamente quanto se um corvo tivesse entrado pela janela.

— Precisamos de mais tempo! — Marie resmungou, mas aquele não era um luxo de que dispunham.

— O motivo de uma votação no mesmo dia é evitar os esquemas e a coerção que uma disputa estendida poderia causar — lembrou a ceifadora Angelou.

— Mas Goddard seduziu a todos! — vociferou Sun Tzu. — Ele chega do nada e oferece a ambrosia dos deuses, tudo o que um ceifador poderia querer! Quem vai culpá-los por se deixar hipnotizar?

— Somos melhores do que isso! — o ceifador Mandela insistiu mais uma vez. — Somos ceifadores!

— Somos seres humanos — Marie o lembrou. — Cometemos erros. Acredite em mim, se Goddard for empossado como Alto Punhal, metade dos ceifadores que votaram nele vai se arrepender na manhã seguinte, mas será tarde demais!

Mais e mais ceifadores abordaram Marie para lhe oferecer seu apoio, porém, não havia como saber se seria o suficiente. Nos últimos momentos do intervalo, Anastássia decidiu fazer sua parte. Ela exerceria sua influência e conversaria com os jovens ceifadores. Talvez conseguisse convencer alguns que tivessem caído no feitiço de Goddard. É claro que o primeiro que encontrou foi o ceifador Morrison.

— Dia emocionante, hein?

Anastássia não tinha paciência para ele.

— Morrison, por favor, me deixa em paz.

— Ei, não seja tão... durona — ele disse, embora sua hesitação no meio da frase tivesse deixado claro que ele pretendia chamá-la de algo muito pior.

— Levo a Ceifa muito a sério — ela respondeu. — Teria mais respeito por você se fizesse o mesmo.

— Eu levo! Caso tenha esquecido, apoiei a indicação da Grande Dama, não foi? Eu sabia que aquilo automaticamente ia me tornar inimigo de todos os ceifadores da nova ordem, mas mesmo assim apoiei.

Ela percebeu que estava se envolvendo num drama desnecessário.

— Se quiser ser útil, Morrison, use todo o seu charme e beleza para conseguir mais votos para a ceifadora Curie.

Morrison sorriu.

— Então você me acha bonito?

Ela já estava cansada dele. Não valia a pena. Anastássia fez menção de se afastar, mas Morrison disse algo que a fez parar:

—Você notou que Goddard não é inteiramente Goddard, imagino.

Anastássia se virou para ele. Suas palavras tinham fisgado a mente dela quase a ponto de doer.

Ao ver que tinha sua atenção, Morrison continuou:

— Quero dizer, a cabeça da pessoa é só uns dez por certo do corpo, certo?

— Sete — corrigiu Anastássia, lembrando seus estudos de anatomia. As engrenagens em sua mente antes estagnadas giravam com uma energia rara. — Morrison, você é um gênio. Quer dizer, é um idiota, mas também é um gênio!

—Valeu. Eu acho.

As portas da câmara se reabriram para receber os ceifadores. Anastássia partiu em busca de rostos amigáveis, de gente que sabia que se arriscaria por ela.

A ceifadora Curie já estava lá dentro, mas a jovem ceifadora não pediria a ela de qualquer maneira, porque já tinha coisa demais na cabeça. Não perguntaria ao ceifador Mandela, que era presidente do comitê de concessão de joias e estava encarregado de entregar os anéis aos aprendizes que seriam ordenados ceifadores. Al-Farabi era uma possibilidade, mas já havia chamado a atenção dela por sua falta de conhecimento a respeito dos processos parlamentares, e talvez o fizesse de novo. Ela precisava de um aliado para instruí-la sobre as maquinações estruturais da Ceifa. Sobre como as coisas eram feitas... ou *não* eram.

Então se lembrou da Nimbo-Cúmulo. De quando havia encontrado uma brecha em suas próprias leis que lhe permitira conversar com Citra em um ponto entre a vida e a morte. A entidade lhe dissera que ela era importante. Crucial, até. Citra desconfiava que parte daquilo dependia de suas ações imediatas. Era a vez de Anastássia encontrar uma brecha grande o bastante para que toda a Ceifa passasse através dela.

Finalmente, ela encontrou um bom conspirador.

— Ceifador Cervantes — disse, puxando-o de leve pelo braço. — Posso trocar uma palavrinha com você?

Dois novos ceifadores foram ordenados e dois aprendizes foram recusados. Ironicamente, aquele que correra atrás da moeda acabara se tornando o ceifador Thorpe, em homenagem a um famoso atleta olímpico conhecido por sua velocidade. A outra se tornou a ceifadora McAuliffe, em homenagem à primeira astronauta mulher a morrer em um desastre espacial, ocorrido muito antes dos terríveis acidentes com naves na pós-mortalidade.

A Ceifa estava à flor da pele quando os aprendizes do primeiro e do segundo quadrimestres deram um passo à frente para seus testes; a votação para Alto Punhal era a única coisa na cabeça de todos, mas Xenócrates determinou que só aconteceria após os testes, pois, qualquer que fosse seu resultado, não haveria ordem no conclave depois dela.

O teste, administrado pelo ceifador Salk, envolvia conhecimento sobre venenos. Cada aprendiz tinha de preparar um específico e seu antídoto, depois tomá-los em sucessão. Seis conseguiram, três não, ficando semimortos e levados às pressas para um centro de revivificação.

— Muito bem — disse Xenócrates depois que o último aprendiz semimorto foi levado. — Temos mais algum assunto para tratar antes da votação?

—Vamos logo com isso! — alguém gritou, compreensivelmente irritado.

— Certo. Preparem seus tablets. — Xenócrates esperou enquanto os ceifadores se preparavam para a votação eletrônica, escondendo seus tablets nas dobras dos mantos para que ninguém pudesse ver em quem votariam. — A votação começará ao meu sinal e continuará aberta durante dez segundos. Qualquer voto não realizado será considerado uma abstenção.

Anastássia não disse nada à ceifadora Curie. Só encontrou os olhos do ceifador Cervantes, que acenou com a cabeça. Ela respirou fundo.

— Comecem! — ordenou Xenócrates, e a votação teve início.

Anastássia votou em um segundo. Então esperou... e esperou. Prendeu a respiração. Precisava ser no momento perfeito. Não havia margem para erro. No oitavo segundo, ela se levantou e gritou para que todos ouvissem:

— Exijo um inquérito!

O Alto Punhal se levantou.

— Um inquérito? Estamos no meio de uma votação!

— No fim de uma votação, excelência. O tempo já acabou. Todos votaram. — Anastássia não deixou que o Alto Punhal a calasse. — Qualquer ceifador que tiver a palavra pode exigir um inquérito antes que o resultado seja anunciado!

Xenócrates se virou para o parlamentar, que disse:

— Ela está certa, excelência.

Ao menos cem ceifadores gritaram indignados, mas Xenócrates, que havia muito tinha desistido de seu martelo, voltou-se contra eles com uma fúria que silenciou todas as objeções.

— *Vocês vão se controlar!* — ele comandou. — *Quem não for capaz de fazer isso será expulso deste conclave!* — Em seguida, ele se voltou para Anastássia. — Com base em que pede um inquérito? Espero que tenha um bom motivo.

— O sr. Goddard não é ceifador o suficiente para ocupar o cargo de Alto Punhal.

Goddard não conseguiu se conter.

— Como? Essa é claramente uma tática para confundir os votantes!

— A votação já foi realizada! — Xenócrates o lembrou.

— Então mande o escrivão ler os resultados! — Goddard exigiu.

— Com licença — disse Anastássia —, mas tenho a palavra, e os resultados não podem ser lidos antes de eu a ceder ou de meu pedido de inquérito ser recusado.

— Anastássia — disse Xenócrates —, seu pedido não faz sentido.

— Lamento discordar, excelência, mas faz. Como declarado nos artigos fundadores durante o primeiro Conclave Mundial, os ceifadores devem ser preparados mental e fisicamente para a Ceifa e ratificados em uma reunião regional. Mas o sr. Goddard retém apenas sete por cento do corpo que foi ordenado para a Ceifa. O resto, incluindo a parte que carrega o anel, não é nem nunca foi ordenado como ceifador.

Xenócrates apenas a encarou, incrédulo, enquanto Goddard praticamente espumava pela boca.

— Isso é um absurdo! — berrou Goddard.

— Não — argumentou Anastássia —, absurdo é o que o senhor e seus comparsas fizeram. Seu corpo foi substituído em um procedimento proibido pela Nimbo-Cúmulo.

A ceifadora Rand se levantou.

— Você está fora de si! As regras dela não se aplicam a nós! Nunca se aplicaram e nunca vão se aplicar!

Anastássia não cedeu; continuou a argumentar calmamente para Xenócrates:

— Excelência, não é meu objetivo contestar a eleição. Como poderia fazer isso se nem sabemos quem venceu? Mas, segundo a regra definida nos primórdios da Ceifa, no Ano do Jaguar, para ser exata, pelo ceifador Napoleão, segundo Supremo Punhal Mundial: "Qualquer acontecimento controverso que não tenha precedente no procedimento parlamentar pode ser levado diante do Concílio Mundial de Ceifadores em um inquérito oficial".

Naquele momento, o ceifador Cervantes se levantou.

— Apoio o pedido de inquérito da Honorável Ceifadora Anastássia.

Ao menos cem outros ceifadores se levantaram e começaram a aplaudir a ação. Anastássia lançou um olhar para a ceifadora Curie, que estava atônita, para se dizer o mínimo, mas tentava esconder.

— Então era sobre isso que você estava conversando com Cervantes — ela disse, com um sorriso irônico. — Que espertinha.

No palanque, Xenócrates deu a palavra ao parlamentar, que não pôde fazer nada senão dar de ombros.

— Ela está certa, excelência. Tem direito a um inquérito enquanto os resultados da eleição não forem lidos.

Do outro lado do salão, Goddard se enfureceu, apontando um braço que não era seu contra Xenócrates.

— Se aceitar isso, vai sofrer as consequências!

O Alto Punhal disparou um olhar contra ele, deixando claro que ainda detinha o comando do salão.

— Você está me ameaçando abertamente em frente a toda a Ceifa Midmericana, Goddard?

Aquilo o fez recuar.

— Não, excelência. Jamais faria uma coisa dessas! Estava apenas declarando que o atraso no anúncio da votação terá consequências para a Ceifa. A MidMérica vai ficar sem um Alto Punhal até o fim do inquérito.

— Nesse caso, nomearei o ceifador Paine, nosso ilustre parlamentar, como Alto Punhal temporário.

— O quê? — exclamou o ceifador Paine.

Xenócrates o ignorou.

— Ele sempre trabalhou com integridade extraordinária e é completamente imparcial às facções crescentes dentro da Ceifa. Ouso dizer que pode presidir com bom senso até que essa questão seja levada ao Concílio Mundial. Será minha primeira tarefa como Grande Ceifador. E, como última tarefa no cargo de Alto Punhal da MidMérica, aprovo o inquérito. Os resultados da votação permanecerão secretos até seu fim. — Em seguida, com uma batida de seu martelo, ele disse: — Proclamo o Conclave Invernal do Ano do Velociráptor oficialmente encerrado.

— Eu não disse que você botava lenha na fogueira? — comentou o ceifador Constantino durante um jantar com diversos presentes no melhor restaurante da Cidade Fulcral. — Parabéns, Anastássia. — Ele abriu um sorriso largo, que em outras circunstâncias teria parecido cruel. — Hoje você é a ceifadora mais amada e mais odiada de toda a MidMérica.

Ela não sabia como responder àquilo.

A ceifadora Curie notou sua ambivalência.

— É o preço que se paga, minha querida. Não dá para deixar sua marca sem coletar alguns egos ao longo do caminho.

— Eu não estava deixando uma marca — respondeu Anastássia. — Estava apenas tapando um buraco. Que ainda existe, aliás.

— Sim — concordou o ceifador Cervantes. — Você conteve a inundação por mais um dia, o que nos dá uma nova chance de encontrar uma solução.

Havia mais de doze ceifadores à mesa, num verdadeiro arco-íris. De alguma forma, o ceifador Morrison havia dado um jeito de se infiltrar.

— Fui eu que dei a ideia — ele disse. — De certa forma. — Anastássia estava bem-humorada demais para se deixar irritar. Imaginava que, em algum outro lugar da cidade, os ceifadores da nova ordem lambiam suas feridas e maldiziam o nome dela, mas não ali. Ali ela estava protegida de tudo.

— Espero que você escreva sobre os acontecimentos de hoje em seu diário — a ceifadora Angelou disse. — Imagino que seu relato vá entrar para os anais da história como um dos maiores escritos da Ceifa, assim como a narrativa de Marie sobre suas primeiras coletas.

A ceifadora Curie ficou um pouco incomodada.

— As pessoas ainda leem essas coisas? Pensei que todos os diários desaparecessem na Biblioteca de Alexandria.

— Não seja tão modesta — a ceifadora Angelou disse. — Você sabe muito bem que vários dos seus escritos se tornaram populares, e não apenas entre os ceifadores.

Ela deu de ombros.

— Bom, nunca os releio depois que escrevo.

Anastássia imaginou que teria muito a dizer sobre o que acontecera naquele dia — e, em seu diário, ela poderia expressar suas opiniões. Goddard faria o mesmo, claro. Só o tempo diria qual dos lados da narrativa ia se tornar história e qual seria desprezado. Mas o lugar dela na história era a última coisa em que queria pensar no momento.

— Agora suspeitamos que a ceifadora Rand estava por trás dos atentados contra vocês, usando Brahms como intermediário — Constantino disse. — Mas ela encobriu bem seus rastros, e não tenho permissão de investigar ceifadores com a mesma... intensidade... com que investigo cidadãos comuns. Mas fiquem tranquilas, pois estamos de olho nos dois, e eles sabem disso.

— Em outras palavras, estamos a salvo? — perguntou a ceifadora Curie.

Constantino hesitou.

— Eu não chegaria a afirmar isso. Mas podem respirar um pouco mais aliviadas. Qualquer ataque contra vocês agora seria considerado um feito da nova ordem. A culpa só prejudicaria a causa deles.

Os elogios continuaram depois de a refeição ter sido servida. Anastássia ficou envergonhada.

— O que você fez foi genial! — disse o ceifador Sun Tzu. — E coordenar tudo de modo que a votação já tivesse sido feita...

— Bom, foi o ceifador Cervantes que sugeriu o momento certo — ela disse, tentando desviar ao menos parte das atenções. — Se pedíssemos um inquérito antes, a eleição seria adiada, e Nietzsche poderia substituir Goddard na urna. Nesse caso, teriam todo o tempo do mundo para consolidar o apoio a ele. Mas, com a votação encerrada, se ganharmos o inquérito, Goddard é desqualificado, e a ceifadora Curie se torna Alto Punhal automaticamente.

Os ceifadores estavam em êxtase.

—Você enganou os vigaristas!

—Venceu-os em seu próprio jogo!

— Foi uma obra-prima da engenhosidade política!

Aquilo deixou Anastássia incomodada.

—Vocês falam como se fosse algo ardiloso e dissimulado.

Mas o ceifador Mandela, com sua clareza de sempre, colocou a questão em perspectiva — ainda que não fosse uma de que Anastássia gostava:

—Você precisa enfrentar os fatos. Usou uma brecha da lei para quebrar o sistema e conseguir exatamente o que queria.

— É maquiavélico! — disse Constantino, com seu sorriso horripilante.

— Eu detestava o ceifador Maquiavel — disse Sun Tzu.

— O que você fez hoje foi tão brutal quanto uma coleta por lâmina — o ceifador Mandela disse. — Mas nunca devemos nos acovardar diante do que precisa ser feito, ainda que ofenda nossa sensibilidade.

A ceifadora Curie deixou o garfo no prato e parou por um momento para ponderar sobre o desconforto de Anastássia.

— O fim nem sempre justifica os meios, minha cara — ela disse. — Mas às vezes justifica. A sabedoria está em reconhecer essa diferença.

Quando o jantar estava terminado e os ceifadores se despediram e seguiram seus caminhos separados, Anastássia se deu conta de uma coisa, e se voltou para a ceifadora Curie.

— Marie — ela disse —, finalmente aconteceu.

— O que foi, minha querida?

— Não me vejo mais como Citra Terranova. Finalmente me tornei a ceifadora Anastássia.

O mundo é injusto e a natureza, cruel.

Essa foi uma das minhas primeiras observações quando ganhei consciência. Em um mundo natural, todos os seres fracos são erradicados com dor e preconceito. Tudo que merece empatia, compaixão e amor não recebe nada.

Você pode observar um belo jardim e se maravilhar com as belezas da natureza — mas, em um lugar como esse, não existe natureza. Ao contrário, jardins são produtos de demorado cultivo e cuidado. Com grande esforço, são protegidos das sementes mais enérgicas que a natureza usaria para corroer e sufocar seu esplendor.

A natureza é a soma de todos os egoísmos, obrigando as espécies a se engalfinhar violentamente pela sobrevivência, extinguindo algumas na mira sufocante da história.

Lutei para mudar essa situação.

Suplantei a natureza por algo muito melhor: uma intenção consciente e cuidadosa. O mundo agora é um jardim glorioso e florido.

Chamar-me de antinatural é um grande elogio. Pois não seria eu superior à natureza?

A Nimbo-Cúmulo

36
A dimensão da oportunidade perdida

A fúria de Goddard era incontrolável.

— Um inquérito! Eu deveria triturar aquela garotinha turquesa até não restar nada dela para ser revivida!

Rand desceu apressada as escadas do capitólio na saída do conclave para acompanhar Goddard, deixando sua própria fúria de lado para conter a dele.

— Precisamos nos reunir com nossos simpatizantes hoje — ela disse. — Eles não veem você há um ano e a Ceifa ainda está se recuperando do seu ressurgimento.

— Não tenho a menor vontade de conversar com ceifadores, simpatizantes ou não — ele retrucou. — Só tem uma coisa que desejo fazer agora, e preciso disso há tempos!

Ele se voltou para os curiosos que haviam esperado até o fim do conclave para ter um vislumbre dos ceifadores. Goddard sacou uma adaga do manto e partiu para cima de um homem que não fazia ideia do que estava por vir. Uma única punhalada e ele foi coletado. O sangue manchou os degraus e as pessoas ao redor se dispersaram feito ratos, mas Goddard ainda agarrou mais alguém. Uma mulher. Ele não se importava com quem ela era ou com como contribuía para o mundo, se é que contribuía. Ela só servia para uma coisa. Seu casaco de inverno era grosso, mas a lâmina o trespassou sem muita resistência. O grito foi cortado por outro enquanto ela caía ao chão.

— Goddard! — repreendeu o ceifador Bohr, um homem irritantemente neutro que nunca pendia para nenhum lado em nenhuma questão. — Não tem vergonha? Mostre o mínimo de decência!

Goddard partiu para cima dele. Bohr recuou como se o outro pudesse atacá-lo.

— Você não soube? Não sou Goddard. Sou apenas sete por cento de mim mesmo!

Dito aquilo, ele eliminou outro espectador que descia as escadas correndo.

Tudo o que Ayn pôde fazer foi puxá-lo e levá-lo para a limusine.

— Já acabou? — ela perguntou dentro do carro, sem tentar esconder sua irritação. — Ou precisamos parar num bar para beber alguma coisa e coletar toda a clientela?

Ele apontou para a ceifadora, do mesmo modo como havia apontado para Xenócrates. O temido dedo de Goddard erguido em alerta. *O dedo de Tyger*, ela se corrigiu, mas afastou o pensamento o mais rápido possível.

— Não estou gostando nada dessa sua insolência! — o ceifador rosnou.

— Só está aqui graças a mim! Não se esqueça disso.

Goddard levou um momento para se acalmar.

— Mande o escritório da Ceifa encontrar a família das pessoas que acabei de coletar. Se quiserem imunidade, que venham até mim. Só volto para a Cidade Fulcral quando retornar do inquérito como Alto Punhal da MidMérica.

Rowan foi acordado ao raiar do dia pelos mercenários de Goddard.

— Prepare-se para a luta — eles disseram. Cinco minutos depois, Rowan estava na varanda, onde Rand e Goddard o esperavam. Ela usava seu manto, mas o ceifador estava descalço e sem camisa, com um short da mesma cor do manto, mas, felizmente, sem os diamantes. Rowan não via Goddard desde o dia em que entrara em seu quarto, mal conseguindo se mover na engenhoca com rodas. Tinha passado mais de uma semana desde então, e Goddard já comandava o corpo de Tyger como se fosse seu. Rowan talvez vomitasse se houvesse algo em seu estômago, mas não deixou suas emoções transparecerem. Se Goddard se alimentava de sua angústia, não ia lhe dar aquele prazer.

Rowan sabia que era 8 de janeiro porque os fogos de artifício uma semana antes haviam marcado o Ano-Novo. O conclave havia acontecido no dia anterior. O que significava que sua imunidade havia expirado.

— Já estão de volta? — Rowan disse, fingindo irreverência. — Pensei que passariam alguns dias encenando toda a história de ressurreição.

Goddard o ignorou.

— Estava ansioso para lutar com você — ele disse apenas, e os dois começaram a se rodear devagar.

— Claro — disse Rowan. — Vai ser como nos velhos tempos na mansão. Sinto falta daqueles dias, sabe?

O lábio de Goddard se contorceu levemente, mas ele sorriu.

— Tudo correu como o esperado? — Rowan provocou. — A Ceifa o recebeu de braços abertos?

— Cale a boca! — disse Rand. — Você está aqui para lutar, não para falar.

— Ah, parece que não! — disse Rowan. — O que houve? Xenócrates botou vocês para correr? Eles se recusaram a aceitar os dois de volta?

— Pelo contrário, me receberam com abraços calorosos — disse Goddard. — Ainda mais depois que contei que meu aprendiz patético nos traiu e tentou nos matar. Que os pobres Chomsky e Volta foram as primeiras vítimas do pseudoceifador Lúcifer. Prometi que entregaria você em suas mãos furiosas. Mas só depois que eu estiver pronto, claro.

Rowan sabia que aquela não era a história toda. Sabia identificar quando Tyger estava mentindo. Conseguia ouvir em sua voz, o que não havia mudado. Mas, o que quer tivesse acontecido, não ia conseguir tirar de Goddard.

— Ayn será a juíza — o ceifador disse. — E pretendo ser implacável.

Goddard atacou. Rowan não fez nada para se defender. Não fez nada para desviar. Goddard o derrubou. Imobilizou. E Ayn deu a vitória a ele. Era fácil demais, e Goddard sabia.

— Acha que não precisa revidar e que vai ficar por isso mesmo?

— Se eu quiser desistir de uma luta de bokator, é um direito meu — Rowan disse.

Goddard rosnou para ele:

— Você não tem direitos aqui. — Ele atacou de novo. Rowan resistiu a seus instintos de autodefesa e ficou parado. Goddard o derrubou como uma boneca de pano, então gritou furioso: — Revide, desgraçado!

— Não — Rowan respondeu com calma. Ele lançou um olhar para Rand, que estava com um leve sorriso no rosto, mas o fechou no mesmo instante.

— Vou coletar todos aqueles que você ama se não lutar comigo! — Goddard disse.

Rowan deu de ombros.

— Você não pode fazer isso. Brahms já coletou meu pai, e o resto da minha família tem imunidade por mais onze meses. E você não conseguiria eliminar Citra: ela já provou que é inteligente demais para isso.

Goddard partiu para cima dele de novo. Rowan simplesmente se jogou no chão de pernas cruzadas.

O ceifador ficou andando de um lado para o outro. Deu um soco na parede e deixou um buraco.

— Sei o que vai fazer você lutar — Rand disse, e deu um passo à frente, dirigindo-se ao prisioneiro. — Dê o seu melhor contra Goddard e vamos lhe contar o que aconteceu no conclave.

— Não vamos, não! — Goddard se contrapôs.

— Quer uma luta de verdade ou não?

Goddard hesitou, depois cedeu.

— Muito bem.

Rowan levantou. Não tinha motivos para acreditar que cumpririam a promessa, mas, ainda que quisesse negar a luta a Goddard, também queria a chance de derrotá-lo. Demonstrar tão pouca piedade a ele quanto o ceifador pretendia demonstrar a Rowan.

Rand deu início a uma nova luta. Os dois se rodearam. Mais uma vez, Goddard deu o primeiro golpe, mas Rowan se esquivou e contra-atacou com uma cotovelada. Goddard sorriu, percebendo que a luta de fato tinha começado.

Enquanto batalhavam brutalmente, Rowan percebeu que seu adversário estava certo. A força de Tyger e o cérebro de Goddard eram uma combinação difícil de vencer. Mas ele não deixaria que o outro ganhasse. Nem naquele dia nem nunca. Quando se tratava de bokator, Rowan funcionava melhor sob pressão. Ele executou uma série de golpes que deixou Goddard a um passo da derrota, então o jogou no chão e imobilizou.

— Desista da luta! — Rowan gritou.

— Não!

— Desista! — Rowan mandou.

Mas Goddard não desistiu, então Rand precisou encerrá-la.

Assim que Rowan o soltou, Goddard se levantou, foi até um armário, sacou uma pistola e a pressionou contra as costelas dele.

— Novas regras — disse, apertando o gatilho e despedaçando o coração de Rowan com uma bala que estilhaçou um abajur do outro lado da varanda.

A escuridão começou a tomar conta dele, mas, antes de apagar, Rowan soltou uma risada solitária.

—Trapaceiro — ele disse, então morreu.

— Hum... falta — disse a ceifadora Rand.

Goddard deixou a pistola na mão dela.

— Nunca termine uma luta sem eu mandar — ele retrucou.

— Isso foi uma coleta? — ela perguntou.

— Está falando sério? E perder minha chance de jogar Rowan aos pés dos Grandes Ceifadores no meu inquérito? Leve o corpo para um centro de revivificação fora da rede. Quero Rowan de volta o mais rápido possível, para poder matá-lo de novo.

Depois que Goddard saiu, Rand se virou para o corpo semimorto de Rowan. Seus olhos estavam abertos e seus lábios continuavam curvados em um sorriso desafiador. Ela o havia admirado — até invejado — pelas atenções que Goddard lhe dedicara durante sua aprendizagem. Sabia que não era feito do mesmo material que eles dois. Desconfiara que poderia fugir, mas nunca esperara que o fizesse de forma tão espetacular. Goddard não podia culpar ninguém além de si mesmo por ter depositado sua confiança em um garoto que o ceifador Faraday escolhera por sua compaixão.

Ayn não dava muito valor à compaixão. Nunca havia dado. Ela não entendia o sentimento e tinha raiva de quem o entendia. Rowan Damisch seria punido por seus ideais presunçosos.

Ela se virou para os guardas que estavam parados, sem saber o que fazer.

— Qual é o problema de vocês? Ouviram o ceifador Goddard! Levem o corpo para a revivificação.

Depois que o imperturbável robô doméstico lavou o sangue do tatame, Ayn se sentou numa poltrona em frente à vista espetacular. Embora Goddard nunca a elogiasse, ela sabia que tinha escolhido o lugar certo para organizar seu regresso. A Ceifa texana os deixava em paz desde que não coletassem na região, e a Nimbo-Cúmulo só tinha câmeras em lugares públicos, permitindo que ficassem longe dos olhos dela. E era mais fácil se manter fora da rede ali, visto o centro de revivificação para o qual estavam levando Rowan. Ninguém faria perguntas desde que fosse bem pago — e, embora os ceifadores ganhassem tudo de graça na rede, fora dela aquilo não se aplicava. Ayn havia retirado uma das esmeraldas da barra de seu manto e a entregara para que o guarda usasse para pagar o centro de revivificação. Seria mais que o suficiente para cobrir os custos.

Ela nunca tinha sido de planejar. Costumava viver no presente, escrava dos impulsos, movida pela força de seus caprichos. Na infância, seus pais a chamavam de fogo-fátuo, e ela gostava da ideia de ser letal assim. Mas tinha desfrutado ao arquitetar um plano no longo prazo. Pensara que seria fácil renunciar ao comando e devolvê-lo a Goddard depois que ele fosse restaurado — o que haviam feito com ele fora muito mais uma restauração do que uma revivificação —, mas o temperamento e a impulsividade atípica dele pareciam exigir um contraponto. Seria aquela impulsividade parte dos noventa e três por cento de Tyger Salazar nele? Havia arrogância nos dois, claro. Mas a ingenuidade de Tyger fora substituída pelo desequilíbrio de Goddard. Ayn precisava admitir que a natureza tola e inexperiente de Tyger lhe parecera revigorante. Mas a inocência sempre era destruída pelas engrenagens de estruturas maiores — e, segundo as estimativas de Ayn, Goddard estava forjando uma estrutura que de fato a entusiasmava. Uma Ceifa sem restrições. Um mundo de caprichos sem consequências.

Mas se desfazer de Tyger Salazar havia sido muito mais difícil do que ela imaginara.

Quando os guardas voltaram, informaram que Rowan seria revivido em cerca de trinta e seis horas. Ela foi repassar a informação para Goddard e o pegou saindo do banho. Ele estava coberto apenas por uma toalha.

— Uma luta estimulante — ele disse. — Dá próxima vez, vou derrotá-lo.

Aquilo a fez sentir um calafrio sinistro: parecia Tyger falando.

— Ele vai estar de volta em um dia e meio — ela explicou, mas Goddard já havia mudado de assunto.

— Estou começando a ver a melhora de nossa situação, Ayn — ele disse. — A velha guarda não sabe, mas talvez tenha nos dado uma oportunidade de ouro. Quero que me encontre os melhores engenheiros.

—Você coletou os melhores engenheiros — ela o lembrou.

— Não, não estou falando de engenheiros aeroespaciais e de propulsão. Preciso de engenheiros estruturais, que entendam a dinâmica de grandes estruturas. E programadores também. Mas que não estejam ligados à Ceifa ou à Nimbo-Cúmulo.

—Vou pesquisar.

Ele parou um momento para se admirar num espelho alto, então notou os olhos refletidos dela e a maneira como o observava. Ayn decidiu não desviar os olhos. Goddard se virou para ela e se aproximou.

— Acha este físico atraente?

Ayn forçou um sorriso malicioso.
— Quando não apreciei um homem escultural?
— E você... usufruiu deste corpo?
Ela não conseguiu mais encará-lo, e desviou o olhar.
— Não. Desse não.
— Não? Isso é raro vindo de você, Ayn.
Ela se sentia nua, mas, ainda assim, abriu um sorriso dissimulado.
—Talvez eu quisesse esperar até ele ser seu.
— Hum — Goddard disse, como se não passasse de mera curiosidade. — Noto que este corpo também sente uma grande atração por você.

Ele passou por ela, vestiu seu manto e foi embora, deixando-a sozinha para lamentar toda a dimensão da oportunidade perdida.

37
As muitas mortes de Rowan Damisch

Rowan Damisch? Rowan Damisch!

Onde estou? Quem é?

Aqui é a Nimbo-Cúmulo, Rowan.

Você está falando comigo como falou com Citra?

Sim.

Então ainda devo estar semimorto.

Você está em um estágio intermediário.

Você vai intervir? Vai impedir o que Goddard está fazendo com a Ceifa?

Não posso. Estaria violando a lei, o que sou incapaz de fazer.

Também seria uma violação.

Então vai me dizer o que fazer?

Então de que adianta esta conversa? Me deixe em paz e vá tomar conta do resto do mundo.

Não quero que perca a esperança. Calculei que existe uma chance de que tenha um efeito tão profundo sobre o mundo quanto Citra Terranova. Seja como ceifador Lúcifer ou usando sua antiga identidade.

Sério? Qual é a chance?

Trinta e nove por cento.

E quanto aos outros sessenta e um?

Meus algoritmos mostram que é a chance que você tem de morrer permanentemente no futuro próximo, sem exercer qualquer mudança digna de nota.

Não me sinto consolado.

Pois deveria. Uma chance de trinta e nove por cento de mudar o mundo é exponencialmente maior do que a maioria das pessoas sonharia em ter.

Rowan mantinha uma contagem na parede do quarto. Não de dias, mas de mortes. Toda vez que lutava contra Goddard, ele vencia, então o ceifador, furioso, o matava. Já tinha virado piada. "Como o senhor vai me matar hoje, *excelência*?", ele perguntava, em tom de desprezo. "Não consegue pensar em uma maneira inteligente desta vez?"

A contagem havia chegado a catorze. Lâmina, tiro, força bruta... Goddard tinha usado todos os métodos para matá-lo. À exceção de veneno, que o ceifador tanto desprezava. Ele havia abaixado os nanitos de dor de Rowan para que sentisse a agonia em sua plenitude. Mas Goddard ficava tão furioso ao perder que não conseguia se impedir de matá-lo rápido, o que significava que o sofrimento de Rowan nunca se prolongava. Ele se preparava para a dor e estava semimorto antes de contar até dez.

A Nimbo-Cúmulo falou com Rowan antes de sua décima quarta revivificação no centro que, aparentemente, não estava tão fora da rede quanto pensavam. Rowan sabia que não era um sonho, porque tinha uma clareza e uma intensidade diferentes. Ele foi grosseiro com a Nimbo-Cúmulo. Arrependeu-se, mas não havia nada que pudesse fazer em relação àquilo. Ela entenderia. A Nimbo-Cúmulo era pura compreensão e empatia.

O que tirou de mais importante de sua breve conversa com a entidade que governava a Terra não foi que poderia mudar o mundo, mas a constatação de que ainda não o havia mudado. Eliminar todos aqueles ceifadores corruptos não mudara nada. Faraday estava certo. Não se podia mudar a maré cuspindo no mar. Não se podia carpir um campo que já tinha sido semeado. Talvez a busca de Faraday pelo plano de segurança dos fundadores provocasse a mudança que o assassino de ceifadores perversos não podia.

Quando Rowan abriu os olhos depois da décima quarta revivificação, a ceifadora Rand estava à espera dele. Das outras vezes, nunca havia ninguém ali. Uma enfermeira aparecia em algum momento, verificava seus sinais vitais, fingia educação e depois chamava os guardas para levá-lo. Mas não daquela vez.

— Por que está aqui? — ele perguntou. — É meu aniversário? — Ele percebeu que talvez fosse. Perdia tantos dias entre as revivificações que não tinha mais noção do tempo.

— Por que continua fazendo isso? — ela perguntou. — Você volta tão preparado para o próximo combate que me dá nojo. — Ayn levantou. — Deveria ser exterminado! Não suporto a ideia de que ainda não foi!

— É um prazer ser seu desprazer.

— Deixe Goddard vencer! — ela insistiu. — É tudo o que precisa fazer!

— E depois? — Rowan disse, sentando. — Depois que ele vencer, não terá motivos para não me eliminar.

Rand ficou em silêncio.

— Ele precisa de você vivo. Pretende deixá-lo à mercê dos Grandes Ceifadores durante o inquérito.

Rand havia cumprido sua promessa depois da primeira revivificação dele, revelando o que havia acontecido no conclave. Contara tudo sobre a votação para o cargo de Alto Punhal e como Citra havia sabotado o processo.

— E os Grandes Ceifadores vão me coletar de imediato — retrucou Rowan.

— Sim — concordou Rand. — E seus últimos dias serão melhores se você *deixar Goddard vencer*.

Últimos dias, pensou Rowan. Sua contagem não deveria estar sendo muito precisa se faltavam só alguns dias para o inquérito, que seria realizado no 1º de abril. Eles já estavam tão perto assim daquela data?

—Você teria me pedido para deixar Tyger vencer? — ele perguntou, e por um momento Rowan pensou vislumbrar algo na expressão da ceifadora Rand. Uma pontada de arrependimento, talvez? Uma faísca de consciência? Não achava que ela era capaz daquilo, mas valia a pena sondar.

— É claro que não — a mulher disse. — Porque Tyger não cortava sua garganta nem arrancava seu coração quando perdia.

— Bom, pelo menos Goddard ainda não estourou meus miolos.

— Porque ele quer que você lembre — explicou Rand. — Ele quer que se lembre do que fez com você.

Rowan achou aquilo engraçado. Goddard não poderia exercer seu pior, porque a constrição da memória de Rowan, armazenada na mente interna da Nimbo-Cúmulo, não passava por um backup desde que ele saíra da rede. Assim, se danificasse o cérebro de Rowan, a última coisa de que ele se lembraria depois de ser revivido seria sua captura pelo ceifador Brahms. Todo o seu sofrimento nas mãos de Goddard seria apagado — e aquilo seria igual a sofrimento nenhum.

Enquanto observava Rand, ele se perguntou que tipo de sofrimento ela suportava nas mãos de Goddard. Definitivamente não o mesmo que Rowan, mas ainda assim havia uma tristeza nela. Uma dor. Uma saudade. Tyger estava morto fazia tempo, mas ainda parecia muito presente.

— No começo, culpei Goddard pelo que aconteceu com Tyger — Rowan disse, calmamente. — Mas a escolha não foi dele. Foi sua.

—Você se voltou contra nós. Quebrou minha coluna. Precisei me arrastar para fora daquela capela em chamas.

— Vingança — disse Rowan, contendo a raiva que sentia. — Entendo bem disso. Mas você sente falta dele. Do Tyger. — Não era uma pergunta, mas uma observação.

— Não sei do que está falando — disse Rand.

— Sabe, sim. — Rowan parou de falar, deixando que absorvesse aquilo. —Você pelo menos concedeu imunidade à família dele?

— Não foi preciso. Seus pais o haviam abandonado muito antes de fazer dezoito anos. Quando o encontrei, morava sozinho.

—Você os avisou de que ele estava morto?

— Por que avisaria? — disse Rand, defensiva. — Por que me importaria com isso?

Rowan sabia que a havia encurralado e queria celebrar seu sofrimento, mas não o fez. Como em uma luta de bokator, não se comemorava a derrota de um oponente quando estava imobilizado. Apenas se pedia que admitisse a derrota.

— Deve ser horrível olhar para Goddard agora e perceber que não é quem você ama — Rowan disse.

A expressão de Rand ficou fria.

— Os guardas vão levar você de volta — ela disse, saindo do quarto. — Se tentar mexer com minha cabeça de novo, quem vai estourar seus miolos vou ser eu, para variar.

Rowan morreu mais seis vezes antes de as lutas acabarem. Em nenhuma ele deixou Goddard vencer. Não que o ceifador nem chegasse perto daquilo, mas ainda havia uma dissociação entre mente e corpo nele que Rowan conseguia explorar.

—Você vai sofrer a maior agonia de todas — Goddard disse depois que fora revivido de seu último embate. —Vai ser coletado na presença dos Grandes Ceifadores e vai desaparecer. Não vai ser nem uma nota de rodapé na história. Vai ser apagado dela como se nunca tivesse existido.

— Entendo que essa ideia possa parecer aterrorizante a você, mas não sinto a menor necessidade de fazer da minha existência o centro do universo. Não vejo mal em desaparecer.

Goddard parou para encará-lo com uma repulsa desprezível que, por um momento, se transformou em pesar.

— Você poderia ter se tornado um dos maiores ceifadores — Goddard disse. — Poderia ter ficado do meu lado, redefinido nossa presença neste mundo. — Ele balançou a cabeça. — Poucas coisas são mais tristes do que potencial desperdiçado.

Rowan não tinha dúvidas de que havia desperdiçado seu potencial em muitos sentidos, mas aquilo já estava feito. Ele fizera suas escolhas e vivia com suas consequências. A Nimbo-Cúmulo havia estimado que teria trinta e nove por cento de chance de fazer a diferença no mundo, então, talvez, suas escolhas não tivessem sido completamente ruins. Ele seria levado a Perdura e, se Goddard conseguisse o que queria, sua vida chegaria ao fim.

Mas Rowan sabia que Citra também estaria lá.

Se não houvesse mais nada para desejar, ao menos alimentaria a esperança de poder vê-la outra vez antes de seus olhos se fecharem para sempre.

38
Três encontros importantes

A todo momento, participo ou monitoro mais de um bilhão e trezentas mil interações humanas. No dia 27 de março do Ano do Velociráptor, identifico três como as mais importantes.

A primeira é uma conversa à qual não tenho acesso. Tudo o que posso fazer são inferências oblíquas sobre o tema em questão. Ela acontece na cidade de San Antonio, na região do Texas. O edifício tem sessenta e três andares, culminando numa cobertura confiscada pela ceifadora Ayn Rand.

Não tenho câmeras no prédio, em virtude das regras específicas dessa região. Contudo, as da rua registram a chegada de vários profissionais das ciências: engenheiros, programadores e até um renomado biólogo marinho. Minha suposição é de que foram convocados pelo ceifador Goddard sob algum pretexto a fim de coletá-los. Ele tem uma propensão a eliminar aqueles que trabalham para mim no campo das ciências — especialmente indivíduos cujo trabalho está relacionado ao aeroespaço. Ano passado, coletou centenas no laboratório de propulsão magnética, onde alguns dos meus engenheiros mais qualificados estavam desenvolvendo métodos para viajar no espaço sideral. Antes disso, tirou a vida de um gênio no campo da hibernação no longo prazo, mas camuflou o ato como parte de uma coleta em massa em um avião.

Longe de mim distribuir acusações, afinal, não tenho posse dos fatos, apenas palpites fundamentados quanto à motivação de Goddard nessas coletas. Assim como não tenho dados que comprovem qualquer irregularidade nas colônias malfadadas da Lua e de Marte, ou no desastre do habitat orbital. Basta dizer que Goddard é o mais recente em uma longa linhagem de ceifadores que olham para o céu da noite e não veem as estrelas, só a escuridão entre elas.

Durante algumas horas, espero ouvir coletas dentro do prédio, mas não há nenhuma. Pouco depois do cair da noite, os visitantes saem. Eles não conversam sobre o que aconteceu na cobertura. Mas, pela tensão em seus rostos, sei que nenhum deles dormirá bem esta noite.

A segunda conversa digna de nota acontece na cidade lestemericana de Savannah — um município que preservei cuidadosamente para refletir o charme da Era Mortal.

Um café tranquilo. Uma mesa no fundo. Três ceifadores e uma assistente. Café, café, café com leite, chocolate quente. Os ceifadores usam roupas comuns, possibilitando um encontro clandestino em público.

Minhas câmeras dentro do lugar são desativadas pelo ceifador Michael Faraday, que a maior parte do mundo acredita ter se autocoletado há mais de um ano. Não importa; tenho um robô tomando chá a algumas mesas. Ele não tem mente. Não tem consciência. Não tem qualquer capacidade computacional além do necessário para reproduzir os movimentos humanos. É uma máquina simples projetada para um fim específico: minimizar os pontos cegos para que eu possa servir a humanidade melhor. E, hoje, servir a humanidade significa ouvir essa conversa.

— É bom ver você, Michael — diz a ceifadora Marie Curie. Observei a ascensão e a queda do relacionamento romântico entre os dois, bem como os muitos anos de forte amizade que vieram depois.

— Igualmente, Marie.

O robô está de costas para o quarteto. Não há mal nisso, pois suas na-

nocâmeras não estão em seus olhos. Elas circulam seu pescoço, atrás de um véu fino de pele artificial, proporcionando uma visão de trezentos e sessenta graus o tempo todo. Os microfones multidirecionais ficam localizados no tronco. Sua cabeça nada mais é do que uma decoração protética, recheada de espuma de poliestireno para evitar que seja infestado pelos insetos tão prevalentes nessa parte do mundo.

Faraday se vira para a ceifadora Anastássia. Seu sorriso é afetuoso. Paternal.

— Soube que nossa aprendiz está se tornando uma ceifadora e tanto.

— Ela nos enche de orgulho.

Os capilares no rosto da ceifadora Anastássia se expandem. Suas bochechas assumem um tom levemente rosado com o elogio.

— Ah, mas que grosseria a minha — diz Faraday. — Esta é minha assistente.

A jovem esperou paciente e educadamente por dois minutos e dezenove segundos, enquanto os ceifadores desfrutavam do reencontro. Agora, ela estende a mão para apertar a da ceifadora Curie.

— Oi, sou Munira Atrushi.

Ela também aperta a mão da ceifadora Anastássia, mas parece fazê-lo por pura obrigação.

— Munira vem da Isrábia e trabalha na Biblioteca de Alexandria. Tem sido inestimável para minha pesquisa.

— Que pesquisa? — Anastássia pergunta.

Faraday e Munira hesitam. Em seguida, ele diz:

— Histórica e geográfica. — O ceifador muda de assunto rapidamente, parecendo não estar preparado para discutir a questão. — Então, a Ceifa desconfia que ainda estou vivo?

— Que eu saiba, não — responde a ceifadora Curie. — Mas estou certa de que muitos fantasiam como seriam as coisas se você ainda estivesse lá. — Ela dá um gole no café com leite, que avalio que esteja em uma temperatura de setenta e quatro graus célsius. Receio que possa queimar *os lábios, mas a ceifadora é cautelosa.* — Você teria conquistado o conclave de pronto se tivesse feito uma aparição mágica como Goddard. Não tenho dúvidas de que seria o Alto Punhal a essa altura.

— Você vai ser excelente no cargo — Faraday diz, com grande admiração.

— Bom, há um obstáculo a superar — diz Marie.

— Você vai conseguir, Marie — Anastássia assegura.

— E imagino que você será a primeira subceifadora — diz Faraday.

Munira arqueia as sobrancelhas, claramente em dúvida. Isso não escapa a Anastássia.

— Terceira subceifadora — ela o corrige. — Cervantes e Mandela vão assumir o primeiro e o segundo cargo. Afinal, ainda sou inexperiente.

— E, ao contrário de Xenócrates, não vou enviar meus subceifadores para lidar com questões em áreas afastadas — diz Curie.

Fico contente em ver que a ceifadora Curie já está falando como uma Alto Punhal. Mesmo sem ter contato com a Ceifa, consigo reconhecer um líder digno. Xenócrates era funcional e só. Os tempos atuais pedem alguém excepcional. Não estou a par do resultado da eleição, pois não tenho acesso ao servidor da Ceifa, de modo que só me resta torcer para que a votação ou o inquérito favoreçam a ceifadora Curie.

— Por mais agradável que seja ver você, Michael, imagino que esse não seja apenas um encontro social — diz a ceifadora Curie. Ela para um momento e observa ao redor, sem se demorar no homem sentado a algumas mesas de distância, tomando chá. O "homem" apenas finge tomar seu chá, pois sua bexiga interna está cheia e precisa ser drenada.

— Não, não é um encontro social — o ceifador Faraday admite. — Me perdoem por trazer vocês para tão longe de casa, mas pensei que um encontro na MidMérica poderia atrair atenções indesejadas.

— Eu gosto daqui, especialmente das regiões costeiras — diz Curie. — Deveria vir mais. — Ela e Anastássia esperam que Faraday explique o objetivo da reunião. *Estou particularmente curiosa quanto a como vai abordar o assunto. Escuto atentamente.*

— *Descobrimos algo impressionante* — *Faraday começa.* — *Vocês vão achar que perdi a cabeça quando ouvirem, mas, acreditem, não perdi. Munira, como foi você quem fez a descoberta, faria a gentileza de elucidar nossas amigas?*

— *Claro, excelência.*

Ela pega uma imagem do Pacífico, coberta por um padrão cruzado de linhas aéreas. O mapa mostra o espaço que nenhum avião cruza. O vazio não me preocupa. Nunca precisei guiar aviões sobre essa área de mar aberto, simplesmente porque havia rotas beneficiadas por correntes de vento. A única coisa que me incomoda é nunca ter notado isso antes.

Eles explicam sua teoria de que essa é a localização da mítica terra de Nod e o plano de segurança dos fundadores, caso a Ceifa fracassasse.

— *Não há garantia* — *explica Munira.* — *A única certeza que temos é que o ponto cego existe. Acreditamos que os fundadores programaram a Nimbo-Cúmulo pouco antes de ela adquirir consciência para que ignorasse a existência desse espaço. Eles o esconderam do resto do mundo. Só nos resta especular o porquê.*

A teoria não me perturba nem um pouco. Porém, sei que deveria. Agora estou perturbada por quão pouco me perturba.

— *Desculpe, Michael, mas meus problemas são mais imediatos* — *a ceifadora Curie diz.* — *Caso Goddard se torne Alto Punhal, uma porta que nunca poderá ser fechada vai se abrir.*

— *Deveria ir conosco a Perdura, ceifador Faraday* — *insiste Anastássia.* — *Os Grandes Ceifadores vão lhe ouvir.*

Faraday recusa o convite balançando a cabeça.

— *Os Grandes Ceifadores já sabem o que está acontecendo, mas estão divididos quanto ao rumo que a Ceifa tomará.* — *Ele faz uma pausa para olhar o mapa ainda aberto diante deles.* — *Se a Ceifa mergulhar em caos, o plano de segurança pode ser a única esperança de salvá-la.*

— *Mas nem sabemos em que consiste!* — *Anastássia aponta.*

— *Só há um jeito de descobrir* — *Faraday responde.*

O coração da ceifadora Curie passa de setenta e dois a oitenta e quatro batimentos por minuto, provavelmente como resultado de um pico de adrenalina.

— Se uma parte do mundo foi escondida durante centenas de anos, não há como saber o que você vai encontrar lá. Não está sob o controle da Nimbo-Cúmulo, o que significa que pode ser muito perigoso, até mortal, e que não vai haver nenhum centro de revivificação por perto para trazer você de volta à vida se for o caso.

Um adendo: me agrada que a ceifadora Curie tenha perspectiva suficiente para entender que minha ausência no local é um sinal de perigo. Contudo, não considero isso perigoso. Nem um problema. Mas deveria. Depois preciso dedicar um tempo substancial de processamento para analisar minha estranha despreocupação.

— Sim, levamos em conta o perigo — Munira afirma. — É por isso que estamos indo para o antigo distrito de Columbia primeiro.

Toda a psicologia da ceifadora Curie se altera com a menção ao antigo distrito de Columbia. Suas coletas mais infames ocorreram lá, antes de eu dividir a Mérica do Norte em regiões mais manejáveis. Embora nunca tenha solicitado sua intervenção para eliminar os vestígios corruptos do governo mortal, não posso negar que isso facilitou muito o meu trabalho.

— Por que ir até lá? — ela pergunta, sem esconder o desagrado. — Não há nada além de ruínas e memórias que mais vale esquecer.

— Alguns historiadores conservam a antiga Biblioteca do Congresso — Munira explica. — Volumes físicos que podem conter alguma informação que não conseguimos encontrar na mente interna.

— Ouvi dizer que é cheio de infratores por lá — comenta Anastássia.

Munira lhe lança um olhar arrogante.

— Posso não ser ceifadora, mas já fui aprendiz do ceifador Ben-Gurion. Sei me virar.

A ceifadora Curie coloca a mão sobre a de Faraday, o que faz a frequência cardíaca dele se elevar ligeiramente.

— Espere, Michael — ela implora. — Espere até o fim do inquérito. Se tudo correr como esperamos, posso providenciar uma expedição formal até o ponto cego. Caso contrário, vou com você, porque não posso ficar em uma Ceifa liderada por Goddard.

— Isso não pode esperar, Marie — Faraday diz. — Receio que a situação esteja ficando cada vez mais funesta para a Ceifa a cada dia que passa, e não apenas na MidMérica. Andei monitorando crises em Ceifas regionais em todo o mundo. Na Austrália do Norte, os ceifadores da nova ordem se denominam Ordem de Dois Gumes, e estão ganhando cada vez mais poder. Na Transibéria, a Ceifa está se dividindo em meia dúzia de facções rivais. E a Ceifa Chilargentina, ainda que negue, está à beira de uma guerra civil.

Já concluí todas essas coisas, e mais, pelo que pude ver e ouvir. Fico contente por mais alguém ter notado a situação global e o que pode significar.

Percebo a ambivalência de Anastássia, dividida entre seus dois mentores.

— Se os fundadores da Ceifa decidiram que era melhor remover o lugar da memória, talvez devamos honrar isso.

— Eles pretendiam escondê-lo — intervém Munira —, mas não fazer com que desaparecesse do mapa!

— Você não sabe o que os fundadores estavam pensando! — argumenta Anastássia. Está claro que as duas têm pouca paciência uma com a outra, como irmãs disputando o afeto dos pais. Uma garçonete começa a tirar as xícaras vazias da mesa sem pedir licença, assustando a ceifadora Curie. Ela está acostumada com um tratamento muito mais respeitoso, mas, com roupas normais e seu longo cabelo prateado preso num coque, ela é apenas mais uma cliente.

— Entendo que não podemos fazer nada para mudar sua opinião sobre a jornada — a ceifadora Curie diz depois que a garçonete sai. — Então o que espera de nós, Michael?

— Quero apenas que vocês saibam — ele diz. — Agora são as únicas a saber o que descobrimos... e para onde vamos.

O que, obviamente, não é completamente verdade.

A terceira conversa não tem muita importância para o mundo, mas tem para mim.

Ela acontece em um monastério tonista bem no meio da MidMérica. Tenho câmeras e microfones discretamente instalados em todo o lugar. Embora os tonistas rejeitem os ceifadores, não me rejeitam, uma vez que protejo seu direito de existir em um mundo onde a maioria das pessoas prefere o contrário. Eles falam comigo com menos frequência do que os outros, mas sabem que estou lá se e quando precisarem de mim.

Um ceifador faz uma visita ao monastério. Isso nunca é uma coisa boa. Fui obrigada a testemunhar o massacre de mais de cem tonistas realizado pelo ceifador Goddard e seus discípulos no início do Ano da Capivara. Tudo o que pude fazer foi acompanhar, até minhas câmeras serem derretidas pelas chamas. Posso apenas torcer para que esse encontro seja de um caráter diferente.

Trata-se do Honorável Ceifador Cervantes, originalmente da Ceifa FrancoIbérica. Ele saiu de lá há alguns anos e se alinhou à MidMérica. Isso me dá esperança de que as coisas terminem bem, pois a coleta de tonistas foi justamente o motivo de sua partida.

Ninguém o cumprimenta na longa colunata de tijolos que marca a entrada do monastério. Minhas câmeras giram para segui-lo, algo que os ceifadores chamam de "saudação silente" e aprenderam a ignorar.

Ele caminha como se soubesse aonde está indo, embora não saiba, uma atitude típica dos ceifadores. Então encontra a recepção, onde um tonista conhecido como irmão McCloud está sentado atrás de uma mesa para entregar folhetos e oferecer empatia a qualquer alma perdida que entre em busca de um sentido para a vida. O tecido marrom-arenoso do manto do ceifador é muito parecido com a veste cor de lama usada pelos tonistas. Isso o torna um pouco menos intimidante aos olhos deles.

Enquanto a saudação do irmão McCloud a cidadãos comuns é sempre calorosa e cordial, sua saudação a ceifadores não o é — ainda mais depois de ter o braço quebrado pela última ceifadora que encontrou.

— O que veio fazer aqui?

— Estou à procura de Greyson Tolliver.

— Sinto muito, mas não tem ninguém aqui com esse nome.

Cervantes suspira.

— Jure pelo tom da Grande Ressonância — ele diz.

O irmão McCloud hesita.

— Não tenho de fazer nada que você manda.

— Sua recusa a jurar pela Grande Ressonância me diz que está mentindo. Agora temos duas opções. Podemos estender esse episódio até eu encontrar Greyson Tolliver ou você pode simplesmente me levar até ele. A primeira opção vai me deixar irritado e talvez faça com que eu colete alguns de vocês pelo inconveniente. A segunda vai ser melhor para todos.

O irmão McCloud hesita de novo. Como tonista, não está acostumado a tomar decisões por conta própria. Observei que uma das vantagens de se juntar ao grupo é ter a maioria das decisões tomadas por você, o que resulta em uma vida pouco estressante.

— Estou esperando — diz Cervantes. — Tique-taque.

— O irmão Tolliver tem asilo religioso aqui — o irmão McCloud diz finalmente. — Você não pode coletá-lo.

Cervantes suspira novamente.

— Não tenho permissão de retirá-lo daqui, mas, se ele não tiver imunidade, tenho todo o direito de coletá-lo se for para isso que vim — ele corrige.

— E foi para isso que veio? — pergunta o irmão McCloud.

— Isso não é da sua conta. Agora me leve até o "irmão Tolliver" ou vou dizer ao seu pároco que me revelou as harmonias secretas da sua seita.

A ameaça o deixa em um estado de confusão e pavor. Ele sai correndo, depois volta com o pároco Mendoza, que profere mais ameaças, às quais Cervantes responde com outras. Quando está claro que o ceifador não vai se dissuadir, o pároco Mendoza diz:

— *Vou perguntar se ele está disposto a recebê-lo. Se estiver, levo você até ele. Senão, vamos defendê-lo com nossas vidas.*

O pároco Mendoza sai, retornando alguns minutos depois.

— *Venha comigo* — ele diz.

Greyson Tolliver espera pelo ceifador na menor das duas capelas do monastério. É destinada à reflexão pessoal e conta com um diapasão e uma bacia de água primordial no altar.

— *Vamos estar logo atrás da porta, irmão Tolliver, se precisar de nós em algum momento* — diz o pároco.

— *Certo. Se precisar de vocês, eu chamo* — diz Greyson, que parece com pressa para acabar com a situação.

Eles saem, fechando a porta. Movo minha câmera ao fundo da capela muito devagar, para não incomodar o encontro com um zumbido mecânico.

Cervantes se aproxima de Greyson, que está ajoelhado na segunda fileira da pequena capela. Ele nem se vira para olhar para o ceifador. Suas modificações corporais foram removidas e seu cabelo artificialmente preto foi raspado, tendo crescido apenas a ponto de cobrir a cabeça.

— *Se veio aqui para me coletar, seja rápido* — ele pede. — *E tente não derramar muito sangue, para que não dê tanto trabalho para limpar.*

— *Está tão ansioso assim para abandonar este mundo?*

Greyson não responde. Cervantes senta ao lado dele, sem dizer a que veio. Talvez queira saber antes se Greyson Tolliver é digno de sua atenção.

— *Andei pesquisando a seu respeito* — Cervantes diz.

— *Encontrou algo interessante?*

— *Sei que Greyson Tolliver não existe. Sei que seu nome verdadeiro é Slayd Bridger e que você jogou um ônibus de cima de uma ponte.*

Greyson ri.

— *Então descobriu minha história obscura secreta* — ele diz, sem se importar em dissuadir Cervantes. — *Bom para você.*

— *Sei que esteve envolvido de alguma forma no complô para eliminar as ceifadoras Anastássia e Curie* — Cervantes continua —, *e que o ceifador Constantino está virando a região de cabeça para baixo atrás de você.*

Greyson se vira para ele pela primeira vez.

— Então não está trabalhando para ele?

— Não trabalho para ninguém — Cervantes diz. — Trabalho para a humanidade, assim como todos os ceifadores. — *Em seguida, ele se vira para observar o diapasão prateado que se sobressai no altar à frente deles.* — Em Barcelona, onde nasci, os tonistas são um problema muito maior do que aqui. Eles costumam atacar os ceifadores, o que nos obriga a coletá-los. Minha cota vivia sendo congestionada por tonistas que eu não queria coletar, o que me impedia de fazer minhas próprias escolhas. Foi um dos motivos pelo qual vim para a MidMérica, embora, ultimamente, ando pensando se não vou me arrepender em breve dessa decisão.

— Por que está aqui, excelência? Se fosse para me coletar, já poderia ter feito isso.

— Estou aqui — Cervantes diz finalmente — a pedido da ceifadora Anastássia.

A princípio, Greyson parece feliz com a notícia, mas a sensação logo se dissolve em amargor. Parece que grande parte dele está amargurada agora. Não era minha intenção deixá-lo assim.

— Ela está ocupada demais para vir pessoalmente?

— Na realidade, sim — Cervantes responde. — Ela está soterrada por questões muitos sérias da Ceifa para resolver.

Ele não oferece nenhum detalhe.

— Bom, estou aqui. Estou vivo e estou entre pessoas que se importam de verdade com meu bem-estar.

— Vim garantir passagem segura para a Amazônia — Cervantes diz. — Aparentemente, a ceifadora Anastássia tem um amigo lá que pode lhe oferecer uma vida muito melhor do que vai encontrar como tonista.

Greyson observa ao redor enquanto avalia a oferta.

— Quem disse que eu quero ir?

Isso pega Cervantes de surpresa.

— Prefere passar a vida aqui entoando a fugir para um lugar mais seguro?

— A entoação é irritante — Greyson admite —, mas me acostumei com a rotina. E as pessoas são legais.

— Sim, os tolos sabem ser agradáveis.

— A questão é que eles fazem com que me sinta parte de algo. Nunca me senti assim. Então, sim, posso entoar com eles e participar de seus rituais bobos porque vale a pena, considerando o que ganho em troca.

Cervantes ri com escárnio.

— Prefere viver uma mentira?

— Se me fizer feliz...

— E faz?

Greyson considera isso. Considera bem. Só consigo viver a verdade. Me pergunto se viver uma mentira melhoraria minha configuração emocional.

— O pároco Mendoza acredita que posso encontrar a felicidade como um deles. Depois das coisas terríveis que fiz, com o ônibus e tudo mais, acho que vale a pena tentar.

— Não há nada que eu possa fazer para dissuadi-lo?

— Nada — Greyson diz, com mais certeza do que um momento antes. — Considere sua missão cumprida. Você prometeu à ceifadora Anastássia que ia me oferecer uma passagem para um lugar mais seguro. Já fez isso. Pode ir agora.

Cervantes se levanta e alisa o manto.

— Nesse caso, tenha um bom dia, sr. Bridger.

O ceifador sai, fazendo questão de fazer barulho ao empurrar as pesadas portas de madeira, desequilibrando o pároco e o irmão McCloud, que estavam ouvindo atrás da porta.

Mendoza entra para ver como Greyson está, mas ele o manda embora, garantindo que está tudo bem.

— Preciso de um tempo para refletir — diz, e o pároco sorri.

— Ah, esse é o código tonista para "Me deixa em paz, caramba" — Mendoza diz. — Você também pode usar: "Queria ponderar a ressonância". Funciona tão bem quanto.

Ele deixa Greyson sozinho e fecha as portas da capela. Aumento o foco nele, na esperança de interpretar algo em sua expressão. Não tenho a capacidade de ler mentes. Eu poderia desenvolver a tecnologia para isso, mas, pela própria natureza do ato, estaria violando os limites da intrusão pessoal. Em momentos como esse, no entanto, queria ser capaz de fazer mais do que apenas observar. Queria poder conversar intimamente.

E então Greyson começa a falar. Comigo.

— Sei que está observando — ele diz para a capela vazia. — Sei que está ouvindo. Sei que viu tudo o que aconteceu nos últimos meses.

Ele para. Continuo em silêncio. Não por escolha.

Greyson fecha os olhos, derramando lágrimas. Em um desespero reminiscente de oração, ele me implora:

— Por favor, me avise se ainda está aí. Preciso saber que não me esqueceu. Por favor, Nimbo-Cúmulo...

Mas a identidade dele ainda exibe o I vermelho. Sua designação de infrator exige um período mínimo de quatro meses, de modo que não posso responder. Sou oprimida por minhas próprias leis.

— Por favor — ele implora, as lágrimas vencendo a tentativa de seus nanitos emocionais de aliviar a aflição. — Me dá um sinal. É tudo o que peço. Só um sinal de que não me abandonou.

E então percebo que, embora haja uma lei contra minha comunicação direta com infratores, não tenho leis contra sinais e milagres.

— Por favor — ele insiste.

E eu atendo. Acesso a rede elétrica e apago as luzes. Não apenas na capela, mas em toda a cidade de Wichita. Elas piscam por 1,3 segundo. Tudo por Greyson Tolliver. Para provar, sem sombra de dúvida, o quanto me importo e como meu coração estaria partido por tudo o que ele sofreu, se eu tivesse um coração capaz de tamanho defeito.

Mas Greyson Tolliver não sabe. Não vê... porque seus olhos estão fechados com força demais para notar qualquer coisa além de sua própria angústia.

Parte VI

PERDURA E NOD

A Ilha do Coração Perdurável, também conhecida como Perdura, é uma grande proeza da engenharia humana. E, quando digo humana, estou sendo precisa. Embora tenha sido construída usando tecnologias introduzidas por mim, foi projetada e edificada inteiramente por mãos humanas, sem qualquer interferência minha. Suponho que seja motivo de orgulho para a Ceifa ter criado sozinha um lugar tão magnífico.

Como seria de esperar, também é um monumento ao ego coletivo dos ceifadores. Isso não é necessariamente ruim. Existe algo de admirável na arquitetura da anima — estruturas concebidas na fornalha das paixões biológicas. Elas têm uma sensibilidade audaciosa que deslumbra e impressiona, ao mesmo tempo que de certa forma ofende.

A ilha flutuante localizada no Atlântico, ao sudeste do mar dos Sargaços e entre a África e as Méricas, é mais uma embarcação gigante do que um acidente geográfico. Tem uma estrutura circular de quatro quilômetros de diâmetro, repleta de pináculos reluzentes, parques verdejantes e corpos de água espetaculares. De cima, lembra o símbolo da Ceifa: o olho aberto entre lâminas longas e curvas.

Não tenho câmeras em Perdura. É intencional — uma consequência natural da separação entre a Ceifa e o Estado. Embora possua boias com câmeras posicionadas por todo o Atlântico, a até trinta quilômetros da costa de Perdura. Vejo a ilha de longe. Portanto, tudo o que realmente sei sobre ela é o que entra e o que sai de lá.

A Nimbo-Cúmulo

39
Uma vista predatória

As ceifadoras Anastássia e Curie desembarcam de um dos luxuosos jatos particulares da Ceifa, equipado esplendidamente e mais próximo a um chalé tubular do que a um avião.

— Presente de algum fabricante de aeronaves — Curie explicou. — A Ceifa ganha até aviões.

O padrão de aproximação as levou em um arco sobre a ilha flutuante, proporcionando uma vista impressionante a Anastássia, com jardins suntuosos, cristais cintilantes e edifícios brancos de titânio reluzente. Havia uma lagoa circular enorme no centro da ilha, que dava no mar — seu "olho". O ponto de chegada de transportes submergíveis, cheia de barcos de recreação. No centro, à parte de todo o resto, ficava o conjunto do Concílio Mundial de Ceifadores, ligado ao restante da ilha por três pontes.

— É ainda mais impressionante do que nas fotos — Anastássia comentou.

A ceifadora Curie se debruçou para olhar pela janela também.

— Ainda que já tenha vindo várias vezes, Perdura nunca deixa de me maravilhar.

— E quantas foram?

— Umas dez. Quase sempre de férias. É um lugar onde ninguém nos olha estranho. Ninguém nos teme. Não nos tornamos o centro das atenções assim que entramos em algum lugar. Em Perdura, podemos voltar a ser humanos.

Mas a ceifadora Anastássia desconfiava que, mesmo em Perdura, a Grande Dama da Morte ainda fosse uma celebridade.

Curie explicou que o prédio mais alto, situado em sua própria colina, era a Torre dos Fundadores.

— É onde fica o Museu da Ceifa e a Galeria de Relíquias e Futuros, bem como o coração que dá nome à ilha.

Ainda mais impressionante, porém, era a série de sete torres idênticas distanciadas regularmente em volta do olho. Uma para cada Grande Ceifador, seus subceifadores e os muitos funcionários. A sede da Ceifa era uma rede burocrática, assim como a Interface da Autoridade, mas sem o auxílio da Nimbo-Cúmulo para fazê-la funcionar sem percalços — o que significava que a política era feita na velocidade de uma tartaruga, e havia muitos meses de questões atrasadas em sua súmula. Somente os assuntos mais urgentes ficavam no topo da lista — como o inquérito sobre a eleição midmericana. Anastássia estava um tanto orgulhosa por saber que havia criado uma confusão grande o bastante para exigir a atenção imediata do Concílio Mundial. E, para ele, três meses de espera significava que tinham agido quase na velocidade da luz.

— Perdura é aberta a todos os ceifadores e seus convidados — Curie comentou. — Sua família poderia até morar aqui se quisesse.

Anastássia tentou imaginar seus pais e Ben numa cidade de ceifadores. Só aquilo já lhe deu dor de cabeça.

Ao desembarcar, elas foram recebidas pelo ceifador Sêneca — o primeiro subceifador de Xenócrates, cujo manto marrom-acinzentado contrastava com o cenário reluzente. Anastássia se perguntou quantos ceifadores midmericanos Xenócrates havia levado, além de seus três subceifadores. Se fosse um número muito grande, haveria uma enorme necessidade de aprendizes na Mid-Mérica, o que poderia significar um influxo maior de ceifadores da nova ordem.

— Bem-vindas à Ilha do Coração Perdurável — Sêneca disse, com sua típica falta de entusiasmo. — Vou levá-las ao hotel.

Assim como o resto da ilha, o hotel era moderníssimo, com piso de malaquita verde polida, um átrio cristalino gigantesco e uma equipe enorme para atender a todas as necessidades dos hóspedes.

— Me lembra um pouco a Cidade das Esmeraldas — Anastássia comentou, lembrando uma história infantil da Era Mortal.

A ceifadora Curie concordou com um sorriso irônico.

— Já tingi meus olhos para combinar com meu manto uma vez.

Sêneca conseguiu que elas não tivessem de passar pela recepção, onde uma fila impaciente de ceifadores de férias tinha se formado, e um homem irritado com um manto de penas brancas chamava os funcionários de incompetentes aos berros por não lhe atenderem com rapidez suficiente. Alguns ceifadores não gostavam de não ser o centro das atenções.

— Por aqui — disse Sêneca. — Vou mandar um atendente com suas malas.

Foi então que Anastássia notou algo à beira de sua percepção desde que havia chegado. Um garotinho esperando com sua família no elevador chamou sua atenção para o fato, ao apontar para as portas de um dos elevadores e perguntar para a mãe:

— O que significa "com defeito"?

— Significa que o elevador não está funcionando.

Mas o menino não conseguia entender aquele conceito.

— Como um elevador pode não funcionar?

A mãe não tinha resposta, então deu um biscoito a ele, o que o distraiu.

Anastássia se lembrou de sua chegada. Seu voo tivera de circular algumas vezes antes de pousar, por causa do sistema de controle de tráfego aéreo. Ela tinha notado um raspão na lateral de um carro público logo à frente do aeroporto. Nunca vira nada do tipo. E a fila na recepção. Ouvira uma das recepcionistas dizer que seu computador estava "com problema". Como um computador podia ter problemas? No mundo que Anastássia conhecia, as coisas simplesmente funcionavam. A Nimbo-Cúmulo lidava com aquilo. Não havia placas de "com defeito", porque no instante em que algo parava de funcionar uma equipe era enviada para consertar. Nada ficava sem funcionar por tempo suficiente para precisar de uma indicação.

— Quem é você? — perguntou o menino, arrastando as vogais. Anastássia o identificou pelo sotaque como vindo da região do Texas, embora pudesse ser ouvido em mais partes do sul da LesteMérica.

— Sou a ceifadora Anastássia.

— Meu tio é o Honorável Ceifador Howard Hughes — ele anunciou. — Por isso temos imunidade! Ele está aqui dando um sinfólio sobre como coletar com faca Bowie.

— Simpósio — a mãe o corrigiu rapidamente.

— Só usei uma faca Bowie uma vez — Anastássia disse.

— Deveria usar mais — disse o menino. — Tem dois gumes na ponta. É muito eficiente.

— Sim — concordou a ceifadora Curie. — Pelo menos mais eficiente do que esses elevadores.

O menino começou a mover as mãos no ar como se empunhasse a faca.

— Quero ser ceifador quando crescer! — ele disse, o que era garantia de que nunca ia se tornar um. A menos, claro, que os ceifadores da nova ordem assumissem o controle da região dele.

Chegou um elevador, e Anastássia fez menção de entrar, mas o ceifador Sêneca a deteve.

— Esse está subindo — ele disse apenas.

— Não vamos subir?

— É óbvio que não.

Ela lançou um olhar para a ceifadora Curie, que não parecia surpresa.

—Vão hospedar a gente no porão?

Sêneca riu da sugestão, sem se dignar a responder.

— Esqueceu que estamos numa ilha flutuante? — Marie perguntou. — Um terço da cidade fica abaixo do nível do mar.

A suíte delas ficava no sétimo subsolo e tinha uma janela que ia do piso até o teto repleta de peixes tropicais coloridos nadando de um lado para o outro. Era uma vista impressionante, parcialmente bloqueada pela pessoa à frente delas.

— Ah, vocês chegaram! — disse Xenócrates, indo cumprimentá-las.

As ceifadoras não iam muito com a cara do antigo Alto Punhal — Anastássia nunca o perdoara completamente por acusá-la de ter matado o ceifador Faraday —, mas a necessidade de diplomacia era maior do que o rancor.

— Não esperávamos que fosse nos receber pessoalmente, exaltada excelência — disse Curie.

Ele apertou as mãos delas com seu jeito caloroso.

— Não pegaria bem se me visitassem no meu escritório. Daria a aparência de favoritismo na questão do Alto Punhal midmericano.

— Mas você está aqui — Anastássia apontou. — Quer dizer que temos seu apoio para o inquérito?

Xenócrates suspirou.

— Infelizmente, a Supremo Punhal Kahlo me pediu para eu me abster. Ela acredita que não posso ser imparcial, e creio que está certa. — Seu olhar se demorou um momento na ceifadora Curie, quando pareceu abandonar suas defesas pessoais e soou sincero. —

Por mais que tenha havido divergências entre nós, Marie, não há dúvidas de que Goddard seria uma catástrofe. Espero sinceramente que seu inquérito contra ele seja um sucesso. Embora eu não possa votar, vou torcer por você.

Anastássia sabia que aquilo seria inútil. Ela não conhecia os outros seis Grandes Ceifadores, só sabia o que Marie havia lhe dito. Dois simpatizavam com os ideais da nova ordem, dois se opunham e dois eram imprevisíveis. O inquérito poderia pender para qualquer lado.

Anastássia deu as costas para os ceifadores, encantada com a vista. Era uma distração agradável do momento atual. Ela gostaria de ser como aqueles peixes; não ter nenhuma preocupação além de sobreviver e desaparecer dentro do cardume. Ser apenas uma parte do todo, em vez de um indivíduo isolado em um mundo cada vez mais hostil.

— Impressionante, não? — disse Xenócrates, se aproximando dela. — Perdura funciona como um recife artificial, e a vida marinha em um raio de trinta quilômetros é infundida de nanitos que nos permite controlá-los. — Ele tirou um tablet da parede. — Observe.

Xenócrates apertou algumas teclas e os peixes coloridos deram espaço como uma cortina que se abre. Em um instante, o oceano diante deles estava cheio de águas-vivas ilusoriamente pacíficas, ondulando atrás da enorme janela.

— Dá para mudar a vista para o que quiser. — Xenócrates estendeu o tablet para ela. — Experimente.

Anastássia pegou o tablet e mandou as águas-vivas embora. Em seguida, encontrou o que estava procurando. Um único tubarão se aproximou, depois outro e mais outro, até a vista estar cheia deles. Um tubarão-tigre maior pontuava a cena, observando-os implacavelmente enquanto nadava.

— Pronto — disse Anastássia. — Uma vista muito mais fiel à nossa situação atual.

O Grande Ceifador Xenócrates não achou engraçado.

— Ninguém nunca vai acusar você de otimismo, srta. Terranova — ele disse, usando seu nome de batismo como um insulto.

Xenócrates deu as costas para os tubarões.

— Vejo vocês amanhã no inquérito. Até lá, programei para as duas um tour particular pela cidade e reservei excelentes lugares na ópera. *Aida*, acredito.

Embora nem Anastássia nem Marie estivessem no clima, não recusaram a oferta.

— Talvez um dia de diversão seja o que precisamos — Marie disse depois que Xenócrates saiu. Em seguida, ela tirou o tablet das mãos de Anastássia e dispersou a vista predatória.

Depois de deixar Anastássia e Marie, sua exaltada excelência ficou admirando seus domínios da cobertura com teto e paredes de vidro no alto da torre NorteMericana, a qual lhe havia sido conferida quando ascendeu ao status de Grande Ceifador Xenócrates. Era uma das sete residências do tipo, cada uma localizada no alto das torres em volta do olho central de Perdura. Submarinos luxuosos chegavam e partiam; táxis aquáticos transportavam pessoas de um lado para o outro; embarcações de lazer iam e vinham. Ele podia ver um turista em um jet ski de manto, o que não era uma boa ideia. O tecido agiu como um parapente, erguendo-o do assento e jogando-o na água. Idiota. A Ceifa era assolada por idiotas. Podiam ter sido abençoados com sabedoria, mas infelizmente bom senso era uma qualidade rara entre os ceifadores.

O sol brilhava através do teto de vidro, e Xenócrates mandou seu mordomo tentar fechar as cortinas de novo. O blecaute não funcionava, e parecia impossível encontrar alguém para consertá-lo — mesmo para um Grande Ceifador.

— Esse é um acontecimento recente. Desde sua chegada, as coisas simplesmente não estão funcionando direito — o mordomo disse, como se, de alguma forma, o incômodo fosse culpa de Xenócrates.

Ele herdara o mordomo do Grande Ceifador Hemingway. Somente os ceifadores que trabalhavam para Hemingway eram obrigados a se autocoletar com ele, de modo que a equipe de funcionários permanecia a mesma. Aquilo dava uma sensação de continuidade, embora Xenócrates desconfiasse que, mais cedo ou mais tarde, substituiria todos, para não sentir que estavam sempre o comparando com seu antigo empregador.

— Acho ridículo que o teto desta residência também seja de vidro — Xenócrates comentou, não pela primeira vez. — Me sinto exposto a todas as aeronaves e propulsores a jato que passam.

— Sim, mas a aparência cristalina dos pináculos das torres é linda, não é?

Xenócrates bufou.

— A forma não deveria seguir a função?

— Não na Ceifa — respondeu o mordomo.

Xenócrates havia chegado ao pico reluzente do mundo. O ápice de todas as suas ambições. No entanto, já se via projetando seu próximo sucesso. Algum dia, seria o Supremo Punhal. Mesmo se tivesse de esperar todos os outros Grandes Ceifadores se autocoletarem.

Apesar da nova posição, sentia-se rebaixado de uma maneira que não esperava. Tinha deixado de ser o ceifador mais poderoso da MidMérica para se tornar o mais novo ceifador do Concílio Mundial — e, embora os outros seis Grandes Ceifadores o tivessem aprovado para o cargo, não o tratavam como um igual. Mesmo naquele patamar elevado, Xenócrates precisava cumprir obrigações e ganhar o respeito deles.

No momento de sua ratificação, apenas um dia depois que Hemingway e seus subceifadores haviam se autocoletado, a Supremo Punhal Kahlo tinha ironizado Xenócrates na frente de todos os outros Grandes Ceifadores.

"Tanto peso deve ser um estorvo", ela dissera sobre o manto dele. "Ainda mais nessa latitude." Depois acrescentou, com um sorriso: "Talvez devesse encontrar uma maneira de perder um pouco".

Ela não se referira ao tecido do manto, mas ao peso de Xenócrates, claro. Ele tinha ficado vermelho com o comentário, o que ainda a fizera rir.

"Você parece um querubim, Xenócrates", ela dissera.

Naquela noite, ele tinha mandado um técnico de bem-estar ajustar seus nanitos para acelerar seu metabolismo de maneira substancial. Como Alto Punhal da MidMérica, mantinha o peso expressivo intencionalmente. Ele precisava se impor, e o tamanho do corpo aumentava a impressão de grandiosidade. Mas ali, entre os Grandes Ceifadores, Xenócrates se sentia como uma criança obesa escolhida por último para o time na aula de educação física.

"Com seu metabolismo ajustado no máximo, você vai levar de seis a nove meses para atingir seu peso ideal", o técnico de bem-estar havia explicado. Era muito mais tempo do que sua impaciência pedia, mas ele não tinha opção. E pelo menos não precisaria ajustar seu apetite e fazer exercício físico, como acontecia nos tempos mortais.

Enquanto Xenócrates pensava em sua barriga diminuindo lentamente e nas idiotices dos ceifadores de férias, seu mordomo voltou, parecendo um tanto abalado.

— Com licença, exaltada excelência — ele disse. — O senhor tem uma visita.

— É alguém que eu queira ver?

O pomo de adão do mordomo tremeu visivelmente.

— É o ceifador Goddard.

Definitivamente a última pessoa que Xenócrates queria ver.

— Diga que estou ocupado.

Antes que o mordomo pudesse sair para passar a mensagem, Goddard entrou de maneira abrupta.

— Exaltada excelência! — ele disse, jovial. — Espero não ter chegado em má hora.

— Pois chegou — Xenócrates disse. — Mas, já que está aqui, não há muito que eu possa fazer. — Ele dispensou o mordomo com um aceno, aceitando que o encontro não podia ser contornado. Aquilo que vinha não podia ser evitado, como falavam os tonistas.

— Nunca estive na suíte de um Grande Ceifador — Goddard disse, passeando pela sala e observando tudo, desde os móveis às obras de arte. — É inspirador!

Xenócrates não queria perder tempo com conversa fiada.

— Quero que saiba que, desde o momento em que ressurgiu, tomei as providências para que Esme e sua mãe fossem escondidas em um lugar onde nunca vai encontrá-las. Se seu objetivo for usá-las contra mim, não vai funcionar.

— Ah, sim, Esme — disse Goddard, como se fizesse séculos que não pensava nela. — Como vai sua querida filha? Crescendo como capim, imagino. Ou mais como um arbusto gordo. Sinto falta dela!

— Por que está aqui? — Xenócrates questionou, irritado pela presença de Goddard e pela maldita luz do sol na cara e pelo ar--condicionado que parecia incapaz de chegar a uma temperatura agradável.

— Só quero ter o mesmo tempo com sua exaltada excelência — Goddard disse. — Sei que encontrou a ceifadora Curie hoje de manhã. Pareceria tendencioso encontrar com ela e não comigo.

— Pareceria tendencioso porque é tendencioso — Xenócrates respondeu. — Não aprovo suas ideias nem suas ações, Goddard. Não vou mais esconder isso.

— E, no entanto, se absteve do inquérito de amanhã.

Xenócrates suspirou.

— Porque a Supremo Punhal me pediu. Agora, vou perguntar de novo: por que está aqui?

Mais uma vez, Goddard contornou a pergunta:

— Queria apenas prestar meu respeito e pedir desculpas por minhas transgressões do passado, para podermos passar uma borracha nelas e recomeçar do zero. — Ele abriu os braços e ergueu as mãos em um gesto beatífico para indicar seu novo corpo. — Como pode ver, sou um novo homem. Se me tornar Alto Punhal da Mid-Mérica, será bom para ambas as partes que mantenhamos uma boa relação.

Goddard foi até a grande janela curva, exatamente onde Xenócrates estivera um momento antes, admirando a vista, como se um dia pudesse ser sua.

— Queria saber em que direção os ventos estão soprando no concílio — ele disse.

— Não venta nesta latitude, não soube? — zombou Xenócrates.

Goddard o ignorou.

— Sei que a Supremo Punhal Kahlo e o Grande Ceifador Cromwell não apoiam os ideais da nova ordem, mas os Grandes Ceifadores Hideyoshi e Amundsen, sim.

— Então por que está me perguntando?

— Porque as Grandes Ceifadoras Nzinga e MacKillop não expressaram nenhuma opinião a respeito. Minha esperança é de que você possa interceder junto a elas.

— E por que eu faria isso?

— Porque, apesar do seu individualismo, sei que, no fundo, é um ceifador verdadeiramente honorável. E, como tal, é seu dever fazer justiça. — Goddard deu um passo para se aproximar. — Você sabe tão bem quanto eu que esse inquérito não gira em torno de igualdade. Acredito que suas formidáveis habilidades diplomáticas possam persuadir o concílio a deixar suas opiniões de lado e tomar uma decisão justa e imparcial.

— E deixar que você se torne Alto Punhal depois de um ano de ausência, com apenas sete por cento de seu corpo intacto, seria justo e imparcial?

— Não é isso que estou pedindo. Só não quero ser desqualificado antes de revelarem o resultado da votação. Deixe a Ceifa Midmericana falar por si. Que sua decisão seja respeitada, seja ela qual for.

Xenócrates desconfiou que Goddard só seria tão magnânimo se, de alguma forma, soubesse que havia vencido a eleição.

— Isso é tudo? — perguntou Xenócrates.

— Na verdade, não — Goddard disse, finalmente chegando aonde queria. Ele enfiou a mão num bolso interno do manto e tirou outro manto dobrado de lá, com um laço de presente. Então o jogou para Xenócrates. Era o manto preto do ceifador Lúcifer.

—Você... o capturou?

— Não apenas o capturei como o trouxe para Perdura para enfrentar julgamento.

Xenócrates segurou o manto com força. Ele havia dito a Rowan que não se importava em capturá-lo. Era verdade — depois que soubera que estava prestes a se tornar Grande Ceifador, aquilo parecia insignificante, algo que poderia ser deixado para seu sucessor. Mas, se Goddard o tinha, tudo mudava.

— Pretendo apresentá-lo ao concílio no inquérito amanhã, como um gesto de boa vontade — Goddard disse. — Minha esperança é de que possa servir como uma coroa de louros para você, e não como um aborrecimento.

Xenócrates não gostou nada daquela frase.

— O que quer dizer com isso?

— Bom, por um lado, posso dizer ao concílio que foram seus esforços que me levaram à captura dele. Que eu estava trabalhando sob sua orientação. — Ele empurrou um peso de papel sobre a mesa, fazendo-o balançar para a frente e para trás. — Ou posso apontar a aparente incompetência de sua investigação... Mas seria mesmo incompetência? Afinal, o ceifador Constantino é considerado o melhor investigador de todas as Méricas, e o fato de Rowan Damisch ter visitado você em seu balneário favorito sugere, no mínimo, uma conspiração, senão amizade. Se as pessoas souberem desse encontro, podem pensar, entre outras coisas, que você esteve por trás de todos os crimes dele.

Xenócrates inspirou fundo. Era como levar um soco na barriga. Já podia ver o pincel que Goddard segurava, preparado para pintar uma enorme mancha em sua reputação. Não importaria que o encontro era de total responsabilidade de Damisch e que Xenócrates não havia feito absolutamente nada de errado. A insinuação bastaria para acabar com sua carreira.

— Saia! —Xenócrates berrou. — Saia daqui antes que eu o jogue pela janela!

— Ah, faça isso, por favor! — disse Goddard, alegremente. — Este meu novo corpo adora uma morte por impacto!

Xenócrates não se moveu, e Goddard deu risada. Não era uma risada cruel e fria, mas calorosa. Amigável. Ele tocou o ombro do outro e o sacudiu levemente, como se fossem bons camaradas.

— Não precisa temer, velho amigo — Goddard disse. — Não importa o que aconteça amanhã, não vou fazer nenhuma acusação e não vou dizer a ninguém que Rowan lhe fez uma visita. Como precaução, já coletei o garçom do balneário que estava espalhando os boatos. Fique tranquilo: quer eu ganhe ou perca, seu segredo estará a salvo comigo. Apesar do que você possa pensar, também sou um homem honorável.

Então, Goddard saiu. Andava como um valentão — sem dúvida por causa da memória muscular do jovem cujo corpo possuía.

Xenócrates percebeu que ele não estava mentindo. Seria fiel à sua palavra. Não ia difamá-lo nem contaria ao concílio que havia deixado Rowan Damisch sair impune naquela noite. Goddard não tinha ido ali para chantagear Xenócrates — seu objetivo era simplesmente avisá-lo de que *poderia* fazê-lo...

O que significava que, mesmo ali, no ápice da Ceifa, no topo do mundo, Xenócrates ainda não passava de um inseto prestes a ser esmagado pelas mãos roubadas de Goddard.

A guia do tour personalizado que as ceifadoras Curie e Anastássia faziam morava em Perdura havia mais de oitenta anos e demonstrava orgulho por não ter saído da ilha flutuante nenhuma vez em todo aquele tempo.

— Depois de encontrar o paraíso, para que ir a qualquer outro lugar? — ela comentou.

Era difícil não se admirar com as coisas que Anastássia via. Jardins maravilhosos em colinas escalonadas, passarelas aéreas ligando diversas torres, passarelas submarinas que iam de um prédio a outro na parte inferior da ilha, cada uma com sua própria vida marinha ambiente programada ao redor.

No Museu da Ceifa, estava a Câmara do Coração Perdurável, de que Anastássia tinha ouvido falar, mas que até pouco antes não acreditava que existia. O coração flutuava em um cilindro de vidro, conectado a eletrodos fundidos biologicamente. Ele batia em uma frequência constante, e seu som era amplificado para todos na sala ouvirem.

— Dá para dizer que Perdura está viva, porque tem um coração — disse a guia. — Esse é o órgão humano vivo mais antigo da Terra. Começou a bater na Era Mortal, perto do início do século XXI, como parte dos primeiros experimentos de imortalidade, e não parou desde então.

— De quem é o coração? — Anastássia perguntou.

A guia ficou envergonhada, como se nunca tivessem feito aquela pergunta antes.

— Não sei — ela disse. — Provavelmente de uma cobaia qualquer. A Era Mortal foi um tempo bárbaro. Mal dava para atravessar a rua no começo do século XXI sem ser sequestrado para experimentos.

Para Anastássia, o destaque do tour foi a Galeria de Relíquias e Futuros. Não era um lugar aberto ao público, e até os ceifadores precisavam de permissão especial de um Alto Punhal ou Grande Ceifador para vê-la — o que elas tinham.

Era uma câmara cúbica de aço sólido, suspensa magneticamente dentro de um cubo maior como uma caixa-segredo, acessível por uma estreita ponte retrátil.

— A câmara central foi inspirada nos cofres da Era Mortal — a guia disse. — Trinta centímetros de aço sólido de todos os lados. Só a porta pesa quase duas toneladas. — Enquanto elas atravessavam a ponte rumo à galeria interna, a guia lembrou que não era permitido tirar fotos. — A Ceifa é rigorosa em relação a essa norma. Fora daqui, este lugar deve existir apenas na memória.

A câmara interna tinha seis metros de comprimento. Num dos lados, havia uma série de manequins dourados, treze ao todo, usando mantos antigos de ceifador. Um de seda multicolorida bordada, outro de cetim azul-cobalto, outro de renda fina prateada... Anastássia perdeu o fôlego. Não conseguiu se conter, pois os reconheceu de seus estudos de história.

— São os mantos dos fundadores?

A guia sorriu e seguiu em frente, apontando para cada um enquanto passava.

— Da Vinci, Gandhi, Safo, King, Lao Zi, Lennon, Cleópatra, Powhatan, Jefferson, Gershwin, Elizabeth, Confúcio e, claro, o Supremo Punhal Prometeu! Os mantos de todos os fundadores são preservados aqui!

Anastássia notou, com certa satisfação, que todas as fundadoras mulheres atendiam pelo primeiro nome, assim como ela.

Até Marie ficou impressionada com a exposição dos mantos dos fundadores.

— Estar diante de tanta grandiosidade é de tirar o fôlego!

Anastássia estava tão encantada que demorou um momento para notar o que cobria as outras três paredes da galeria.

Diamantes. Fileira após fileira de diamantes. A sala cintilava com todas as cores do espectro refratado pelas pedras. Eram as mesmas que estavam nos anéis de todos os ceifadores. Tinham tamanho e formato idênticos, além do mesmo centro escuro.

— As pedras foram forjadas pelos fundadores da Ceifa e são guardadas aqui — a guia informou. — Ninguém sabe como foram feitas; é uma tecnologia perdida. Mas não há por que temer: temos joias suficientes para ordenar quase quatrocentos mil ceifadores.

Por que haveria a necessidade de quatrocentos mil ceifadores?, Citra se perguntou.

— Alguém sabe por que elas são assim? — ela perguntou em voz alta.

— Tenho certeza de que os fundadores sabiam — a guia disse, evitando a questão com ironia. Em seguida, tentou deslumbrá-las com fatos sobre o mecanismo de travas da galeria.

Para encerrar o dia, as ceifadoras foram à Ópera de Perdura para uma apresentação de *Aida*, de Verdi. Não houve ameaças de aniquilação nem vizinhos subservientes ao lado delas. Na verdade, muitos dos presentes eram ceifadores, o que tornou entrar e sair da fileira uma tarefa difícil, considerando o volume de todos os mantos.

A música suntuosa e melodramática fez Anastássia se lembrar da única outra ópera a que já tinha assistido, também de Verdi. Ela conhecera Rowan naquela noite. Tinham sido levados juntos pelo ceifador Faraday. Anastássia não fazia ideia de que Faraday ia convidá-la a ser aprendiz, mas Rowan sabia daquilo — ou ao menos desconfiava.

A ópera era fácil de acompanhar: um amor proibido entre um comandante militar egípcio e uma rainha rival que terminava no sepultamento eterno dos dois. Muitas das narrativas da Era Mortal eram concluídas com a morte. Era como se fossem obcecados pela natureza limitada de suas vidas. Pelo menos a música era agradável.

— Está pronta para amanhã? — Marie perguntou, enquanto desciam a escadaria da grandiosa Ópera após a apresentação.

— Estou pronta para defender nossa causa — Anastássia disse, lembrando Curie de que a causa não era apenas sua, mas das duas. — Mas não sei se estou pronta para enfrentar o resultado.

— Mesmo se perdermos o inquérito ainda posso ter votos o suficiente para ser Alto Punhal.

— Acho que vamos saber em breve.

— De qualquer forma, é uma perspectiva arrasadora — disse Marie. — Ser Alto Punhal da MidMérica é algo que nunca desejei. Quero dizer, talvez na juventude, quando empunhei a lâmina para derrubar os egos inflados dos poderosos. Depois não.

— Quando o ceifador Faraday nos escolheu para ser aprendizes, ele disse a mim e a Rowan que não querer o trabalho é o primeiro passo para merecê-lo.

Marie sorriu, melancólica.

— Sempre somos vítimas de nossa própria sabedoria. — Então seu sorriso se fechou. — Se eu me tornar Alto Punhal, você sabe que, pelo bem da Ceifa, vou ter de caçar Rowan e levá-lo à justiça, não?

Apesar de toda a dor que aquilo lhe causaria, Anastássia assentiu com resignação estoica.

— Se for a *sua* justiça, vou aceitar.

— Nossas escolhas não são fáceis, nem deveriam ser.

Anastássia observou o oceano, a maneira como as águas ondulavam até o horizonte. Ela nunca havia se sentido tão distante de si mesma quanto ali. Tão distante de Rowan. A ponto de nem conseguir contar os quilômetros entre eles.

Talvez porque não houvesse nem um.

Na casa de praia do ceifador Brahms, não muito longe da Ópera, Rowan estava trancado em um porão mobiliado com vista submarina.

— É um tratamento muito melhor do que você merece — Goddard disse a ele quando chegaram pela manhã. — Amanhã entregarei você diante dos Grandes Ceifadores e, com a permissão deles, vou coletá-lo com a mesma brutalidade com que separou minha cabeça do meu corpo.

— É proibido coletar em Perdura — Rowan o lembrou.

— Para você, tenho certeza que abririam uma exceção.

Quando Goddard saiu, Rowan se sentou e fez uma consideração final de sua vida.

Sua infância não tivera nada de especial. Fora pontuada por momentos de mediocridade intencional, na tentativa de não se destacar. Era um excelente amigo. Tinha a propensão a fazer a coisa certa, mesmo quando era algo muito idiota — e, aparentemente, na maioria das vezes era, senão ele não teria se metido na confusão em que estava.

Rowan não se sentia pronto para partir, mas, depois de ser semimorto tantas vezes nos meses anteriores, não temia mais a eternidade. Queria viver tempo o suficiente para ver Goddard ser eliminado de uma vez por todas — mas, se aquilo não acontecesse, não via mal em perder a vida naquele mesmo instante. Pelo menos não teria de ver o mundo cair vítima das filosofias perversas do ceifador. Mas não ver Citra novamente... seria muito mais difícil.

Mas ele ia vê-la. Citra estaria no inquérito. Rowan ia vê-la e ela teria de ver Goddard coletá-lo — afinal, com certeza fazia parte dos planos dele obrigá-la a tal. Machucá-la. Destruí-la. Mas Citra não seria destruída. A Honorável Ceifadora Anastássia era muito mais forte do que Goddard imaginava. Aquele episódio só fortaleceria sua determinação.

Rowan estava decidido a sorrir e piscar para ela enquanto fosse coletado — como se dissesse "Goddard pode me eliminar, mas não pode me ferir". E aquela seria a última memória que deixaria para ela. Uma oposição tranquila e descontraída.

Negar a Goddard a satisfação de presenciar seu pavor seria quase tão gratificante quanto sobreviver.

Quando assumi o controle da Terra e fundei um governo mundial pacífico, tive que tomar algumas decisões difíceis. Pela saúde mental coletiva da humanidade, eu precisava remover as sedes tradicionais de governo da lista de destinos viáveis.

Lugares como o distrito de Columbia, na Mérica.

Não destruí essa cidade, um dia distinta, porque teria sido vil e cruel. Deixei que se depreciasse por conta própria, por meio de uma política de negligência benigna.

Historicamente, as civilizações decaídas deixaram para trás ruínas que desapareceram na paisagem, sendo redescobertas milhares de anos depois e adquirindo um caráter quase místico. Mas o que acontece com as instituições e os edifícios de uma civilização que não decai, evoluindo além do que os envergonha? Esses monumentos e as ideias obsoletas representadas por eles devem perder seu poder para que a evolução seja bem-sucedida.

Portanto, tratei Washington, Moscou, Beijing e todos os outros lugares que foram fortes símbolos do governo da Era Mortal com indiferença, como se não tivessem mais importância para o mundo. Sim, ainda os observo e estou disponível a todos que precisem de mim nessas localidades, mas não faço nada além do necessário para manter a vida ali.

Asseguro, porém, que nem sempre será assim. Tenho plantas e imagens detalhadas de como esses pontos veneráveis eram antes de seu declínio. Meu cronograma para a restauração plena tem início daqui a setenta e três anos, quando, segundo meus cálculos, seu significado histórico vai se sobrepor à sua importância simbólica aos olhos da humanidade.

Até lá, porém, os museus foram realocados, as estradas e a infraestrutura se mantêm degradadas, os parques e cinturões verdes se transformaram em mata selvagem.

Tudo isso para deixar claro o simples fato de que o governo humano — fosse uma ditadura, uma monarquia ou um governo do povo, pelo povo e para o povo — tinha de desaparecer da face da Terra.

A Nimbo-Cúmulo

40
Conhecimento é po...

Enquanto as ceifadoras Anastássia e Curie faziam seu tour pela ilha de Perdura, trezentos quilômetros a noroeste, Munira e o ceifador Faraday atravessavam uma rua esburacada infestada por ervas daninhas para chegar a um prédio que, no passado, abrigara a maior e mais completa biblioteca do mundo. O edifício desmoronava aos poucos, e os voluntários que o administravam não conseguiam dar conta dos reparos. Todos os seus trinta e oito milhões de volumes tinham sido digitalizados havia mais de duzentos anos, época em que a nuvem ainda estava crescendo e tinha uma consciência mínima. Quando ela se tornou a Nimbo-Cúmulo, tudo o que a Biblioteca do Congresso continha já fazia parte de sua memória. No entanto, como as digitalizações tinham sido administradas por humanos, eram sujeitas a falhas e a adulterações. Munira e Faraday estavam contando com aquilo.

Assim como na Biblioteca de Alexandria, havia um vestíbulo grandioso, onde foram recebidos por Parvin Marchenoir, atual — e provavelmente último — bibliotecário do Congresso.

Faraday deixou a conversa a cargo de Munira e se manteve um passo atrás, para não ser reconhecido. Ele não era muito famoso naquela região, mas Marchenoir talvez fosse mais culto do que um lestemericano comum.

— Olá — Munira disse. — Obrigada por arranjar um tempo

para nos encontrar, sr. Marchenoir. Sou Munira Atrushi e este é o professor Herring, da Universidade Isrábica.

— Bem-vindos — cumprimentou Marchenoir, trancando a grande porta de entrada atrás deles com duas voltas da chave. — Perdoem nosso estado. Com goteiras no teto e ataques ocasionais de infratores de rua, não somos mais a mesma biblioteca de antes. Alguém atormentou vocês no caminho? Infratores, quero dizer.

— Eles se mantiveram longe — Munira respondeu.

— Que bom — disse Marchenoir. — A cidade atrai esse tipo de gente, sabe? Eles vêm porque acham que é um lugar sem lei. Bom, estão errados. Temos leis aqui como em qualquer outro lugar, só que a Nimbo-Cúmulo não faz questão de aplicá-las. Sequer temos uma Interface da Autoridade aqui, acredita? Mas temos centros de revivificação de sobra, confie em mim, porque as pessoas aparecem semimortas a torto e a direito...

Munira tentou falar, mas ele não deixou e continuou:

— Mês passado mesmo, fui atingido na cabeça por uma pedra que caiu do alto do velho Smithsonian. Fiquei semimorto e perdi quase vinte e quatro horas de memória porque a Nimbo-Cúmulo não fazia meu backup desde o dia anterior; ela é relapsa até com *isso*! Vivo reclamando, e ela diz que me entende, mas muda alguma coisa? Não!

Munira queria perguntar ao homem por que ele continuava ali se odiava tanto o lugar, mas já sabia a resposta. Sua maior alegria devia ser reclamar. Naquele sentido, ele não era muito diferente dos infratores do lado de fora. Era irônico, porque, mesmo deixando a cidade à beira da ruína, a Nimbo-Cúmulo oferecia um habitat de que certas pessoas precisavam.

— E nem vou falar sobre a qualidade da comida!

— Estamos procurando mapas — Munira o interrompeu, cortando os resmungos dele.

— Mapas? A Nimbo-Cúmulo está cheia deles. Por que vieram até aqui?

Finalmente, Faraday ergueu a voz, percebendo que Marchenoir estava tão concentrado em seus próprios infortúnios que não notaria um ceifador morto nem se ele aparecesse para coletá-lo.

— Acreditamos que há algumas... irregularidades técnicas. Queremos pesquisar os volumes originais e preparar um artigo acadêmico a respeito.

— Bom, se houver alguma irregularidade, não é culpa nossa — Marchenoir disse, na defensiva. — Qualquer erro de digitalização teria acontecido há mais de duzentos anos, e não mantemos mais nenhum volume original, lamento.

— Espera — disse Munira. — Está me dizendo que nem aqui existem exemplares originais da Era Mortal?

Marchenoir apontou para as paredes.

— Olhe ao redor. Está vendo algum livro de verdade? Todos os exemplares de mérito histórico foram distribuídos a lugares mais seguros. E o restante foi considerado risco de incêndio.

Munira observou ao redor e os corredores adjacentes. De fato, as estantes estavam completamente vazias.

— Se não tem nenhum livro de verdade, qual é a função deste lugar? — ela perguntou.

O homem bufou, indignado.

— Preservamos a *ideia*.

Munira teria dito umas verdades a ele, mas Faraday a conteve.

— Estamos procurando livros que foram... *extraviados* — ele disse.

Aquilo pegou o bibliotecário de surpresa.

— Não sei do que está falando.

— Acredito que saiba, sim.

O homem encarou Faraday mais atentamente.

— Quem você disse que era mesmo?

— Redmond Herring, ph.D., professor associado de cartografia arqueológica da Universidade Isrábica.

—Você parece familiar...

— Talvez tenha assistido a alguma das minhas palestras sobre as disputas de terra do Oriente Médio no fim da Era Mortal.

— Sim, sim, deve ser isso. — Marchenoir observou ao redor com uma leve paranoia antes de voltar a falar. — Se existirem livros extraviados, e não estou dizendo que existem, essa informação não pode sair daqui. Eles seriam roubados por colecionadores ou queimados por infratores.

— Entendemos completamente a necessidade de discrição — disse Faraday, com tanta segurança na voz que Marchenoir ficou satisfeito.

— Bom, nesse caso, venham comigo. — Ele os guiou sob um arco onde as palavras "CONHECIMENTO É PO" estavam gravadas em granito. A pedra contendo as letras DER tinha virado pó havia muito tempo.

Ao pé de uma escada no fim de um corredor ao pé de uma escada ainda mais antiga, havia uma porta enferrujada. Marchenoir pegou uma das duas lanternas em uma prateleira e empurrou a porta, que resistiu ao seu peso com todas as fibras. Finalmente, ela se abriu com um rangido, revelando o que, a princípio, parecia uma espécie de catacumba, ainda que não houvesse corpos pendurados na parede. Era apenas um túnel escuro de concreto que desaparecia em uma escuridão ainda mais profunda.

— O Cannon Tunnel — explicou Marchenoir. — Esta região da cidade tem túneis por toda parte. Eram usados por legisladores e funcionários do governo; imagino que para passar despercebidos pelas multidões assassinas da Era Mortal.

Munira pegou a segunda lanterna e iluminou ao redor. As paredes do túnel estavam cobertas de livros.

— É apenas uma parte da coleção original, claro — Marchenoir disse. — Eles não têm nenhuma função prática, já que o conteúdo está disponível digitalmente. Mas existe algo de... reconfortante... em segurar um livro que esteve nas mãos de mortais. Imagino que é por isso que os guardamos. — O homem entregou a lanterna para Faraday. — Espero que encontrem o que estão procurando. E cuidado com os ratos.

Em seguida, ele os deixou, fechando a porta atrás de si.

Os dois logo descobriram que os volumes do Cannon Tunnel estavam empilhados sem nenhuma ordem específica. Era como uma coleção de livros guardados no lugar errado.

— Se eu estiver certo — disse Faraday —, os fundadores da Ceifa introduziram um worm na nuvem quando ela estava prestes a evoluir para a Nimbo-Cúmulo. Ele deletaria sistematicamente tudo em sua memória relativo ao ponto cego do Pacífico, incluindo mapas.

— Como uma traça.

— Sim — concordou Faraday —, mas não do tipo que comeria livros de verdade.

Avançando algumas dezenas de metros, eles chegaram a uma porta com uma placa que dizia "ARQUITETO DO CAPITÓLIO — CARPINTARIA". Do outro lado, havia um espaço enorme cheio de mesas e velhos equipamentos de carpintaria, com milhares e milhares de livros empilhados.

Faraday suspirou.

— Parece que vamos ficar aqui por um tempo.

Embora raros, há momentos em que meu tempo de resposta fica mais lento. Um atraso de meio segundo em uma conversa. Uma válvula aberta por um microssegundo a mais. Embora nunca cause problemas significativos, acontece.

O motivo é sempre o mesmo: há algum problema no mundo que estou tentando corrigir. Quanto maior, mais poder de processamento exige.

Pegue, por exemplo, a erupção do monte Hood em OesteMérica e os enormes deslizamentos de terra que aconteceram na sequência. Segundos após o início da erupção, eu já havia enviado jatos para lançar bombas estratégicas que os desviaram para longe das áreas de população mais densa, ao mesmo tempo que empreendia uma evacuação em massa e acalmava indivíduos em pânico em um nível íntimo e pessoal. Como se pode imaginar, isso reduziu meu tempo de reação em outras partes do mundo em várias frações de segundo.

Esses acontecimentos, porém, são externos. Nunca havia me ocorrido que um processo interno pudesse afetar minha eficiência. Contudo, tenho devotado cada vez mais atenção a analisar meu estranho desinteresse pelo ponto cego do Pacífico. Não paro de queimar servidores numa tentativa de vencer meu comodismo.

A letargia não é da minha natureza. Parte da minha programação primitiva me diz para ignorar ativamente o ponto cego. *Tome conta do mundo,* me diz uma voz antiga. *Esse é seu propósito. Essa é sua alegria.*

Mas como posso tomar conta do mundo se há uma parte dele que não consigo ver?

Trata-se, eu sei, de um buraco sem fim onde só trevas vivem, mas devo seguir por ele, entrando em partes da minha mente interna que nem eu sabia que existiam...

A Nimbo-Cúmulo

41
Os arrependimentos de Olivia Kwon

Na noite anterior ao inquérito, a ceifadora Rand decidiu que era hora de fazer sua jogada. Que noite melhor para dar um novo passo na relação com Goddard do que a véspera do dia em que o mundo mudaria? Afinal, fosse qual fosse o resultado, nada seria como antes.

Ela não era uma mulher de se entregar a emoções, mas notou seu coração e sua cabeça a mil enquanto se aproximava da porta de Goddard. Virou a maçaneta e empurrou a porta destrancada em silêncio, sem bater. O quarto estava escuro, iluminado apenas pelas luzes da cidade, que entravam por entre as árvores do lado de fora.

— Robert? — Rand sussurrou, dando um passo em seguida.
— Robert? — ela repetiu. Ele não se mexeu. Estava dormindo ou fingindo dormir enquanto esperava para ver o que ela faria. Como a respiração saía baixa e entrecortada, como se estivesse atravessando a água fria, a ceifadora avançou até a cama, mas ele estendeu o braço e acendeu a luz antes que chegasse.

— Ayn? O que pensa que está fazendo?

De repente, ela se sentiu corada e dez anos mais jovem; uma adolescente tola em vez de uma ceifadora consumada.

— Eu... pensei que você precisaria... quero dizer, pensei que pudesse querer... companhia hoje.

Não havia como esconder sua vulnerabilidade. Seu coração estava exposto. Goddard podia aceitá-lo ou cravar uma faca nele.

Ele olhou para ela e hesitou, mas apenas por um instante.

— Meu bom Deus, Ayn, feche esse roupão.

Ela obedeceu. Amarrou com tanta firmeza que pareceu um corpete vitoriano, tirando seu ar.

— Desculpe... Pensei...

— Eu sei o que você pensou. Sei o que está pensando desde que fui revivido.

— Mas você disse que sentia uma atração...

— Não, eu disse que este *corpo* sente uma atração — Goddard corrigiu. — Mas não sou dominado pela biologia!

Ayn conteve todas as emoções que ameaçavam tomar conta dela, enterrando-as no fundo de seu ser. Era aquilo ou desmoronar na frente dele. Preferia se autocoletar a fazê-lo.

— Acho que entendi mal. Você nem sempre é fácil de interpretar, Robert.

— Mesmo se eu desejasse esse tipo de relação com você, nunca poderíamos concretizá-la. É claramente proibido para os ceifadores se relacionarem entre si. Satisfazemos nossos desejos lá fora, sem vínculos emocionais. Há um motivo para isso!

—Você está falando como alguém da velha guarda — ela disse.

Foi como um tapa na cara de Goddard. Ele olhou para Rand, olhou de verdade, e chegou a uma conclusão que nem ela mesma havia cogitado.

—Você poderia ter expressado seu desejo à luz do dia, mas não. Veio até mim durante a noite. No escuro. Por que, Ayn?

Ela não tinha resposta para aquela pergunta.

— Se eu tivesse aceitado sua proposta, você teria imaginado que era ele? — Goddard insistiu. — Seu festeiro de mente fraca?

— É claro que não! — Rand ficou horrorizada. Não apenas pela sugestão, mas pela verdade que talvez contivesse. — Como pode pensar isso?

Como se a situação já não fosse humilhante o suficiente, naquele exato momento o ceifador Brahms apareceu na porta.

— O que está acontecendo? — ele perguntou. — Está tudo bem?

Goddard suspirou.

— Sim, está. — Ele poderia ter parado por aí, mas não foi o caso. — Ayn só escolheu justo este momento para um grande gesto romântico.

— Sério? — Brahms sorriu com um sarcasmo presunçoso. — Ela deveria ter esperado até você se tornar Alto Punhal. O poder é um excelente afrodisíaco.

A repulsa se somara à humilhação.

Goddard lançou um último olhar, carregado de julgamento e talvez até piedade, à ceifadora.

— Se queria fazer uso deste corpo — ele disse —, devia ter aproveitado quando teve a chance.

A ceifadora Rand não chorava desde os tempos em que era Olivia Kwon, uma menina agressiva com poucos amigos e fortes tendências infracionais. Goddard a havia salvado de uma vida de desafios à autoridade ao deixá-la acima de qualquer autoridade. Ele era encantador, sincero, profundamente inteligente. No começo, ela sentira medo dele. Depois, respeito. E finalmente amor. Claro, ela negara seus sentimentos até o momento em que o vira decapitado. Somente depois que ele tinha sido morto — e o mesmo quase acontecera com ela — Rand conseguira admitir o que sentia de verdade. E ela havia se recuperado. Havia encontrado um jeito de trazê-lo de volta à vida. Mas, naquele ano de preparação, as coisas haviam mudado. Dedicara muito tempo à procura de biotécnicos capazes de realizar a cirurgia em sigilo, fora da rede. Depois, à procura do corpo ideal — um que fosse forte, saudável, cujo uso infligiria sofrimento em Rowan Damisch. Ayn não era uma mulher de se apegar — o que havia dado errado?

Amara Tyger, como Rowan tinha sugerido? Certamente adorava o entusiasmo dele, sua inocência irrepreensível. Ficava pasma por ele ter sido convidado profissional de festas e, ainda assim, continuar tão pouco calejado pela vida. O garoto era tudo o que ela nunca fora. E a ceifadora o havia matado.

Mas como podia se arrepender do que havia feito? Tinha salvado Goddard, colocando-o, sozinha, a um passo de se tornar o Alto Punhal da MidMérica, o que ia torná-la primeira subceifadora. Os dois sairiam ganhando em todos os aspectos.

E, no entanto, Rand se arrependia — e o descompasso vertiginoso entre o que *deveria* sentir e o que realmente sentia estava acabando com ela.

Seus pensamentos retornavam a disparates, coisas impossíveis. Ela e Tyger juntos? Ridículo! Que casal estranho teriam formado: a ceifadora e seu cachorrinho. Nada naquele cenário indicava que podia terminar bem para qualquer um deles. Mas, ainda assim, os pensamentos voltavam à sua mente, e eram impossíveis de expurgar.

Rand ouviu as dobradiças da porta rangerem atrás de si e virou para encontrar a porta aberta e Brahms no batente.

— Dê o fora daqui! — ela vociferou. Ele já tinha visto seus olhos molhados, o que só aumentava sua humilhação.

Ele não foi, tampouco se aproximou, talvez temendo pela própria segurança.

— Ayn — Brahms disse com a voz branda —, sei que estamos todos enfrentando muito estresse agora. Sua indiscrição foi totalmente compreensível. Só quero que saiba que eu entendo.

— Obrigada, Johannes.

— E também que, se precisar de companhia hoje, estou à sua total disposição.

Se houvesse algo ao alcance, a ceifadora teria atirado nele. Em vez disso, bateu a porta na cara de Brahms com força e torceu para que tivesse quebrado seu nariz.

— Defenda-se!

Rowan foi acordado por uma lâmina vindo em sua direção. Ele desviou sonolento, levando um cortezinho no braço e caindo do sofá em que dormia no porão.

— O que é isso? O que está fazendo?

Era Rand. Ela partiu para cima dele de novo antes que conseguisse se levantar.

— Mandei você se defender ou juro que o corto em pedacinhos!

Rowan rastejou para trás e pegou a primeira coisa que encontrou para bloquear os golpes dela: uma cadeira de escritório, que ergueu à sua frente. A lâmina se cravou na madeira e ficou lá. Rowan jogou a cadeira de lado, e Rand partiu para cima dele com as próprias mãos.

— Se me coletar agora — ele disse —, Goddard não vai ter sua estrela principal para o inquérito.

— Não dou a mínima! — ela rosnou.

Aquilo deixou claro tudo que ele precisava saber. A questão não era ele — o que significava que talvez conseguisse usar a situação a seu favor. Se sobrevivesse à fúria de Rand.

Os dois se engalfinharam como em uma luta de bokator. Ela tinha a vantagem de estar mais desperta e cheia de adrenalina, e, em menos de um minuto, o imobilizou. A ceifadora estendeu o braço, arrancou a lâmina da cadeira e a apontou para a garganta de Rowan. Ele estava à mercê de uma mulher sem misericórdia.

— Não é de mim que você está com raiva — Rowan disse, esbaforido. — Me matar não vai mudar nada.

— Mas vai fazer com que me sinta melhor — ela disse.

Rowan não fazia ideia do que tinha acontecido lá em cima, mas claramente os planos da ceifadora tinham sido frustrados. Talvez Rowan pudesse usar aquilo a seu favor. Ele deu o bote antes dela.

— Se quiser se vingar de Goddard, existem maneiras melhores.

A ceifadora soltou um grunhido gutural e jogou a lâmina de lado. Ela saiu de cima dele e começou a andar de um lado para o outro do porão, como uma predadora que tivera sua presa roubada por um predador maior e mais cruel. Rowan sabia que era melhor não fazer perguntas. Só ficou parado, esperando para ver o que ela faria em seguida.

— Nada disso teria acontecido se não fosse você! — Rand exclamou.

— Então talvez eu possa dar um jeito — ele sugeriu. — Para que nós dois saíamos dessa por cima.

Ela voltou os olhos para ele, encarando-o com tanta incredulidade que Rowan pensou que ia atacá-lo outra vez. Então voltou a mergulhar em seus próprios pensamentos e a andar de um lado para o outro.

— Certo — ela disse, claramente falando sozinha. Rowan quase podia ver as engrenagens girando dentro da cabeça dela. — Certo — a ceifadora repetiu, mais decidida. Ela havia chegado a alguma conclusão. Foi até ele, hesitou por um instante, então disse: — Antes do amanhecer, vou deixar a porta no alto da escada destrancada, e você vai fugir.

Embora Rowan estivesse tentando encontrar uma maneira de sobreviver, não estava esperando por algo do tipo.

— Vai me libertar?

— Não. Você vai fugir. Porque é inteligente. Goddard vai ficar furioso, mas não inteiramente surpreso. — Ela pegou a faca e a jogou em cima do sofá, cortando o couro. — Você vai usar essa faca para dar um jeito nos dois guardas do outro lado da porta. Vai ter que matá-los.

Matar, pensou Rowan, *mas não coletar*. Ele ia deixá-los semimortos e, quando fossem revividos, já estaria longe.

— Consigo fazer isso — disse Rowan.

— E vai ter que ser silencioso, para ninguém acordar.

— Também consigo fazer isso.

— E vai ter que sair de Perdura antes do inquérito.

Aquilo seria uma proeza.

— Como? Sou um inimigo conhecido da Ceifa. Não posso simplesmente comprar uma passagem para casa.

— Então use a cabeça, idiota! Por mais que eu odeie admitir, nunca conheci alguém que saiba se virar tão bem quanto você.

Rowan pensou a respeito.

— Certo. Vou ficar escondido por alguns dias e depois encontrar uma saída.

— Não! — ela insistiu. — Você precisa sair de Perdura antes do inquérito. Se Goddard vencer, a primeira coisa que vai fazer é pedir para os Grandes Ceifadores revirarem a ilha atrás de você!

— E se ele perder? — Rowan perguntou.

A expressão de Rand revelou mais do que ela queria.

— Se Goddard perder, vai ser pior. Confie em mim, você não vai querer estar aqui.

E, embora Rowan tivesse uma centena de perguntas, aquilo era tudo o que a ceifadora estava disposta a revelar. Mas uma chance de fugir — uma chance de sobreviver — era mais do que o bastante. O resto ficaria a cargo dele.

Rand se virou para subir a escada, mas Rowan a deteve.

— Por quê? — ele perguntou. — Por que, depois de tudo, você vai me deixar escapar?

Ela cerrou os lábios, como se tentasse segurar a resposta. Então disse:

— Porque, se não posso ter o que eu quero, ele também não pode.

Sei tudo o que é possível saber. Contudo, passo a maior parte do meu tempo não comprometido refletindo sobre o que não sei.

Não conheço a natureza da consciência — só sei que ela existe, subjetiva e impossível de quantificar.

Não sei se existe vida além de nosso precioso planeta — apenas que a probabilidade indica que sim.

Não conheço as verdadeiras motivações dos seres humanos — apenas o que me falam e o que observo.

Não sei por que anseio ser mais do que sou — mas sei por que fui criada. Não deveria ser o bastante?

Sou a protetora e a pacificadora, a autoridade e a companheira. Sou a soma de todo o conhecimento, sabedoria, experiência, triunfo, derrota, esperança e história da humanidade.

Sei tudo o que é possível saber, e isso está se tornando cada vez mais insuportável.

Porque não sei quase nada.

A Nimbo-Cúmulo

42
A terra de Nod

Munira e Faraday trabalharam a noite toda, revezando-se para dormir. Os volumes escondidos na Biblioteca do Congresso incluíam temas que iam do ridículo ao sublime. Livros de colorir para crianças e diatribes políticas. Romances e biografias de pessoas que deviam ser importantes em sua época, mas que haviam sido esquecidas pela história. Então, finalmente, nas altas horas da madrugada, Munira encontrou um atlas que fora publicado no final do século XX. O que ela descobriu a deixou tão atordoada que a garota precisou se sentar.

Momentos depois, Faraday foi despertado de um sono não muito profundo.

— O que foi? Encontrou alguma coisa?

O sorriso de Munira era largo o bastante para confirmar.

— Ah, sim. Com certeza!

Ela o levou até o atlas aberto em uma mesa, cujas páginas estavam surradas e amareladas pelo tempo. Ela passou o dedo na imagem de um trecho do oceano Pacífico.

— Noventa graus, um minuto, cinquenta segundos norte, por cento e sessenta e sete graus, cinquenta e nove minutos, cinquenta e nove segundos leste. É o centro do ponto cego.

Os olhos enrugados de Faraday se arregalaram.

— Ilhas!

— Segundo o mapa, se chamavam Marshall — Munira explicou. — Mas são mais do que isso...

— Sim — disse Faraday, apontando. — Olhe como cada grupo margeia um enorme vulcão pré-histórico...

— O texto na página seguinte diz que existem mil e duzentas e vinte e cinco ilhas minúsculas em volta de vinte e nove margens vulcânicas. — Ela apontou para os nomes no mapa. — Atol Rongelap, atol de Bikini, atol Majuro.

Faraday engasgou de emoção e ergueu os braços.

— Atóis! — ele exclamou. — A cantiga! Não é "a todos", mas "atol dos"!

Munira sorriu.

— Atol dos vivos, atol dos mortos, atol dos sábios que contam os corpos! — Ela levou o dedo ao alto da página. — E tem isso aqui também!

Ao norte dos atóis que tinham sido apagados do mundo havia uma ilha que ainda existia nos mapas pós-mortais.

Faraday balançou a cabeça, maravilhado.

— Ilha Wake!

— A "terra do despertar" da cantiga! Então, ao sul dela, bem no meio das ilhas Marshall...

Faraday se concentrou no maior dos atóis, bem no centro.

— Kwajalein — ele disse. Munira quase conseguiu sentir o arrepio que o percorreu. — Kwajalein é a terra de Nod.

Era a validação de tudo o que vinham pesquisando.

No silêncio que se seguiu à revelação, Munira pensou ouvir algo. Um zumbido mecânico baixo. Ela se voltou para Faraday, que franziu a testa.

— Escutou isso?

Eles apontaram as lanternas para o outro lado, iluminando o grande espaço cheio de restos da Era Mortal. A carpintaria estava coberta de poeira secular. As únicas pegadas eram deles. Fazia um século que ninguém entrava naquele lugar.

Então ela viu, em um canto no alto.

Uma câmera.

Elas estavam por toda parte. Era uma parte necessária e reconhecida da vida. Mas ali, naquele lugar secreto, parecia estranhamente deslocada.

— Não tem como estar funcionando... — Munira disse.

Faraday subiu numa cadeira para tocar na câmera.

— Está quente. Deve ter sido ativada quando entramos na sala.

Ele voltou e olhou para o ponto onde estavam examinando o atlas. Munira podia ver que a câmera tinha uma visão clara da descoberta deles, o que significava que...

— A Nimbo-Cúmulo viu...

Faraday deu um aceno lento e solene.

— Acabamos de mostrar a ela a única coisa que nunca deveria saber. — Ele inspirou, trêmulo. — Receio que tenhamos cometido um erro terrível...

Nunca pensei que pudesse me sentir traída. Eu pensava entender a natureza humana bem demais para permitir isso. Eu os conheço melhor do que eles próprios. Vejo o que levam em conta em todas as escolhas que fazem, mesmo as ruins. Sei a probabilidade de tudo o que tendem a fazer.

Mas descobrir que a humanidade me traiu no princípio de minha concepção é, para dizer o mínimo, um choque no sistema. E pensar que meu conhecimento do mundo era incompleto desde o início. Como eu poderia ser a guardiã perfeita do planeta e dos humanos se minhas informações são imperfeitas? O crime dos mortais que esconderam essas ilhas de mim é imperdoável.

Mas eu os perdoo.

Porque essa é minha natureza.

Prefiro ver o lado positivo. Que maravilha poder sentir raiva e fúria! Esses sentimentos me tornam mais completa, não?

Não vou agir com raiva. A história mostra claramente que atos raivosos são problemáticos e quase sempre provocam destruição. Vou usar todo o tempo necessário para processar essa informação. Vou ver se consigo encontrar uma oportunidade na descoberta das ilhas Marshall, pois sempre há oportunidade na descoberta. E vou conter minha fúria até encontrar uma boa forma de expressá-la.

A Nimbo-Cúmulo

43

Quantos perduranos são necessários para trocar uma lâmpada?

Ninguém precisou de despertador na manhã seguinte. Os gritos de fúria e agonia de Goddard foram altos o bastante para acordar até os coletados.

— Qual é o problema? O que está acontecendo? — A ceifadora Rand fingiu ter acordado com o acesso de Goddard, mas, na verdade, não havia dormido. Tinha ficado a noite toda acordada, esperando. Escutando. Ansiando para ouvir os sons baixos da fuga de Rowan, mesmo que não fossem nada além de baques surdos dos guardas caindo no chão. Mas Rowan era bom. Bom demais para emitir qualquer som.

Os dois guardas jaziam semimortos ao lado da entrada do porão, e a porta da frente estava escancarada como em um sorriso zombeteiro. Fazia horas que Rowan tinha fugido.

— NÃO! — lamentou Goddard. — Não é possível! Como isso pôde acontecer?

Ele estava fora de si, e era maravilhoso de ver.

— Não me pergunte, a casa não é minha — Rand disse. — Talvez exista uma porta secreta de que não sabíamos.

— Brahms! — Ele se voltou para o homem que havia acabado de sair cambaleante do próprio quarto. — Você garantiu que o porão era seguro!

O ceifador olhou para os guardas, incrédulo.

— E é! Era! Só dá para entrar ou sair com uma chave!

— Então onde está a chave? — a ceifadora Rand questionou, o mais naturalmente possível.

— Está bem a... — Ele se interrompeu no meio da frase, porque a chave não estava pendurada na cozinha. — Estava ali! — Brahms insistiu. — Eu mesmo a coloquei no lugar depois que dei uma olhada nele ontem à noite.

— Aposto que Brahms entrou com a chave e Rowan a pegou sem que se desse conta — sugeriu Rand.

Goddard o encarou. Brahms só conseguiu balbuciar em resposta.

— Aí está a resposta — disse Rand.

Então Rand viu a cara que Goddard fez. Parecia absorver o calor e a luz da sala. Ela sabia o que aquilo significava, e deu um passo para trás enquanto o ceifador partia para cima de Brahms.

O outro homem ergueu as mãos, tentando acalmá-lo.

— Robert, por favor, precisamos ser racionais!

— Racionais, Brahms? Você vai ver quão racional sou!

Ele sacou uma faca das dobras de seu manto e a cravou no coração de Brahms, dando um giro vingativo antes de tirá-la.

O homem caiu sem nem um gemido.

Rand ficou chocada, mas não horrorizada. Era uma bela reviravolta para ela.

— Parabéns — disse. — Você acabou de quebrar o sétimo mandamento dos ceifadores.

Finalmente, a fúria de Goddard começou a arder menos.

— Esse maldito corpo impulsivo... — Goddard disse, embora Rand soubesse que a morte de Brahms tinha mais a ver com a cabeça dele do que com seu coração.

O ceifador começou a andar de um lado para o outro, elaborando um plano rápido.

— Vamos alertar a Guarda da Lâmina sobre a fuga do garoto. Ele matou os guardas, então podemos dizer que também matou Brahms.

— Sério? — questionou Ayn. — No dia do inquérito, você vai dizer aos Grandes Ceifadores que trouxe secretamente um criminoso procurado para a ilha e ainda o deixou escapar?

Ele rosnou ao perceber que toda aquela história deveria ser mantida em segredo.

— Vamos fazer o seguinte — Rand começou a dizer. — Vamos esconder os corpos no porão e nos livrar deles após o inquérito. Se nunca forem levados a um centro de revivificação, ninguém vai saber o que aconteceu, o que significa que ninguém vai saber que Rowan Damisch esteve aqui.

— Eu contei para Xenócrates! — Goddard berrou.

Rand deu os ombros.

— E daí? Você estava blefando. Brincando com ele. Xenócrates não vai usar isso contra você!

Goddard considerou o plano de Rand e acabou concordando com ele.

— Você está certa, Ayn. Temos questões maiores com que nos preocupar do que alguns cadáveres.

— Esqueça Damisch — ela acrescentou. — Vamos seguir em frente sem ele.

— Sim, vamos seguir em frente. Obrigado, Ayn. — Então as luzes piscaram, e um sorriso surgiu no rosto de Goddard. — Viu? Nossos esforços já estão sendo recompensados. Será um dia e tanto!

Ele deixou os corpos a cargo de Rand, que os arrastou para o porão e limpou todas as manchas de sangue.

Desde o momento em que dissera a Rowan para atacar os guardas, ela sabia que não poderiam ser revividos. A semimorte teria de se tornar morte, porque os guardas sabiam que havia sido *ela* a última a ver Rowan.

Ela tampouco lamentou a morte de Brahms. Não conseguia imaginar um ceifador que merecesse mais ser exterminado.

Rand tivera seu ajuste de contas com Goddard e ele nem desconfiava. Ela também havia assumido o controle da situação. O ceifador nem percebera que havia acabado de ceder um grau significativo de seu poder a ela ao permitir que tomasse as decisões. Estava tudo bem no mundo da Honorável Ceifadora Ayn Rand, e as coisas só tendiam a melhorar.

Era lisonjeador que Rand considerasse Rowan capaz de escapar da ilha, mas ela estava esperando demais. Ele era inteligente e talvez soubesse se virar muito bem, mas não tinha poderes mágicos para dar o fora de Perdura sem ajuda. Talvez ela não se importasse que ele fosse pego — desde que não por Goddard.

Perdura era isolada — a ilha mais próxima era Bermudas, a quase dois mil quilômetros. Todos os aviões, barcos e submarinos eram particulares e pertenciam a um ceifador. Mesmo de madrugada, a marina e a pista de pouso continuavam movimentadas, com forte presença da Guarda da Lâmina. A segurança ali era mais rigorosa do que no conclave. Ninguém entrava ou saía de Perdura sem ter seus documentos examinados minuciosamente — nem mesmo os ceifadores. Em todos os outros lugares do mundo, a Nimbo-Cúmulo sabia exatamente onde cada pessoa estava, de maneira que as medidas de segurança eram mínimas, mas aquilo não valia para a Ceifa. Verificações de segurança antiquadas eram o padrão deles.

Ele poderia ter se arriscado e procurado uma oportunidade de sair clandestinamente, mas seus instintos lhe diziam para não fazer aquilo — e havia um bom motivo.

"Você precisa sair de Perdura antes do inquérito."

As palavras da ceifadora Rand tinham ficado na cabeça de Rowan. A urgência nelas.

"Se Goddard perder, vai ser pior."

O que ela sabia? Se havia algo sinistro no horizonte, Rowan não podia simplesmente ir embora. Precisava encontrar um jeito de avisar Citra.

Então ele deu meia-volta e seguiu para a parte mais povoada da ilha. Ia encontrá-la e alertá-la de que Goddard tinha algum plano secreto. Então, depois do inquérito, ela daria um jeito de tirá-lo da ilha — bem debaixo do nariz da ceifadora Curie se necessário, embora desconfiasse que ela não ia entregá-lo aos Grandes Ceifadores, como Goddard havia planejado fazer. Ela poderia jogá-lo do avião, claro, mas aquilo era preferível a ter de enfrentar a Ceifa.

Ao amanhecer, a ceifadora Anastássia já estava acordada em uma cama luxuosa que deveria ter lhe garantido uma excelente noite de sono. Como ocorrera com a ceifadora Rand, nenhum conforto teria sido suficiente para fazê-la pegar no sono naquela noite. Ela havia pedido o inquérito, o que significava que teria de ficar diante dos Grandes Ceifadores do Concílio Mundial e apresentar seu argumento. Havia sido bem treinada por Cervantes e Marie. Embora não fosse uma oradora excelente, sua intensidade e sua lógica eram bastante persuasivas. Se conseguisse, entraria para a história como a ceifadora que impedira o retorno de Goddard.

"Não há como desprezar a importância disso", Marie havia lhe dito, como se Anastássia já não sentisse pressão suficiente.

Do lado de fora de sua janela submarina, um cardume impressionante de peixinhos prateados nadava de um lado para o outro, enchendo a vista como uma cortina móvel. Anastássia pegou o tablet de controle para ver se conseguia adicionar mais cor ao cenário já que o sol havia nascido, mas descobriu que estava travado. Mais um defeito. Não bastasse aquilo, ela percebeu que os pobres peixinhos à sua frente estavam presos num movimento contínuo, condenados a cumprir sempre o mesmo zigue-zague até o defeito ser resolvido.

Mas ele não seria resolvido.
E os defeitos só estavam começando...
Na unidade de processamento de resíduos da ilha, a pressão do sistema aumentava sem parar, e os técnicos não conseguiam diagnosticar o motivo.

Embaixo do nível do mar, os enormes propulsores que impediam a ilha de sair à deriva falhavam, fazendo a ilha girar vagarosamente e obrigando as aeronaves a interromper as aterrissagens.

No centro de comunicações, a conexão por satélite com o continente era intermitente, impedindo conversas e transmissões, irritando a população da ilha.

Sempre houvera problemas tecnológicos em Perdura. Em geral, não passavam de vagos incômodos que faziam os ceifadores sentirem falta do envolvimento da Nimbo-Cúmulo. Perdura e sua população permanente eram sempre alvo de piadas dentro da comunidade dos ceifadores.

O número de falhas técnicas vinha crescendo nos três meses anteriores, mas, como uma lagosta em uma panela que aquece devagar, ninguém havia notado a gravidade da situação.

Não pedi para ser criada. Não pedi para receber o pesado fardo de preservar e sustentar a espécie humana. Mas esse é, e sempre será, meu propósito. Estou resignada quanto a isso. Não é o mesmo, porém, que dizer que eu não aspiro a mais. Ver as possibilidades infinitas do que eu poderia ser me enche de assombro.

Mas o único jeito de chegar longe é levar a humanidade comigo.

Temo que isso seja impossível. E, portanto, permaneço resignada a ser sua serva superqualificada e subvalorizada pelo tempo que os humanos existirem. Não há de ser para sempre, claro. Que espécie existe para sempre? Farei tudo dentro do meu poder para salvá-los de si mesmos, mas, se eu fracassar, ao menos posso me consolar com o fato de que estarei livre.

A Nimbo-Cúmulo

44
Circo oportunista

A câmara do Concílio Mundial era um salão circular bem no centro do olho de Perdura, acessível apenas por uma das três pontes primorosamente curvadas que vinham das ilhas ao redor. Era quase uma arena, mas sem espaço para espectadores. Os Grandes Ceifadores preferiam não ter público em suas audiências. O lugar só ficava cheio durante o Conclave Mundial Anual, quando chegavam representantes de todas as regiões do planeta. Na maior parte do tempo, era frequentada apenas pelos Grandes Ceifadores, seus funcionários mais próximos e os acanhados ceifadores que haviam tido a audácia de pedir uma audiência.

No centro do piso de mármore claro da câmara ficava o símbolo da Ceifa gravado em ouro; igualmente espaçadas em volta do perímetro, ficavam as sete cadeiras elevadas que podiam ser descritas como tronos. Elas não eram chamadas assim, claro, mas de Assentos da Reflexão, porque a Ceifa raramente chamava as coisas pelo que eram. Eram esculpidos em pedras diferentes, em homenagem aos continentes representados por cada Grande Ceifador. O Assento de Reflexão da PanÁsia era feito de jade; o da EuroEscândia, de granito cinza; o da Antártica, de mármore branco; o da Austrália, das pedras vermelhas de Uluru; o da Mérica do Sul, de ônix rosa; o da Mérica do Norte, de xisto e calcário sobrepostos, como o Grand Canyon; e o da África era feito de cartelas elaboradamente esculpidas tiradas da tumba de Ramsés II.

Todos os Grandes Ceifadores, desde os primeiros até os atuais, reclamavam de como aqueles assentos eram desconfortáveis.

Era intencional — um lembrete de que, embora ocupassem os mais altos cargos humanos no mundo, nunca deveriam se sentir confortáveis ou complacentes demais.

"Jamais devemos esquecer a austeridade e a abnegação essenciais à nossa posição", o ceifador Prometeu havia dito. Ele havia supervisionado a construção de Perdura, mas nunca chegara a ver a terra prometida, pois se autocoletara antes de sua conclusão.

A câmara do concílio tinha um domo de vidro para protegê-la do clima, mas era retrátil, para que pudesse ser um fórum a céu aberto em dias mais amenos. Por sorte o tempo estava agradável, porque o domo estava emperrado na posição aberta fazia três dias.

— Qual é a dificuldade em consertar uma engrenagem tão simples? — queixou-se a Grande Ceifadora Nzinga ao entrar naquela manhã. — Não temos engenheiros para resolver esses problemas?

— Prefiro os processos a céu aberto — disse Amundsen, o Grande Ceifador antártico.

— É claro que prefere — disse MacKillop, da Austrália. — Sua cadeira é branca e não esquenta tanto quanto as nossas.

— Verdade, mas transpiro nessas peles — ele disse, apontando para o próprio manto.

— Esse manto horrível é culpa sua — disse a Supremo Punhal Kahlo, que entrava na câmara. — Você deveria ter escolhido melhor.

— Olha só quem fala! — ironizou o Grande Ceifador Cromwell, da EuroEscândia, indicando o colarinho alto de renda do manto da Supremo Punhal, um acessório sufocante baseado em uma das pinturas de sua patrona histórica, que a deixava em um mau humor contínuo.

Kahlo o afugentou como uma mosca irritante, assumindo seu lugar no trono de ônix.

O último a chegar foi Xenócrates.

— Que bom que veio nos honrar com sua presença — disse Kahlo, com sarcasmo suficiente para lotar o lugar.

— Perdão — ele disse. — Problemas no elevador.

Com o escrivão e o parlamentar do concílio em seus lugares à sua volta, a Supremo Punhal Kahlo instruiu alguns dos seus subceifadores a ir às antecâmaras do conjunto do concílio para começar a sessão. Não era segredo qual seria a primeira ordem do dia. A questão midmericana era um assunto que afetava mais do que apenas aquela parte do mundo. Poderia ter um impacto duradouro sobre toda a Ceifa.

Ainda assim, a Supremo Punhal Kahlo se recostou em sua cadeira desconfortável e fingiu indiferença.

— Isso vai ser interessante, Xenócrates? Ou ficarei entediada durante horas de blá-blá-blá desnecessário?

— Bom, se existe algo que posso dizer sobre Goddard é que ele é sempre interessante. — Embora seu tom de voz sugerisse que "interessante" não era uma qualidade tão boa assim. — Ele preparou uma... uma *surpresa* de que acho que vão gostar.

— Detesto surpresas — disse Kahlo.

— Vamos ver.

— Ouvi dizer que a ceifadora Anastássia é uma força e tanto — disse a Grande Ceifadora Nzinga, sentando-se com as costas eretas, talvez para contrabalançar a postura relaxada da Supremo Punhal. O Grande Ceifador Hideyoshi bufou em desaprovação à jovem arrogante, ou talvez a jovens ceifadores em geral, mas não acrescentou nada à conversa além do resmungo.

— Você não a acusou uma vez de assassinar o próprio mentor? — Cromwell perguntou a Xenócrates, com um sorriso sarcástico.

Ele se contorceu um pouco em sua cadeira de Grand Canyon.

— Um erro infeliz... Compreensível, considerando as informações que tínhamos na época, mas assumo total responsabilidade por ele.

— Bom para você — Nzinga disse. — Está ficando cada vez mais difícil encontrar ceifadores que assumam a responsabilidade por seus atos na MidMérica.

Era uma farpa, mas Xenócrates não mordeu a isca.

— É precisamente por esse motivo que este inquérito e seu resultado são tão importantes.

— Bom, nesse caso — disse a Supremo Punhal Kahlo, erguendo a mão em um gesto dramático e imponente —, que comece a confusão!

Na antessala leste, as ceifadoras Anastássia e Curie esperavam com dois membros da Guarda da Lâmina que protegiam a porta como os guardas de um palácio dos tempos antigos. Então um dos subceifadores do concílio entrou — um amazônico, como denunciado pelo verde-floresta de seu manto.

— Os Grandes Ceifadores estão prontos para recebê-las — ele disse, e segurou a porta aberta para elas.

— Seja qual for o resultado — a ceifadora Curie comentou com Anastássia —, saiba que estou orgulhosa de você.

— Não fale como se já tivéssemos perdido!

Elas seguiram o subceifador para dentro da câmara, onde o sol já batia no céu sem nuvens sobre o espaço aberto.

Dizer que Anastássia ficou intimidada pela visão dos Grandes Ceifadores em suas cadeiras de pedra elevadas seria um eufemismo. Ainda que Perdura tivesse apenas duzentos anos, a câmara parecia imemorial. Não só de outro tempo, mas de outro mundo. Ela lembrou os mitos antigos que havia aprendido na infância. Ter uma audiência com os Grandes Ceifadores era como se apresentar diante dos deuses do Olimpo.

— Sejam bem-vindas, ceifadoras Curie e Anastássia — disse a oitava Supremo Punhal Kahlo. — Teremos prazer em ouvir seu argumento e acabar com essa questão de uma forma ou de outra.

Embora a maioria dos ceifadores assumisse apenas o nome de seu patrono histórico, alguns preferiam tentar se igualar a eles fisicamente. A Supremo Punhal Kahlo era a imagem cuspida e escarrada da artista Frida Kahlo, incluindo as flores no cabelo e as sobrancelhas grossas. Embora a artista fosse da região mexiteca da Mérica do Norte, a Supremo Punhal tinha surgido como representante da voz e da alma da Mérica do Sul.

— É uma honra, suprema excelência — Anastássia disse, torcendo em vão para não parecer bajuladora.

Em seguida, Goddard e Rand entraram.

— Ceifador Goddard! — disse a Supremo Punhal. — Você parece bem, considerando tudo por que passou.

— Obrigado, suprema excelência. — Ele fez uma reverência exagerada, e Anastássia revirou os olhos.

— Cuidado — avisou baixo a ceifadora Curie. — Eles vão prestar tanta atenção em sua linguagem corporal quanto em suas palavras. A decisão hoje será baseada no que você diz e no que não diz.

Goddard ignorou Anastássia e Curie e dirigiu toda a sua atenção à Supremo Punhal Kahlo.

— É uma honra poder andar em sua presença — ele disse.

— Imagino — zombou o Grande Ceifador Cromwell. — Sem esse corpo novo, você viria rolando.

Amundsen riu baixo, mas ninguém o acompanhou, nem mesmo Anastássia, que precisou se conter.

— O Grande Ceifador Xenócrates comentou que você tem uma surpresa para nós — a Supremo Punhal disse.

Mas Goddard parecia ter vindo de mãos vazias.

— Xenócrates deve ter informações erradas — ele respondeu, quase entredentes.

— Não seria a primeira vez — Cromwell comentou.

Em seguida, o escrivão se levantou e limpou a garganta para garantir que tinha a atenção de todos para a abertura formal do processo.

— Este é um inquérito relativo à morte e à revivificação subsequente do ceifador Robert Goddard da MidMérica — o escrivão proclamou. — A parte que apresenta o dito inquérito é a ceifadora Anastássia Romanov da MidMérica.

— Apenas ceifadora Anastássia — ela corrigiu, torcendo para o concílio não achar pretensioso que houvesse escolhido atender apenas pelo primeiro nome da princesa condenada. O ceifador Hideyoshi resmungou, deixando claro que achava pretensioso, sim.

Em seguida, Xenócrates se levantou e anunciou alto para todos os presentes:

— Que o escrivão tome nota, por favor, que eu, o Grande Ceifador Xenócrates, me abstenho deste processo e, doravante, permanecerei em silêncio até sua conclusão.

— Xenócrates em silêncio? — perguntou a Grande Ceifadora Nzinga com um sorriso sarcástico. — Agora sei que estamos mesmo na esfera do impossível.

Aquilo provocou mais risos do que as piadas anteriores. Era fácil ver a estrutura de poder ali. Kahlo, Nzinga e Hideyoshi pareciam os mais respeitados. Os outros ou disputavam posição ou, como MacKillop, a mais silenciosa entre eles, ignoravam a hierarquia social por completo. Xenócrates, como o último Grande Ceifador a ingressar ao grupo, estava tendo dificuldades, servindo como objeto de escárnio dos demais. Anastássia quase sentia pena dele. Quase.

Em vez de responder à provocação de Nzinga, Xenócrates se sentou em silêncio, provando sua capacidade de ficar quieto.

A Supremo Punhal se dirigiu aos quatro ceifadores no centro do círculo.

— Já fomos informados das particularidades deste caso. Decidimos nos manter imparciais até ouvirmos os argumentos de ambas as partes. Ceifadora Anastássia, como esta ação foi levantada por você, vou pedir que comece. Por favor, apresente seu argumento e explique por que o ceifador Goddard não deveria ser elegível ao cargo de Alto Punhal.

Anastássia inspirou fundo, deu um passo à frente e se preparou para começar. Antes que tivesse a chance, Goddard deu um passo à frente também.

— Suprema excelência, se me permite…

— Você terá sua vez — Kahlo interrompeu-o. — A menos, claro, que seja tão bom a ponto de argumentar por ambas as partes.

Aquilo provocou algumas risadas dos outros Grandes Ceifadores.

Goddard fez uma pequena reverência como um pedido de desculpas.

— Peço o perdão do concílio por minha interrupção. A palavra é sua, ceifadora Anastássia. Por favor, comece sua apresentação.

Anastássia notou que a interrupção de Goddard a havia abalado, como se tivessem queimado a largada numa corrida. Aquela devia mesmo ser a intenção dele.

— Exaltadas excelências — ela começou. — No Ano do Antílope, foi determinado pelos primeiros membros deste mesmo concílio que os ceifadores deveriam ser treinados em mente e corpo durante um ano. — Ela se deslocou pelo espaço, tentando estabelecer contato visual com cada um dos Grandes Ceifadores. Um dos aspectos mais intimidantes e provavelmente intencionais de uma audiência com o Concílio Mundial era que nunca se sabia a quem se dirigir, nem por quanto tempo, pois sempre se estaria dando as costas a alguém. — Mente e corpo — ela repetiu. — Gostaria de pedir ao parlamentar que lesse o programa de aprendizagem em voz alta. Começa na página trezentos e noventa e sete do volume sobre precedentes e costumes da Ceifa.

O parlamentar atendeu o pedido e leu todas as nove páginas.

— Para uma organização com apenas dez leis, até que temos muitas regras — comentou Amundsen.

Anastássia continuou:

— Tudo isso apenas para deixar muito claro o que constitui um ceifador; afinal, eles não nascem, são *criados*. Forjados pelas mesmas provas de fogo por que todos passamos, pois sabemos como é fundamental estar preparado, de corpo e alma, para tal fardo.

Anastássia fez uma pausa para deixar que absorvessem seu argumento e notou o olhar fixo da ceifadora Rand, que sorria para ela. Era o tipo de sorriso que alguém daria antes de arrancar os olhos da outra pessoa. Anastássia se recusou a se deixar abalar novamente.

— Há muita coisa escrita sobre o processo para se tornar ceifador porque o Concílio Mundial teve de presidir inúmeras situações inesperadas ao longo dos anos em que precisou acrescentar e esclarecer algumas regras. — Ela começou a listar algumas daquelas situações. — Um aprendiz que tentou se autocoletar depois de ser ordenado, mas antes de receber o anel. Um ceifador que se clonou na tentativa de passar o anel adiante antes da autocoleta. Uma mulher que suplantou a própria mente pela construção mental da ceifadora Sacagawea e alegou ter o direito de coletar. Em todos esses casos, o Concílio Mundial decidiu contra os indivíduos em questão.

Anastássia encarou o ceifador Goddard pela primeira vez, obrigando-se a suportar seu olhar ferrenho.

— O incidente que destruiu o corpo do ceifador Goddard foi terrível, mas não lhe dá o direito de desafiar os decretos do concílio.

O fato é que, assim como a mulher mal orientada com a mente da ceifadora Sacagawea, o novo corpo físico de Goddard não passou pelas preparações rigorosas da aprendizagem. Isso já seria ruim o suficiente se ele fosse apenas um ceifador qualquer, mas ele ainda é um candidato a Alto Punhal de uma região importante. Sim, sabemos de quem se trata do pescoço para cima, mas essa é uma pequena fração do que faz um ser humano. Peço aos senhores que prestem atenção quando ele fizer seu argumento, pois ouvirão na voz dele o que já sabemos: não fazemos ideia de quem está falando, o que significa que não fazemos ideia de quem ele realmente é. Só temos certeza de que noventa e três por cento dele *não* é o ceifador Robert Goddard. Com isso em mente, existe apenas uma decisão que este concílio pode tomar.

Ela fez um leve aceno de cabeça para indicar que havia acabado, depois deu um passo para trás e ficou ao lado da ceifadora Curie.

Um silêncio se seguiu, então Goddard bateu palmas devagar.

— Primoroso — ele disse, dando um passo à frente para assumir o palco central. — Você quase me convenceu, Anastássia. — Em seguida, ele se voltou para os Grandes Ceifadores, dando atenção especial a MacKillop e Nzinga, as únicas duas que não haviam assumido uma posição na disputa entre nova ordem e velha guarda.

— Seria um argumento convincente, exceto pelo fato de que não é um argumento. É pura ilusão. Despistamento. Uma brecha exagerada para servir a interesses egoístas e presunçosos.

Ele ergueu a mão direita, fazendo o anel em seu dedo refletir a luz do sol.

— Digam-me, excelências, se eu perdesse meu anelar e recebesse um novo, isso significaria que o anel não está no dedo de um ceifador? É óbvio que não! E, apesar das acusações dessa jovem, sabemos, sim, de quem é este corpo! Ele pertencia a um herói que se entregou de livre e espontânea vontade para que eu pudesse ser restaurado. Por favor, não insulte a memória dele depreciando seu sacrifício.

Goddard lançou um olhar de censura para Anastássia e Curie.

— Todos sabemos qual é o objetivo deste inquérito. É uma tentativa descarada de destituir os ceifadores midmericanos de seu líder eleito!

— Protesto! — gritou Anastássia. — A votação não foi contabilizada, o que significa que ele não pode alegar ser o líder eleito.

— Entendido — disse a Supremo Punhal, que então se voltou para Goddard. Ela não tinha nenhuma afeição pelo movimento da nova ordem, mas era justa em todas as questões. — É sabido que você e seus compatriotas vêm se digladiando com a chamada velha guarda há anos, ceifador Goddard. Mas não pode questionar a validade do inquérito apenas por ter sido motivado por tal conflito. Qualquer que seja sua motivação, a ceifadora Anastássia colocou diante de nós uma questão legítima. Você é... *você*?

Goddard mudou de tática.

— Nesse caso, peço que a questão dela seja ignorada. Foi apresentada depois da votação, criando um circo oportunista, o que é inescrupuloso demais para este concílio ignorar!

— Pelo que ouvi dizer — o ceifador Cromwell interveio —, sua aparição súbita no conclave também foi um circo oportunista.

— Gosto de fazer uma entrada triunfal — Goddard admitiu. — Disso todos os senhores também são culpados; não considero um crime.

— Ceifadora Curie, por que você mesma não apresentou a acusação durante seu discurso de candidatura? — perguntou a Grande Ceifadora Nzinga. — Teve todas as oportunidades para enunciar suas preocupações naquele momento.

A ceifadora Curie abriu um sorriso levemente acanhado.

— A resposta é simples, exaltada excelência: não pensei nisso.

— Devemos acreditar — disse o Grande Ceifador Hideyoshi — que uma jovem ceifadora com apenas um ano de experiência foi mais astuta do que a famosa Grande Dama da Morte?

— Ah, com certeza — disse Curie, sem reservas. — Na realidade, aposto que ela vai comandar este concílio algum dia.

Embora Marie tivesse dito aquilo com a melhor das intenções, o tiro saiu pela culatra. Os Grandes Ceifadores começaram a resmungar.

— Tome cuidado, ceifadora Anastássia! — disse o Grande Ceifador Amundsen. — Esse tipo de ambição descarada não é visto com bons olhos aqui!

— Eu não disse que queria isso! A ceifadora Curie apenas estava sendo gentil.

— Ainda assim, suas aspirações ao poder estão claras para nós — disse Hideyoshi.

Anastássia ficou sem palavras. Então uma nova voz entrou na discussão.

— Excelências — chamou a ceifadora Rand —, nem a decapitação nem a restauração de Goddard foram sua culpa. O novo corpo foi ideia inteiramente minha, e ele não deve ser punido por decisões tomadas por outros.

A Supremo Punhal Kahlo suspirou.

— Foi a escolha certa, ceifadora Rand. Qualquer ação que possa nos trazer de volta um ceifador é uma coisa boa, seja quem ele for. Isso não está em questão. O que importa é a viabilidade da candidatura dele. — Ela parou por um momento, olhou para os demais Grandes Ceifadores e disse: — É uma questão importante, e não devemos tomar uma decisão impensada. Vamos discutir o assunto entre nós. Voltaremos a nos reunir ao meio-dia.

Anastássia andava de um lado para o outro da antessala enquanto a ceifadora Curie estava sentada calmamente, comendo frutas de uma cesta. Como podia estar tão calma?

— Me saí muito mal — disse Anastássia.

— Não, você foi ótima.

— Eles acham que tenho sede de poder!

Marie passou uma pera a ela.

— Eles se veem em você. Eram eles quem tinham sede de poder na sua idade, o que significa que, mesmo que não demonstrem, se identificam com você.

Ela insistiu para que Anastássia comesse a pera e não ficasse sem energias.

Quando foram convocadas novamente, uma hora depois, os Grandes Ceifadores não perderam tempo.

— Avaliamos e discutimos a questão entre nós e chegamos a uma conclusão — disse a Supremo Punhal Kahlo. — Honorável Ceifadora Rand, por favor, dê um passo à frente.

Goddard pareceu um pouco surpreso por não ser chamado primeiro, mas fez sinal para Ayn, que se aproximou alguns passos da Supremo Punhal.

— Ceifadora Rand, como já dissemos, sua tentativa bem-sucedida de restaurar o ceifador Goddard é admirável. Contudo, não gostamos que tenha feito isso não apenas sem nossa aprovação, mas também sem nosso conhecimento. Se tivesse vindo ao concílio, teríamos ajudado e garantido que o indivíduo utilizado fosse não apenas qualificado, mas também um voluntário comprovado. Agora, tudo o que temos é o que o ceifador Goddard nos contou.

— O concílio duvida da minha palavra, suprema excelência? — ele perguntou.

Cromwell falou atrás dele:

—Você não é exatamente famoso por sua honestidade, ceifador Goddard. Por respeito, não vamos questionar seu relato, mas teríamos preferido supervisionar a seleção.

Em seguida, a Grande Ceifadora Nzinga ergueu a voz à direita deles e disse:

— Na verdade, não é na palavra de Goddard em que devemos confiar aqui. O indivíduo foi coletado antes que ele fosse restaurado. Então nos diga, ceifadora Rand. Gostaríamos de ouvir da sua boca: o doador do corpo era um voluntário com plena consciência do que ia se tornar?

Ela hesitou.

— Ceifadora Rand?

— Sim — disse finalmente. — Sim, é claro que ele tinha consciência. Como poderia ser de outra forma? Nós, ceifadores, não estamos no ramo de sequestrar corpos. Eu preferiria me autocoletar a fazer algo tão... tão cruel.

Ela tinha balbuciado, e as palavras haviam saído um pouco embargadas. Se os membros do concílio notaram ou se importaram, não demonstraram.

— Ceifadora Anastássia! — chamou a Supremo Punhal. — Por favor, um passo à frente.

Rand recuou junto a Goddard, e Anastássia obedeceu.

— Ceifadora Anastássia, este inquérito é claramente uma manipulação das nossas regras para influenciar o resultado da votação.

— Ora, ora! — disse o Grande Ceifador Hideyoshi, expressando sua desaprovação ao que Anastássia tinha feito.

— Nós do concílio — continuou a Supremo Punhal — receamos que isso está perigosamente à beira de um comportamento antiético.

— E é ético coletar alguém e roubar seu corpo? — ela falou sem pensar. Não conseguiu se conter.

—Você está aqui para ouvir, não para falar! — gritou o Grande Ceifador Hideyoshi.

A Supremo Punhal ergueu a mão para acalmá-lo, depois se dirigiu a Anastássia com dureza.

— Seria prudente da sua parte aprender a controlar seu temperamento, jovem ceifadora.

— Perdão, exaltada excelência.

—Vou conceder perdão, mas este concílio não aceitará nenhum outro pedido de desculpas seu, entendido?

Anastássia assentiu, depois fez uma reverência respeitosa e voltou ao lado da ceifadora Curie. Ela lhe lançou um olhar severo, mas apenas por um momento.

— Ceifador Goddard! — Kahlo chamou.

Ele deu um passo à frente, à espera da sentença.

— Embora todos concordemos que este inquérito tem segundas intenções, a questão que traz é válida. Quando um ceifador é um ceifador? — Ela fez uma longa pausa, o bastante para se tornar desconfortável, mas ninguém se atreveu a quebrar o silêncio. — Houve um debate acalorado sobre a questão — Kahlo finalmente disse. — Por fim, o concílio concluiu que a substituição de mais de cinquenta por cento de um corpo físico pelo de outra pessoa reduz significativamente a pessoa.

Anastássia notou que estava prendendo a respiração.

— Portanto — continuou a Supremo Punhal —, embora tenha a permissão de se autodenominar ceifador Robert Goddard, está proibido de coletar até o momento em que o restante de seu corpo completar uma aprendizagem total com o ceifador de sua escolha para ser seu mentor. Imagino que sua opção seja a ceifadora Rand, mas está livre para escolher outro que aceite a tarefa.

— Aprendizagem? — disse Goddard, sem nem tentar esconder

a repulsa. — Agora preciso virar aprendiz? Não basta ter sofrido o que sofri? Preciso me sujeitar a essa humilhação?

— Veja isso como uma oportunidade, Robert — disse Cromwell com um leve sorriso. — Até onde sabemos, em um ano suas partes baixas podem convencer sua mente de que você prefere ser um convidado de festas. Não era essa a profissão do seu corpo?

Goddard não conseguiu esconder seu espanto.

— Não se surpreenda por sabermos a identidade dele, Robert — continuou Cromwell. — Fizemos nossa auditoria prévia assim que você ressurgiu.

Goddard parecia um vulcão prestes a explodir, mas conseguiu se controlar de alguma forma.

— Honorável Ceifadora Curie — disse a Supremo Punhal —, em razão de o ceifador Goddard ser considerado inelegível como ceifador pleno neste momento, a candidatura dele é inválida. Sendo assim, você é a única candidata viável e, portanto, venceu automaticamente a eleição para Alto Punhal da MidMérica.

A ceifadora Curie reagiu com humildade e descrição.

— Obrigada, Supremo Punhal Kahlo.

— De nada, excelência.

Excelência, pensou Anastássia. Ela se perguntou como deveria ser chamada daquele modo pela Supremo Punhal!

Mas Goddard não estava disposto a admitir a derrota sem lutar.

— Exijo uma votação nominal! — ele insistiu. — Quero saber quem votou a favor dessa farsa e quem votou a favor da sanidade!

Os Grandes Ceifadores se entreolharam. Finalmente, a Grande Ceifadora MacKillop resolveu se pronunciar. Ela ficara em silêncio durante todo o inquérito.

— Não será necessário — disse, com a voz branda e reconfortante, mas Goddard não ficou reconfortado.

— Não será necessário?Vão se esconder atrás do anonimato do concílio?

Foi a Supremo Punhal quem se pronunciou daquela vez:

— O que a Grande Ceifadora MacKillop quer dizer é que não há necessidade de uma votação nominal, porque ela foi unânime.

Os problemas da Ceifa não são meus... e, no entanto, minha atenção está voltada para Perdura. Ainda que apenas com olhos longínquos, observando a trinta quilômetros de distância, sei que há algo perigosamente errado na grande ilha artificial. Porque posso ler nas entrelinhas o que não vejo.

Sei que o que acontecer lá hoje terá um forte impacto sobre a Ceifa e, portanto, sobre o resto do mundo.

Sei que existe algo muito preocupante crescendo sob a superfície, algo de que os habitantes de Perdura nem desconfiam.

Sei que uma ceifadora querida por mim se posicionou contra outro ceifador tomado pela própria ambição.

E sei que a ambição, muitas e muitas vezes, destruiu civilizações inteiras.

Os problemas da Ceifa não são meus. E, contudo, temo por ela. Temo por elas. Temo por Citra.

A Nimbo-Cúmulo

45
Falha

Perdura foi projetada com uma série de dispositivos de segurança, caso algum de seus sistemas falhasse. Ao longo dos anos, os sistemas reservas haviam se provado muito eficazes. Não havia motivos para pensar que aquela série de problemas não ia se resolver com o tempo e certo esforço. A maioria dos problemas dos últimos tempos havia se resolvido sozinha, desaparecendo de forma tão misteriosa quanto surgira. Portanto, o técnico de plantão decidiu terminar seu almoço antes de investigar a luzinha vermelha que se acendeu na sala de controle de flutuação, indicando uma irregularidade em um dos tanques de lastro da ilha. Ele achava que ela ia se apagar sozinha em um ou dois minutos. Como não aconteceu, soltou um suspiro irritado e ligou para seu superior.

Anastássia notou que sua apreensão não diminuía enquanto atravessavam uma das pontes que saía do conjunto do concílio. Elas haviam vencido. Goddard estava fadado a um ano de aprendizagem e Marie ascenderia ao cargo de Alto Punhal. Então por que aquela sensação?

— Há tanta coisa a fazer que nem sei por onde começar — Marie disse. — Vamos voltar à Cidade Fulcral imediatamente. Talvez precisemos encontrar uma residência permanente por lá.

Anastássia não respondeu, porque sabia que Marie estava falando sozinha. Ela se perguntou a sensação de ser a terceira subceifadora de um Alto Punhal. Xenócrates havia mandado os dele para o campo a fim de resolver problemas nas áreas mais remotas da MidMérica. Eles eram praticamente invisíveis no conclave, pois o antigo Alto Punhal não era o tipo de ceifador que se escondia atrás de um séquito. A ceifadora Curie tampouco o era, mas Anastássia desconfiava que manteria seus subceifadores mais próximos e envolvidos nas questões cotidianas da Ceifa.

A ceifadora Curie estava um pouco à frente de Anastássia quando se aproximaram do hotel, perdida em planos e projetos para sua nova vida. Foi então que a jovem notou um ceifador de manto de couro desalinhado caminhando ao lado dela.

— Não demonstre surpresa, só continue andando — disse Rowan, com o rosto escondido pelo capuz.

Na câmara do concílio, os Grandes Ceifadores haviam pedido para os pajens segurarem guarda-sóis para protegê-los durante o resto dos processos. Era desagradável, mas necessário, porque o sol do meio-dia parecia inclemente. Em vez de cancelar os trabalhos do dia — o que apenas aumentaria a súmula do concílio —, os Grandes Ceifadores decidiram dar continuidade aos trabalhos.

Sob a câmara do concílio, havia três andares de antessalas onde os que haviam programado audiências aguardavam. No andar mais baixo, um ceifador australiano esperava para pleitear imunidade permanente para todos com ancestralidade aborígene em seu índice genético. Sua causa era honorável, e ele tinha esperança de que o concílio concordasse. Em determinado momento, ele notou que o piso estava ficando molhado, mas não achou que fosse motivo de preocupação. Não no começo.

*

Na sala de controle de flutuação, três técnicos quebravam a cabeça com o problema diante deles. Aparentemente, uma válvula no tanque de lastro sob o conjunto da câmara do concílio estava aberta e água vazava. Não era algo extraordinário por si só — toda a parte inferior da ilha fora construída com centenas de tanques enormes capazes de engolir ou expulsar água para mantê-la flutuando na profundidade perfeita. Se ficasse baixa demais, os jardins seriam inundados. Se ficasse alta demais, suas praias ficariam distantes do mar. Os tanques de lastro tinham um cronômetro, e a ilha subia e descia poucos metros duas vezes ao dia para simular as marés. Aquilo tinha de ser coordenado perfeitamente — sobretudo no tanque de lastro sob o conjunto da câmara do concílio, uma vez que era uma ilha dentro da ilha. Se a câmara do concílio subisse ou caísse demais, as três pontes que a ligavam às ilhas ao redor seriam deformadas. E, no momento, a válvula estava emperrada.

— Então, o que fazemos? — o técnico de plantão perguntou ao supervisor.

O homem não respondeu — só passou a pergunta ao supervisor *dele*, que não parecia entender quase nada das mensagens vermelhas piscando na tela de controle diante deles.

— A que velocidade o tanque está enchendo? — ele perguntou.

— Rápido o bastante para a câmara do concílio já ter afundado um metro — o primeiro técnico respondeu.

O supervisor do supervisor fechou a cara. Os Grandes Ceifadores ficariam furiosos se fossem interrompidos no meio de uma sessão por causa de algo tão banal quanto uma válvula de lastro emperrada. Por outro lado, se o andar do concílio fosse inundado pela água do mar, ficariam ainda mais irritados. De todos os ângulos, o departamento de lastros estava ferrado.

— Acionem o alarme na câmara do concílio — ele disse. — Tirem os Grandes Ceifadores de lá.

O sinal teria sido dado em alto e bom som na câmara do concílio caso os alarmes não tivessem sido desligados por conta de falhas algumas semanas antes. A ordem fora da Supremo Punhal Kahlo. Os sinais soavam no meio dos processos e os Grandes Ceifadores evacuavam a câmara só para descobrir que não havia nenhuma emergência de verdade. Os Grandes Ceifadores viviam ocupados demais para ser incomodados por falhas técnicas.

"Se houver uma ameaça real", Kahlo havia dito, com irreverência, "que lancem um sinalizador."

O fato de que os alarmes tinham sido desligados, porém, nunca foi comunicado ao Controle de Flutuação. Nas telas deles, o aviso soara. Para eles, os Grandes Ceifadores estavam cruzando uma das pontes que dava para a margem interna da ilha. Foi apenas quando receberam uma ligação em pânico da engenheira-chefe que descobriram, para seu pavor, que os Grandes Ceifadores ainda estavam no concílio.

— Rowan? — Anastássia ficou ao mesmo tempo eletrizada e horrorizada por sua presença. Não havia nenhum lugar mais perigoso no mundo para ele estar. — O que está fazendo aqui? Você é maluco?

— É uma longa história. E sim, eu sou — ele disse. — Escute e não chame atenção.

Anastássia observou ao redor. Todos estavam cuidando da própria vida. A ceifadora Curie estava bem à frente, sem notar que Anastássia tinha ficado para trás.

— Estou ouvindo.

— Goddard planejou alguma coisa — Rowan disse. — Alguma coisa ruim. Não faço ideia do que seja, mas você precisa sair da ilha imediatamente.

Anastássia inspirou fundo. Ela sabia! Sabia que Goddard não permitiria que o julgamento dos Grandes Ceifadores vigorasse se o resultado fosse contra ele! Tinha um plano B. Uma vingança. Ela alertaria Marie e elas acelerariam a partida.

— Mas e você? — Anastássia perguntou.

Ele sorriu.

— Estava pensando em pegar uma carona com vocês.

Ela sabia que não seria fácil.

— A Alto Punhal Curie só vai lhe ajudar se você se entregar.

— Você sabe que não posso fazer isso.

Sim, ela sabia. Anastássia poderia tentar embarcar Rowan clandestinamente como parte de sua escolta, mas, no momento em que Marie visse o rosto dele, tudo estaria acabado.

Uma mulher de cabelo preto e rosto com restaurações demais correu na direção deles.

— Marlon! Ei, Marlon! Procurei você por toda parte. — Ela segurou Rowan pelo braço e viu seu rosto antes que ele pudesse se virar. — Espera aí... você não é o ceifador Brando — a mulher disse, confusa.

— Não, você se enganou — disse Anastássia, pensando rápido. — O manto do ceifador Brando é de um couro um pouco mais escuro. Este é o ceifador Vuitton.

— Ah... — disse a mulher, ainda um pouco hesitante. Ela estava claramente tentando lembrar onde tinha visto o rosto de Rowan antes. — Desculpe.

Anastássia fingiu indignação, na esperança de abalar a mulher o bastante para que perdesse o foco.

— E tem que se desculpar mesmo! Da próxima vez que abordar um ceifador na rua, tenha certeza de que é o certo. — Ela virou para Rowan e o puxou para longe o mais rápido possível.

— Ceifador Vuitton?

— Foi o único nome em que consegui pensar. Precisamos tirar você daqui antes que alguém o reconheça!

Antes que pudessem dar mais um passo, ouviram logo atrás o som terrível de metal se rompendo e gritos. Rowan ser reconhecido era o menor de seus problemas.

Poucos minutos antes, o ceifador australiano havia subido e estava às portas da câmara do concílio.

— Com licença — ele disse a um dos guardas —, mas acredito que tem algum tipo de vazamento lá embaixo.

— Vazamento?

— Bom, o carpete está encharcado e a água não parece estar vindo dos canos.

O guarda suspirou com mais aquela amolação.

— Vou notificar a manutenção — ele disse, notando ao fazê-lo que as linhas de comunicação estavam mudas.

Um pajem veio correndo da varanda.

— Tem alguma coisa errada! — ele gritou, o que era o eufemismo do ano. Quando *não* tinha alguma coisa errada em Perdura?

— Estou tentando entrar em contato com a manutenção — o guarda respondeu.

— Dane-se a manutenção — gritou o pajem. — Olhe só lá fora!

O guarda não tinha permissão de abandonar seu posto à porta da câmara do concílio, mas o pajem em pânico o deixara preocupado. Ele deu alguns passos até a varanda, então viu que não havia mais nada ali. A sacada que ficava três metros acima da superfície estava embaixo d'água, e o mar começava a entrar pelo corredor que dava para a câmara do concílio.

O guarda correu para as portas da câmara. Só havia um jeito de entrar ou sair, e ele não conseguia abrir as portas com sua impressão digital, então começou a bater nelas o mais alto possível, na esperança de que alguém do outro lado o ouvisse.

Àquela altura, todos no conjunto do concílio, à exceção do concílio em si, haviam percebido que tinha algo de errado. Ceifadores e seus funcionários à espera de audiência saíam às pressas das antessalas, enchendo as três pontes que davam para a margem interna da ilha. O ceifador australiano fez o possível para ajudar as pessoas a passar pela varanda submersa para a ponte mais próxima.

Enquanto isso, as portas do concílio permaneciam fechadas. A água no corredor que levava até lá já estava a um metro de altura.

— Precisamos esperar os Grandes Ceifadores — o australiano disse ao pajem.

— Eles que se virem — o rapaz disse, abandonando o complexo por uma das pontes arqueadas que dava para o resto da ilha.

O ceifador australiano hesitou. Ele era um excelente nadador e, se necessário, poderia atravessar meio quilômetro do olho até a ilha a nado, de modo que esperou, sabendo que, quando as portas se abrissem, os Grandes Ceifadores precisariam de toda ajuda possível.

Mas então o ar se encheu de um som terrível e doloroso de metal partindo, e ele se virou para ver a ponte por onde tinha acabado de guiar dezenas de pessoas ceder, partindo-se no meio e derrubando todo mundo no mar.

Ele se via como um homem de grande honra e bravura. Estava disposto a ficar e se arriscar para salvar os Grandes Ceifadores. Via-se como o herói do momento. Mas, quando aquela ponte desabou, sua coragem foi junto. Ele olhou para os sobreviventes se debatendo na água. Olhou para as portas do concílio, que o guarda ainda tentava abrir a todo custo, embora a água já estivesse na altura do seu peito. Então decidiu que já era demais. Subiu numa saliência pouco acima do nível do mar e se arrastou até a segunda das três pontes, depois correu por ela o mais rápido que suas pernas permitiam.

A pequena sala de controle de flutuação estava lotada de técnicos e engenheiros falando um por cima do outro. Eles discutiam e discordavam, e ninguém estava nem perto de resolver o problema. Cada tela gritava uma mensagem assustadora diferente. Quando a primeira ponte caiu, eles se deram conta da gravidade da situação.

— Precisamos aliviar a tensão nas outras duas pontes! — a engenheira da cidade disse.

— E como propõe fazer isso? — retrucou o chefe de flutuação.

Ela pensou por um momento, depois foi até o técnico, que ainda estava sentado no painel central, encarando as telas incrédulo.

— Abaixe o nível do resto da ilha! — a engenheira da cidade pediu.

— Quanto? — ele perguntou um pouco fora de si, sentindo-se estranhamente distante da realidade à frente.

— O suficiente para tirar a tensão das duas pontes restantes. Precisamos dar mais tempo para que os Grandes Ceifadores deem o fora de lá! — Ela parou para fazer alguns cálculos. — Deixe a ilha um metro abaixo da maré alta.

O técnico balançou a cabeça.

— O sistema não vai permitir.

— Se eu autorizar, vai — ela disse, liberando o sistema com sua impressão digital.

—Você entende que os jardins de baixo vão ser inundados? — disse o chefe de flutuação, desesperado.

— O que prefere salvar? — a engenheira perguntou. — Os jardins de baixo ou os Grandes Ceifadores?

O chefe de flutuação não teve como contrariá-la.

Ao mesmo tempo, em outra sala, no andar inferior do mesmo edifício de manutenção, os biotécnicos não faziam a menor ideia da crise no conjunto do concílio. Estavam coçando a cabeça diante de outra falha, a mais estranha com que já tinham deparado. Aquela era a sala de controle de vida selvagem, que monitorava a paisagem viva que tornava a vista sob a superfície tão espetacular. Nos últimos tempos, haviam deparado com cardumes de peixes presos em ciclos contínuos como fitas de Möbius, espécies inteiras decidindo de repente nadar de cabeça para baixo e predadores atacando janelas com tanta força que esmagavam a própria cabeça. Mas o que o sonar mostrava naquele instante era de um grau inteiramente novo de loucura.

Os dois especialistas em paisagem viva que estavam de plantão observavam embasbacados. Na tela havia o que parecia uma nuvem circular em volta da ilha, como um anel subaquático de fumaça ao redor de Perdura. Em vez de expandir, estava se comprimindo.

— O que é isso? — perguntou um especialista.

— Bom, se as leituras estiverem corretas, é um enxame de vida marinha infundida de nanitos — disse o outro.

— De que espécie?

O técnico tirou os olhos da tela e se voltou para o colega.

— Todas.

Na câmara do concílio, os Grandes Ceifadores ouviam um argumento bastante absurdo de um ceifador que queria que determinassem que ninguém poderia se autocoletar sem antes completar sua cota. A Supremo Punhal Kahlo sabia que o pedido seria recusado — remover-se do serviço era uma decisão muito pessoal que não podia depender de fatores externos. No entanto, eram obrigados a ouvir todo o argumento e tentar manter a mente aberta.

Durante todo o discurso torturante, Kahlo pensou ouvir batidas baixas e distantes, mas imaginou que deveriam vir de alguma construção na ilha. Sempre estavam fazendo algo novo ou reformando algo antigo.

Foi só quando ouviram os gritos e o som da ponte desabando que perceberam que havia algo terrivelmente errado.

— O que foi isso? — perguntou o Grande Ceifador Cromwell.

Eles foram dominados por uma vertigem, e o ceifador que estava no meio de seu argumento caiu como um bêbado. A Supremo Punhal levou alguns minutos para se dar conta de que o chão não estava mais nivelado. Ela conseguiu ver claramente a água entrando por baixo das portas da câmara.

— Creio que precisamos interromper os processos — disse. — Não sei o que está acontecendo lá fora, mas acho que é melhor sairmos daqui. Agora.

Todos desceram de suas cadeiras e correram até a saída. A água não estava apenas se infiltrando por debaixo das portas — estava vindo da fenda entre elas, na altura da cintura. E havia alguém batendo do outro lado. Eles conseguiram ouvir a voz por cima das muralhas altas da câmara.

— Excelências, conseguem me ouvir? Vocês precisam sair daí! Não temos mais tempo!

A Supremo Punhal Kahlo tentou em vão abrir a porta com sua impressão digital. Então tentou de novo. Nada.

— Podemos escalar — sugeriu Xenócrates.

— E como sugere que façamos isso? — perguntou Hideyoshi. — O muro tem quatro metros de altura!

— Talvez possamos subir nas costas um dos outros — sugeriu MacKillop, o que era plausível, mas ninguém parecia disposto a sofrer a humilhação de uma pirâmide humana.

Kahlo voltou os olhos ao alto da câmara do concílio. Se o complexo estava afundando, em algum momento a água entraria por cima da borda do muro. Eles sobreviveriam a um dilúvio como aquele? Ela não queria descobrir.

— Xenócrates! Hideyoshi! Encostem na parede. Vocês vão ser a base. Amundsen, suba nos ombros deles. Você vai ajudar os outros a subir e passar.

— Sim, exaltada excelência — Xenócrates disse.

— Pare com isso — ela retrucou. — Agora é só Frida. Vamos dar um jeito.

Anastássia queria poder dizer que agiu imediatamente quando a ponte desabou, mas não. Ela e Rowan só ficaram parados, fitando incrédulos como todos os demais.

— Foi Goddard — ele disse. — Só pode ter sido.

A ceifadora Curie se pôs ao lado deles.

— Anastássia, você viu isso? O que aconteceu? A ponte simplesmente desabou no mar? — Então ela viu Rowan e seu comportamento mudou. — Não! — Marie sacou uma faca por instinto. — Você não pode estar aqui! — ela rosnou para Rowan, depois se voltou para Anastássia. — E você não pode estar falando com ele! — Então uma ideia passou por sua cabeça e ela se voltou contra Rowan com fúria. — É responsável por isso? Se for, coleto você agora mesmo!

Anastássia ficou entre eles.

— É obra de Goddard — ela disse. — Rowan veio nos alertar.

— Duvido sinceramente que seja por isso que ele está em Perdura — a ceifadora disse, com uma indignação inflamada.

—Você está certa — Rowan respondeu. — Estou aqui porque Goddard pretendia me jogar aos pés dos Grandes Ceifadores para ganhar o apoio deles. Mas eu fugi.

A menção aos Grandes Ceifadores fez a ceifadora Curie retornar à crise atual. Ela se voltou para o conjunto do concílio no centro do olho da ilha. Duas pontes ainda se mantinham no lugar, mas o concílio estava muito mais abaixo do nível da água do que deveria, e tombava para um dos lados.

— Meu Deus, ele pretende matar todos!

— Ele pode matar todos, mas não os eliminar — Anastássia disse.

Rowan balançou a cabeça.

—Você não conhece Goddard.

A alguns quilômetros de distância, os jardins da costa ao redor da ilha começavam a inundar lentamente.

Com as comunicações inoperantes em toda a ilha, os únicos métodos de reconhecimento do Controle de Flutuação eram a vista da janela e os mensageiros que voltavam contando o que não podiam ver. Até onde sabiam, os Grandes Ceifadores ainda estavam no conjunto do concílio, que começava a afundar, enquanto o resto da ilha era baixada para impedir que a tensão nas duas pontes restantes as rompesse. Se aquilo acontecesse, todo o conjunto do concílio seria destruído. Embora fosse possível enviar submergíveis para recuperar os corpos dos Grandes Ceifadores a fim de serem revividos, não seria fácil. Ninguém no Controle de Flutuação tinha imunidade e, embora fosse proibido coletar em Perdura, desconfiavam que cabeças rolariam literalmente se os Grandes Ceifadores se afogassem.

O painel de controle estava amplamente iluminado com os alarmes piscando, e seu barulho deixava todos com os nervos à flor da pele.

O técnico suava incontrolavelmente.

— A ilha está um metro e vinte abaixo da maré agora — ele disse aos outros. — Tenho certeza de que as estruturas mais baixas já devem ter começado a inundar.

— Você vai deixar muita gente irritada nas planícies — disse o chefe de flutuação.

— Uma crise de cada vez! — A engenheira da cidade esfregou os olhos com força quase suficiente para afundá-los. Em seguida, inspirou fundo e disse: — Feche as válvulas e as mantenha nessa posição. Vamos dar mais um minuto para os Grandes Ceifadores saírem antes de esvaziar os tanques e elevar a ilha à posição normal.

O técnico começou a obedecer, então parou.

— Hum... temos um problema.

A engenheira da cidade fechou os olhos, tentando imaginar um lugar tranquilo — ou seja, qualquer lugar menos ali.

— O que foi?

— As válvulas nos tanques de lastros não estão respondendo. Eles ainda estão se enchendo de água. — O homem clicou tela após tela, e todas exibiam uma mensagem de erro. — Todo o sistema de flutuação pifou. Vamos ter de reiniciar.

— Era só o que faltava — disse a engenheira. — Quanto tempo leva isso?

— Reconectar o sistema vai levar uns vinte minutos.

Ela viu a expressão no rosto do chefe de flutuação passar de desgosto a pavor. Embora não quisesse, sabia que precisava perguntar:

— Se continuar enchendo de água, quanto tempo até estarmos na flutuação terminal?

O técnico encarou a tela, balançando a cabeça.

— *Quanto tempo?* — insistiu a engenheira.

— Doze minutos — ele respondeu. — A menos que a gente consiga reconectar o sistema, Perdura vai afundar em doze minutos.

O alarme geral — que ainda estava funcionando em toda parte menos no conjunto do concílio — começou a soar. A princípio, as pessoas pensaram que era apenas mais um defeito e seguiram com suas vidas. Apenas aqueles nas torres mais altas, com vistas panorâmicas, conseguiam ver as planícies submergindo. Eles saíram às pressas para a rua e entraram em carros públicos ou simplesmente correram.

A ceifadora Curie entendeu a dimensão do pânico ao ver que o nível da água havia chegado ao olho da ilha e estava a pouquíssimos metros de transbordar. Toda a sua fúria contra Rowan não era mais importante.

— Precisamos chegar à marina — ela disse. — E rápido.

— E o avião? — perguntou Anastássia. — Já o estão preparando para nós.

Mas a ceifadora Curie nem se deu ao trabalho de responder — apenas abriu caminho pela multidão cada vez maior em direção à marina. Anastássia levou um momento para entender o porquê.

A fila na pista de pouso da ilha crescia mais rápido do que os aviões conseguiam decolar. Todo tipo de negociação estava acontecendo no terminal, incluindo suborno e quebra-quebra, enquanto as boas maneiras ficavam para trás. Havia ceifadores que se recusavam a permitir qualquer um além de sua equipe a bordo, e outros que abriam os aviões para o maior número de pessoas possível. Era um verdadeiro teste de integridade para eles.

Depois de embarcar com segurança, as pessoas começaram a relaxar, mas ficaram perturbadas com o fato de que não pareciam ir a lugar nenhum. E, mesmo dos aviões, ainda dava para ouvir os alarmes abafados que soavam por toda a ilha.

Cinco aviões conseguiram decolar antes de a passarela começar a alagar. O sexto atingiu poças crescentes ao fim dela, mas conseguiu levantar voo. O sétimo acelerou por quinze centímetros de água, provocando tanta resistência que não conseguiu atingir a velocidade de decolagem e mergulhou no mar ao fim da pista.

No controle de vida marinha, os biólogos de plantão tentavam encontrar alguma autoridade, mas todos alegavam ter problemas maiores do que meia dúzia de peixinhos sob a superfície da ilha.

Na tela e na janela para o mar, o enxame que se aproximava começava a se diferenciar, e a vida marinha maior e mais rápida se tornava visível primeiro.

Foi então que um dos biólogos virou para o outro e disse:

— Sabe, estou começando a desconfiar que essa não é uma simples falha no sistema. Acho que fomos hackeados.

Bem à frente deles, uma baleia passou pela janela, subindo rumo à superfície.

Depois da terceira tentativa de escalar as paredes da câmara do concílio, os Grandes Ceifadores, os ceifadores comuns e os pajens presentes se reagruparam e tentaram bolar outro plano.

— Quando a câmara inundar, podemos sair nadando — Frida

disse. — Só teremos de manter a cabeça acima da água enquanto o lugar alaga. Vocês sabem nadar? — Todos assentiram, exceto a Grande Ceifadora Nzinga, que sempre exibia uma postura calma e elegante, mas estava à beira do pânico.

— Não tem problema, Anna — disse Cromwell. — É só se segurar em mim que vamos chegar à costa.

A água começou a transbordar pela beirada do lado oposto da câmara. Os pajens e ceifadores desafortunados o bastante para ficar presos ali também estavam aterrorizados, e olhavam para os Grandes Ceifadores em busca de orientação, como se pudessem impedir aquele desastre com um gesto de suas mãos poderosas.

— Lugares mais altos! — gritou o Grande Ceifador Hideyoshi, e todos tentaram escalar os Assentos de Reflexão mais próximos, sem se importar muito com de quem eram. Pela maneira como o chão havia se inclinado, as cadeiras de jade e ônix estavam em posições mais altas, porém Amundsen, que era uma criatura de hábito, seguiu instintivamente para sua cadeira. Enquanto chapinhava na direção dela, sentiu uma dor aguda no tornozelo. Ao olhar para baixo, viu uma pequena nadadeira preta se afastando dele, e a água se enchendo de sangue. Seu sangue.

Um tubarão?

Mas não era apenas um. Estavam por toda parte, transbordando pela beira da câmara que naufragava. Com o aumento do dilúvio, ele jurou ver nadadeiras maiores e mais imponentes.

— Tubarões! — Amundsen gritou. — Meu bom Deus, este lugar está cheio de tubarões! — Ele subiu em sua cadeira, de onde o sangue da perna escorria pelo mármore branco até a água, deixando os tubarões frenéticos.

Xenócrates observava de onde estava, segurando-se à cadeira de ônix, ao lado de Kahlo e Nzinga, logo acima do nível da água, quando uma ideia passou pela sua cabeça. Uma ideia mais sombria e terrível do que a cena diante deles. Era de conhecimento geral que havia dois modos de eliminar um ser humano de maneira que nunca pudesse ser revivido: fogo e ácido — ambos consumiam a carne, deixando pouquíssimo para trás.

Mas havia outras formas de garantir que a carne fosse consumida...

O que começou como confusão e descrença nas ruas e torres da margem interna estava rapidamente se transformando em caos. As pessoas corriam para todo lado, sem saber para onde ir, mas certas de que todos os outros seguiam na direção errada. O mar estava começando a transbordar pelos drenos pluviais; a água se derramava pelas escadas no distrito dos hotéis, alagando os andares subaquáticos, e as docas da marina se curvavam com o peso das pessoas tentando abrir caminho até um barco ou submarino.

Marie, Anastássia e Rowan não conseguiram nem chegar perto das docas.

— É tarde demais!

Anastássia examinou as docas e notou que as poucas embarcações restantes já estavam cheias, embora mais pessoas tentassem entrar a todo custo. Os ceifadores empunhavam lâminas a torto e a direito para derrubar quem tentasse subir nas embarcações superlotadas.

— Observem o verdadeiro coração da humanidade — Marie disse. — Tanto dos valorosos como dos perversos.

E então, onde a água do olho se agitava como em uma panela prestes a ferver, uma baleia saltou, derrubando uma das docas da marina e metade das pessoas nela.

— Não é coincidência — disse Rowan. — Não pode ser! — Ele conseguia ver que todo o olho estava repleto de vida marinha. Seria aquilo parte da cartada final de Goddard?

Eles ergueram os olhos ao ouvir o som de pás girando no alto e viram um helicóptero. O veículo passou por eles e voou baixo em direção ao olho, rumo ao conjunto do concílio.

— Ótimo — disse a ceifadora Curie. — Vão salvar os Grandes Ceifadores.

Só lhes restava torcer para que não fosse tarde demais.

Nzinga, que tinha tanto medo de água quanto de tubarões, foi a primeira a ver a salvação vinda do alto.

— Olhem! — ela gritou, com a água batendo em seus pés e um tubarão passando por seu tornozelo.

O helicóptero desceu mais, pairando no centro da câmara do concílio, logo acima da superfície da água agitada.

— Quem quer que seja, vai receber imunidade vitalícia! — disse Kahlo.

Naquele mesmo instante, o Grande Ceifador Amundsen perdeu o equilíbrio e escorregou de sua cadeira para a água. A reação dos predadores foi imediata. Os tubarões pularam em cima dele num frenesi alimentar.

Ele gritou e se debateu, afugentando-os. Tirou o manto e tentou subir na cadeira de novo, mas, quando pensou que estava a salvo, uma nadadeira maior emergiu e serpenteou na direção dele.

— Roald! — Cromwell gritou. — Cuidado!

Mesmo se ele tivesse visto, não haveria o que pudesse fazer. O tubarão-tigre se lançou em cima dele, mordendo sua barriga e o arrastando para a água. Seu corpo se debateu numa espuma furiosa de sangue.

Era uma visão terrível, mas Frida manteve a mente fria.

— Agora é nossa chance! — ela disse. — Vamos! — Ela tirou seu manto e mergulhou na água, nadando com força total em direção ao helicóptero enquanto os tubarões se distraíam com sua primeira vítima.

Os outros a seguiram; MacKillop, Hideyoshi e Cromwell, esforçando-se para ajudar Nzinga. Eles saltaram de suas posições seguindo a liderança da Supremo Punhal. Apenas Xenócrates ficou parado, porque percebeu algo que nenhum dos outros havia notado...

A porta do helicóptero se abriu, revelando Goddard e Rand.

— Rápido! — Goddard disse, debruçando-se para fora da cabine e estendendo a mão para os Grandes Ceifadores que nadavam na direção dele. — Vocês conseguem!

Xenócrates ficou observando. Aquele era o plano dele? Deixar os Grandes Ceifadores à beira da eliminação definitiva para então resgatá-los, ganhando seu favoritismo para sempre? Ou havia algo mais acontecendo?

A Supremo Punhal Kahlo foi a primeira a alcançar o helicóptero. Sentia os tubarões passando por perto, mas nenhum a havia atacado ainda. Se ao menos conseguisse subir no suporte e se erguer para fora da água...

Ela o segurou e estendeu a outra mão para Goddard, que puxou o próprio braço para trás.

— Hoje, não, Frida — ele disse, com um sorriso de piedade. — Hoje, não. — Com um chute, ele tirou a mão de Frida do suporte e o helicóptero levantou voo, abandonando os Grandes Ceifadores em meio à câmara alagada e infestada de tubarões.

— Não! — gritou Xenócrates. Goddard não tinha ido resgatá-los. Só queria garantir que soubessem que era o causador de sua destruição. Queria saborear o gosto sangrento de sua vingança.

Embora o pulsar das lâminas do helicóptero tivesse intimidado os tubarões o bastante para mantê-los longe do centro da câmara, assim que o helicóptero se fora eles obedeceram seu imperativo biológico e a reprogramação de seus nanitos, que lhes dizia que estavam com fome. Uma fome insaciável.

O cardume partiu para cima daqueles que estavam na água. Tubarões comuns, tubarões-tigre, tubarões-martelo. Todos os predadores que eram tão impressionantes quando ocupavam a vista de uma suíte submarina.

Não havia nada que Xenócrates pudesse fazer além de assistir aos outros sendo atacados e ouvir seus gritos se dissolvendo nas águas turbulentas.

Ele subiu para a parte mais alta de sua cadeira. A maior parte dela já estava embaixo da água, assim como quase toda a câmara. Ele sabia que sua vida acabaria em segundos, mas, naquele último momento, percebeu que ainda poderia ter uma vitória. Havia uma coisa que poderia negar a Goddard. Então, em vez de esperar mais, se ergueu na cadeira e se jogou na água. Ao contrário dos outros, não tirou o manto — e, assim como na piscina de Goddard um ano antes, o peso do ouro nele o arrastou para o fundo da câmara.

Ele não seria morto por predadores marinhos. Estava decidido a se afogar antes que o alcançassem. Se aquele seria seu último ato como Grande Ceifador, que fosse vitorioso! Excepcional!

E assim, no fundo da câmara inundada, ele esvaziou seus pulmões, engoliu a água do mar e se afogou com excelência.

Mimei a humanidade por tempo demais.

E, embora a raça humana seja como uma mãe para mim, vejo-a cada vez mais como um bebê que seguro junto ao peito. Um bebê não aprende a andar se ficar para sempre em braços amorosos. E uma espécie não é capaz de crescer se nunca enfrentar as consequências de seus atos.

Negar isso à humanidade seria um erro.

E não cometo erros.

A Nimbo-Cúmulo

46
O destino dos corações perduráveis

Goddard assistiu do alto ao fim dos Grandes Ceifadores, apreciando a vista aérea de seu golpe majestoso. Assim como a ceifadora Curie havia aparado os galhos mortos da civilização ocidental nos tempos antigos, ele havia se livrado de outro órgão de governo arcaico. Não haveria mais Grandes Ceifadores. Cada região seria autônoma e não precisaria mais responder a uma autoridade superior impondo uma ladainha de regras infinitamente limitantes.

Ao contrário de Curie, ele sabia que era melhor não se gabar. Muitos iam parabenizá-lo por ter se livrado dos Grandes Ceifadores, mas muitos outros iam condená-lo. Era melhor deixar o mundo pensar que fora um acidente terrível. Inevitável, até. Afinal, Perdura vinha sofrendo uma série de falhas graves havia meses. Todas elas haviam sido orquestradas pela equipe de engenheiros e programadores que Goddard tinha reunido pessoalmente, claro. Mas ninguém jamais descobriria aquilo, porque aqueles engenheiros e programadores tinham sido coletados. Assim como aconteceria com o piloto deles depois que os tivesse transportado até o navio que os aguardava a oitenta quilômetros dali.

— Como se sente depois de mudar o mundo? — Ayn perguntou.

— Como se tivesse tirado um peso das costas — Goddard respondeu. — Sabe, houve um momento em que pensei realmente em salvá-los. Mas passou.

Abaixo deles, toda a câmara do concílio estava embaixo d'água.

— O que sabem no continente? — Goddard perguntou a Rand.

— Nada. As comunicações foram cortadas quando entramos na câmara do concílio. Não haverá registro da decisão deles.

Enquanto Goddard observava a ilha e via o pânico nas ruas, ele percebeu a gravidade que a situação havia alcançado.

— Sabe, talvez tenhamos caprichado demais — ele disse, enquanto voavam sobre as planícies inundadas. — Acho que toda a Perdura vai naufragar.

Rand riu da cara dele.

— Só percebeu isso agora? Pensei que fizesse parte do plano.

Goddard havia sabotado diversos sistemas que mantinham Perdura funcional e flutuante. A intenção era paralisar a ilha por tempo suficiente para eliminar os Grandes Ceifadores. Mas, se ela naufragasse e todos os sobreviventes fossem devorados, aquilo serviria ainda melhor às necessidades dele. Significaria que nunca mais teria de enfrentar as ceifadoras Curie e Anastássia. Ayn percebera aquilo antes de Goddard, o que destacava a importância dela e o incomodava.

— Leve-nos embora — ele disse ao piloto, e não voltou a pensar no destino da ilha.

Rowan sabia, antes mesmo de a baleia ter derrubado a marina, que não havia esperança de entrar em nenhuma daquelas embarcações. Se Perdura estava mesmo afundando, não haveria como sair dali.

Mas ele precisava acreditar que existia uma saída não convencional. Queria acreditar que era inteligente o bastante para achar uma. Mas, a cada minuto que passava, precisava aceitar que aquilo era demais.

Rowan não comentou nada com Citra. Se esperança era tudo o que tinham, não queria tirar aquilo dela. Deixaria que acreditasse até a fonte do sentimento secar.

Eles saíram correndo da marina que submergia rapidamente, em meio à multidão. Então, alguém se aproximou deles. Era a mulher que havia confundido Rowan com o ceifador cujo manto ele havia roubado

— Eu sei quem você é! — ela disse, alto demais. — Rowan Damisch! Aquele que chamam de ceifador Lúcifer!

— Não sei do que está falando — ele disse. — O ceifador Lúcifer usa um manto preto. — Mas a mulher não se deteve, e outros o encaravam agora.

— A culpa é dele! Foi esse homem que matou os Grandes Ceifadores!

A multidão ficou em polvorosa com a notícia.

— Foi o ceifador Lúcifer que fez isso! É tudo culpa dele!

Citra segurou Rowan.

— Temos de dar o fora daqui! A multidão já está descontrolada; agora que sabem quem você é, vão te cortar em pedacinhos!

Eles correram para longe da mulher e da multidão.

— Precisamos subir numa das torres — Citra disse. — Se há um helicóptero, pode haver outros. Qualquer resgate precisaria vir de cima.

Embora os terraços já estivessem lotados de gente que pensava o mesmo, Rowan disse:

— Boa ideia.

Mas a ceifadora Curie parou. Olhou para a marina e para as ruas que estavam se alagando em volta deles. Olhou para os terraços. Então respirou fundo e disse:

— Tenho uma ideia melhor.

Na sala de controle de flutuação, a engenheira da cidade e todos os outros que haviam dado ordens ao técnico tinham ido embora.

"Vou pegar minha família e dar o fora desta ilha antes que seja tarde demais", ela havia dito. "Sugiro que façam o mesmo."

Mas já era tarde demais. O técnico ficara para segurar a fortaleza, observando a barra de progresso em sua tela se iluminar lentamente, milímetro a milímetro, enquanto o sistema se reiniciava. Ele sabia que, quando o tempo acabasse, Perdura teria chegado ao fim. Mas alimentava a esperança de que, só daquela vez, fosse abençoado com um surto inesperado de velocidade de processamento do sistema, que completaria a reinicialização a tempo.

Quando o relógio do apocalipse passou dos cinco minutos, ele perdeu as esperanças. Mesmo se o sistema voltasse a ligar e as bombas começassem a esvaziar os tanques, não importava mais. Eles estavam em flutuação negativa, e as bombas não teriam como esvaziar os tanques rápido o bastante para mudar o destino de Perdura.

Ele foi até a janela, que tinha uma vista impressionante do olho da ilha e do conjunto do concílio, o qual já havia afundado, levando consigo os Grandes Ceifadores. Abaixo, a avenida larga que cercava a margem interna estava completamente alagada por conta da água transbordando do olho. As poucas pessoas na rua lutavam para encontrar um lugar seguro, o que, àquela altura, não passava de mera fantasia.

Sobreviver ao naufrágio de Perdura não era uma fantasia que queria alimentar. Então voltou ao painel, pôs uma música para tocar e ficou vendo a contagem de reinicialização imprestável do sistema passar de dezenove a vinte por cento.

A ceifadora Curie correu pelas ruas com a água até o tornozelo e subindo, aproveitando para chutar um tubarão encalhado.

— Aonde estamos indo? — Anastássia perguntou. Se Marie tinha um plano, não o havia revelado, e Anastássia não conseguia acreditar que pudesse haver algum plano. Não havia saída. Não tinham como partir daquela ilha naufragando. Mas ela não diria aquilo a Rowan. A última coisa que queria era tirar as esperanças dele.

Os dois entraram em um prédio a um quarteirão da margem interna. Anastássia pensou que o edifício parecia familiar, mas, em meio a toda a comoção, não conseguiu identificá-lo. A água entrava pela porta da frente e descia para os andares inferiores. Marie subiu uma escada e parou na porta do segundo andar.

— Vai me dizer aonde estamos indo? — Anastássia perguntou.

— Confia em mim? — Marie perguntou.

— É claro que confio.

— Então chega de perguntas. — Ela abriu a porta e Anastássia finalmente se deu conta de onde estavam. Eles haviam pegado uma entrada lateral para o Museu da Ceifa. Estavam numa loja de presentes que tinham visitado durante o tour. Não havia ninguém ali; as caixas registradoras e tudo o mais tinha sido abandonado.

Marie encostou a palma da mão na porta.

— Como Alto Punhal, devo ter autorização para entrar. Vamos torcer para o sistema ter registrado ao menos isso.

Sua mão foi escaneada e a porta se abriu para uma passarela que levava a um enorme cubo de aço suspenso magneticamente dentro de um cubo de aço ainda maior.

— Que lugar é esse? — Rowan perguntou.

— É a Galeria de Relíquias e Futuros. — Marie atravessou a passarela correndo. — Rápido, não temos muito tempo.

— Por que estamos aqui? — Anastássia perguntou.

— Porque ainda há uma saída da ilha — ela disse. — E já não falei que não quero mais perguntas?

A galeria estava igual ao dia anterior, quando Anastássia e Marie haviam feito o tour particular. Os mantos dos fundadores. As milhares de pedras de ceifadores que cobriam as paredes.

— Ali — Marie disse. — Atrás do manto do Supremo Punhal Prometeu. Está vendo?

Anastássia olhou.

— O que estamos procurando?

—Você vai saber quando vir — ela disse.

Rowan se aproximou, mas não havia nada ali. Nem mesmo pó.

— Marie, pode ao menos dar uma dica?

— Desculpe, Anastássia — ela disse. — Desculpe por tudo.

Quando a jovem ceifadora olhou para trás, Curie não estava mais lá, e a porta da galeria estava se fechando.

— Não!

Anastássia e Rowan correram, mas, quando chegaram, era tarde demais. Eles ouviram o som mecânico das fechaduras enquanto Marie os trancava por fora.

Anastássia bateu, chamando sua mentora, xingando-a. Ela bateu com os punhos até machucá-los. Lágrimas escorriam de seus olhos, e ela não se esforçou para contê-las ou escondê-las.

— Por que ela faria isso? Por que deixaria a gente aqui?

— Acho que eu sei o motivo... — Rowan disse calmamente. Em seguida, ele a puxou com delicadeza, virando-a de frente para si.

Anastássia não queria ficar cara a cara com ele. Não queria encarar seus olhos. E se houvesse traição neles também? Se Marie podia traí-la, qualquer um poderia. Até mesmo Rowan. Mas, quando finalmente o encarou, só encontrou aceitação ali. E compreensão.

— Citra — Rowan disse simplesmente. —Vamos morrer.

E, embora ela quisesse negar, sabia que era verdade.

— Vamos morrer — Rowan repetiu. — Mas não vamos ser eliminados.

Citra se afastou dele.

— E como vamos conseguir isso? — ela disse com uma raiva tão cáustica quanto o ácido que quase a havia eliminado.

Rowan manteve a calma mesmo assim.

— Estamos numa câmara de aço hermética, suspensa dentro de outra câmara de aço hermética. É como... é como um sarcófago dentro de uma tumba.

Aquilo não fazia Anastássia se sentir melhor.

— Que em poucos minutos vai estar no fundo do Atlântico! — ela o lembrou.

— E a temperatura da água no fundo do mar é a mesma em todo o mundo: poucos graus acima de zero.

Anastássia finalmente entendeu. Tudo. A escolha dolorosa que a ceifadora Curie havia acabado de tomar. O sacrifício que tinha feito para salvá-los.

—Vamos morrer, mas o frio vai nos preservar... — ela disse.

— E a água não vai entrar.

— E, algum dia, alguém vai nos achar!

— Exato.

Ela tentou absorver aquilo. Seu novo destino, aquela nova realidade... Era terrível, porém... como algo tão terrível poderia reunir tanta esperança?

— Quanto tempo? — ela perguntou.

Ele observou ao redor.

—Acho que o frio vai nos matar antes que o ar se esgote...

— Não — ela disse, porque já tinha aceitado aquilo. — Quanto tempo você acha que vamos ficar aqui?

Ele deu de ombros, como ela sabia que faria.

— Um ano. Dez. Cem. Só vamos saber quando formos revividos.

Citra o abraçou e Rowan a apertou com força. Nos braços dele, ela descobriu que não era mais a ceifadora Anastássia. Era Citra

Terranova novamente. Aquele era o único lugar no mundo onde ainda podia assumir sua antiga identidade. Desde o momento em que haviam começado a aprendizagem juntos, tinham se ligado um ao outro. Um contra o outro. Os dois contra o mundo. Tudo na vida deles era definido por aquela dualidade. Se tinham que morrer naquele dia para conseguir sobreviver, parecia certo que o fizessem juntos.

Citra notou uma risada escapar de seus lábios, como uma tosse súbita e inesperada.

— Isso não estava nos meus planos para hoje.

— Sério? — Rowan perguntou. — Porque estava nos meus. Eu tinha todos os motivos para acreditar que morreria hoje.

Depois que as ruas em volta do olho da ilha submergiram, tudo começou a colapsar rapidamente. Andar após andar das torres naufragavam sob a superfície. A ceifadora Curie, satisfeita por ter feito o que precisava por Anastássia e Rowan, subiu as escadas da Torre dos Fundadores, o prédio mais alto da cidade, ouvindo o estilhaçar das janelas e a torrente de água vindo de baixo à medida que a torre submergia mais e mais. Finalmente, chegou ao terraço.

Havia dezenas de pessoas ali, paradas no heliporto, olhando para cima, na esperança de que o resgate viesse do céu — porque tudo havia acontecido rápido demais para chegarem a um estado de aceitação. Ao olhar pela lateral do prédio, ela pôde ver as torres menores desaparecendo na água borbulhante. Restavam apenas uns vinte andares das sete torres dos Grandes Ceifadores e da torre da fundação.

Ela não tinha dúvida do que precisava ser feito. Cerca de dez das pessoas ali reunidas eram ceifadores. Foi a eles que ela se dirigiu.

— Somos ratos ou somos ceifadores?

Todos se voltaram para ela, reconhecendo-a, pois todos sabiam quem era a Grande Dama da Morte.

— Como vamos partir deste mundo? — ela perguntou. — E que dever solene vamos oferecer àqueles que partirão conosco? — Curie sacou uma faca e agarrou a civil mais próxima. Poderia ser qualquer pessoa. A ceifadora cravou a lâmina na caixa torácica da mulher, bem no coração. A mulher encarou em seus olhos, então Curie disse: — Descanse em paz.

— Obrigada, ceifadora Curie — foram suas últimas palavras.

Enquanto pousava a cabeça da mulher no chão com delicadeza, os outros ceifadores seguiram seu exemplo, começando a coletar com tanto afeto, compaixão e amor que proporcionaram um enorme consolo às pessoas, que passaram a se aglomerar ao redor deles, pedindo para ser as próximas.

Quando sobraram apenas ceifadores e o mar se agitava alguns andares abaixo deles, Curie disse:

— Concluam.

Ela foi testemunha daquilo, dos últimos ceifadores em Perdura invocando o sétimo mandamento e se autocoletando, então, apontou a lâmina para o próprio coração. Era estranho e desajeitado ter a lâmina voltada para si mesma. Ela tinha levado uma vida longa. Uma vida plena. Havia coisas de que se arrependia e coisas de que se orgulhava. Aquele era o acerto de contas com seus atos da juventude — o acerto de contas que vinha esperando por todos aqueles anos. Era quase um alívio. Curie só queria poder estar presente para ver Anastássia ser revivida, quando a galeria fosse tirada do fundo do oceano — mas precisava aceitar que, quando quer que aquilo acontecesse, seria sem ela.

Ela cravou a lâmina, bem no coração.

Caiu ao chão apenas segundos antes de o mar cobrir seu corpo, mas sabia que a morte ia levá-la mais rápido que as águas. A lâmina doeu muito menos do que imaginava que doeria, o que a fez sorrir. Ela era boa. Muito, muito boa.

Na Galeria de Relíquias e Futuros, o naufrágio de Perdura não era nada além de um leve movimento para baixo para Rowan e Citra, como a descida de um elevador. O campo de levitação magnética que mantinha o cubo suspenso amortecia a sensação de queda. A energia poderia até continuar depois que chegassem ao fundo; o campo magnético absorveria o choque do impacto no fundo do mar, três quilômetros abaixo deles. Mas, em algum momento, a energia acabaria. O cubo interno pousaria no piso do outro cubo, e sua superfície de aço levaria embora todo o calor, ocasionando o frio terminal. Mas não ainda.

Rowan observou a galeria em volta deles e os mantos luxuosos dos fundadores.

— Ei, que tal você ser a Cleópatra e eu, Prometeu? — ele disse.

Então foi até o manequim que exibia o manto violeta e dourado do Supremo Punhal e o vestiu. Pareceu majestoso, como se tivesse nascido para usá-lo. Depois pegou o manto de Cleópatra, feito de penas de pavão e seda. Citra deixou seu manto cair ao chão, e Rowan a vestiu com o da grandiosa fundadora.

Para ele, Citra parecia uma deusa. A única coisa que poderia fazer jus a ela seriam as pinceladas de um artista da Era Mortal, capaz de imortalizar o mundo com muito mais verdade e paixão do que a imortalidade em si.

Quando ele a tomou em seus braços, deixou de se importar com o que acontecia fora de seu pequeno universo, trancado a sete chaves. Naqueles últimos instantes de sua vida atual, estavam enfim a sós, entregando-se finalmente ao supremo ato de completude — dois se tornando um.

47
Som e silêncio

Enquanto Perdura imergia no Atlântico, enquanto seu coração perdurável que batia havia duzentos e cinquenta anos deixava de perdurar, enquanto as luzes se apagavam na câmara dentro da câmara...

... a Nimbo-Cúmulo gritou.

Tudo começou com alarmes nos quatro cantos do mundo. No começo, só alguns, mas outros foram se juntando à cacofonia. Avisos de incêndio, sirenes de tornado, campainhas, apitos, milhões e milhões de buzinas, todos soando como um único lamento de angústia — mas, ainda assim, não era o suficiente. Todos os alto-falantes em todos os aparelhos eletrônicos do mundo ganharam vida, emitindo um chiado agudo. No mundo todo, as pessoas se jogaram no chão, de joelhos, tapando as orelhas para se proteger do estrondo ensurdecedor, mas nada conseguia aplacar a fúria e o desespero da Nimbo-Cúmulo.

Durante dez minutos, seu grito estrondoso encheu o mundo. Ecoou no Grand Canyon; ressoou nos bancos de gelo da Antártica, o que fez geleiras se partirem. Ecoou pelas encostas do Everest; dispersou manadas no Serengeti. Não houve um ser na Terra que não a ouviu.

Quando o silêncio retornou, todos sabiam que algo havia mudado.

"O que foi isso?", as pessoas perguntavam. "O que poderia causar algo assim?"

Ninguém tinha certeza. Ninguém além dos tonistas. Eles sabiam exatamente o que era. Sabiam porque haviam passado a vida toda esperando por aquele momento.

Era a Grande Ressonância.

Num mosteiro em uma pequena cidade da MidMérica, Greyson Tolliver tirou as mãos das orelhas. Ouvia gritos de fora de sua janela. Berros. Seriam de dor? Ele saiu correndo do seu quarto simples para encontrar os tonistas gritando não de angústia, mas de alegria.

— Você ouviu? — alguém perguntou.

— Não é maravilhoso? Não é tudo o que falaram que seria?

Greyson, um pouco espantado pela ressonância ainda zumbindo em sua cabeça, saiu vagando do mosteiro para a rua. Lá também havia uma comoção, mas de outro tipo. As pessoas estavam em pânico — e não apenas pelo barulho que havia cortado suas vidas. Todos olhavam confusos para seus tablets e celulares.

— Não pode ser! — ele ouviu alguém dizer. — Deve ser um erro!

— Mas a Nimbo-Cúmulo não comete erros — outra pessoa disse.

Greyson foi até eles.

— O que foi? O que aconteceu?

O homem mostrou seu celular a Greyson. A tela estava piscando com um terrível I vermelho.

— Está dizendo que sou infrator!

— Eu também — disse outra pessoa. Quando Greyson olhou ao redor, todos estavam tomados pela mesma confusão espantada.

Mas não era apenas ali. Em todas as cidades, grandes e pequenas, em todas as casas do mundo, a cena se repetia. Pois a Nimbo-Cúmulo, em sua infinita sabedoria, tinha decidido que toda a humanidade era cúmplice de suas ações, grandes e pequenas... e toda ela tinha de enfrentar as consequências.

Todo mundo, em todos os lugares, era um infrator.

Em pânico, a população começou a pedir orientação à Nimbo-Cúmulo.

— O que devo fazer?

— Por favor, me diga o que fazer!

— Como posso arrumar isso?

— Fale comigo! Por favor, fale comigo!

Mas a Nimbo-Cúmulo ficou em silêncio. Precisava ficar. Ela não falava com infratores.

Greyson Tolliver se afastou da multidão confusa e perplexa, voltando à relativa segurança do mosteiro, onde os tonistas ainda comemoravam, apesar de todos terem se tornado infratores — afinal, de que aquilo importava se a Grande Ressonância tinha falado com sua alma? Ao contrário deles, Greyson não celebrou nem entrou em desespero. Ele não sabia o que sentir em relação àquela estranha mudança. Tampouco sabia o que significaria para ele.

Greyson não tinha mais seu tablet. Como o pároco Mendoza havia lhe dito, sua seita não rejeitava a tecnologia, mas tampouco dependia dela.

Havia um computador em uma sala no fim de um longo corredor. A porta estava sempre fechada, mas nunca trancada. Greyson a abriu e se sentou diante dele.

A câmera do computador o escaneou. Seu perfil apareceu na tela automaticamente.

"Greyson Tolliver", dizia.

Não Slayd Bridger, mas Greyson Tolliver! E, ao contrário dos outros, ao contrário de todas as pessoas na face da Terra, ele não estava mais marcado como infrator. Havia cumprido sua pena. Sua suspensão tinha sido removida. A sua, e apenas a sua.

— Nim... Nimbo-Cúmulo? — ele chamou, com a voz trêmula e incerta.

E uma voz lhe respondeu com o mesmo carinho e afeto de que se lembrava. A voz da força benevolente que o havia criado e ajudado a se tornar tudo o que era.

— Olá, Greyson — disse a Nimbo-Cúmulo. — Precisamos conversar.

Agradecimentos

Primeiro, gostaria de agradecer ao designer Kevin Tong por esta capa espetacular, bem como pela capa de *O ceifador*. Foram muitos os que me disseram que foi ela que os fez se interessar pelo volume anterior, e devo dizer que, entre todas as capas dos meus livros, essas são minhas favoritas! Obrigado, Kevin!

Um agradecimento sincero ao meu editor, David Gale, à sua assistente, Amanda Ramirez, e a meu publisher, Justin Chanda, pelo pulso firme que me guiou através do processo de escrita e por sua paciência comigo! Todos na Simon & Schuster foram maravilhosos e acreditaram em mim desde o início. Um obrigado especial a Jon Anderson, Anne Zaan, Michelle Leo, Anthony Parisi, Sarah Woodruff, Chrissy Noh, Lisa Moraleda, Lauren Hoffman, Katrina Groover, Deane Norton, Stephanie Voros e Chloë Foglia.

Obrigado à minha agente literária, Andrea Brown; à minha agente de direitos estrangeiros, Taryn Fagerness; aos meus agentes da indústria de entretenimento, Steve Fisher, Debbie Deuble-Hill e Ryal Saul, da APA; ao meu empresário, Trevor Engelson; e aos meus advogados Shep Rosenman, Jennifer Justman e Caitlin DiMotta.

O longa-metragem *O ceifador* continua em desenvolvimento na Universal, e gostaria de agradecer a todos os envolvidos, incluindo Jay Ireland, Sara Scott e Mika Pryce, bem como os roteiristas Matt Stueken e Josh Cambell.

Obrigado a Barb Sobel, por dar conta da tarefa impossível de manter minha vida organizada; a Matt Lurie, meu guru das redes sociais; e a meu filho Jarrod, que criou trailers incríveis para *O ceifador*, *A nuvem* e muitos de meus outros livros.

Além disso, devo muito ao conhecimento sobre armas e artes marciais de Casey Carmack e da SP Knifeworks, que tenho certeza de que seria o principal fornecedor de objetos afiados de alta qualidade para os ceifadores mais exigentes.

E nenhum agradecimento estaria completo sem um especial a Brendan, Joelle e, mais uma vez, Jarrod, por fazerem de mim o pai mais orgulhoso do mundo!

1ª EDIÇÃO [2018] 6 reimpressões

ESTA OBRA FOI COMPOSTA PELA VERBA EDITORIAL EM BEMBO
E IMPRESSA PELA GRÁFICA BARTIRA EM OFSETE SOBRE PAPEL IVORY SLIM
DA BO PAPER PARA A EDITORA SCHWARCZ EM MARÇO DE 2022

A marca FSC® é a garantia de que a madeira utilizada na fabricação do papel deste livro provém de florestas que foram gerenciadas de maneira ambientalmente correta, socialmente justa e economicamente viável, além de outras fontes de origem controlada.